ars vivendi

PETRA NACKE
ELMAR TANNERT

DER MITTAGSMÖRDER

ROMAN

ars vivendi

Originalausgabe

1. Auflage Mai 2012

www.arsvivendi.com

Lektorat: Dr. Felicitas Igel
Satz: ars vivendi
Umschlaggestaltung: Philipp Starke, Hamburg
Umschlagfoto: Wessel Wessels © plainpicture/Arcangel
Druck: fgb, Freiburg
Printed in Germany

ISBN 978-3-86913-109-2

Der Mittagsmörder

Merkt euch: Einen Stand hat immer nur der Jäger, niemals das Wild.
Stanislaw Jerzy Lec

I

Sehr geehrter Herr Hirschmann, ich würde Ihnen im Rahmen meiner Diplomarbeit gerne ein paar Fragen zum Themenkomplex Mittagsmörder stellen ... und so weiter und so fort ... *mit freundlichen Grüßen, Corinna Metzner.*

»Themenkomplex Mittagsmörder« – wie sich das schon anhört. Aber genau so denken diese Psychologen. Als würde die ganze Welt nur aus Komplexen bestehen. Vielleicht tut sie es mittlerweile auch. Die Welt ist verrückt geworden, ist doch wahr. Wer nicht mindestens einmal in seinem Leben bei so einem Kopfklempner gewesen ist, gilt heutzutage als nicht ganz normal, und wer keine Urschreitherapie oder irgendeinen anderen Kokolores gemacht hat, ist rückständig. Heute nennt man lebhafte Kinder hyperaktiv und stopft sie mit Tabletten voll, wer sich mal ordentlich mit dem Hammer auf die Hand haut, lässt sich anschließend wegen eines Hammertraumas krankschreiben und psychologisch behandeln, und jeder Zweite bekommt einen Breakdown oder ein Burnout oder sonst einen amerikanischen Quatsch, wenn er mal ein paar Überstunden mehr machen muss.

Wir haben auch gearbeitet – und wie wir gearbeitet haben! Den Damen und Herren bei ver.di würden die Ohren klingeln, wenn sie sich mal anhören würden, was ich ihnen über die Dienst- und Urlaubszeiten von Journalisten in den Sechzigerjahren erzählen könnte. Aber das ist jetzt nicht das Thema. Jetzt geht es ja erst einmal um »jugendliche Serienmörder und Amokläufer« und um den »Mittagsmörder«. Den hat sie wahrscheinlich im Internet gefunden, da findet man ja alles Mögliche. Warum suchen sich diese jungen Frauen eigentlich immer solche Themen aus? Mord und Totschlag und Blut und kranke Köpfe. Als ob es keine anderen Dinge gäbe, mit denen sich so ein junges Ding beschäftigen kann!

Christine war da ganz anders. Die hat es nie gern hören wollen, wenn ich ihr von Verbrechen oder Gewalttaten erzählt hab, und davon gab es damals wirklich mehr als genug. Sie hat dann meistens nur gesagt: »Peter, *unser Fall* reicht mir für den Rest des Lebens!«

»Unser Fall«! Deshalb hat sie sich von dem Ordner auch nie trennen wollen. Für Christine ist der Mittagsmörder immer »unser Fall« gewesen, weil wir uns genau an dem Tag zum ersten Mal begegnet waren, an dem sie ihn gefasst haben. Am 1. Juni 1965. Ich hab mich oft gefragt, ob ich ihr auch begegnet wäre, wenn es an diesem Tag nicht geregnet hätte. Wenn niemand einen Regenschirm dabeigehabt hätte. Wenn er sich noch weiter den Weg freigeschossen hätte. Mit einem Regenschirm haben sie ihn niedergeschlagen, mitten auf der Breiten Gasse, nachdem er im Brenninkmeyer den Hausmeister erschossen und anschließend wahllos durch die Gegend geballert hatte. Zwei Kunden sind dabei getroffen worden. Genauso gut hätte Christine in der Schusslinie stehen können.

Man soll sich nicht solche Gedanken machen. Man soll überhaupt nicht in der Vergangenheit wühlen. Was geschehen ist, ist geschehen, aus und vorbei. Im Guten wie im Schlechten. Warum hab ich mich bloß breitschlagen lassen? Warum hab ich dieser Psychotante nicht einfach gesagt, dass ich keinen Sinn darin sehe, die alten Kamellen noch einmal aufzuwärmen. Dass ich keine Lust habe, in der Mottenkiste zu kramen. Dass ich mich sowieso nicht mehr gut erinnern kann, schließlich liegt das alles schon mehr als ein halbes Jahrhundert zurück. Ich könnte es jetzt noch tun, ich könnte sie jetzt gleich anrufen und den Termin für morgen absagen. Man kann es sich schließlich anders überlegt haben.

Und was wird sie dann denken? Dass ich dement bin – bestenfalls. Wahrscheinlich eher, dass ich ein Mittagsmördertrauma habe, das behandelt werden muss. Oder dass ich etwas zu verheimlichen habe? Ich habe nichts zu verheimlichen. Und ich habe auch ganz gewiss kein Trauma. Mit der Erinnerung klappt es nicht mehr so gut. Aber das ist bei den vielen Details, die damals eine Rolle gespielt haben, auch kein Wunder. Die ganze Affäre hat sich schließlich mitsamt Prozess über mehr als sieben Jahre hingezogen. Wer kann sich da noch an alles erinnern?

Den Ordner hat Christine angelegt. Nach dem Urteil, nach dem unwiderruflichen »lebenslänglich« für den Mittagsmörder, ist sie ins Archiv marschiert und hat sich von unserer Neubert alle Artikel von Anfang an raussuchen lassen. Also ab dem Überfall in der Tuchergartenstraße. Der erste ist vom Samstag, 23. April 1960: *Zwei blutige Verbrechen: Mord und Doppelmord.* Das ist kurz vor meinem Einjährigen gewesen, das weiß ich noch. Im Mai 59 hab ich als Volontär angefangen. Und genau in dem Jahr ist es ruhig gewesen in Nürnberg. Oder sagen wir: Normalbetrieb. Ärger mit Halbstarkenbanden, Zoff im Valka-Lager, das kurz vor seiner Auflösung stand.

Kein Vergleich mit dem Jahr vorher, 1958. Erst der Gefängnisskandal. Da hat sich halb Deutschland über den fidelen Nürnberger Knast totgelacht. Jeden Tag konnte man neue Storys lesen über Häftlinge, die sich Callgirls bestellt haben oder mit nachgemachten Schlüsseln fröhlich raus- und reinspaziert sind, oder über Aufseherinnen, die sich gern mal für ein Schäferstündchen mit in die Zelle eingeschlossen haben. Über Häftlingsehefrauen, die ganz besonders nett zu den Aufsehern waren, um dadurch die Haftbedingungen für ihre Ehemänner spürbar zu erleichtern. Und danach kam dann eine ganze Serie von Mord und Totschlag. Eifersuchtsdramen, Familientragödien. Erschossene Ehefrauen, erstochene Söhne. Das ganze Jahr hindurch.

Deshalb hatte ich mir den Job auch ganz anders vorgestellt. Die Kollegen haben mich immer aufgezogen. Vor allem der Ruckriegel und der Hofbeck. »Hirschmann, du hättest schon längst bei uns anfangen sollen«, haben sie immer gesagt, »dann wäre den Nürnbergern einiges erspart geblieben. Seit du da bist, ist in Nürnberg Ruhe eingekehrt, richtig fad ist es geworden.«

Und dann plötzlich kurz nacheinander die Messerstecherei auf dem Volksfest und die Schüsse in der Tuchergartenstraße.

Am Tag nach dem Messermord, am Freitag, haben sie mich noch mal zum Volksfest geschickt. Die Stimmung einfangen, Besucher interviewen nach dem Motto »Sie trauen sich noch aufs Volksfest?«. Mit den Festwirten reden, mit den Polizisten. Solche Jobs haben mir immer Spaß gemacht. Nah dran am Geschehen, an den Menschen. Aber an dem Freitagabend kam ich näher ran, als mir lieb war. Ich bin kaum eine Viertelstunde wieder in der Redaktion zurückgewesen, da ist der Hofbeck reingestürzt und hat gesagt, ich soll mitfahren, in der Nordstadt hat es einen Raubmord gegeben, da war es schon weit nach acht – so viel zu Arbeitszeiten.

Eigentlich wollte ich mich an diesem Abend ja mit dieser kleinen Blonden treffen, wie hieß sie noch gleich – Erika? Elke? Irgendwas mit E jedenfalls. Den Artikel hatte ich in der Straßenbahn schon vornotiert. Nur noch schnell in die Maschine hacken und dann Feierabend. Ein bisschen um die Häuser ziehen. Vielleicht auch noch mal zum Volksfest raus. Oder in ein Tanzcafé. Da ist man noch viel tanzen gegangen, damals. Zum *Kerzinger*, wenn man sich's leisten konnte, in den *Bamberger Hof* oder ins *Trocadero*. Alles in der Luitpoldstraße. Wenn man sich die heute so anschaut ... bloß noch Striplokale und Pornoläden.

Die günstigere Variante war das *Astoria* in Gostenhof. Und natürlich die *Humboldtsäle*, quasi gleich bei mir ums Eck. Wenn man sich noch näherkommen wollte, ist man ins Kino. Was anderes war auch gar nicht drin.

Ich darf gar nicht an mein erstes möbliertes Zimmer in der Wirthstraße denken und an die Vermieterin, die alte Brettschneider – Heimatland! Die Witwe Brettschneider vergess ich mein Lebtag nicht. Ihr Mann ist Wehrmachtsoffizier gewesen und 1944 im Osten gefallen. In jedem zweiten Satz von ihr ist »mein Karli« vorgekommen. Wenn sie Sülze aufgetischt hat, hat sie immer gesagt: »Des is fei die vom Staudinger am Aufseßplatz. Die hat mei Karli immer besonders gern g'habt!« Deshalb bin ich um die Sülze nie rumgekommen. Ich glaub, ich wär sofort rausgeflogen, wenn ich die Sülze verweigert hätte. Das konnte ich mir einfach nicht erlauben. Schließlich hab ich ja auch profitiert von ihrem Karli. Im Winter hab ich einen Mantel von ihm getragen, den sie mir großherzig geliehen hatte. »Der Mantel vo meim Karli, der sichd doch no schäi! Und Sie ham doch fast die Statur vo meim Karli!« Ihr Karli muss ein Bär von einem Mann gewesen sein. Ich hab erbärmlich ausgesehen in dem Mantel. »Aber dass S' mer fei gut drauf aufpassen, gell!« Mein eigener Mantel war mir geklaut worden. Im *Humbser Bräustübl.* Das weiß ich noch, da war die letzte Straßenbahn längst weg, und ich bin mitten in der Nacht ohne Mantel bei null Grad und einem eisigen Ostwind vom Plärrer in die Wirthstraße rübergelaufen.

Und natürlich: keine Damenbesuche, Herrenbesuche nur bis 21 Uhr. Aber wen hätte ich auch einladen sollen in dieses Kabuff? Zehn Quadratmeter, ein alter Sekretär, ein Stuhl, ein Schrank und eine Schlafcouch. An was anderes war gar nicht zu denken bei meinem Volontärsgehalt, davon konnte man weiß Gott keine großen Sprünge machen. Und dann – es gab ja sowieso nicht viel, war ja alles kaputtgegangen und vieles immer noch nicht wieder aufgebaut.

Dabei war Nürnberg den anderen zerbombten Städten mehr als eine Nase lang voraus, wenn es um den Wiederaufbau ging. Es war seinerzeit eine Sensation und wirkte wie Balsam auf der Seele, als die Stadt von oberster Stelle gelobt wurde, weil ihre Aufbauleistungen richtungsweisend seien. Und was haben wir uns, trotz Freude und Stolz über dieses Lob, darüber amüsiert, dass der damalige Bundeswohnungsbauminister ausgerechnet Paul Lücke hieß. *Hier 'ne Lücke, da 'ne Lücke, doch die dickste hockt in Bonn!* Paul Lücke, das klingt doch wie ein schlechter Scherz.

Nürnberg war fünfzehn Jahre nach dem Krieg immer noch ein regelrechter Flickenteppich mit vielen Lücken zwischen den Häusern – Lücken und Baustellen, so weit das Auge reicht. In der Nordstadt nicht anders als in der Innenstadt. Die Bayreuther Straße ums Maxfeld war zwar offiziell wieder befahrbar, aber an dem Abend halbseitig gesperrt. Veranstaltung im neuen Musikpavillon vom *Tucherkeller* mit Blaskapellen und allem Drum und Dran. Im Vestnertorgraben wurde mal wieder gebuddelt, weshalb wir uns im Zickzack zur Tuchergartenstraße durchschlagen mussten. Was hat der Hofbeck deshalb geflucht! Vor lauter Wut ist ihm seine Zigarette erst auf die Hose und dann in den Fußraum geflogen. Ich hab sie suchen sollen zwischen seinen Füßen, und als ich sie gefunden hatte und ausdrücken wollte, hat er mir den Stummel abgenommen, wieder in den Mundwinkel geschoben und weitergeraucht. Das weiß ich noch wie heute, davon war ich schwer beeindruckt.

Überhaupt hat mir der Hofbeck enorm imponiert. Immer auf Achse, immer am Ball, immer auf Zack – so ein richtiger rasender Reporter, wie er im Buche steht, war der, ein ganzer Kerl – nicht so wie mein Vater. Hatte überallhin Kontakte, kannte Gott und die Welt und war natürlich auch mit dem Inspektor Berger per Du. Berger, der Sheriff. Ich glaub, der Hofbeck war der Einzige außerhalb der Kripo, der den Berger mit seinem Spitznamen anreden durfte. Neben dem Hofbeck bin ich mir jedenfalls lange Zeit vorgekommen wie ein Milchgesicht.

Der Berger war natürlich schon da, überhaupt war die Wohnung voll mit Kripobeamten, Uniformierten und den Leuten von der Spurensicherung. Und mittendrin steht diese Vermieterin und ist bleich wie der Tod von Forchheim. Genau so hat es mir der Hofbeck zugeraunt: »Schau mal, die ist ja bleich wie der Tod von Forchheim!« Und dann hat er auch gleich ein Foto von der gemacht – komisch, dass ich es jetzt nicht finden kann. Ich war eigentlich sicher, dass sie es gedruckt haben. Babette Hambach, genau. So hieß sie, die Vermieterin, in deren Wohnung das Ganze passiert ist, und die beiden Toten waren ihre Untermieterin Isabella Röder und deren Verlobter, Alfonso Dorsch.

Die beiden hab ich dann auch gleich hinter ihr liegen sehen im Flur, halb übereinander – und das viele Blut. Ich weiß noch, wie der Hofbeck sofort mit der Kamera vor und um die beiden herumgelaufen ist, geblitzt hat, den Blitzwürfel ausgewechselt, noch mal geblitzt hat. Das Blut auf dem Teppich hat bei jedem Blitz knallrot aufgeleuchtet, und das schwarze Loch im Kopf vom Dorsch hat mich regelrecht angeschrien. Mir hat es den Magen gehoben, und ich bin die Treppen runter auf die Straße und an die frische Luft, am liebsten wäre ich überhaupt nicht wieder hoch.

Das waren die ersten Toten, die ich jemals gesehen hab, damals am 22. April 1960.

Das ist eigentlich unvorstellbar, aber so war es eben – ich hatte bis zu diesem Zeitpunkt noch keinen einzigen Toten gesehen, obwohl ich mitten im Krieg geboren bin. Beerdigungen ja, die kannte ich. Auch in Hersbruck wurde während des Kriegs gestorben. Aber die Leute starben in ihren Betten, vielleicht auch auf dem Feld, oder sie hatten einen Unfall. Und dann natürlich der Mann von Tante Marthel, der Nachbarin meiner Großmutter. Der war auch angeblich in seinem Bett gestorben. Ich war da noch ziemlich klein, es muss also Anfang der Vierziger gewesen sein. Erst viel später erfuhr ich, dass er sich umgebracht hatte. Aufgehängt, mit einem Fahrradschlauch im Hühnerstall, weil er nicht wieder zurückwollte an die Front. Weil er ein Drückeberger war, wie meine Großmutter das noch lang nach dem Krieg kommentierte. Ich durfte von da an nicht mehr rüber zum Nachbarhaus und zur Tante Marthel, die sowieso nie eine richtige Tante von mir war, und ab diesem Zeitpunkt nur noch *die von nebenan* genannt wurde. Als ich gefragt hab, warum ich sie nicht mehr besuchen darf, hieß es, solche wie die seien schlecht für die Volksgesundheit – und ich hab das geglaubt, dachte tatsächlich, dass ich auch krank werden oder gar sterben könnte, genau wie ihr Mann. Verrückt, was man Kindern alles eintrichtern kann.

Als ich Christine irgendwann viel später einmal von diesen Gedanken erzählt hab, die mir durch den Kopf gerast sind, als ich in der Tuchergartenstraße meine ersten Toten gesehen hab, hat sie mich angesehen, als käme ich von einem anderen Stern. Diesen abgrundtief traurigen Blick, dieses Verlorene, Verzweifelte und grenzenlos Einsame, das ihre Augen für einen langen Moment überschwemmte, werde ich niemals vergessen. Verstanden habe ich es erst Jahrzehnte später, als sie im Krankenhaus immer öfter von ihrer Kindheit in Hamburg heimgesucht wurde im Dämmerschlaf, der ihr nur die Schmerzen erleichtern konnte. Mit ihren Erinnerungen musste sie selber fertigwerden.

Aber Anfang der Sechziger war der Doppelmord in der Nordstadt für die alten Redaktionshasen nicht mehr und nicht weniger als eine gute Story. Zurück in der Redaktion hat sich der Hofbeck als Allererstes auf seine Schreibmaschine gestürzt und auf die Tasten eingedroschen wie ein Verrückter. Alle paar Minuten ist der Seybold vom Satz im Türrahmen aufgetaucht wie der Geist des Vaters bei *Don Giovanni*. Die Zeit war wieder mal knapp. Das war unser ständiges Problem.

Als der Hofbeck das letzte Blatt aus der Maschine zog, riss es ihm der Seybold regelrecht aus der Hand. Dann hat der Hofbeck eine Flasche amerikanischen Whiskey auf den Schreibtisch gestellt und mich nach nebenan ins Büro der Sekretärin geschickt, zwei Kaffeetassen holen. Er hat uns beiden eingeschenkt und gesagt: »Auf deine ersten Zeitungsleichen!« Gegrinst hat er dabei. »Noch nie so was gesehen? Was bist du noch mal für ein Jahrgang?«

»38.«

»38. Als Kind nie 'nen Bombenangriff in Nürnberg erlebt?«

»Bin doch in Fürth geboren und bei meiner Großmutter in Hersbruck aufgewachsen«, hab ich gesagt, und da hat er seinen Mund noch mehr verzogen.

»Stimmt ja. Der erste Fürther beim *Nürnberger Tagblatt*. Fürther und Landei in Personalunion, das muss man erst mal schaffen. Na dann, hoch die Tassen, Grünschnabel. Oder darf ich dem Herrn Volontär einen original Hersbrucker Hopfentropf kredenzen?«

Dann legte er los. Ich kann mich nicht mehr an alles erinnern, was mir der Hofbeck bei seinem zweiten Whiskey aus der Kaffeetasse erzählt hat. Aber ich weiß noch, dass es unter anderem um seinen besten Freund ging, den er nach einem Luftangriff der Engländer in einem Wäldchen bei Ziegelstein in Einzelteilen eingesammelt hat. Von einer Granate zerrissen. Die Nazis hatten seinen Jahrgang von der Schulbank zur Flak geholt, später wurden die Vierzehn- bis Sechzehnjährigen zum Schanzenbauen an die Westfront geschickt – sogar die Mädchen. *Zum Schanzen für den Westwall*, hat der Hofbeck das genannt. Als sie dann wieder zurück in Nürnberg waren, mussten sie nach Verschütteten suchen und Leichen bergen in den Trümmern. »Und schießen mussten wir natürlich auch. Die Jungs. Die Mädels haben nur gebuddelt. Verglichen mit dem, was die zutage gefördert haben, waren unsere beiden Opfer heute ein wahrer Augenschmaus.«

Es war das erste Mal überhaupt, dass mir der Hofbeck etwas aus seinem Leben erzählt hat. Ich hab mit großen Augen zugehört und mich ein bisschen wie im Kino gefühlt. Hab nicht glauben können, dass sich all das wirklich abgespielt hatte, so kühl und sachlich wie der Hofbeck davon berichtet hat.

Und dann, von einem Moment auf den nächsten, war er wieder ganz bei der Story – in Gedanken wohl schon beim Nachfolgeartikel. Hat mich unvermittelt gefragt, ob ich von den Leuten, die sich draußen ums Haus gedrängt hatten, irgendwas erfahren hab. Ob irgendeiner den Täter hat wegrennen sehen vielleicht. Oder sonst was Brauchbares. Ich hab nicht gewusst, was ich sagen soll. Ich hatte da draußen niemanden was gefragt. Ich war nur auf der Treppe gestanden und hatte versucht, meine Übelkeit wegzuatmen.

»Also nix? Kannst gehen für heute.«

An dem Abend ist nicht nur ihm, sondern auch der Polizei der erste gravierende Fehler unterlaufen, der noch jahrelang die Fahndung beeinträchtigt hat. Alle haben angenommen, dass sich der Täter noch in Nürnberg aufhält, wahrscheinlich sogar ein Nürnberger ist. Sie hatten einfach die Geschwindigkeit unterschätzt, mit der sich der Kerl vom Acker gemacht hat. Der muss im Dauerlauf zum Bahnhof gesprintet sein und rein in den nächsten Zug nach Hersbruck, während alle geglaubt haben, dass er in der Falle sitzt. Noch habe sich der jugendliche Mörder nicht aufspüren lassen, heißt es im Artikel, doch sei er durch scharfe Absperrungen an den Ausfallstraßen, am Hauptbahnhof und am Flughafen daran gehindert, die Stadt zu verlassen. Deswegen herrschte auch Panikstimmung in Nürnberg – »Der Mörder ist unter uns.«

In derselben Nacht sind noch vierzig, fünfzig Polizisten unterwegs gewesen, haben alle Kaschemmen im Bahnhof und rundherum durchkämmt, die Kneipen im Rotlichtviertel und in der Nordstadt. Keiner hat damit gerechnet, dass der Bursche einfach schneller gewesen ist. Keiner hätte sich damals ausmalen können, was er nach seiner Verhaftung fünf Jahre später zu Protokoll geben würde: dass er im Zug gesessen ist und an seiner Pistole rumgemacht hat, um die Ursache für die Ladehemmung zu finden. Die Vermieterin Hambach war also gerade noch mal davongekommen. Deswegen ist sie auch so fertig gewesen. Auf die hatte er nämlich ebenfalls gezielt, aber beim Abdrücken hatte es nur *klick* gemacht.

Eine halbwegs brauchbare Täterbeschreibung haben wir erst in der Montagsausgabe drucken können. Circa fünfundzwanzig Jahre alt, einsvierundsiebzig groß, schlank, hellblondes, leicht gewelltes und nach hinten gekämmtes Haar, volles, rundes, aber blasses Gesicht. Kleidung: dunkle lange Hose, helles Hemd und eine Wildlederjacke, welche die Hambach eine »James-Dean-Jacke« nannte. So ist die Information von der Polizei an uns rausgegangen, aber der Hofbeck hat mich trotzdem am Sonntagnachmittag noch mal in die Tuchergartenstraße geschickt, ich soll die Vermieterin ausquetschen, vielleicht fällt ihr noch was ein. Der Besuch ist sinnlos gewesen. Die Frau hat die Sperrkette eingehängt gelassen, hat die Tür nur einen Spaltbreit aufgemacht und gesagt: »Lassen Sie mich in Ruhe.«

»Die hat mich völlig erschreckt angesehen«, hab ich zum Hofbeck gesagt. Der hat wieder so gefeixt und gemeint, wenn ich nicht erstens ein bombensicheres Alibi hätte und zweitens nicht so zartbesaitet wäre, dann könnte der Beschreibung nach genauso gut ich der Mörder aus der Tuchergartenstraße sein. »Und drittens«, hat er hinzugefügt, »haben sie ihn vor einer Viertelstunde geschnappt. Einen jungen Mann aus der Pirckheimerstraße mit James-Dean-Jacke und einem ganzen Waffenarsenal in der Wohnung.«

Die Polizei hat im Lauf der folgenden Wochen noch einige geschnappt, die sich in den Augen ihrer Nachbarn verdächtig gemacht hatten – weil sie als Halbstarke auftraten und James-Dean-Jacken trugen, weil sie abends durch die Gegend zogen, ohne dass man wusste, womit genau sie ihre Zeit verbrachten, und weil sie schlanke junge Männer mit blondem, zurückgekämmtem Haar waren. Jeder von ihnen wurde der Hambach vorgeführt, und jedes Mal musste sie sagen, dass der es leider nicht gewesen sei.

Kurzzeitig schien eine Spur nach Südamerika aufzublitzen, nach Argentinien, wo Alfonso Dorsch zehn Jahre lang gelebt hatte. Man vermutete einen politischen Hintergrund, wollte, wenn ich mich richtig erinnere, sogar Interpol einschalten. Aber auch diese Fährte verlief im Sand.

Dass die Spur nach Hersbruck führen könnte, ausgerechnet in das beschauliche Kreisstädtchen Hersbruck, wo ich den größten Teil meiner Kindheit verbracht hatte, hätte jeder für abwegig gehalten. Das behäbige, ländliche Hersbrucker Bürgertum konnte einfach keine jungen Männer hervorbringen, die am Abend nach Nürnberg fuhren, an irgendwelchen Wohnungstüren klingelten, »Geld her oder das Leben!« schrien und kaltblütig schossen.

Heute sieht es natürlich anders aus. Heute kann so ein Täter von überall her kommen. Sind ja alle ferngesteuert heutzutage. Schauen sich dieselben Filme an, spielen dieselben Computerspiele, und wenn sie nicht spätestens mit sechzehn Superstar geworden sind, halten sie ihr Leben für verpfuscht und laufen Amok. Ist doch so.

Und diese Studentin hat nichts Besseres zu tun, als solchen Leuten eine Entschuldigung zu basteln – verpfuschte Kindheit, Informationsüberflutung, Perspektivlosigkeit –, so einen Mist kann man doch jeden Tag in jedem Käseblatt lesen. Erwartet die von mir womöglich, dass ich ihr ein Psychogramm vom Mittagsmörder liefere? Ich werd ihr absagen. Wie heißt die noch mal? – Metzner. Corinna Metzner. Soll Frau Metzner doch jemanden von der Polizei interviewen, die können ihr mehr über Mörder und deren Motive erzählen.

Ihr ehemaliger Kollege Herr Dressler vom Nürnberger Tagblatt *war so freundlich, mich darauf hinzuweisen, dass Sie damals als Lokalredakteur intensiv mit dem Fall befasst waren.*

Was hat sich der Dressler bloß dabei gedacht, meine Mailadresse weiterzugeben? Hält der mich für einen gelangweilten Rentner, dem man mit so einem Quatsch die Zeit vertreiben muss? Und überhaupt: Intensiv mit dem Fall befasst war die Polizei. Nicht wir – jedenfalls nicht die ganzen Jahre hindurch. Wir waren jeden Tag intensiv mit neuen Geschichten befasst. Gab auch damals schon genug Skandale. Die Sache mit Contergan ist in der Zeit hochgekocht. Das ist schon genauso gelaufen wie heute. Einen Arzt gab's, der schon frühzeitig vor Contergan gewarnt hat. Aber da mussten sich die Missbildungen an Kindern erst häufen, bis man ihm endlich glaubte und alles Vertuschen nichts mehr genützt hat.

Über den Doppelmord in der Tuchergartenstraße sind bei uns exakt drei Artikel erschienen, die ersten beiden am Samstag und Montag nach der Tat, der dritte am 25. Juni 1960: *Doppelmörder noch immer gesucht*. In dem steht nichts Neues. Dieselbe Täterbeschreibung wie zwei Monate zuvor und ein Bild von einer Puppe, der man dunkle Hosen und eine James-Dean-Jacke angezogen hatte. Mit einem Aufruf der Mordkommission an die Bevölkerung, wer einen Mann kenne, auf den die Beschreibung zutreffe und der möglicherweise seit dem 22. oder 23. April vermisst werde, solle sich melden. Das war der letzte abgedruckte Hilferuf der Polizei zum Raubmord in der Nordstadt. Und von einem »Mittagsmörder«, geschweige denn von einem »Serienmörder«, war sowieso noch lange nicht die Rede.

»Serienmörder«. Ich kann mich nicht mehr erinnern, ob es diesen Begriff in den Sechzigern überhaupt schon gegeben hat – »Massenmörder« ja, aber »Serienmörder«? »Gewaltverbrecher« hat man damals noch gesagt. Wahrscheinlich hat diese Dame nicht mal richtig recherchiert und stellt sich unter unserem oder besser: ihrem »Serienmörder« eine geniale Bestie vor wie aus so einem Kinofilm. *Das Schweigen der Lämmer*. Oder *Sieben*. Diese Schinken kenn ich auch, werden ja oft genug in der Flimmerkiste gezeigt. Als Christine noch gelebt hat, haben wir so was natürlich nicht geguckt, aber jetzt, wo ich allein bin ... bin ja immer noch eine

Nachteule. Den alten Rhythmus kriegt man nicht mehr raus. Die vielen Spätdienste.

Solche Filme haben mit der Realität weiß Gott nichts zu tun. Jedenfalls nichts mit der Realität, die ich kenne. Das ist Tötung nach Drehbuch. Immer dasselbe Strickmuster. Ein bizarrer Mord wird verübt, dann wird eine Mordserie daraus, und irgendwann entdeckt ein ebenso genialer Ermittler, dass die Symbole, die der Täter zurücklässt, auf einen alten Mythos hinweisen oder sonst einen Schmarren. Oder dass es einen ganz ungeahnten Zusammenhang zwischen den bisherigen Opfern gibt. Dann kann er sich zusammenreimen, wer das nächste Opfer ist oder wo der nächste Mord stattfinden wird, und der Wettlauf mit der Zeit beginnt. Zwischendrin bekommt er aber noch *den* entscheidenden Tipp von irgendeinem anderen genialen Mörder oder aus der Bevölkerung. Oder ihm geht die Lösung im Schlaf auf und dann – zack – haben sie den Kerl.

In der Realität sieht das ganz anders aus. Die Täter sind selten genial, sind meistens Getriebene, unterbelichtete Hohlköpfe, handeln im Affekt oder aus Gier. Aber da sieht man wieder mal, wie einen Begriffe aufs Glatteis führen. »Mittagsmörder«. Das klingt, als wenn er irgendeinen Tick gehabt hätte. Zu oft *High Noon* angesehen oder so. Oder immer die goldene Taschenuhr dabei. Dabei ist die Wahrheit so banal gewesen.

Was ist denn das? Das gehört doch gar nicht ... ach, stimmt ja. Da hat Christine ab und zu Fotos von uns mit rein. Hm, der Hofbeck hatte schon recht. Ich hab der Beschreibung wirklich ähnlich gesehen: enge Hosen, Blouson und zurückgekämmte Haare. Brisk – au weia! Man brauchte Unmengen von Brisk Frisiercreme, damit man annähernd so aussah wie Elvis, James Dean oder wenigstens Horst Buchholz, und wer wollte das nicht? Hofbeck selbst hätte der Täter sein können, wenn er dafür nicht zehn Jahre zu alt gewesen wäre.

Die Polizei suchte eine Stecknadel im Heuhaufen. Und sie suchte auch noch im falschen, denn nachdem die Argentinienspur ins Nichts geführt hatte, ging man geraume Zeit davon aus, dass der Täter aus dem Umfeld der Witwe Hambach stammen müsse. Die Hambach betrieb ein Eheanbahnungsinstitut, in ihrer Wohnung herrschte also reger Publikumsverkehr.

Alle Achtung, es waren tatsächlich über tausend Männer aus ihrer Kartei, die im Laufe von Monaten überprüft wurden, das hatte ich schon völlig vergessen. Wir haben immer mal wieder nachgefragt, ob es eine heiße Spur gebe. Aus dem Präsidium kam jedes Mal nur dieselbe Antwort: »Wir wissen genauso wenig wie am Abend der Tat«. So was kann man nicht drucken, da bleiben einem die Leser weg.

Die Brettschneider ist mir beinah jeden Tag in den Ohren gelegen. Wieso denn rein gar nichts mehr in der Zeitung steht. Ob's denn wirklich nichts Neues gibt. Wenn sie allein in der Wohnung war, hat sie nur noch mit vorgehängter Kette die Wohnungstür geöffnet. Und wenn ich zu Hause war, und es hat geklingelt, hat sie reflexartig gerufen: »Herr Hirschmann, Herr Hirschmann! Däädn Sie amal gschwind schauer?« Natürlich immer deswegen, weil sie zufällig genau in dem Augenblick einen Topf Milch auf dem Herd oder ein heißes Bügeleisen in der Hand hatte, an der Nähmaschine saß oder ihr Bett frisch bezog. »Ich bin fei gscheit froh, dass ich Sie bei mir in der Wohnung hab, Herr Hirschmann.« Das klingt mir heute noch im Ohr. »Gell, Sie ziehn doch nonned so bald aus?«

Ich kann mich erinnern, dass wir genau wie die Ermittler noch auf ein Wunder bei der Beerdigung der beiden Opfer gehofft hatten. Irgendjemand hätte von der Last der Schuld zusammenbrechen oder sich sonst wie verdächtig machen sollen. Aber Fehlanzeige. All die Fotografen, die auf *das* Sensationsbild gewartet hatten, waren umsonst zum Westfriedhof gekommen. Also blieben nur die Ehekandidaten.

Es gab damals eine Menge Eheanbahnungsinstitute – heute klingt das Wort so altmodisch, heute trifft man sich auf Flirtlines im Internet. Für uns klang das ganz normal. So normal, dass man sich nicht einmal Gedanken darüber gemacht hat, warum es so viele Einrichtungen dieser Art gegeben hat. Mein Vater kam 1947 aus der Gefangenschaft zurück, da war ich neun Jahre alt und er ein Fremder für mich. Gleich zu Kriegsbeginn, 1939, war er als Feldkoch beim Einmarsch in Polen dabei, wie hätte ich ihn also kennen sollen. Trotzdem hab ich mich gefreut, dass mein Vater aus dem Krieg zurückgekommen ist. Viele meiner Schulkameraden hatten nicht so ein Glück, und es gab viele Witwen wie die Hambach oder meine Brettschneider in der Wirthstraße.

Auch mein Vater und meine Mutter sind die Fremdheit, die sich zwischen sie geschlichen hatte, nie mehr wirklich losgeworden. Verpasste Jahre, Lebenslinien, die auseinandergetrieben sind, lassen sich nicht nachträglich aufholen und wieder verknüpfen. Trotzdem sind sie zusammengeblieben. Vielleicht wegen mir. Aber einen richtigen Draht zu meinem Vater hab ich nicht gefunden. Oder er nicht zu mir. Dabei sind wir uns in manchen Dingen ziemlich ähnlich. Das hab ich aber erst viel später gemerkt.

Mein Vater hatte mal Fotograf gelernt. Das heißt, die Lehre hat er gar nicht zu Ende geführt, sondern abgebrochen und eine neue Lehre angefangen, als Koch. Die Eltern eines ehemaligen Schulkameraden hatten ein Tanzlokal eröffnet. *Feldschlösschen* hieß das, in Muggenhof, nicht weit weg von der Stadtgrenze. Und wie er den zufällig getroffen hat, hat er erfahren, dass er bei seinen Eltern mitarbeitet. Und dass denen ein Lehrling abgehauen war.

Darauf hat mein Vater Knall auf Fall seine Fotografenlehre kurz vor dem Abschluss hingeschmissen und bei denen eine Lehre als Koch angefangen. Wahrscheinlich, weil er sich gedacht hat, dass er es viel lustiger hat, wenn er mit seinem alten Kumpel zusammenarbeiten kann. Ob's dort wirklich lustiger war als im Fotoatelier? Gastronomie ist eine harte Branche. Trotzdem, da ist er dann geblieben. Aber so ein richtiger Koch aus Leidenschaft war er nie.

Das heißt, im Krieg schon. Da muss er eine große Leidenschaft dafür entwickelt haben, erlesene Zutaten aufzuspüren, und offenbar hat er wirklich einen guten Riecher gehabt. Wenn ich an die Geschichten denke, die er danach erzählt hat – es ging fast immer darum, wie er wo was »organisiert« hat für seine Leute. Wie Gänsescharen von verlassenen Gehöften in die Kochtöpfe gewandert sind und kistenweise französischer Wein an den Offizierskasinos vorbeigeschoben wurde. Und natürlich hat er Glück gehabt.

Nach dem Poleneinsatz ist er nach Westen gekommen. Belgien, Frankreich. Wenn man ihn so gehört hat, konnte man den Eindruck bekommen, als wäre der Krieg über weite Strecken nichts weiter als eine gigantische Sauf- und Fresstour gewesen, und irgendwie hat er nie wieder so richtig ins zivile Leben zurückgefunden. Mal da gejobbt, mal dort. Wie ein in die Jahre gekommener Student. Nirgendwo Wurzeln geschlagen. 1959, da hätte er eine echte Chance gehabt, reich zu werden. Da ist er beim *Schaschlik-Wolf* in der Königstraße eingestiegen. Schaschlik hat sich praktisch über Nacht zum Döner der Sechziger entwickelt. Ein Schaschlik eine Mark. Die Leute haben dem *Schaschlik-Wolf* die Bude eingerannt, und der Wolf hat noch ein paar Filialen aufgemacht. Eine Weile ist mein Vater Filialleiter gewesen. Aber sobald die abenteuerliche Anfangsphase vorbei gewesen ist, hat's ihn nicht mehr interessiert. Mit Normalbetrieb konnte er einfach nichts anfangen.

Bei mir war's ganz ähnlich. Erst für Germanistik und Anglistik eingeschrieben, weil ich gedacht hab, ich will Lehrer werden. Natürlich ein viel besserer Lehrer, als die, die ich hatte. Da waren vielleicht Gestalten dabei, meine Herrn. Der Sportlehrer hat so richtige Nazisprüche draufgehabt. »Ein deutscher Junge hat das zu können!«, hat er immer gebrüllt, wenn einer am Reck oder am Barren versagt hat. Dann hab ich das Lehramtsstudium wieder abgebrochen und mich für Jura eingeschrieben. Für Gerechtigkeit in der Welt sorgen. Aber ich war einfach nicht der Typ dafür, mich durch Stapel von Büchern zu wühlen, und dann haben mir die Nebenjobs meistens mehr Spaß gemacht als das eigentliche Studium. Mal auf dem Bau, mal bei der Post. Und dann bei der Zeitung, in der Expeditionsabteilung, als Ausfahrer. Da musste man extrem früh aufstehen. Ich hab's oft andersrum gemacht, hab die

Schicht an den Tag drangehängt und bin erst im Morgengrauen ins Bett.

Das ging so lange, bis meine Mutter mir eines schönen Tages das Inserat gezeigt hat, in dem stand, dass die einen Volontär suchen. »Mit Abitur«, hat sie gemeint, »solltest du doch lieber die Zeitung schreiben, anstatt sie auszufahren.« Da hatte sie recht. Und ich hatte auch weiß Gott kein schlechtes Abitur. Nur waren aus meiner Schullaufbahn keine besonderen Neigungen abzulesen, kein herausragendes Talent für irgendwas. Meine Aufsätze waren ganz gut. Hab auch gern welche geschrieben. Gab aber auch jede Menge Leute, die das besser konnten.

Ich erinnere mich noch an den Ton, in dem sie gesagt hat: »Abwechslung hast du da bestimmt genug.« Sicher hat sie da schon gemerkt, dass ich anfange, genauso ziellos im Leben herumzustolpern wie mein Vater und allem aus dem Weg gehe, was nach Routine aussieht. Also hab ich mich beworben und bin auch sofort genommen worden. Erst viel später hab ich erfahren, dass daran der Dr. Bloch von der Politik nicht ganz unbeteiligt war. Alte Verbindungen, von denen ich zu dem Zeitpunkt noch nichts ahnte.

Ich hab lang nicht gemerkt, dass mir auch das Schreiben irgendwann zur Routine wurde. Jeden Tag war was Neues los, und wenn man in die Redaktion kam, hat man nie gewusst, was auf einen zukommt. Erst dann, glaub ich, als mir bei der Zeitung das Abenteuergefühl der frühen Jahre immer mehr verloren ging. So Ende der Sechziger. Hätte es da Christine noch nicht gegeben, ich glaube, ich hätte wirklich alles hingeworfen, um noch einmal ganz was Neues anzufangen. Ohne groß darüber nachzudenken, was. Wie mein Vater eben. Wie muss das sein, wenn man den eigenen Vater nie erlebt hat, weil er nie zurückgekommen ist?

Heute scheint der Weltkrieg eine Ewigkeit vorbei zu sein. Er ist so weit entfernt wie ein Krieg in Afrika oder Südostasien, völlig abstrakt. Und trotzdem streckt er seine Arme aus bis in die Gegenwart und lebt in den Menschen weiter. Sogar in mir. Obwohl ich vom wirklichen Krieg gar nicht viel mitbekommen hatte, in Hersbruck bei meiner Großmutter. Dort bestand der Krieg aus der Angst um die anderen, die draußen im Feld waren. Oder man hatte Angst um die, die in den Städten geblieben waren, wie meine Mutter. Gott sei Dank in Fürth, nicht in Nürnberg. Aber gearbeitet hat sie in Nürnberg. An den Sonntagen ist sie nach Hersbruck gekommen. Meistens. Bis zum 2. Januar 1945. Danach gab es zwar noch die Wohnung in der Fürther Jakobinenstraße, aber nicht mehr die Nürnberger Schraubenfabrik, in die sie all die Jahre Tag für Tag geradelt ist.

Den brennenden Himmel über Nürnberg hat man bis Hersbruck gesehen. Ich nicht. Ich habe in der Nacht geschlafen, wie immer. Aber am nächsten Tag war das einzige Thema Nürnberg, und irgendwann habe ich selber geglaubt, ich hätte das Feuer in der Nacht gesehen, von dem die Erwachsenen sprachen.

Am übernächsten Tag wusste man schon, dass Fürth noch einmal davongekommen war. Meine Mutter hatte es geschafft, uns über einen Nachbarn ein Lebenszeichen zukommen zu lassen. Das war eine große Erleichterung. Doch erst eine knappe Woche später stand sie vor der Tür, in einer eiskalten Januarnacht.

Sie hatte nur einen Rucksack dabei und eine Kiste, die sie auf den Gepäckträger geschnürt hatte. Sie war mit dem Fahrrad gekommen. Es gab kaum noch andere Fortbewegungsmöglichkeiten im Januar 1945. Die meisten Zugstrecken waren zerstört, viele Züge zerschossen worden. Die Bomber haben regelrecht Jagd auf sie gemacht – auf alles, was sich bewegte. Deshalb hatte sie sich auch in der Nacht auf den Weg gemacht, aus Angst vor den Tieffliegern.

Das hab ich aber erst viel später erfahren. Als Kind haben sie mir nicht erzählt, wie es um Nürnberg stand und was für eine Katastrophe dort passiert war. Aber ich hab geahnt, dass es etwas sehr Schlimmes gewesen sein muss, konnte es fühlen. Ich konnte es vom Gesicht meiner Mutter ablesen und an ihren Händen sehen, die tagelang nicht aufhörten zu zittern.

Ab dieser Nacht ist meine Mutter in Hersbruck geblieben. Ich war glücklich, in gewisser Weise war der Krieg für mich kleines Bürschchen damit vorbei. Fast vorbei. Kurz vor Schluss sind die Tiefflieger noch gekommen, nachts, wie Schwärme von riesenhaften Insekten, die sich über den zerstörten Großstädten nicht mehr austoben konnten und in rasender Wut neue Ziele suchten. *Keine Angst, bald ist der Krieg vorbei.* Die Worte hab ich noch im Ohr. Wir saßen zusammengekauert im Keller, und meine Mutter hat dauernd dasselbe gesagt. *Keine Angst, bald ist der Krieg vorbei.* Und hat dabei gezittert. Ein paar Häuser in Hersbruck hat's noch erwischt. Trotzdem ist die Stadt glimpflich davongekommen.

Ein paar Tage später sind amerikanische Panzer durchs Pegnitztal und Sittenbachtal gerasselt – *Gott sei Dank sind es die Amis und nicht der Russe!* –, und nur, weil sich noch ein paar Unbelehrbare in den Dörfern herumtrieben, die ihnen die letzten kläglichen Reste an Panzerfäusten entgegenwarfen, hat's um Hersbruck noch richtig gekracht. Velden hatten die Amis eigentlich schon erobert. Dann sind sie weitergezogen, und kaum waren sie weg, ist ein Wehrmachttrupp zurückgekehrt, hat die weißen Fahnen wieder von den Häusern entfernen lassen und in einem völlig sinnlosen Scharmützel einen Aufklärer unter Beschuss genommen.

Vielleicht, weil dort in der Nähe die »Göringburg« lag. So hat meine Großmutter das Veldensteiner Schloss immer beinahe ehrfürchtig genannt, weil der Göring dort residiert und in den Wäldern der Umgebung gejagt hat. Eine halbe Stunde, nachdem die Trottel die weißen Fahnen entfernt hatten, kamen die Jagdbomber. Fünfzig Häuser wurden in Schutt und Asche gelegt. Daran kann ich mich erinnern, an das Dröhnen der Motoren und das Donnern, als die Bomben krepiert sind. So nah war mir der Krieg bis zu diesem Tag noch nicht gekommen. Ende April 45! Und Achtel wurde ein paar Tage vor der Kapitulation noch mit Phosphorgranaten niedergebrannt, weil sich dort eine SS-Einheit verschanzt hatte. Erst als die Panzer zu Hunderten übers Land gerasselt sind, hat auch der Letzte gemerkt, dass es völlig sinnlos ist, noch irgendwas verteidigen zu wollen.

Was hatten wir dagegen in Altensittenbach für ein Glück. Da gab's einen, den Schuster Fred, der hatte mal ein paar Jahre in Amerika gelebt, und den haben sie den Amerikanern entgegengeschickt. Auf dem Fahrrad. Mit einem Rechen, an dem ein weißes Tuch hing. Schon am nächsten Tag kannte jeder die unglaubliche Geschichte, dass unser Kapitulationsbote in seiner Amerikazeit zufällig in derselben Stadt und in derselben Straße gewohnt hatte wie der Panzerkommandant, dem er gegenüberstand. Ich war wirklich ein völlig unbedarftes Landei, das hatte der Hofbeck schon richtig erkannt.

Krieg in Altensittenbach war wie »Krieg light«. War wie ein rumpeliger Schwarz-Weiß-Heimatfilm, in dem ein launiger Streit unter Kleinbauern ausgetragen wird. Don Camillo und Peppone. Vielleicht geht es um Land, vielleicht um Liebe. Der vom Bürgermeister, wahlweise auch vom Pfarrer geschickte Friedensbote mit der Mistgabel auf dem Fahrrad schlingert über den Feldweg unweigerlich dem Happy End entgegen. Im letzten Bild sitzen alle um ein Lagerfeuer herum und verbrüdern sich bei Marshmallows und Würstchen.

Der Krieg, der echte Krieg, war so weit weg, selbst wenn wir sein Donnern und seine Hitze bis nach Hersbruck spüren konnten, und auch den Schmerz, als er seine Zähne in Fleisch von unserem Fleisch grub. Das hat meine Großmutter immer gesagt – *der Krieg gräbt seine Zähne in Fleisch von unserem Fleisch*. Damit meinte sie unsere Soldaten und unsere Städte. Und auch, als wir in dieselben erloschenen Augen der Heimkehrer starrten, wie die in den großen Städten es Tag um Tag und immer öfter tun mussten, blieb dieser Krieg in gewisser Weise wie ein Schatten. Ein Wort auf einem Blatt Zeitungspapier, eine Radiosendung, ein Wochenschaubericht. Und danach? Richtig gehungert haben wir nie auf dem Land, es war immer was da. Gehungert haben die, denen wir mal ein paar

Eier oder eine Speckschwarte zugesteckt haben, wenn sie bei ihren Hamstertouren bei uns vorbeikamen.

Und dann die Neger, korrekt sagt man ja heute Afroamerikaner … für uns Kinder waren die wie eine Zirkusnummer. Die Frauen hatten Angst vor ihnen. Wir nicht. Die haben gelacht und mit den Augen gerollt und haben uns Schokolade geschenkt. Aber es hat Frauen gegeben, die sind tagelang nicht aus dem Haus. Meine Mutter auch nicht. Eine Nachbarin ist einmal auf dem Weg nach Kleedorf gleich mehreren schwarzen GIs auf einmal begegnet und hat vor lauter Schreck mit »Heil Hitler!« gegrüßt. Die Hofbauer Gretl ist das gewesen. Die Neger muss es fast zerrissen haben vor Lachen, aber sie ist sofort umgedreht und heimgerannt. Die hat noch lang einen Riesenbogen um jeden Schwarzen gemacht.

Christines Krieg hatte vollkommen anders ausgesehen, und genau das hab ich lange nicht begriffen. Krieg ist Krieg, hab ich gedacht. Aber der Krieg hat viele Gesichter. Sie war in Hamburg geboren, war drei, als sie die Stadt bombardierten. *Operation Gomorrha* haben sie das genannt. Das klingt nicht nach Heimatfilm, hab ich gedacht, klingt wie eine Mischung aus Hollywood und Wagneroper. Ich war ein Idiot.

Sie hatte ihr Leben lang Angst vor der Dunkelheit. Die Verdunkelung. Klingt so harmlos. Verdunkelung. Genauso wie Luftschutzraum. Die hingepinselten Aufschriften konnte man noch bis in die Siebziger auf manchen Altbauten lesen. *LSR* und ein Pfeil zum nächstgelegenen Kellereingang. Oder *LSR im Hof*. In den Fünfzigerjahren hat man dann den Kindern schon wieder erklären müssen, was das heißen soll, *LSR*. Verdunkelung hieß für mich immer nur *Hindenburglicht,* und ich fand es höchstens ein bisschen blöd, weil man sich oft an irgendetwas gestoßen hat. Für Christine war Verdunkelung aber mehr als nur Dunkelheit. Verdunkelung, das waren die langen Abende mit ihrer Mutter in der Küche in Hamburg-Wandsbek, schwere Vorhänge vor den Fenstern, eine Kerze auf dem Tisch. Nur stumm dagesessen und gewartet, gewartet.

Gebetet, dass die Nacht ruhig verläuft, dass keine Sirenen heulen, keine Motoren am Himmel dröhnen, keine Bomben krepieren.

»Und wenn die Flieger doch kamen, hab ich immer gedacht, warum hat mir der liebe Gott nicht zugehört?«

Das hat sie mir erst spät erzählt. In der Zeit im Krankenhaus, da ist vieles wieder hochgekommen. Ist noch nicht lang her ... Ihre regelrechte Panik vor der Silvesterknallerei, die ich insgeheim für übertrieben gehalten hatte, hab ich da erst begriffen.

Trotzdem hab ich immer Rücksicht genommen. Wir sind um Silvester herum immer raus aus der Stadt. Am Anfang einfach nur irgendwohin aufs Land. Oft ins Mainfränkische, nach Iphofen oder Sommerhausen. Später dann auch mal in die Berge oder an die Nordsee. Aber wirklich kapiert hab ich nie, was da in ihr vorging. Erst am Schluss, im Krankenhaus ... da hat sie zum ersten Mal nach vielen Jahren wieder Silvester in der Stadt verbringen müssen. Ging ja nicht anders. Verrückt, wie in einem Menschen sechzig Jahre nach dem Krieg mitten in einer modernen Stadt wieder das Grauen der eigenen Kindheit auferstehen kann. *Das* wäre ein Thema, mit dem sich so eine Psychologiestudentin mal beschäftigen sollte. Käme garantiert mehr dabei raus als bei ihrem Mittagsmörder.

Die Nachbarin hat mir neulich erst wieder erzählt, dass sie ständig Zusatzkurse machen muss, genauso wie viele andere, die in der Altenpflege arbeiten. Sie und ihre Kollegen haben es immer öfter mit Patienten zu tun, in denen die Kindheit wieder lebendig wird, mit Traumapatienten, für die der Krieg nur in den Köpfen verschüttet war, aber nie vorbeigegangen ist.

1960, als ich den Einsatz in der Tuchergartenstraße hatte, war der Krieg schon fünfzehn Jahre vorbei, aber sogar zu dieser Zeit in Nürnberg noch an allen Ecken und Enden gegenwärtig. Man sah ihn nicht nur an den Lücken zwischen den Häusern, man sah ihn auch an den Menschen, denen ein Bein, ein Arm oder ein Auge fehlte – es gab so viele Kriegsversehrte, sie gehörten zum Straßenbild. Heute kann man sich das kaum noch vorstellen, aber wir jungen Hupfer haben es ganz normal gefunden, kannten ja auch nichts anderes.

Der Ruckriegel zum Beispiel, unser Redaktionsleiter, hatte ein Holzbein, das echte war ihm in Russland abgeschossen worden. Einmal – mein Gott, war das 'ne Schau! – hat er sich mitten in der Wochenkonferenz einen Spicker reingerammt, um die Gertrud Niese, unsere neue Sekretärin, zu erschrecken. Die hat natürlich gebrüllt wie am Spieß und dann in breitestem Sächsisch gemeint: »Das muss ja nu nich grade needich sein!« Aber wir haben uns nicht mehr eingekriegt vor Lachen. Der Ruckriegel war schon ein Pfundskerl!

Heute lebt von der alten Garde keiner mehr. Der Hofbeck hat nicht einmal mehr den Ruhestand erlebt. Der konnte die Finger nicht vom Whiskey lassen. Direkt von den Amis hat er den immer gehabt, aus der PX in Fürth. Irgendwann hab ich auch zu den auserlesenen Kollegen gehört, die er so alle zwei, drei Wochen gefragt hat: »Ich komm heute bei der Pi-Eks vorbei, soll ich dir was mitbringen?«

Die Mädels waren immer schwer beeindruckt, wenn man mit echten Amizigaretten ankam. Camel, Chesterfield und natürlich Lucky Strike. Oder wenn man im Kino eine Tafel Hershey-Schokolade hervorgezaubert hat. Im Grunde ging es ja nie ums Kino, die meisten Filme konnte man sowieso durch die Bank vergessen, jedenfalls die deutschen Produktionen. Da bekam man schon vom Titel einen Magenkrampf: *Almenrausch und Edelweiß*, *Die Lindenwirtin vom Donaustrand* oder *Madeleine und der Legionär* – so hießen die deutschen Produktionen damals, und genau so waren sie auch. Gute Filme kamen meistens aus Amerika, aus Italien, manchmal auch aus Frankreich, aber in die bist du dann mit den Jungs gegangen oder allein. Die Schmachtfetzen im *Alhambra*, im *Humboldt* oder im *Rio* waren für die Mädels reserviert – im Dunkeln ist gut munkeln, und die feine Hershey-Schokolade ließ die jungen Damen meistens ganz von allein dahinschmelzen. Oh ja, der Hofbeck hat mir mit seinen Amibeziehungen zu einigen Mädels verholfen.

Ganz nüchtern ist er nie gewesen. Aber auch nie betrunken. Später hat es natürlich geheißen, er hat ein Alkoholproblem. Aber damals? Dass man was Hochprozentiges im Büro hatte, war völlig normal. Sind ja auch genug Leute rumgelaufen, die sich ihre Erinnerungen wegsaufen mussten. Nicht nur die an den Krieg.

Der einäugige Josef mit dem steifen Bein, unser Pförtner. Für jeden immer nur der Pförtner-Josef. Bestimmt gab's einige, die gar nicht wussten, wie er mit Nachnamen hieß. Mir fällt er auch gerade nicht ein. Dem hat der Hofbeck ab und zu einen Flachmann zugesteckt. Nach und nach hab ich gemerkt, dass eigentlich jeder den Josef versorgt, und hab's dann genauso gemacht. »No, da dank ich dr schien, Jingla!«, hat er immer gesagt. Einmal haben wir zu seinem Geburtstag für einen neuen Radioapparat gesammelt, der hieß bei ihm der »Prillkoasta«, und weil er auf einem Ohr schwerhörig war, hat der Brüllkasten im Pförtnerkabuff seinem Namen alle Ehre gemacht. Und »krewatschlich« hat er immer gesagt. »Krewatschlich« war das Wort für alles, was ihm irgendwie komisch vorkam. »'S is e krewatschlichs Wattr heete!«, hat er oft gesagt, wenn das Wetter sich nicht entscheiden konnte, wenn die Sonne von einer Wolkenschicht ausgesperrt war, die einfach nicht abregnen wollte, oder wenn es absolut untypisch war für die Jahreszeit.

Irgendwann mal hab ich den Hofbeck gefragt, ob er über den Josef Bescheid weiß. Natürlich hat er Bescheid gewusst, aber es hat bis zum nächsten Saufabend gedauert, bis er mir was erzählt hat. Ob er im Osten an der Front gewesen ist, der Josef, hab ich ihn gefragt, und er hat gemeint, im Osten schon, aber nicht an der Front, und wer weiß, vielleicht wär's ihm an der Front besser ergangen als in seiner Heimat. »Der Josef«, hat mir der Hofbeck erzählt, »ist einmal Bürgermeister gewesen in einem kleinen Dorf in Mähren und hat einen der größten Höfe gehabt. Bis im Juni 1945 ein Trupp tschechischer Partisanen im Morgengrauen bei ihm aufgekreuzt ist, mit der MP im Anschlag. Sie haben sein Haus auf den Kopf gestellt und nach Waffen und Munition gesucht, aber nichts gefunden. Daraufhin haben sie ihn nach draußen geführt, wo er sein eigenes Grab ausheben sollte. Während er gegraben hat, haben sie geschossen, immer knapp an ihm vorbei. Dann hat er es wieder zuschaufeln müssen und immer wieder auf Befehl ›Heil Hitler!‹ rufen. Für jedes ›Heil Hitler!‹ haben sie auf ihn eingedroschen. Dabei ist der Josef weiß Gott kein Nazi gewesen. Aber diese durchgedrehten Partisanen haben sich im Siegesrausch auf alles gestürzt, was deutsch war, egal, ob SPDler oder Nazisympathisant.

Wie er schon halb tot war von den Prügeln, haben sie ihn ins Gefängnis geschleift. Zu essen gab's Wassersuppe und Kartoffelschalen, und täglich haben sie mit Stöcken und Gummiknüppeln auf die Leute eingeschlagen. Was da sonst noch stattgefunden hat, war wohl auch nicht grad von schlechten Eltern. Zigarettenasche vom Fußboden auflecken muss noch das Angenehmste gewesen sein. Und was die Tschechen mit seiner Frau und seinen zwei Töchtern gemacht haben, kannst du dir selber denken. Später ist er in ein Arbeitslager gekommen. Im Sommer 46 haben sie ihn dann entlassen. Einäugig, auf einem Ohr so gut wie taub und auf dem rechten Bein lahm. Als er draußen war, hat er erfahren, dass seine Frau das tschechische Lager nicht überlebt hat. Seine Töchter hat er zwar noch. Aber die eine lebt in Wiesbaden, die andere in New Jersey, und so hat er sie eigentlich nicht mehr. Harte Kiste«, hat der Hofbeck an dem Abend in der *Wacht* noch gesagt, »aber solche wie der Josef sind kein Einzelfall. Den Flüchtlingen ging es nicht anders als uns. Und wie heißt es so schön: Was uns nicht umbringt, macht uns nur härter.«

Kein Einzelfall. Für mich ist der Pförtner-Josef sehr wohl ein Einzelfall gewesen. Außer ihm hab ich keinen aus dem Osten gekannt. Aber von wegen, was uns nicht umbringt, macht uns nur härter. Hat ihn das härter gemacht? Der Josef, der war eine Seele von Mensch, zu jedem freundlich und immer die Ruhe selbst. »Am besta ies, die Kerche bleit eim Darfe!« Das war so ein Spruch von ihm, wenn sich jemand aufgeregt hat. Dass der Josef – ah, jetzt hab ich's: Moser hat er geheißen, Josef Moser –, dass der Josef ab und zu so einen abwesenden Eindruck gemacht hat, ist mir erst nach dem Gespräch mit dem Hofbeck richtig aufgefallen. Es konnte passieren, dass man am Josef vorbeigegangen ist, ohne dass er reagiert hat, obwohl man gedacht hat, er sieht einen direkt an mit seinem wasserblauen rechten Auge. Aber in Wirklichkeit hat er nirgendwohin geschaut, sondern war mit irgendetwas in Gedanken beschäftigt. Oder er hat ganz weit in die Ferne gesehen, durch die Zeiten hindurch in eine Vergangenheit, in der er glücklicher war als heute. »Wenn iech bei Noacht schloof, will iech doch wengst bei Toache mei Ruhe hoan!« An den Spruch kann ich mich auch noch erinnern. So ein Deutsch, wie er gesprochen hat, hab ich seitdem nicht mehr gehört. Wenn ich heute so an den Josef denk ... vielleicht gab's ihn nur noch nach außen, als eine Art Hülle, und inwendig war er seit dem Kriegsende unheilbar zerbrochen.

Früher hab ich so etwas nicht gedacht. Als Kind schon gleich gar nicht. Da hatte ich schon mal mit Leuten aus dem Osten zu tun. Als ich wieder nach Fürth zurückgekommen bin, mit zehn Jahren, da war unser Esszimmer von einem älteren Ehepaar belegt. Aus Schlesien. Oder Pommern. Fürth war ja vergleichsweise intakt geblieben, und deswegen sind sich da alle gegenseitig auf die Füße getreten. Tausende von ausgebombten Nürnbergern. Kriegsheimkehrer, Amisoldaten. Und eben die Flüchtlinge. Wie hießen unsere gleich wieder? Weiß nicht mehr. Irgendwas mit »-ski«. Der Mann hat immer so asthmatisch geröchelt, daran erinner ich mich noch. Ich hab nie danach gefragt, was die für eine Geschichte hinter sich hatten. Interessiert einen als Kind ja auch nicht.

Hat zu der Zeit kaum jemanden interessiert. Jeder hatte mit seinem eigenen Leben genug zu tun. Jeder hatte seine eigene grausame Vergangenheit hinter sich. Bombennächte, ausgebrannte Wohnungen, verschüttete Verwandte, gefallene Väter und Söhne. Da hat man sich über die aus dem Osten keine großen Gedanken gemacht.

Die wurden mehr oder weniger alle in einen Topf geschmissen, da wurde nicht lange sortiert. Viele waren Flüchtlinge aus den ehemaligen deutschen Ostgebieten. Viele waren aber auch Fremdarbeiter.

Von wegen Fremdarbeiter, das klingt so nett, so ähnlich wie Gastarbeiter. Es waren aber keine Gastarbeiter, es waren Zwangsverschleppte, ehemalige Zwangsarbeiter, die nun nicht mehr zurückkonnten oder -wollten, nach Estland oder Jugoslawien oder wo auch immer die herkamen. *DPs* haben die Amis die genannt, displaced persons. Für uns waren das aber immer nur die *Hottentotten.* Ich kann mich noch gut daran erinnern, dass sich viele Nürnberger aufgeregt haben, als die Stadt den *Hottentotten* im Valka-Lager Steinbaracken gebaut hat. *Die alten Holzbaracken waren doch gut genug für die!* Nein, mit denen wollte keiner was zu schaffen haben. Genauso wenig wie mit den Vertriebenen.

Um die hat sich doch die Politik schon gekümmert. Denen hat man schöne neue Wohnungen in Siedlungen am Stadtrand gebaut. Über das Lastenausgleichsgesetz haben die genug Mittel bekommen, um sich eine neue Existenz aufzubauen. So ging das damals. Da ist einiges schiefgelaufen, einiges durcheinandergeworfen worden. Das hab ich aber auch erst kapiert, als ich erfahren hab, dass selbst der Josef einige Zeit im Valka-Lager gewohnt hat, obwohl er kein ehemaliger Zwangsarbeiter gewesen ist, sondern ein Vertriebener. Einmal hat er mich gefragt, ob ich wüsste, was »Liebe« auf Tschechisch heißt. Das ist echt Josef gewesen. Entweder er hat in der Zeitung gelesen, oder er hat ein paar Schritte auf und ab gemacht und dabei vor sich hin sinniert. »Spekulieren« hieß das bei ihm, wenn er nachgedacht hat. Und wenn einer vorbeikam, hat der Josef manchmal seinen *Prillkoasta* leiser gedreht und völlig unvermittelt eine Frage gestellt.

»No, Jingla, weeßte ock, wie dr Tschech für ›Liebe‹ sagt?«, hat er mich einmal gefragt, da bin ich noch nicht lang dabei gewesen. Ich hab es natürlich nicht gewusst. »*Láska,* die Liebe heeßt *láska.* Und dr Krieg heeßt beim Tschechen *válka,* Jingla. *Válka,* der Krieg, und *láska,* die Liebe.« Ich wusste gar nicht, was er mir damit sagen wollte. Wahrscheinlich hatte er da gerade was vom Valka-Lager gelesen. Das hat im Lokalteil ständig für Meldungen gesorgt. Die Schwarzarbeiter auf den unzähligen Baustellen haben sich im Prinzip überwiegend aus dem Valka-Lager rekrutiert. Haben ihre Versorgung kassiert und obendrein auf dem Bau gutes Geld verdient.

Aber das waren kleine Fische gegen manche wirkliche Ganoven, die aus dem Osten kamen. Die hatten dann auch mit dem Valka-Lager nichts zu tun. Ein gewisser Vondraczek ist mal aufgeflogen, der sich hier als »von Draczek« hatte eintragen lassen und sich damit im Handumdrehen in einen schlesischen Adeligen verwandelt hatte, von den Kommunisten enteignet. Auf die Tour hatte der sich eine unerhörte Summe ergaunert. So was hat natürlich noch die Abneigung geschürt. Es gab Leute, die haben dieses ganze *Pack aus dem Osten* regelrecht gehasst. Man hat sie nicht wie Landsleute behandelt, sondern genauso wie die ehemaligen Zwangsarbeiter. Man wollte sie nicht mehr sehen.

Die Vertriebenen lebten in ihren Ghettos und hatten dankbar zu sein für ihre nagelneuen Wohnungen und Häuser. Mit was für Erinnerungen die dort fertigwerden mussten, was für schauerliche Geschichten die auf der Flucht erlebt hatten, darum hat man sich erst Jahrzehnte später gekümmert, viel zu spät.

Von solchen Sachen könnte ich morgen dieser Psychostudentin eine Menge erzählen. Die haben ja heutzutage keine Ahnung mehr, was seinerzeit für Leute auf den Straßen rumgelaufen sind. Bevor ich mich mit dem Hofbeck über unseren Josef unterhalten hatte, hatte ich ja selber viel zu wenig Ahnung. Was für ein Schmerz allein der Heimatverlust gewesen sein muss, hat keiner begriffen und begreift heute erst recht keiner mehr. Heute sind sie ja sowieso alle dauernd unterwegs, studieren zwei Semester in Berlin, zwei Semester in Paris oder Barcelona, ständig auf Achse wie die Zigeuner. Aber so einer wie der Josef, der hat auf dem Grund und Boden gelebt, in dem seine Familie seit Jahrhunderten verwurzelt gewesen ist, und er hat *von* seinem Boden gelebt. Die Generation heute lebt von Tiefkühlmenüs im Supermarkt. Wahrscheinlich hat dieses Mädel nicht einmal mehr eine Ahnung vom Kochen.

Na gut. Ich hab zugesagt. Also weiter durch den Ordner. Christine hat ihn wirklich sorgfältig angelegt. Jedes Jahr durch ein Registerblatt vom anderen getrennt, und am Schluss noch »Sonstiges«. Aber der Reihe nach. Die nächste Artikelserie ist von 62. Kann das sein, dass über zwei Jahre lang Ruhe war mit dem Mittagsmörder? Oder fehlt da was? *Ochenbruck: Tödliche Schüsse in Sparkasse.* Vom 11. September 1962. Die Täterbeschreibung ist ganz ähnlich. Sogar eine Wildlederjacke wird erwähnt. Aber keine blonden Haare, sondern dunkle. Was steht da? Die Polizei erkennt Parallelen zum noch heute ungeklärten Überfall auf die Sparkasse Leinburg im Juni des vorigen Jahres? Merkwürdig, aber der Artikel zu Leinburg fehlt. Ich weiß noch, da war kurz die Südstadt im Visier. Da hat nämlich jemand am selben Tag gleich bei der Brettschneider ums Eck, in der Allersberger Straße, einen zerknüllten Hundertmarkschein auf der Straße gefunden. An der Straßenbahnhaltestelle Widhalmstraße, bloß ein paar Meter vom Waffengeschäft Hochholzer entfernt. Und in Leinburg sind auch zwei Geldscheine auf der Straße gelegen, die der Täter auf der Flucht verloren hat.

Ausgerechnet der Hochholzer. Den haben die sowieso auf dem Kieker gehabt, weil sie ihn mal nachts im Bahnhof bei einer krummen Tour erwischt haben. Schwarzhandel, eine Waffengeschichte. Zu der Zeit kannte ich ihn noch nicht persönlich, den Martin, aber das hat sich bald geändert.

Immerhin war aber klar, dass der Täter aus Nürnberg stammen musste. Das muss man sich einmal überlegen: In Leinburg wurden zwei Geldscheine auf der Straße gefunden, in Nürnberg noch mal einer, und schon hatte man eine Spur von der Sparkasse in Leinburg in die Nürnberger Südstadt. So ein Schwachsinn! Man hat sich wirklich an jeden noch so brüchigen Strohhalm geklammert. Drei verlorene Hundertmarkscheine. Das ist aber auch schon alles gewesen, was man in der Hand hatte.

Wer von uns ist eigentlich nach Leinburg rausgefahren? Ich weiß es nicht mehr. Eventuell hat über den Bankraub in Leinburg bloß die *Pegnitz-Zeitung* was gebracht. Gab keine Schießerei, keine Opfer. Banküberfälle von der Sorte sind damals zigfach passiert in Deutschland. Deswegen wird Christine auch nichts abgeheftet haben.

Erst der Überfall in Ochenbruck hat die Erinnerung an Leinburg wieder hochgespült. Beide Male Sparkasse, beide Male zwölf Uhr mittags, ähnliche Täterbeschreibungen: schlanker junger Mann, zurückgekämmte Haare, Mitte zwanzig. Nur ist eben in Ochenbruck geschossen worden, in Leinburg nicht. Deswegen hat im September 1962 auch noch keiner von einem »Mittagsmörder« geredet. Aber da war noch was, das haben wir aus ermittlungstaktischen Gründen nicht erwähnen sollen. Die Projektile. Die stammten aus einer Walther siebenfünfundsechzig. Der Sparkassenbeamte in Leinburg wiederum hatte ein Jahr vorher ausgesagt, er sei mit einer Walther siebenfünfundsechzig bedroht worden. Das weiß ich noch genau, weil ich mich gewundert hab, wie der die Waffe erkennen konnte.

Ich jedenfalls hätte nicht gewusst, was für ein Modell das sein soll, wenn mir jemand so ein Ding unter die Nase gehalten hätte. Und wie ich damals in der Redaktion gemeint hab, dass ich mich frag, wie man so ganz klar sagen kann, um was für einen Waffentyp es sich handelt, wenn einem damit vor der Nase rumgefuchtelt wird, hat der Ruckriegel nur den Kopf geschüttelt, und der Hofbeck hat gelacht und gemeint, dass sich daran wieder mal zeigt, was für ein ahnungsloser Jungspund ich sei. Klar, er war zehn Jahre älter als ich, war von der Schulbank an die Heimatfront beordert worden und später natürlich auch beim Volkssturm dabei gewesen. Daher hatte er auch diese Narbe im Gesicht. Wenn er sich aufgeregt hat, und er konnte weiß Gott schnell unter der Decke hängen, hat die Narbe auf seiner Stirn so rot geleuchtet wie ein dreieckiges Brandzeichen. *Granatsplitter, nur gestreift, Kinderkram.*

Der Hofbeck kannte sich mit Waffen aus, die meisten kannten sich mit Waffen aus, das kann man sich heute gar nicht mehr vorstellen. Meine ersten Schießübungen hab ich im Zaboforst gemacht, gar nicht weit vom Tiergarten. Der Hofbeck hat mir gezeigt, wie man eine Waffe lädt und entsichert, wie man ein Ziel anvisiert, schießt und irgendwann auch mal trifft. Später sind wir dann meistens noch in die *Wacht am Rhein* – meine Fortschritte begießen –, und da bekam ich den theoretischen Teil der Waffenkunde mit. Hab Fabrikate anhand von Fotos erkennen gelernt, hab dem Hofbeck sagen müssen, was die jeweils für ein Kaliber haben und wo sie hergestellt wurden. Die Duo Z, mit der ich trainiert habe, war zum Beispiel eine Sechsfünfunddreißiger. Tschechisches Fabrikat. Der Hofbeck hat nur die Augenbrauen hochgezogen und durch die Lippen gepfiffen, als ich wissen wollte, wo er die herhat. »Ist doch vollkommen wurscht, wo das Ding herstammt«, hat er gesagt, »Hauptsache ist, du kannst damit umgehen. Brauchst du vielleicht noch mal.« Menschenskinder, war das eine verrückte Zeit!

Am 11. Oktober, genau einen Monat später, gab's noch einmal einen Fahndungsaufruf. 5000 Mark Belohnung. *Besonders hinderlich wirkt sich auf die Fahndung aus, dass es keinen Zeugen gibt, der eine genaue Beschreibung des mutmaßlichen Mörders geben kann.*

Das hab ich auch gemerkt. Alle tappten vollkommen im Dunkeln. Bin damals an einem Sonntag mit meiner neuen Flamme nach Ochenbruck rausgefahren, um selber mit den Leuten zu sprechen, die entlang der Hauptstraße wohnten, in Sichtweite der Sparkasse. Das war in dem Jahr, als ich mit der Conny zusammen war. Die Conny mit dem Pony. Bis über die Augenbrauen.

Für die war das immer eine Schau, wenn ich meinen Presseausweis gezückt hab. Aber mehr als die Polizei hab ich auch nicht rausbekommen. Ein junger Mann soll eine Weile in der Nähe der Sparkasse rumgelungert sein, das war alles. Und dann haben sie vom Gastwirt Hochreiter erzählt, gleich schräg gegenüber, der vor zehn Jahren Opfer eines Raubmords wurde. Heute ist da ein

Grieche drauf. Ach ja, und dann war da noch diese alte Frau, die auf mich zugekommen ist und mich gefragt hat, ob ich überhaupt wisse, was der Herr Sparkassendirektor für ein feiner Mensch gewesen sei, und dass er eine Frau und eine kleines Mädchen hinterlässt. Darüber solle ich doch mal was schreiben. Ich hab zwar bedauernd mit dem Kopf genickt, aber sonderlich interessiert hat es mich nicht.

Das hab ich auf der Rückfahrt auch der Conny erzählt. Kam mir ziemlich toll vor, so als knallharter Kerl, der nur am Täter und nicht an den Opfern interessiert ist. Nur keine Sentimentalitäten, das passte nicht in mein Weltbild. Ich wollte ihr damit imponieren, aber der Schuss ist nach hinten losgegangen. Conny war vollkommen entsetzt über meine Herzlosigkeit, hat mich erst angebrüllt und dann bis Nürnberg überhaupt nichts mehr gesagt, weil ich sie wegen ihrer Mimosenhaftigkeit auch noch aufgezogen hab. Als ich sie vor ihrer Haustür abgesetzt hab und sie küssen wollte, hat sie sich umgedreht und ist gegangen. Zwei Tage später kam eine Karte von ihr. Auf der stand nur: *Mit einem Eiskasten wie Dir mag ich nichts mehr zu schafen haben. Vollidiot.*

»Schaffen« hatte sie tatsächlich mit nur einem f geschrieben! Daran kann ich mich noch gut erinnern. Ich hab die Postkarte zerknüllt und in den Papierkorb gefeuert. Damit war die Sache für mich gegessen. Und jetzt denk ich, dass die Conny damals verdammt recht gehabt hat mit dem Vollidioten.

Ich weiß nicht, was ich dieser Tante morgen erzählen soll. Ich weiß auch nicht, was sie von mir hören will. Dass ich ihr Einblick in den Kopf von so einem Saukerl verschaffe? Ihr ein Diagramm seiner kranken Psyche anfertige? Der war nicht krank, der Kerl, der war irre, aber nicht auf die Weise, wie sie es vielleicht gerne hätte. Der war nicht schwachsinnig oder hat innere Stimmen gehört. Der war eiskalt und aalglatt. Genau das werde ich ihr auch sagen, falls sie danach fragen sollte. Eiskalt und aalglatt war der Mittagsmörder alias Horst Golke. Mehr nicht.

Der nächste Artikel über ihn ist aus der Wochenendausgabe vom 1./2. Dezember 1962 – richtig, die beiden Überfälle in Ochenbruck und Neuhaus lagen nicht einmal drei Monate auseinander, und wieder hatte es ein Opfer gegeben.

Bankkunde erschossen. Flüchtiger Verbrecher erbeutete in der Sparkasse 5000 DM und tötete den 51-jährigen Oswald Böhme mit vier Schüssen – Parallelen zu Ochenbruck.

Neuhaus ... den Bericht hab ich geschrieben. Hatte ich mir selbst eingebrockt, dass ich an diesem saukalten verregneten Nachmittag da rausmusste. »Du gehörst doch jetzt zur Elite der Motorisierten«, hat mich der Hofbeck maliziös angelächelt. »Also ab nach Neuhaus. Sparkassenüberfall mit Leiche. Ist doch eh dein Gäu da draußen, oder?«

Er hat recht gehabt, erstens war es die Gegend, in der ich aufgewachsen bin, und zweitens war ich seit Kurzem motorisiert. Erst ein paar Tage vorher hatte ich mir den DKW gekauft. Baujahr 50 und schon leicht ramponiert. Aber günstig. Von einem alten Herrn aus der Nordstadt. Ein DKW Meisterklasse in einem scheußlichen Grün.

Zusammen hält die Meisterklasse wie eine zähe Kleistermasse.

Zwei Zylinder, 23 PS. Mit der Gurke bin ich auf der Berliner Autobahn den Hienberg hoch bis Plech. Auf der Fahrt hat's dermaßen geschüttet, dass ich zum ersten Mal alle undichten Stellen an dem Auto bemerkt hab, und den Hienberg bin ich mit 40 im zweiten Gang raufgekrochen. Da hätte man heute hupende Lastwagen hinter sich. Aber damals, die Berliner Autobahn Richtung Zone? Die war ja bis 1989 so gut wie verkehrsfrei.

Neuhaus war natürlich komplett in Aufruhr. Die Landpolizei war da, drei Oberpfälzer von der Kriminalaußenstelle Neustadt an der Waldnaab, die Nürnberger Mordkommission, zwei Kollegen aus Pegnitz vom *Kurier*. Der halbe Ort war vor der Sparkasse zusammengelaufen. Und im Prinzip herrschte Einigkeit darüber, dass es derselbe Täter gewesen sein musste wie in Ochenbruck. Sparkasse, zwölf Uhr mittags. Allerdings hatte es, anders als in

Ochenbruck, dieses Mal nicht den Mann hinter dem Schalter erwischt. Das war ein ganz junger Kerl, ungefähr so alt wie ich, Mitte zwanzig. Dieter Vollmer, genau, so hieß er. Der ist kreideweiß am Schreibtisch gesessen und hat sich an seiner Kaffeetasse festgehalten. Seine Hände haben immer noch gezittert, als ich nach einer Ewigkeit endlich am Schauplatz ankam.

Das Opfer war dieser Bankkunde, der aus Karlsbad stammte. Einer von drüben, genau wie unser Josef aus der Pförtnerloge. Und noch eine Gemeinsamkeit gab es zu unserem Josef. Der Böhme hatte, weil er schwerhörig und kurzsichtig war, gar nicht mitbekommen, was sich am Schalter abspielte. Hat sich von der Seite genähert und in die Brusttasche von seinem Arbeitskittel gegriffen. »Der wollte doch bloß seine Brille rausholen!«, hat der Vollmer immer wieder gesagt. »Bloß seine Brille aus der Tasche holen!« Davon hat sich der Bankräuber offenbar bedroht gefühlt. Jedenfalls hat er nicht lange gefackelt, eine Waffe rausgezogen und losgeballert, vier Mal. Niemand hat die Schüsse gehört, weil sie genau ins Zwölf-Uhr-Läuten fielen. Aber trotzdem hat man ihn zu dem Zeitpunkt noch nicht den »Mittagsmörder« genannt.

Erstaunlich. Im Rückblick meint man, er war von vornherein der Mittagsmörder. Aber in den Zeitungsausschnitten kann ich nichts davon finden. 1962 hieß er bei uns auf jeden Fall noch nicht so. Bei uns war die Überschrift noch ganz neutral, sachlich, fast unterkühlt *Bankkunde ermordet*, das war's. Nichts mit »Mordbestie« oder »Mittagsmörder«.

Ich weiß nicht mehr, wann sich das geändert hat und wer den Begriff aufgebracht hat. Eventuell hieß er erst ab dem folgenden Überfall so. Aber ich erinnere mich noch genau an die Diskussionen, die wir darüber hatten. Der Bloch vom Politikressort, der später zur *FAZ* gegangen ist, hat mal bemerkt, dass ein Mörder für ihn was anderes sei.

Der Bloch, meine Güte! Dr. phil. und ein glühender Karl-Kraus-Verehrer. Und genau wie Kraus konnte der sich in die Sprache verbeißen. Was hab ich bei dem mitgemacht als Volontär in der Politik. »So einer wie der Heinrich Pommerenke oder der Friedrich Haarmann«, hat der Bloch immer wieder gesagt, »das ist ein Mörder.« Einer, der planvoll tötet und sich seine Opfer aussucht. Der möglicherweise auf einen ganz bestimmten Opfertyp fixiert ist oder Lust am Todeskampf seines Opfers empfindet oder der glaubt, eine Mission erfüllen zu müssen. Wie eben der Pommerenke, der sich in seinen Wahn hineingesteigert hat, dass die Frau die Wurzel allen Übels in der Welt ist, und eines Tages damit begann, eine nach der anderen umzubringen. »Aber bei eurem Mittagsmörder«, hat er uns gepredigt, »handelt es sich um einen Räuber. Der will ganz offensichtlich Geld, und um an Geld ranzukommen, nimmt er in Kauf, dass er jemanden erschießen muss. Doch wenn der Täter von Ochenbruck und Neuhaus derselbe ist wie von Leinburg, dann schießt er offenbar nicht immer. Also ist er kein Mörder. Von mir aus gerade noch ein Raubmörder. Aber ihr werdet es schon noch so hindrehen, dass ihr euren fränkischen Pommerenke bekommt – das steigert die Auflage.« So war er, der Dr. Bloch von der Politik. Der konnte sich über so was richtig in Rage reden.

Der Vortrag über Pommerenke war erst der Auftakt. Später hat es ziemlich oft geknallt zwischen ihm und uns beziehungsweise zwischen ihm und Hofbeck. Die beiden waren wie Hund und Katze. Letztendlich war die ganze Geschichte mit dem Mittagsmörder daran schuld, dass der Bloch ein paar Jahre später gekündigt hat. Als sie den Golke endlich geschnappt hatten, 1965. Oder ist er doch erst nach dem Prozess gegangen? Zu der Zeit haben wir natürlich reichlich Futter vom Sheriff alias Inspektor Berger bekommen. Über die Vernehmungen. Wie sie den Golke anpacken. Und warum so und nicht anders. Hm. Ich glaube, diesen Eklat mit dem Bloch gab es doch erst 67, beim Prozess. Nein, das passt nicht, 67 *muss* der Bloch schon bei der *FAZ* gewesen sein. Die hatten da nämlich in einem Prozessbericht eine deutliche Spitze gegen unsere Berichterstattung drin, und jeder hat gesagt, klar, da steckt der Bloch dahinter.

Wenn er mit dem Hofbeck im selben Raum war, hat man förmlich gefühlt, wie es britzelt. Sie mochten sich nicht sonderlich, hatten ständig was aneinander auszusetzen. Aber durch die Geschichte mit dem Mittagsmörder ist die Situation regelrecht eskaliert. Einmal, das war kurz nach der Verhaftung vom Golke, haben sich die beiden auf dem Flur angeschrien, am Vormittag schon, als ich reingekommen bin. Der Bloch hat geschäumt. »Ihr tut ja gerade so, als wäre der Golke die Inkarnation des Bösen! Erinnert sich vielleicht noch irgendeiner von euch Revolverblattschmierern daran, was vor zwanzig Jahren war? Hat denn keiner von euch miterlebt, wie leicht man aus einem halben Volk das Böse hervorlocken kann? Schon mal was von Amon Göth gehört? Oder von Josef Kramer? Die Bestie von Belsen? Sagt das hier noch irgendjemandem was? Karl Chmielewski? Der Teufel von Gusen? Otto Moll? Der Henker von Auschwitz? Der hat eigenhändig Hunderte von Frauen und Kindern erschossen!

Und unser ganz spezieller Freund – schon wieder vergessen? Erich von dem Bach-Zelewski? Hier in Nürnberg ist er vor Gericht gestanden, der SS-Obergruppenführer! Der hat Hunderttausende auf dem Gewissen! Und wofür hat man ihn angeklagt? Zwei Morde beim Röhm-Putsch! Aber natürlich, diese Schlächter gehören ja alle in eine andere Zeit, von der kein Mensch mehr was wissen will. Dabei wäre es die Pflicht von jedem hier, die Leute wieder mal daran zu erinnern, anstatt jeden Tag den Golke als Monster vorzuführen! Ihr wisst doch noch nicht einmal, ob er es überhaupt gewesen ist! Der Mann sitzt noch in Untersuchungshaft, aber ihr habt ihn schon jetzt verurteilt! Könnt ihr euch noch daran erinnern, dass hierzulande jeder unschuldig ist, bis seine Schuld vor Gericht bewiesen ist? Vor Gericht! Nicht in der Redaktion! Und jetzt will ich euch noch was sagen. Der ganze Laden hier glaubt wohl, für alle Zeiten eine moralische Instanz zu sein, weil der Chef ein KZ-Häftling gewesen ist. Dabei haben manche hier im Haus allmählich genau dasselbe Niveau wie diejenigen, die vor fünfundzwanzig Jahren in *diesem* Haus an den Schreibtischen gesessen sind und den *Stürmer* verbrochen haben!«

Dann ist er in sein Büro gestürmt und hat die Tür hinter sich zugeschmettert, dass die Glasfüllung zersplittert ist.

Den Hofbeck hat der Bloch mit seinen Moraltiraden aber nicht beeindrucken können. Der Hofbeck war keiner von den Journalisten, die sich einem hehren Wahrheitsethos verpflichtet fühlen, sondern ein ganz pragmatischer Reporter. »Wenn sich die Leute da draußen auf ›Mittagsmörder‹ geeinigt haben, dann muss in unseren Schlagzeilen auch ›Mittagsmörder‹ stehen«, hat er ihn in den Redaktionskonferenzen von Anfang an stereotyp abgefertigt und ihm empfohlen, er solle sich doch für seine Sprachhubereien seine eigene neue *Fackel* gründen. Oder eine *Weltbühne*. Und sich ansonsten um den Strauß und seine *SPIEGEL*-Affäre kümmern. Und wenn sich die Leute draußen einig darüber sind, dass es der Golke war, dann war er es eben.

Aber natürlich gab es zur Zeit der Überfälle von Ochenbruck und Neuhaus noch überhaupt keinen Namen. Weder Golke noch irgendeinen anderen. Ganz offensichtlich haben wir 1962 noch nicht einmal vom »Mittagsmörder« geschrieben. Das muss erst nach dem Überfall in Nürnberg auf den Waffenladen der Hochholzers losgegangen sein. Also ging der Dauerkrach mit Bloch auch erst 63 so richtig los. Stimmt, das muss nach den Hochholzers gewesen sein. März 1963. Ab da hatten wir ihn endlich: unseren eigenen Pommerenke, unsere fränkische Bestie. Den Mörder, der immer zur Mittagszeit zuschlägt.

Komischer Zufall. Auf den Pommerenke bin ich doch erst neulich gestoßen. Da ist ein Buch über den rausgekommen, und das war vor ein paar Monaten bei den Rezensionsexemplaren dabei, die mir der Dressel rübergeschickt hat. Müsste da drüben auf dem Stapel liegen. Hab ich sogar gelesen, das Ding. Aber das war's dann schon. Man kommt ja zu nichts. Der Dressel hat auch nicht noch mal nachgefragt. Ich weiß gar nicht – schickt er mir die Bücher aus alter Freundschaft? Denkt er, ich brauche eine Beschäftigung? Oder gefallen ihm meine Buchbesprechungen wirklich?

Der Fall Pommerenke war fast zeitgleich mit dem von Golke, und auch sonst hatten die beiden Ähnlichkeiten. Heinrich Pommerenke kam ursprünglich aus dem Osten, aus Pomm… – aus Mecklenburg, glaube ich. Wo kam der Golke noch gleich her? 1959 haben sie den Pommerenke geschnappt und als Frauenmörder zu mehrfach lebenslänglich verurteilt. Da war er gerade mal Anfang zwanzig. Als alter Mann ist er im Gefängnis gestorben.

Alter Mann – ! Mit einundsiebzig. Zwei Jahre jünger als ich … alt sind immer die anderen.

Was der gemacht hat, war grausig. Einem seiner Opfer hat er im Schnellzug vor der Toilette aufgelauert. Einer jungen Frau, vierundzwanzig Jahre alt. Als sie rauskam, hat er sie gepackt, die Waggontür geöffnet und sie rausgestoßen. Dann die Notbremse gezogen, aus dem Zug gesprungen, zu der schwer verletzten Frau zurückgerannt, sie vergewaltigt und ihr mit einem Stein den Schädel eingeschlagen.

Was treibt einen Menschen zu so was? Ist das Hass? Ist das Lust? Und was soll man mit so einem Menschen machen? Den haben sie in jahrzehntelanger Isolationshaft vermodern lassen. Da fragt man sich, ob in einem solchen Fall die Todesstrafe nicht sogar humaner ist. Er wollte eine Therapie, aber die hat er nicht bekommen. Zum Gefängnispfarrer soll er gesagt haben, er sei ein ungewolltes Kind gewesen. Seine Mutter habe ihn abtreiben wollen, aber die Abtreibung sei misslungen. Als er ein Kind war, hat ihn die Mutter verlassen. Ihn und seine Schwester. Ist eines Tages einfach weg gewesen. Über dieses Buch hab ich keine Rezension geschrieben. Ging einfach nicht. Der Dressel hat auch nicht mehr nachgefragt.

Und? Wer kennt heute noch den Pommerenke, »das Ungeheuer vom Schwarzwald«, der genauso wenig ein Schwarzwälder war wie der Golke ein Uhrzeitfixierter? Und überhaupt – wer kennt heute noch den Mittagsmörder? Da frag ich mich schon wieder, wie so eine junge Frau darauf kommt. Womöglich will die ein Buch über den schreiben. Wird anscheinend Mode, die alten Fälle noch mal auszugraben. Na ja, egal. Kann ich sie morgen ja fragen. Weiter.

3. Dezember 62. Das war die Sache mit dem Fluchtwagen. Der VW Käfer, den sie am Tag nach dem Überfall im Wald bei Stöppach gefunden haben, derselbe graue VW Käfer, mit dem der Täter, nach Zeugenaussagen, unterwegs gewesen sein soll. Das hat die Ermittler nach dem Überfall in Neuhaus zum ersten Mal auf die Idee gebracht, dass der Kerl aus dem Laufer Umland stammen könnte. Ein gestohlener Wagen mit Kennzeichen LAU. Das war in den Sechzigern der Landkreis Lauf, nicht der gesamte Landkreis Nürnberger Land mit Feucht und Hersbruck. Die Hersbrucker hatten damals noch ihr HEB-Nummernschild. Mit dem sieht man heute noch einige herumfahren. Aber den Gefallen, ein Auto mit Kennzeichen HEB zu verwenden, hat ihnen der Mittagsmörder nicht getan. Dabei gab es schon ein paar deutliche Hinweise in Richtung Hersbruck, aber wie so oft hat man den Wald vor lauter Bäumen nicht gesehen. Oder man hat ihn sogar gesehen, aber wieder aus den Augen verloren. So wie ich.

In Hersbruck gab es jedenfalls Leute, die angeblich schon sehr früh gewusst oder wenigstens geahnt hatten, wer es sein könnte. Zu der Zeit hab ich den Werner Maul zufällig im Bahnhof getroffen. Seit Jahren hatten wir uns nicht mehr gesehen. In der Volksschule sind wir Banknachbarn gewesen und kannten uns auch vorher schon. Hersbruck ist klein und Altensittenbach noch überschaubarer. Wir sind auf einen Kaffee zum *Steiner* gegangen. Heute wüsste ich gar nicht mehr, wo ich im Bahnhof einen Kaffee trinken soll. Bloß noch Burger und Fast Food, und da, wo der *Steiner* war, ist das DB Reisezentrum drin – vollkommen gesichtslos, wie so vieles heute.

Kaffee ist eine gute Idee. Bis ich durch den Ordner durch bin ... Ich mach mir noch einen Kaffee. Oder doch lieber ein Bier? Oder einen guten Roten? Na ja, ist vielleicht noch etwas zu früh dafür.

Beim Kaffee im Bahnhof hat mir der Werner erzählt, dass sich ein paar Leute in Hersbruck über einen gewissen Horst Golke das Maul zerreißen. Da hab ich zum ersten Mal diesen Namen gehört.

»Interessiert dich bestimmt. Bist doch bei der Zeitung.«

»Würde mich auch so interessieren. Also, schieß los.«

»Der Golke wohnt in der Flüchtlingssiedlung da draußen an der Amberger Straße, weißt schon. Der war zwei Jahre unter mir am Gymnasium, hat das Abi nicht bestanden. Dann hat er in Landshut wiederholt, und jetzt studiert er irgendwas. Das Komische ist, der ist immer wieder mit einem anderen neuen Auto unterwegs. Da fragen sich einige, wo er das Geld dafür her hat. Angeblich hat er einen Nebenjob als Autoverkäufer, und ab und zu darf er sich einen Vorführwagen ausleihen. Aber das glaubt ihm bloß seine Mutter. Und dann kenn ich noch einen, der war mit dem Golke in derselben Klasse. Der ist zur Polizei marschiert, weil er den Golke angeblich schon ein paarmal bei Schießübungen auf dem Michelsberg gesehen hat. Daraufhin haben die ihn überprüft. Ohne Ergebnis.«

So ähnlich hat mir das der Werner erzählt, und ich weiß noch, dass ich wegen der Schießübungen innerlich grinsen musste, denn da hatte ich selbst schon eine ganze Reihe von Schießübungen hinter mir.

Dieses Treffen muss ziemlich bald nach Neuhaus gewesen sein, irgendwann im November oder Dezember 62.

Natürlich sind die Hersbrucker hellhörig geworden, wie sie in der Zeitung gelesen haben, dass der Täter Richtung Hersbruck geflüchtet sein soll. Eigentlich waren alle hellhörig damals, was sicher auch mit der hohen Belohnung zusammenhing – 5000 Mark sind schließlich kein Pappenstiel gewesen, oder Peanuts, wie man heute sagt.

Die Hinweise aus der Bevölkerung haben sich bei der Polizei gestapelt. Die Jungs dort sind kaum noch hinterhergekommen. Außerdem lief das *Stahlnetz* im Fernsehen. Teilweise herrschte eine regelrechte *Stahlnetz*-Hysterie, das kann man sich heute gar nicht mehr vorstellen. Bei Stammtischrunden, in Redaktionskonferenzen, auf Familienfeiern – überall ging es um den neuesten Fall, um Täter, Ermittler und Ermittlungsmethoden. Ganz Deutschland spielte Räuber und Gendarm. Jeder war schlauer als die Polizei, jeder hat sich eingemischt und Hinweise geliefert, und immer wieder landeten die Falschen im Netz.

Sogar den jungen Musiklehrer am Hersbrucker Gymnasium, der frisch aus Oberbayern hergezogen war, hatte die Polizei für ein paar Stunden festgesetzt, weil jemand sich eingebildet hat, er habe ihn am Tag vor dem Überfall in Neuhaus um die Sparkasse schleichen sehen. Dabei war er zu der fraglichen Zeit im Unterricht.

Nach dieser Panne ist die Polizei in Hersbruck vorsichtiger geworden. Und auf diese Anzeige von dem Schulkameraden haben sie anscheinend von vornherein nichts gegeben, weil der einmal in eine heftige Rauferei mit dem Golke verwickelt gewesen war, bei der er den Kürzeren gezogen hatte. Auf jeden Fall haben sie sich mit der Auskunft von Golkes Mutter zufriedengegeben, ihr Sohn sei an der Uni Erlangen-Nürnberg eingeschrieben und habe an dem Tag ganz normal seine Vorlesung an der WiSo besucht.

So etwas würde heute wohl nicht mehr passieren. Aber das war noch eine andere Polizei, damals. Die haben beim Neuaufbau der Ordnungskräfte krampfhaft versucht, alles zu vermeiden, was irgendwie nach Nationalsozialismus oder Gestapo riechen könnte. Um Gottes willen bloß keinen zentral gesteuerten Polizeiapparat aufbauen.

Deswegen gab's auf dem Land nur Kriminalaußenstellen, die mit ganz normalen Feld-, Wald- und Wiesenpolizisten besetzt waren. Die waren für alles zuständig, von Fahrraddiebstahl über Brandstiftung bis zu Mord und Totschlag, und mussten sich um ein paar Landkreise auf einmal kümmern. Richtige Ermittlungsarbeit kannten die gar nicht. *Wir haben gewartet, bis Hinweise aus der Bevölkerung eingingen, und denen sind wir dann nachgegangen.* So hat mir das viel später mal ein Landpolizist erklärt. Bis in die

Sechzigerjahre ging das so. Darum sind in Neuhaus auch diese drei Moosbüffel aus Neustadt an der Waldnaab dagewesen. Ausgebildete Kriminalbeamte waren das nicht. Hat man schon daran gemerkt, dass unsere Leute aus Nürnberg gleich die Regie übernommen haben. Das bayerische LKA gab's zwar schon ein paar Jahre, aber von sich aus durften die gar nix machen. Das LKA durfte nur dann ran, wenn die örtliche Polizei um Hilfe *ersucht* hat. Was natürlich selten vorkam – wer steht schon gern als Depp da? Oder wenn der Staatsanwalt Profis herbeordert hat.

Die Staatsanwälte waren spätestens seit dem Fall Vera Brühne hellhörig geworden. Das war *der* Ermittlungsskandal in meiner Volontariatszeit. Da kamen diese oberbayerischen Landeier an den Tatort, haben die Leichen von dem Doktor Dings und seiner Haushälterin kurz begutachtet und nach dem Augenschein Mord und anschließenden Selbstmord konstatiert. Ohne Obduktion wurden die bestattet. Nach einem Motiv hat zunächst auch keiner gefragt. Erst dann, als bei der Testamentseröffnung rauskam, dass es doch ein Doppelmordmotiv geben könnte. Dann wurden die Leichen wieder ausgebuddelt, und man hat festgestellt, dass sie tatsächlich beide von fremder Hand getötet wurden. Jetzt musste natürlich ein Täter her. Lange Zeit wusste niemand, ob die verurteilte Brühne wirklich die Täterin war. Heute weiß man, sie *kann* es gar nicht gewesen sein. Aber das ist eine andere Geschichte.

Jedenfalls, die von der Nürnberger Mordkommission mussten wohl oder übel einen Teil ihrer Arbeit an die Landpolizeien da draußen delegieren. Wären ja sonst hoffnungslos überlastet gewesen. Und mussten natürlich darauf bauen, dass die ihren Job ordentlich machen. Blieb ihnen nichts anderes übrig.

Ich selber bin ja auch nicht an der Sache drangeblieben. Hatte erstens schon zu viele, angeblich todsichere Spuren verfolgt, die sich dann als Nieten erwiesen, und außerdem ging es gar nicht anders. Ich hatte zu der Zeit andere Sorgen. Das halbe Feuilleton lag wegen Grippe darnieder, und plötzlich saß ich in Konzerten und Opernaufführungen, über die ich schreiben musste. Man wurde einfach ins kalte Wasser geworfen. Na ja, da hat sich bis heute nicht viel geändert. Hab Opernführer quergelesen wie ein Wahnsinniger, und die Brettschneider hat für mich in der Schellacksammlung von ihrem Karli gewühlt, damit ich so was wie eine klassische musikalische Grundausbildung bekomme. »Ach, wie mei Karli noch glebt hat! Da hammer unser Abonnement ghabt und sind jeden Monat richtig schön ausgangen, ins Opernhaus und hinterher ins *Tucherbräu*. Aber des warn halt noch ganz andere Zeiten.«

Vom Feuilleton bin ich dann zur Politik gekommen. Zum Dr. Bloch. Da hab ich ihn erst richtig kennengelernt.

Der hatte mit Ende vierzig einen Lebenslauf hinter sich, der für drei oder vier Leben ausgereicht hätte. Als Deutscher im Sudetenland geboren, in irgendeiner Stadt in Nordböhmen. Reichenberg, glaub ich. Als Kind in die frisch gegründete Tschechische Republik hineingewachsen und später in Prag studiert. Dort ist er mit der deutschen Exil-SPD in Kontakt gekommen und hat beim *Vorwärts* mitgemischt, der in der Tschechei gedruckt und nach Deutschland geschmuggelt wurde.

Im Politikressort hab ich auch spitzgekriegt, dass sich der Bloch und meine Mutter gekannt haben. Sie hätte mir von sich aus wahrscheinlich nie davon erzählt. Über ihn hab ich herausbekommen, dass meine Mutter schon vor dem Krieg politisch viel aktiver war, als ich angenommen hatte. Auch wenn ich natürlich gewusst hab, dass sie nicht wegen ihrer Haarfarbe *die rote Gretel* genannt wurde.

Und dann hat der Bloch eines Tages, nachdem er einen Artikel von mir redigiert hatte, geknurrt, dass er manchmal einfach nicht glauben kann, dass ich der Sohn von der roten Gretel bin. Da hab ich mich, gelinde gesagt, doch etwas gewundert. Genauer gesagt, war ich ziemlich platt darüber, wie gut er meine Mutter offenbar kannte. In dem Moment hab ich auch erst mal rotgesehen und nur noch gedacht, ich hätte den Job lediglich den Beziehungen meiner Mutter zu verdanken. Mütterliche Protektion! Mann, war ich sauer.

Der Bloch hat natürlich gemerkt, dass er sich verplappert hatte, und ist hinter mir her in den Flur, konnte sich offenbar gut in meine gekränkte Volontärsseele hineinversetzen. Er hat mich am Ärmel gepackt und ist mit mir zurück ins Büro. Tür zu. Erst hat er mir auf den Kopf zugesagt, dass er zwar nicht immer meiner Meinung sei und dass ich noch verdammt viel zu lernen hätte, dass ich aber schon lange nicht mehr hier arbeiten würde, wenn ich mich so blöd angestellt hätte, wie ich mich mit Sicherheit gerade fühle. Das ist natürlich runtergegangen wie Öl. Anschließend hat er mir von der Nürnberger Schraubenfabrik erzählt, von deren früherem Chef und der Rolle, die dieser in Nürnberg für viele, vor allem linksorientierte Leute unter der Nazidiktatur gespielt hat. »Das war wie eine Insel in dieser widerlichen, braunen Schlammgrube.«

In meinem Kopf sind damals jede Menge Knoten geplatzt. Je mehr er erzählte, umso mehr verstand ich. Ich verstand plötzlich, warum meine Mutter nach Kriegsausbruch nicht zusammen mit mir nach Hersbruck gezogen war, sondern in der Stadt bleiben und weiter als Sekretärin in der Personalabteilung der Fabrik arbeiten wollte. Ich verstand auf einmal auch, warum meine Großmutter darüber so sauer war und warum es zwischen den beiden fast jedes Mal gekracht hat, wenn meine Mutter bei uns draußen war. Meine Großmutter war zwar nicht in der Partei, aber sie hielt »unseren Führer« sogar 1945 noch für einen großen Mann. Dass ausgerechnet ihre Tochter bei den Sozis war, konnte sie nicht verstehen. Vor allem aber sorgte sie sich. Viele Linke riskierten Kopf und Kragen. Immer mehr von ihnen wurden verhaftet und abtransportiert – einige wurden als Kanonenfutter in die vorderste Frontlinie geschafft, andere landeten in Konzentrationslagern. »Darüber wusste man in der Bevölkerung natürlich nichts oder wollte es nicht wissen«, hat der Bloch gesagt und dabei ziemlich bitter geklungen, »aber wir haben es gewusst. Wir hatten Netzwerke, die sehr weit reichten, nicht nur bis in die Tschechei.« Tschechei! Sagt man heute nicht mehr. Dabei klingt das schön. Schöner als Tschechien.

Eine Zeit lang hatte er auch die *Deutschland-Berichte* mitredigiert und zusammengestellt, die während des Dritten Reichs von der Exil-SPD verbreitet wurden. Am Ende waren die Berichte nur noch verzweifelte Versuche, Anzeichen dafür zu finden, dass das Hitlerregime zusammenbrechen würde. Jede kritische Äußerung, die einer von den paar Handvoll illegalen Sozialdemokraten jemandem abgelauscht hat, am Arbeitsplatz, beim Milchmann oder in einer Tankstelle, wanderte in die *Deutschland-Berichte,* die ein Stimmungsbarometer vom Hitlerdeutschland sein sollten. Bis die Informanten immer weniger wurden und die Exil-Sozialdemokraten einsehen mussten, dass sie sich an eine Illusion klammern.

Dann kam 1938 das Münchner Abkommen, durch das Hitler mit Zustimmung der Engländer, Franzosen und Italiener das deutsch besiedelte Sudetenland *heim ins Reich* geholt hat. Da war Leuten wie dem Bloch klar, dass Hitler sich über kurz oder lang den Rest der Tschechischen Republik auch holen würde, und er ist schon vor dem Einmarsch der Wehrmacht nach Paris emigriert. »Man muss nur sehen *wollen*!«, hat er immer gesagt. »Nur Idioten haben ernsthaft geglaubt, dass der Hitler sich zufriedengeben würde. Es gibt so viele, die sich nur zu gern einlullen lassen. Damals genauso wie heute.« 1940 ist er nach London weitergezogen und hat seinen Doktor gemacht. Aber warum er nach dem Krieg in das zerstörte Deutschland gekommen ist, und dann noch ausgerechnet nach Nürnberg, das für ihn niemals Heimatstadt war, hab ich nie erfahren. Einmal hab ich ihn gefragt. Nein, nicht nur einmal. Aber darauf hat er immer nur mit Zitaten geantwortet. Dass das Leben eine Kette von Irrtümern sei, hat er gesagt.

Natürlich hab ich den Hofbeck auch einmal gefragt. Ausgerechnet den. »Der Bloch? Der ist auf seine Kommunistenträume reingefallen«, hat der gefeixt, »aber die sind ihm wahrscheinlich gründlich vergangen, wie er erfahren hat, dass seine Eltern beim Massaker von Aussig draufgegangen sind.« Ich hatte keine Ahnung von Aussig, wollte auch den Hofbeck, gerade den Hofbeck, nicht danach fragen.

Heute weiß ich, was Aussig bedeutet – was das Massaker von Aussig bedeutet. Natürlich, es war Aussig, nicht Reichenberg, wo der Bloch herkam. Es war in Aussig, wo die geschundenen Tschechen 1945 blindwütig auf alles eingedroschen haben, was deutsch war, ohne Rücksicht darauf, ob es Hitleranhänger oder SPD-Leute waren. »Das«, hat der Hofbeck gemeint, »hat dem Bloch seine Illusionen ausgetrieben.«

Weg von den alten Geschichten. Ich war beim Werner aus Hersbruck – also, den Werner muss ich mir notieren. *Werner Maul, Hersbruck.* Soll sie sich an ihn wenden, die Psychostudentin. Der kann ihr was über den Golke erzählen. Ich nicht. Morgen drück ich ihr den Zettel in die Hand, und dann tschüs. Man soll die alten Sachen ruhen lassen, aber es gibt immer wieder Deppen, die es nicht lassen können, in der Vergangenheit zu stochern.

Wo ist der Bleistift? Gerade hatte ich doch noch einen. So was wäre mir früher nie passiert. Immer ein Bleistift in Reichweite, immer ein paar in der Tasche, Hosentasche, Jackentasche. Was Christine immer Bleistifte aus meinen Taschen geräumt hat, bevor sie meine Sachen in die Wäsche geben konnte. Irgendwann hat sie mitgekriegt, dass sie mich in der Redaktion den »Bleimann« nennen. Manchmal auch bloß den »Blei«. Fand sie zum Brüllen komisch. Da gehört schon was dazu, hat sie gemeint, in so einem Betrieb, wo jeder mit Bleistift und Notizblock herumrennt, »der Bleimann« genannt zu werden. Mein Gott, da fällt mir dieser saublöde Spruch vom Ruckriegel wieder ein – »das ist wieder mal ein typischer Bleisatz!« Damit hat er die langen Sätze gemeint, die ich am Anfang immer geschrieben hab. »Pack nicht so viel in einen Satz rein! Du überfütterst die Leute. Alles immer schön der Reihe nach, in kurzen Sätzen!« Bleisatz. Stimmt schon.

Die anderen hatten ein völlig pragmatisches Verhältnis zu ihrem Material. Die waren wie die Raucher, die alle »ihre Marke« haben.

Hab ich nie verstanden. Man isst doch auch nicht jeden Tag Schnitzel. Der Hofbeck hat sich ein-, zweimal im Jahr einen Schwung Faber Castell 9000 B besorgt, und damit war das Thema Bleistift für ihn erledigt. Ich hab immer alles ausprobiert. Bei den Zigaretten wie bei den Bleistiften. Marken gab's in den Sechzigern noch, die kennt heute keiner mehr. Mokri. Atika. Salem Nr. 6. Gold Dollar. Senoussi.

Die Senoussi waren gut, die hab ich mir oft gekauft. Reiner Orienttabak, das war der Beste. Und die Bleistifte hab ich auch durchprobiert. Jeder Bleistift ist anders. Ein HB von Staedtler ist was ganz anderes als ein HB von Lyra. Irgendwann hab ich die Koh-I-Noor Hardtmuth aus Tschechien entdeckt. Wunderbare Stifte. Alte k.u.k.-Firma. Davon hab ich mir in Marienbad vor ein paar Jahren ein ganzes Sortiment gekauft. Bei denen sind die Härtegrade ein wenig anders. Die 2B fühlen sich fast so an wie ein B von Faber Castell. Oder wie ein HB von Staedtler. Und gleiten ganz genauso sanft über das Papier wie die Staedtler. Dagegen die Faber Castell ... die sind mir schon immer ein wenig eigensinniger vorgekommen als die anderen. Na ja, kommt natürlich auch auf das Papier an. Von den Koh-I-Noor hab ich mir mehr gekauft, als ich noch verschreiben kann im Leben. Da muss mich die Gier gepackt haben, weil die so günstig waren. Nur die passenden Aufsteckhülsen, hab ich gemerkt, die bekommt man hier nicht. Da kann ich die gar nicht so weit aufbrauchen ... die sind ein bisschen dicker als unsere Bleistifte, die Koh-I-Noor ... In Bleistifte kann man sich verlieben. *Ein Bleistift – wenn man den selbst herstellen sollte! Stellt Euch vor, die Menschheit ist weg: und Ihr solltet einen Bleistift machen!! – Zauberei!* Wo sind die bloß alle hingekommen? Kann das sein, dass Christine die verräumt hat, als wir von Marienbad zurückgekommen sind? Egal. Hol ich eben einen aus dem Bleistiftgrab. »Bleistiftgrab« – so hat sie meine unterste Schreibtischschublade genannt, weil die immer voll mit Bleistiftstummeln war.

Bleistiftgrab. Ist aber gar kein Grab, ist nur eine Schublade – aus dem Grab kann man nichts und niemanden wieder herausholen. So ist das nun mal.

Stellt Euch vor, die Menschheit ist weg: und Ihr solltet einen Bleistift machen!! Arno Schmidt.

Das muss Jahrzehnte her sein, dass Christine mir den Zettel an die Pinnwand geheftet hat. »Der hat garantiert genau so einen Bleistifttick gehabt wie du.« Wenn ich ihre Schrift sehe, kann ich ihre Stimme wieder hören. Ich glaub, bei Christine war ich auch in die Handschrift verliebt. Klingt komisch. Ist aber so. Ich hab keine schöne Schrift. Meine Briefe an sie hab ich mit der Maschine geschrieben. Liebesbriefe mit der Schreibmaschine! Wenn Christine zufällig einen Notizblock von mir in die Hände bekommen hat, hat sie immer gemeint, es sei ihr völlig schleierhaft, wie ich meine eigenen Notizen lesen kann. Vielleicht ist das der einzige wirkliche Abdruck, den man in der Welt zurücklässt. Schrift auf Papier. Christine, weißt du noch? Die beiden kleinen Schneemänner, die wir gebaut haben in Marienbad, im letzten Winter, den wir gemeinsam hatten, bevor ...

Der Kaffee ist fertig, endlich. Ich muss dringend die Maschine entkalken. Also dann: Werner Maul. Wobei – der ist bestimmt nicht der einzige Hersbrucker, der noch ein paar Geschichten über den Golke parat hat. Vielleicht fällt mir ja noch jemand ein aus der Klicke. Genau, die Metzner sollte lieber nach Hersbruck fahren, da laufen einige rum, die den Mittagsmörder noch persönlich gekannt haben.

Schrift auf Papier. Ist das wirklich der einzige wirkliche Abdruck, den man in der Welt zurücklässt? Was würde wohl der Sohn von Martin Hochholzer sagen, wenn ich ihn fragen würde, was er davon hält? Oder die Tochter von dem Sparkassenangestellten in Ochenbruck? Wie alt mag die damals gewesen sein? Wie alt ist sie heute? In dem Moment, als Horst Golke abgedrückt hat, ein-, zwei-, dreimal – hat er damit nicht einen wirklichen und bleibenden Abdruck im Leben dieser Kinder hinterlassen? Als Christine gestorben ist, war ich beinahe siebzig, ein mehr als gestandener Mann. Trotzdem ist für mich eine Welt zusammengebrochen. Wie sieht es in einem kleinen Mädchen aus, das plötzlich keinen Vater mehr hat, weil ihn ein Mensch aus purer Geldgier über den Haufen geschossen hat?

Über solche Fragen hab ich mir zu der Zeit überhaupt keine Gedanken gemacht. Der Hofbeck schon dreimal nicht. Wir haben einfach nur unseren Job gemacht, und der bestand nun mal darin, Fakten zu präsentieren und keine rührseligen Homestorys, wie sie heutzutage überall so beliebt sind. Fakten gab es im Zusammenhang mit den Sparkassenüberfällen Ende 1962 leider nicht viele. Trotz der hohen Belohnungen und den Hunderten von Hinweisen aus der Bevölkerung. Alles schien sich im Kreis zu drehen, schlimmer noch: Bei der Kripo traten sie wie die Verrückten in die Pedale und kamen dabei keinen Millimeter vom Fleck. Wäre ich dem Hinweis aus Hersbruck nachgegangen oder hätte wenigstens mit dem Sheriff darüber geredet, wer weiß, ich hätte vielleicht einiges verhindern können. Vielleicht hab ich Werner deshalb nicht ganz ernst genommen, weil er im Bahnhofscafé von *einem aus der Flüchtlingssiedlung* gesprochen hat. Denen hat man schon aus Reflex alles Mögliche in die Schuhe geschoben. Wenn irgendwas Übles in Hersbruck passiert ist, waren es immer *die aus der Siedlung*. Das war aber nicht nur in Hersbruck so. Die Flüchtlinge wurden überall schief angesehen. Hätte ich drei Menschenleben retten können, wenn sie den Golke damals schon festgesetzt hätten? Hätte ich Christine kennengelernt?

Christine war nie gern in Hersbruck, hat sich nicht wohlgefühlt dort. Das war von Anfang an so, auch, wenn sie lange nichts gesagt hat. Man konnte es spüren. Ich konnte es spüren. Aber ich konnte es nicht verstehen, hab gedacht, es hätte was zu tun mit den verschiedenen Mentalitäten oder mit dem Hersbrucker Dialekt, der für so ein Nordlicht nicht einfach zu knacken ist. Das ist Gewöhnungssache, hab ich gedacht, aber an ihrem Unbehagen hat sich nie etwas geändert. Das hatte einen viel tieferen Grund, das hatte zu tun mit Bombennächten und mit schreienden oder erstarrten

Menschen, die auf kleinen Koffern hocken und in der Dunkelheit darauf warten, ihr Haus über sich zusammenbrechen zu hören. Das hatte auch zu tun mit dem Gefühl, vor einer fremden Tür zu stehen und um Einlass zu bitten, zu betteln um ein paar Kartoffeln oder ein Stück Brot. Fast eine Million Menschen waren nach dem Feuersturm aus Hamburg geflüchtet, Menschen, denen nichts geblieben war als das bisschen, was sie tragen konnten. Man hat sie in Züge gesetzt, und die, die nicht das Glück hatten, bei Verwandten Unterschlupf zu finden, mussten sehen, wo sie unterkommen, oft war das auf dem Land.

Die Bauern wurden gezwungen, die Ausgebombten aus den Städten bei sich aufzunehmen. Das war für keine Seite leicht, für die Flüchtlinge nicht und auch nicht für diejenigen, denen sie von einem Moment auf den nächsten ins Leben schneiten. Man war gezwungen, sich zu arrangieren, aber man hielt Abstand zueinander. Die einen wollten nichts sehen und nichts hören vom Untergang der Städte, die anderen wollten und konnten nicht darüber sprechen. Christine ist jedem Bauern Zeit ihres Lebens mit Argwohn begegnet. Hat sich gefürchtet vor der »heilen Welt«, wie sie es nannte, kam sich immer wie eine Fremde darin vor.

In Hersbruck ist die Welt immer in Ordnung gewesen. Das hat man am KZ gemerkt. Nachdem die Baracken abgerissen waren, hatte es das KZ Hersbruck nie gegeben. Das gab's erst vierzig Jahre später wieder, nachdem ein Gymnasiast eine Facharbeit darüber geschrieben hatte. Weiß gar nicht mehr, wie es dazu kam, dass er die veröffentlicht hat. War nur eine kleine Broschüre. Damit hat er fast die ganze Stadt gegen sich aufgebracht. *Das gab's doch nur ganz kurz, das war doch nur ein Durchgangslager, gar kein richtiges KZ*. Von wegen. Da waren Zwangsarbeiter interniert, die Stollen für eine unterirdische Fabrik bei Happurg in den Berg treiben mussten. Als das Heft rauskam, hab ich Leute gehört in Hersbruck, die gesagt haben, *der gehört doch selber in ein KZ eingesperrt*. Wortwörtlich. Anfang der Achtziger! Muss man sich mal vorstellen.

Und als wir zum ersten Mal geschrieben haben, dass der Mittagsmörder ein Hersbrucker ist, nachdem er geschnappt war, hat's die Leserbriefe nur so gehagelt. Wie kann die Zeitung nur das schöne Hersbruck so in den Schmutz ziehen, der Golke ist doch ein Flüchtling, der gehört nicht zu uns, ein Hersbrucker tut so etwas nicht. Der dickste Hund dabei ist, dass sie die Flüchtlingssiedlung nach dem Krieg an genau der Stelle hochgezogen haben, an der vorher das KZ gewesen war.

Wieso hat sie denn dieses Foto mit in den Ordner geheftet? Hat doch gar nichts mit dem Fall zu tun. Mein Gott, die ganze Bagage in voller Schönheit! Wir waren schon ein wilder Haufen in der Redaktion. Was stehen da für Karaffen auf dem Tisch? Ach ja, Bowle ... an diesem Tag haben wir mein Einjähriges als Jungredakteur gefeiert. Mein Volontariat ist im November 61 zu Ende gewesen, und ich bin in die Lokalredaktion übernommen worden. Das war die Feier, wo die Gertrud diese scheußliche Selleriebowle mitgebracht hat. Selleriebowle! Deswegen verzieh ich auch so das Gesicht auf dem Bild. Der Hofbeck hat kurzerhand eine Sellerieallergie erfunden, damit die Gertrud bloß nie wieder dieses Gesöff mitbringt. Das Datum ist verwischt, aber es war ganz sicher im November, außerdem wurde ich kurz danach dazu verdonnert, am Jahresrückblick mitzuschreiben. Eigentlich war der Rückblick für den Chef reserviert, aber dem Ruckriegel ging es nicht gut, das kann man sogar noch auf dem Foto sehen. Genauer genommen ging es ihm sogar hundeelend, und das ist auch nur allzu verständlich.

Der Jahresrückblick 1962 – was für ein Jahr! Natürlich kommen auch die Überfälle in Neuhaus und Ochenbruck vor, aber nur unter »ferner liefen«. Andere Dinge waren viel wichtiger in Franken, in Deutschland und in der Welt. Gleich zu Jahresbeginn, Mitte Februar: Sturmflut in Hamburg. Überall in Deutschland fieberte man mit den Tausenden, die, kaum dass sie wieder ein Dach über dem Kopf hatten, schon wieder heimatlos geworden waren. Hunderte waren ertrunken. Zum ersten Mal haben wir hier im Süden den Namen des damaligen Hamburger Innensenators und Koordinators der Rettungskräfte gehört: ein gewisser Helmut Schmidt. Und am selben Tag, als Hamburg, keine zwanzig Jahre nach dem Feuersturm von 1943, in großen Teilen vom Wasser verschlungen wird, brennt hier das Ringkaufhaus ab. Kein Vergleich, sicherlich, das haben wir ja auch so geschrieben, aber trotzdem eine schreckliche Tragödie, der zwanzig Menschen zum Opfer fielen und die noch ein langes Nachspiel hatte, vor allem für die Feuerwehr. Wir hatten *Ein Jahr Mauer* und diverse Fluchtversuche, einige waren witzig, das waren die guten. Über die haben wir uns prima amüsiert. Der mit der Isetta zum Beispiel, die offenbar zu klein war, um kontrolliert zu werden.

Der Bloch, der sonst ja kein Freund von vordergründigem Humor war, ist an diesem Tag zu uns rübergekommen und hat ein Foto von sich und seiner neuen Isetta ans Schwarze Brett gepinnt, unter das er geschrieben hatte »klein kommt durch«. Dann hat er ein Furzkissen auf Hofbecks Schreibtisch geknallt.

Später im Jahr hatte ein anderer Zonenflüchtling nicht so viel Glück: *Peter Fechter wird auf der Flucht von Grenzsoldaten angeschossen und verblutet auf dem Todesstreifen.*

Wenn man das heute so liest, erscheint es einem unvorstellbar, sogar wenn man die Zeit selbst noch erlebt hat – Menschenskind, der Kerl war noch nicht einmal zwanzig, und natürlich hat diese Geschichte Wellen geschlagen. Überhaupt der ständige Ost-West-Konflikt und der Zoff um den Viermächtestatus von Berlin. Angst hat man gehabt damals. Die Politiker in unserem Blatt, also allen voran der Bloch, liefen ständig mit einer Miene durch die Flure, dass man dachte, der nächste Weltkrieg steht vor der Tür. Stand er ja auch, zumindest in unserer Wahrnehmung: Kubakrise, Wettrüsten, Kalter Krieg.

Und in Deutschland kämpfte Verteidigungsminister Franz Josef Strauß fast das ganze Jahr hindurch gegen den *SPIEGEL* wegen angeblicher Verleumdung. Am 30. November – genau, das war ja am selben Tag, an dem der Überfall in Neuhaus passierte, trat Strauß dann von seinem Amt zurück. Kein Wunder, dass der

Mittagsmörder, der zu diesem Zeitpunkt noch nicht einmal so hieß, im Jahresrückblick 62 lediglich unter »ferner liefen« abgehandelt wurde. Kein Wunder auch, dass der Ruckriegel auf diesem Redaktionsfoto so zerstört aussieht. Im Januar war er zum zweiten Mal Vater geworden, und sein kleiner Sebastian hatte keine Arme, war mit Stummelhänden an den Schultern auf die Welt gekommen, weil der Arzt Frau Ruckriegel Contergan gegen ihre Schlafbeschwerden verschrieben hatte. Als der Hofbeck erfahren hat, dass der Ruckriegel ein Contergankind bekommen hat, hat er mit todernstem Gesicht gemeint: »Ist doch praktisch. Da strickt seine Frau nicht so lang am Babyjäckchen.« Daraufhin ist die Gertrud heulend rausgerannt, und in der Redaktion sind die Fetzen geflogen.

Ich glaube, dass ich an diesem Tag zum ersten Mal privat mit Gertrud zu tun hatte. Bis dahin waren wir sogar noch per Sie gewesen – Fräulein Niese und Herr Hirschmann. Tatsächlich war sie nur ein paar Jahre älter als ich, diese Förmlichkeiten waren also ziemlich affig, aber so war das eben seinerzeit. Die Gertrud hatte ziemlich nah am Wasser gebaut, bei jeder Kleinigkeit fing sie an zu heulen, was natürlich nicht heißt, dass sie nur bei Kleinigkeiten geheult hat, und die blöde Bemerkung vom Hofbeck über Ruckriegels Sohn war ja wirklich ein starkes Stück gewesen. Bei anderen Gelegenheiten konnte niemand verstehen, warum ihre Schleusen aufklappten, manchmal schien es ganz ohne Grund zu passieren. Gertrud schaut aus dem Fenster, sieht ein paar Kinder bei der Schneeballschlacht, und ruckzuck kullern die Tränen. »Die Niese ist mal wieder verschnupft«, hat man sich dann zugeraunt und einen großen Bogen um sie gemacht.

Sie kam aus dem Osten – war es Erfurt oder Magdeburg? Komisch, für mich war der Osten immer nur die Ostzone, irgendwas Abgeschlossenes, ohne Bezug, ohne Erinnerung. Ich hatte auch niemanden dort, Christine genauso wenig. Ostdeutschland war für uns in gewisser Weise Niemandsland, der westliche Rand der östlichen Steppe. Kurz nach der Wende, das muss 1990, vielleicht auch erst 91 gewesen sein, sind wir zum ersten Mal rüber. Das war wie eine Reise in die Vergangenheit. Überall Kopfsteinpflaster, verrußte Häuser mit Plastikblumen in den Fenstern. An die vielen Gemüsegärten kann ich mich auch noch gut erinnern und an die trostlosen, verrotteten Plattenbauten natürlich. An jeder Straßenecke ein Gebrauchtwagenmarkt. Mobile Videotheken, die über die Käffer fuhren. Irgendwo im Vogtland, bei Oelsnitz, haben wir bei einer provisorisch zusammengenagelten Imbissbude angehalten und Würstchen gegessen, die man mit sehr viel Senf genießbar machen musste – nur, dass der Senf nach sozialistischem Pappkarton geschmeckt hat. Oder nach Plaste und Elaste.

Oh Mann, da war doch noch die Sache mit den Bleistiften. Was hat sich Christine darüber aufgeregt. Wir gehen in so einen Schreibwarenladen rein – oder war das überhaupt ein richtiger Schreibwarenladen? So eine HO, wie das bei denen hieß. Wollte mich ja bloß ein bisschen umsehen und vielleicht als Souvenir einen Bleistift kaufen. So einen richtigen sozialistischen Bleistift aus irgendeinem VEB. Stellt mir doch die Verkäuferin glatt einen ganzen Karton voll Ossi-Bleistifte auf den Ladentisch und meint: »Die gönn Se mitnehm fier zwansch Mörg. Gooft doch söwiesö geenr mähr.« Also bin ich mit mindestens hundert Bleistiften der Marke Bohemia Works Blacksun wieder raus aus dem Laden. Einen Teil davon hab ich tatsächlich wegschmeißen müssen. Da war nix zu machen, bei jedem Anspitzen ist die Mine abgebrochen. Ja, mein Gott, das waren gerade mal 20 Pfennig pro Stück, wenn überhaupt, und trotzdem hab ich eine Diskussion führen müssen über Klasse und Masse und so Zeug. Manchmal hat Christine die Dinge ein bisschen zu eng gesehen. Trotzdem ... ich hätte keine bessere Frau finden können ...

Aber ob wir damals auch in Magdeburg oder Erfurt waren? Dresden, Berlin und später dann nach Mecklenburg-Vorpommern an die Ostsee – Wismar, Rostock, das weiß ich noch – aber Magdeburg, Erfurt?

Quatsch, die Gertrud kam aus Chemnitz, wie hab ich das nur vergessen können! Da haben wir sie doch immer aufgezogen – die Stadt mit den drei »o«, Gorlmorgschdodd. Für die Niese ist es aber Chemnitz geblieben. Wenn sie irgendwo etwas über Karl-Marx-Stadt gelesen oder gehört hat, ist sie nicht in Tränen ausgebrochen, sondern richtig wütend geworden. Dann hat sie sich in Positur geworfen und in herrlichstem Sächsisch einen ihrer Lieblingssätze losgelassen, den jeder von uns mitbeten konnte: »Ohne Chömnitz hätte es die Made in Schörmenie nie gegähm!« Made in Germany, die Made in Germanien. Klar, es war Chemnitz, da kam die Gertrud her.

Viel hat sie nicht erzählt über ihre Vergangenheit, ich wusste nur, dass sie vor dem real existierenden Sozialismus geflüchtet und die erste Zeit bei Verwandten in Nürnberg untergekommen war. Die muss in ihrer Anfangszeit bei uns schon einige Jährchen im Fränkischen gelebt haben, aber ihren sächsischen Dialekt hat sie nie aufgegeben, hat ihn sogar gepflegt, auch wenn sie deswegen öfter mal veräppelt worden ist. Vielleicht hat sie sich ein bisschen daran festgehalten, wenn sie ihre Heimat schon verloren hat. Genau genommen hatte die Gertrud sie sogar zweimal verloren, einmal als Kind, da war sie Bombenflüchtling, und später als junge Frau, da war sie dann ein sogenannter Republikflüchtling. Komisch, darüber hab ich mir eigentlich nie so richtig Gedanken gemacht, dass die Niese ja ein Doppelflüchtling war. Vielleicht hat sie deshalb immer so viel geheult, unsere *Görtrüd, made in Schörmenie.* Ich fand ihn jedenfalls lustig, ihren sächsischen Slang, teilweise sogar anziehend, auch wenn ich mit der Gertrud nie im Leben was hätte anfangen wollen, sie war einfach nicht mein Typ, aber ich hab sie gemocht.

Der Golke war doch auch nicht von hier, sonst hätte er nicht in der Hersbrucker Flüchtlingssiedlung gewohnt. Ich bin ziemlich sicher, dass er auch aus dem Osten war, aber er hat nicht gesächselt, er hat genuschelt, das ist mir gleich bei der ersten Gerichtsverhandlung aufgefallen. Er hatte einen ziemlichen S-Fehler, was bei dem Kerl völlig deplatziert wirkte – ein mehrfacher Mörder, der lispelt, das war so albern und irgendwie absurd. Jetzt weiß ich es auch wieder, der Werner hatte mir an diesem Nachmittag im Bahnhofscafé noch erzählt, dass sie ihn in der Schule immer den *Zisch* genannt haben. Ich muss schauen, ob ich hier noch etwas über den Ort finde, aus dem er stammt. Kann mich beim besten Willen nicht mehr daran erinnern.

Dafür fällt mir jetzt wieder ein, was Gertrud Niese damals im *Bellini* gesagt hat, das ist mir noch ziemlich lange durch den Kopf gegangen. Wir hatten die Geschichte mit dem Hofbeck und seiner saublöden Bemerkung schon abgehakt und mit Kirschlikör und Doppelkorn auf's Du angestoßen. Sie hat dann erzählt, dass sie eigentlich ganz froh ist, überhaupt nicht mehr nach Chemnitz fahren zu können, denn das alte Chemnitz gäbe es sowieso nicht mehr, und dieses Karl-Marx-Stadt würde sie schon vom Namen her abstoßen.

Aus irgendeinem Grund sind wir auch auf die Überfälle in Ochenbruck und Neuhaus zu sprechen gekommen, und ich hab gemeint, wenn nicht die Polizei den Mistkerl erwischt, dann wir von der Zeitung – hab ihr wahrscheinlich imponieren und den starken Mann rauskehren wollen. Dabei schaut sie erst völlig abwesend aus dem Fenster, so, als würde sie Schneeflocken zählen, und sagt dann ganz leise, ohne mich anzugucken und beinahe ohne Akzent: »Weißt du, Peter, die Welt ist voller Mistkerle, aber die schlimmsten kriegt man nie zu fassen.« Ich hab damals nicht kapiert, was sie mir sagen wollte, und hab einfach noch zwei Schnaps bestellt, damit sie nicht wieder anfängt zu heulen. Aber sie war vom Heulen so weit entfernt wie ich vom Verstehen.

Später habe ich sie noch nach Haus gebracht. Sie wohnte zusammen mit einer Freundin in einer kleinen Wohnung in der Nähe vom Stresemannplatz. Im Hausflur roch es nach Kohl und Ruß, und mir sind auf dem Rückweg in meine Bude bei der Brettschneider fast die Ohren abgefroren.

Es war ein unglaublich kalter Winter in diesem Jahr. In ganz Europa ist die Binnenschifffahrt zusammengebrochen. Die Flüsse und Kanäle voller Frachter, die im Eis eingeschlossen waren. Züge sind in Schneeverwehungen stecken geblieben, Passagiere mussten evakuiert werden. So einen Winter vergisst man nicht, wenn man nur einen schlecht abziehenden Bullerofen im Zimmer stehen hat.

Heute hat jeder eine Zentralheizung und erlebt den Winter übers Fernsehen oder über Internet und durch die Zeitungsschlagzeilen. Aber wir haben den Jahrhundertwinter noch am eigenen Leib gespürt. Jeden Morgen hab ich die Eisblumen vom Fenster abkratzen müssen, um zu sehen, was draußen für Wetter war. Dabei hat das Hören eigentlich schon gereicht. Wer ein Auto hatte, hatte in diesem Winter nicht viel Freude daran, denn die meisten Motoren waren den Minustemperaturen nicht gewachsen. Jeden Morgen gab es heisere Orgelkonzerte von Anlassern, unterlegt vom hölzernen Schaben der Schneeschaufeln. Die alte Brettschneider ist mit dem Kohlenschleppen nicht mehr hinterhergekommen, also hab ich wochenlang, wenn es nicht Monate waren, für sie mitgeschleppt. Der Vorteil war, dass sie mich im Gegenzug an ihren Vorräten teilhaben ließ. Eigentlich hatte ich mir vorgenommen, auszuziehen und mir was Größeres zu suchen, oder vielleicht wie der Hofbeck ein Zimmer in einer Pension zu mieten, aber diese Eiseskälte hat einem jeden Gedanken an überflüssige Aktivitäten geraubt. Der ganz normale Alltagskram war schon lästig genug.

Der Mittagsmörder hatte es offenbar auch vorgezogen, sich vor der Kälte zu verkriechen. Bis Ende März herrschte Funkstille. Aber was dann kam, hat den Hofbeck ebenso wie mich mit Wucht getroffen. Der Doppelmord im Waffengeschäft.

Auf dem Foto sieht man immer noch Schnee liegen, aber die Kälte hatte endlich nachgelassen. Kann man auch erkennen, die meisten Leute sind ohne Hut und Mütze unterwegs. Mein Gott, diese Gaffer! Wir haben uns immer gewundert, wo die eigentlich herkamen, und vor allem, wie schnell sie da waren. Gelegentlich haben sie mich an Fliegen erinnert, die innerhalb kürzester Zeit um einen Kadaver herumschwirren. Unter Fliegen scheint es normal zu sein, weiterzusagen, wo ein besonders fetter Brocken liegt. Fliegen ernähren sich ja auch auf diese Weise, und es scheint einen gewissen Sinn zu haben, dass sie mit besonders guten Geruchsnerven ausgestattet sind. Aber was für ein besonderer Sinn sorgt bei Menschen dafür, dass sie wissen, wo etwas passiert ist, und was für ein Bedürfnis wird da eigentlich befriedigt, wenn sie sich in die Nähe von Ermordeten begeben? Was für eine Anziehungskraft hat gewaltsam getötetes menschliches Fleisch? Hatten die Menschen damals nicht schon genug gewaltsam Gestorbene gesehen?

Egal. Für uns war es ein Hammer. Nicht deswegen, weil ausgerechnet ein Fünfjähriger beim Spielen die beiden Leichen entdeckt hatte. *Der schreckliche Fund des kleinen Siegfried G.* Für den war es natürlich furchtbar, aber das hatte nichts mit unserer ganz eigenen Erschütterung zu tun. Ich hatte zu der Zeit ein kleines Techtelmechtel mit Ingrid Müller. Ingrid war die Sekretärin vom »Sheriff«, also von Ernst Berger von der Mordkommission, und es war natürlich der Hofbeck, der sie mir vorgestellt hat.

Ingrid war genau das, was man sich unter einer Sechziger-Jahre-Tippse vorstellt: blond, großbusig und ein bisschen blöd. Vor allem aber war sie fürchterlich verknallt in mich – und ich hab davon profitiert, anders kann man es nicht sagen. Der Hofbeck war mit dem Berger ja ziemlich dicke, aber ich mit der Ingrid – und das war manchmal tatsächlich hilfreicher, denn die Ingrid hat mich vor lauter Verliebtheit immer sofort angerufen, wenn was passiert ist. Meistens ging es nur um Bagatellen, aber am 29. März 1963 war es *der* Volltreffer: Zwei Tote in einem Geschäft in der Südstadt, entdeckt von einem kleinen Buben aus der Nachbarschaft.

Der hatte immer bei denen im Hof gespielt. Onkel Martin und Tante Anna waren die beiden für ihn. Aber was diese Tat zu einer ganz besonderen machte und diesen Fall zu meinem, zu unserem, werden ließ: Hofbeck und ich kannten die beiden Opfer gut, waren schon einige Male in ihrem Geschäft gewesen.

Als Ingrid mich also an diesem Mittag angerufen und gesagt hat, im Waffengeschäft Hochholzer in der Allersberger Straße seien die beiden Inhaber erschossen aufgefunden worden, ist mir fast der Telefonhörer aus der Hand gefallen. Ich durfte mir natürlich nichts anmerken lassen, denn so ganz sauber waren meine Beziehungen zu den Hochholzers nicht.

Martin Hochholzer war ein guter Kumpel vom Hofbeck, und ich hatte ihn in der *Wacht am Rhein* kennengelernt, nach einer meiner Schießübungen im Zaboforst. Mit einem Paukenschlag gewissermaßen, denn ich hatte mich derartig erschreckt, dass ich mir fast in die Hose gepisst hätte. Hofbeck hatte gemeint, ein Schütze müsse seine Waffe in- und auswendig kennen und sie blind auseinandernehmen und wieder zusammenbauen können. Das hab ich dann in der *Wacht* üben sollen – ist nicht einfach, man braucht seine volle Konzentration. Ich hab also unter dem Tisch an der Duo Z rumgefummelt und war so bei der Sache, dass ich nichts davon mitbekommen hab, was um mich herum geschieht – bis dieser Kerl plötzlich dasteht, mit der Hand auf den Tisch schlägt und zischt »illegaler Waffenbesitz, Sie kommen jetzt sofort mit, und keine falsche Bewegung!« Mir ist die Waffe aus der Hand geflogen, und ich kann heute noch spüren, wie mir der Schreck wie ein Stromschlag durch die Glieder gefahren ist und mein Puls schlagartig auf hundertachtzig war. Der Hofbeck hat so getan, als würde er mich nicht kennen und nur ganz zufällig neben mir sitzen, hat den Empörten gespielt und sich demonstrativ an die Brust gegriffen, als bekäme er gleich einen Herzkasper. In diesem Moment hab ich alles davonschwimmen sehen, meine Karriere als Journalist, mein polizeiliches Führungszeugnis, meine Mädels und sogar das miese kleine Zimmer bei der Brettschneider. Ich hab mich tatsächlich schon im Bau gesehen.

Lange haben die ihr Spielchen bestimmt nicht mit mir gespielt, aber mir kam es vor wie eine Ewigkeit. Erst als die beiden angefangen haben, wie die Verrückten zu lachen, hab ich kapiert, dass sie mich hochgenommen hatten, die Sauhunde. Der Hochholzer hat dann drei Mariacron auf den Schrecken ausgegeben und auch gleich noch eine Runde Bier geordert. So war das mit dem Hochholzer Martin.

Von da an war ich aufgenommen in den »inneren Zirkel«, zu dem neben dem Hochholzer noch der dicke Egon Bauer gehörte, der auf einem Ohr stocktaub war und humpelte, weil ihm in Russland die Zehen am linken Fuß abgefroren waren. Später kam dann noch ab und zu ein gewisser Götz dazu, keine Ahnung, ob das sein Vor- oder sein Nachname war, alle haben ihn immer nur Götze genannt.

Der Götze war jünger als ich, sah jedenfalls so aus. Ein richtiger Milchbubi, schmächtig, blass und pickelig. Der saß die meiste Zeit einfach nur stumm da und hat zugehört, wenn die »Alten« ihr Fachwissen über Waffen und Munition ausgepackt haben. Dabei haben seine Augen durch die dicken Brillengläser wie die von einem Uhu ausgesehen. Wie unheimlich und bohrend, beinahe irre der schauen konnte. Hofbeck hat mal erzählt, dass der Götze aus Ostpreußen stammen soll und ein Wolfskind sei, also eine Kriegswaise. Ob das gestimmt hat, keine Ahnung, ganz koscher war der Kerl auf jeden Fall nicht. Trotzdem hab ich mich wohlgefühlt in dieser Runde. Mindestens alle zwei Wochen haben wir uns getroffen, und ich kam mir unter diesen Haudegen jedes Mal enorm erwachsen und unglaublich draufgängerisch vor, lief anschließend ganz bewusst breitbeinig und mit vorgeschobenen Hüften nach Hause, wie so ein Westernheld aus dem Kino. Menschenskind, war ich da noch grün hinter den Ohren.

Den Hochholzer hab ich allerdings öfter getroffen, denn ich konnte mir jetzt meine Patronen direkt bei ihm besorgen und musste das nicht mehr über den Hofbeck tun. Außerdem hatten die Hochholzers einen Schießstand hinter der Werkstatt, und die Nachbarschaft war an das Krachen gewöhnt, sodass ich von da an nicht mehr auf die Übungsstunden im Zaboforst angewiesen war. Keine fünf Minuten bin ich von meiner Bude zum Waffengeschäft gelaufen, hab mal alleine, mal zusammen mit dem Martin rumgeballert, und manchmal hab ich auch nur mit seiner Mutter Kaffee getrunken. Und nun waren die beiden tot. Erschossen von irgendeinem Irren. Als ich mich an diesem frühen Nachmittag durch die Menschentraube der Schaulustigen gekämpft hatte und dann kurz vor dem Schaufenster stand, hab ich das Schild darin mit ganz anderen Augen gelesen: »Für alle, die Freude an Waffen und am Schießsport haben ...«, stand da. Mir hätte es fast die Beine weggezogen.

Drinnen im Laden ging es mir dann auch nicht viel besser, ganz im Gegenteil. Als ich hineinging, trugen sie die beiden Körper gerade raus, zugedeckt, ich konnte die Gesichter nicht sehen, aber ich wusste ja, dass es der Martin und seine Mutter waren. Drinnen in der Werkstatt hatten sie Kreidelinien auf dem Boden gezogen, die Umrisse ihrer Körper, und überall klebte Blut. Blut, in dem Patronenhülsen schwammen. Das sah auf eine schreckliche Art schön aus, fast wie ein Bild von einem dieser modernen Künstler. Ja, im ersten Moment hab ich an Kunst gedacht, obwohl ich keine Ahnung von Kunst hatte.

Von wegen *Im Tod sind alle Menschen gleich*, der Tod macht sehr wohl Unterschiede. Tote sind anders tot, wenn man sie im Leben gekannt hat. Bei meinen beiden ersten Toten in der Tuchergartenstraße ist mir schlecht geworden von dem Blut und dem Anblick der Leichen, vor allem wegen des Lochs im Kopf von Alfonso Dorsch. Da hat mich der Eindruck umgeworfen, die Realität hat mich schier angebrüllt. Hier, in der Werkstatt der Hochholzers, war ich wie erstarrt, und in meinem Hirn hat es die ganze Zeit gefunkt, *das kann nicht sein, das ist nicht wahr*. Das Gehirn weigert sich, die Realität zu akzeptieren, es fühlt sich an, als würde man hinter einer Glasscheibe stehen und in einen anderen Raum schauen, und dieser Raum gehört zu einer anderen Welt. In meiner eigenen Welt hab ich mich und den Martin gesehen, wie wir gerade Bier trinken und die neue Walther ausprobieren und wie er lacht, weil ich beim Knall immer noch die Augen zukneife und zusammenzucke *wie a Kuh, wenn's blitzt.*

Martin war sieben Jahre älter als ich, wäre in dem Jahr einunddreißig geworden. Seinen Dreißigsten hatten wir erst vor ein paar Monaten gefeiert, im Herbst war das. Da hab ich auch seine Frau und seinen kleinen Sohn zum ersten Mal gesehen. Bis zu dem Zeitpunkt hatte ich gedacht, er sei genauso ungebunden wie der Hofbeck und ich. Er hat auch nie über seine Familie geredet, hat, ganz im Gegenteil, immer mal wieder mit verschiedenen Bräuten rumgemacht, jedenfalls hat er uns das erzählt. Martin hat sowieso viel erzählt, am liebsten von Waffen und vom Krieg. Er war unglaublich stolz darauf, einer der jüngsten Flakhelfer in Nürnberg gewesen zu sein, und hat behauptet, im Frühjahr 1945 jede Menge Tommies vom Himmel geschossen zu haben. *Wenn so eine Lancaster erst mal ins Trudeln kommt, küsst sie den Boden im Handumdrehen.*

Der Hofbeck, der ja ein paar Jahr älter war als Martin, hat dann meistens nur gegrinst und gemeint, dass er mit zwölf Jahren wahrscheinlich noch nicht einmal gerade brunzen hat können, geschweige denn eine Lancaster abschießen. Das hat den Martin aber nicht davon abgehalten, uns seine Geschichten aufzutischen. Dass sein Elternhaus im Frühjahr 45 vollkommen zerbombt wurde, hat er nur einmal ganz kurz angedeutet, als wäre es eine Bagatelle. Andere Dinge waren ihm wichtiger.

Mir hat das damals imponiert, überhaupt hat mir alles imponiert, was die beiden vom Krieg erzählt haben. Der Egon hat nur ganz selten über seine Zeit im Krieg geredet, man musste ihm alles aus der Nase ziehen. Dabei war Egon als einziger von den Jungs mittendrin gewesen. Er war ja noch ein ganzes Stück älter als Hofbeck und als Soldat an der Ostfront und später in Gefangenschaft gewesen, genau wie mein Vater. Ich wäre aber nie auf den Gedanken gekommen, meinen Vater mit Egon Bauer zu vergleichen. Mein Vater hat mich jedenfalls nie beeindruckt.

Egon hatte seine Finger immer in irgendwelchen krummen Geschäften, keiner von uns wusste, was genau er so getrieben hat. Ich glaube, wir wollten es auch gar nicht wissen, nicht mal der Martin. Egon war so was wie ein einsamer Wolf, ein Teufelskerl, vor dem sogar der Hofbeck den Hut gezogen hat.

Ich kam mir zwischen diesen Männern ewig lang wie so ein windelweicher Säugling vor, der von nichts eine Ahnung hat, weil er dummerweise ein paar Jahre zu spät auf die Welt gekommen ist. Ich hab jede Geschichte, egal, ob sie gestimmt hat oder nicht, gierig aufgesogen. Sogar der Götze hat mir imponiert, weil er sich angeblich ganz allein durchgebracht hat, ohne Eltern, ohne Großmutter. Mutterseelenallein hat er sich als winziger Bengel von der Ostsee bis nach Franken durchgeschlagen, hat die Hasenjagd überstanden, die der Iwan auf ihn gemacht hat, während ich in Hersbruck vielleicht gerade im *Dschungelbuch* geblättert hab.

So ähnliche Gedanken sind mir wohl durch den Kopf gegangen, als ich die Kreidelinien auf dem Werkstattboden gesehen hab, wo kurz zuvor noch die beiden Hochholzers in ihrem Blut gelegen waren. Ich hatte meine nagelneue Polaroid dabei und hab auch ein paar Bilder gemacht, das weiß ich noch ganz genau. Ich hab geknipst wie ein Automat, um überhaupt etwas zu tun, und Toni Müller, unser Fotograf, hat mich gefragt, ob ich ihm Konkurrenz machen will. Wollte ich natürlich nicht, aber ich hab mich doch irgendwie von dem Schock berappeln müssen. Die Polaroids hat Christine offenbar nicht gefunden – hab ich die später weggeschmissen? Im Ordner sind sie jedenfalls nicht – ist vielleicht auch besser so.

Dann bin ich mit meinem Block zum Sheriff hin, also zum Ernst Berger, Kriminalamtmann Berger, genau gesagt, heute würde man Kommissar sagen, und hab ihn ausgequetscht. Sieben Schüsse waren auf die Hochholzers abgefeuert worden, welche davon tödlich gewesen waren, sollte die Obduktion ergeben. Der kleine Bengel, der die beiden Leichen gefunden hatte, nachdem er, wie schon viele Male zuvor, durch ein Hoffenster in die Werkstatt geklettert war, um Frau Hochholzer zu besuchen, hieß Siegfried Gloßner. Mit dem hatte ich viel später noch gelegentlich zu tun. Da war er dann Kommissar bei der Fürther Kripo. Ich hatte den Namen schon vollkommen vergessen nach all den Jahren, da kommt der Gloßner, damals noch ein ganz junger Kerl, bei einer Pressekonferenz auf mich zu und spricht mich auf die Hochholzermorde an. Das muss Anfang der Achtzigerjahre gewesen sein. Ich bin aus allen Wolken gefallen und hatte komischerweise sofort ein schlechtes Gewissen wegen meiner nicht ganz lupenreinen Verbindungen zu Martin. Gloßner hat mir dann aber von sich aus erzählt, dass er schon als Kind ein regelrechter Waffennarr gewesen sei und unter Frau Hochholzers Aufsicht gelegentlich sogar mal schießen durfte – unvorstellbar heutzutage. Nach der schlimmen Sache habe sich seine Freude an Waffen aber von einem Tag auf den anderen gelegt. Ich hab nur genickt, aber innerlich hat es mich fast zerrissen, denn bei mir war es ganz genauso gewesen.

Neben dem Sheriff und seinem Kollegen, Kilian Decker, kam im Laufe der Zeit noch eine ganze Reihe von Leuten hinzu, um den Fall zu untersuchen. Einen Regierungsmedizinalrat und einen Gerichtsmediziner hatte man aus Erlangen herbeordert, beide kannte ich bis dahin nur vom Sehen. Staatsanwalt Dr. Weinzierl war schon kurz vor mir am Tatort, und natürlich die Truppe von der Spurensicherung. Es war ziemlich eng in dem Laden, man stand sich gegenseitig im Weg. Der hintere Teil war komplett abgeriegelt, weil der Fußboden übersät war mit Projektilen. Bei dem Durcheinander in der Werkstatt war es fast unmöglich festzustellen, ob Waffen oder irgendetwas anderes gestohlen worden war, es sich also um einen Raubmord handelte. Man hatte keine Zeugen, keine Tatwaffe und keinen Schimmer von dem Motiv, das hinter dieser Bluttat stecken könnte. Man wusste zunächst nicht einmal, ob es überhaupt einen flüchtigen Täter gab. Im ersten Moment hatten die Ermittler nämlich angenommen, dass es sich um einen eskalierten Streit zwischen Mutter und Sohn handeln könnte. Sie vermuteten, Martin Hochholzer habe erst seine Mutter und anschließend sich selbst erschossen, aber schon wenige Stunden später sollte sich bei der Obduktion herausstellen, dass diese Hypothese hinfällig war.

Die beiden waren, aus welchem Grund auch immer, am helllichten Tag von einem Unbekannten kaltblütig ermordet worden. Natürlich hatte man rings um das Gebäude alles nach Spuren abgesucht, vor allem in den Brachgrundstücken dahinter, zwischen dem Hinterausgang und den Bahngleisen. Denn wenn es einen Dritten als Täter gab, dann war das der ideale Fluchtweg. Kurz bevor ich raus bin, hat sich noch einer durch die Schaulustigen gedrängt und gesagt, er will eine Zeugenaussage machen, er hat jemanden gesehen. »Da hat sich einer heute Mittag die ganze Zeit vor dem Laden herumgetrieben!« Na ja, musste noch nichts heißen. Ein paar Meter vom Laden entfernt ist die Haltestelle Widhalmstraße. Da brauchte nur die Straßenbahn Verspätung zu haben, und jemand hat einfach so aus Langeweile ins Schaufenster reingeglotzt. Der Decker hat den Mann gleich beiseitegenommen, und noch am selben Tag setzte die Polizei eine Belohnung von 3000 Mark für weitere Hinweise aus, die zur Ergreifung des Täters führen.

Als ich am frühen Nachmittag zurück in die Redaktion gelaufen bin und mir der Wind um die Ohren pfiff, war ich immer noch ziemlich wackelig auf den Beinen. Ich erinnere mich, dass ich mich ein paarmal umgedreht und zum Geschäft der Hochholzers geschaut hab, als wollte ich mir diesen Anblick einprägen, als wollte ich mich darauf einstellen, dass es dieses Geschäft, das Haus, vielleicht sogar die ganze Straße in Zukunft nicht mehr geben würde – jedenfalls nicht mehr so wie vorher. Ich hatte das Gefühl, dass diese Tat die Realität der Dinge, die Realität der ganzen Stadt verändert hatte. Bis heute kann ich nicht durch die Allersberger Straße fahren, ohne an die Kreidelinien auf dem Boden zu denken und an Martin Hochholzer und seine Mutter. Ich glaube, ab diesem Zeitpunkt habe ich angefangen zu ahnen, dass der gewaltsame Tod eines Menschen immer auch andere Tode nach sich zieht. Keine realen

Tode, sondern ein inneres Sterben von Vorstellungen, Wünschen, Plänen bei den Hinterbliebenen. Es stirbt ein Teil ihrer Zukunft, weil ihre Gegenwart mit einem einzigen brutalen Schlag aus den Angeln gerissen wurde.

Als ich bei der Beerdigung später in die hohlen Augen von Martins junger Frau geblickt hab – ihren Buben hatte sie an der Hand, und der fing an, wie am Spieß zu schreien, weil der Pfarrer eine Schaufel Erde auf den Sarg warf –, war aus meiner ersten Ahnung eine Gewissheit geworden: Durch den Tod eines Menschen, der dir nahesteht, stirbt immer auch ein Teil von dir selbst. Je näher man sich steht, desto mehr – aber sterben tut immer etwas in einem. Das scheint sogar der Hofbeck, der ja ansonsten durch nichts zu erschüttern war, gespürt zu haben. Auf jeden Fall hab ich ihn an diesem Tag zum ersten Mal volltrunken erlebt.

Hofbeck war auch mein erster Gedanke, als ich an diesem Nachmittag wieder zurück in der Redaktion war – was würde er zu dem Mord an den Hochholzers sagen? Hofbeck war gegen Mittag zur Einweihung eines Sportvereins nach Schwand gefahren, wollte mal einen frühen Feierabend haben. Ein kurzer Bericht über die sportlichen Aktivitäten im Nürnberger Umland, dann noch mal ein Routineblick in den Fernschreiberraum, dann zur PX und anschließend ab auf die Piste, am nächsten Tag war ja frei. So ähnlich hatte er es sich vorgestellt, und dann kam ich zurück.

Natürlich hatte er schon mitbekommen, was passiert war. In der Redaktion war es *das* Thema des Tages. Es sollte *das* Thema der nächsten Wochen werden. Ich hatte ihm gegenüber ein schlechtes Gewissen, weil er den Martin viel länger gekannt hatte als ich, weil er und nicht ich diesen Artikel hätte schreiben sollen. Aber es war, wie es war.

Wenn ich mir den Bericht anschaue, den ich mit ziemlich klammen Fingern getippt hab, wundere ich mich, dass wir da schon eine Verbindung zu den Tuchergartenmorden hergestellt hatten: *Die Bluttat ruft Erinnerungen wach an den Doppelmord in der Tuchergartenstraße!* Stammte dieser Gedanke von Ernst Berger oder lag er in der Luft? Hatte ich es vielleicht nur geschrieben, weil ich an meine beiden ersten Diensttoten erinnert worden war? Zu diesem Zeitpunkt, an dem sie noch nicht einmal geklärt hatten, mit was für einer Waffe die beiden Hochholzers erschossen worden waren – Mensch Hirschmann, das war reine Spekulation. Zumal es ja, im Unterschied zur Tuchergartenstraße, gar keinen Zeugen für den Tathergang gab.

Ich bin mir nicht mehr sicher, aber ich glaube, dass es Dr. Weinzierl war, der in der Werkstatt der Hochholzers zum ersten Mal vom Mittagsmörder gesprochen hat. Davon steht hier aber nichts. Trotzdem bin ich mir sicher, dass es so war. Dass es noch ganz andere Zusammenhänge zwischen den Tuchergartenmorden und der Bluttat in der Allersberger Straße gab, stellte sich aber erst nach und nach heraus. Es war ein überaus kniffliges Puzzlespiel.

An diesem Freitagabend, also am 29. März 1963, war ich eigentlich mit Ingrid, meiner »Privatsekretärin« aus dem Polizeipräsidium, verabredet gewesen. Ich hatte Pressekarten für eine Vorstellung im *Wintergarten* in der Luitpoldstraße besorgt – auf diese Weise hatte ich mich schon ein paarmal für ihre hilfreiche Unterstützung erkenntlich gezeigt. Aber erstens hatte ich nach diesem Tag keine Lust auf eine weitere falsche Haremsdame beim Bauchtanz oder den x-ten schlechten Abklatsch von Caterina Valente, zweitens hatte ich alle Hände voll zu tun. Ich rief sie an und sagte ab. Sie war zwar leicht angesäuert, konnte aber verstehen, dass ich nach dieser Geschichte Überstunden schieben musste, ihrem Chef, dem Berger, ging es schließlich nicht anders. Hofbeck und ich waren noch bis weit nach Mitternacht in der Redaktion, mein Artikel war schon lange im Satz. Irgendwann hatte er seinen amerikanischen Whiskey auf den Tisch gestellt, sich eine Zigarre angezündet und zwei Gläser bis zum Rand gefüllt. Es blieb nicht bei den ersten beiden. So haben wir uns vom Martin verabschiedet.

Als ich am nächsten Tag um elf in die Redaktion kam, ist der Hofbeck schon an seinem Schreibtisch gesessen. Nach den Zigarettenstummeln im Aschenbecher zu schließen, musste er schon seit drei Stunden an seinem Platz sein. Ich hab nie rausgekriegt, wie er das gemacht hat. Noch nach den schlimmsten Zechtouren hat man ihm am nächsten Tag nichts angemerkt. Und diesmal war er noch vor Dienstbeginn da – an einem Tag, an dem gar kein offizieller Dienst war. Die Frage »was machst denn du heute hier?« konnten wir uns beide schenken.

»Heute früh um sieben hat die Bahnpolizei einen aus der *Schwemme* rausgezogen.«

Die *Bierschwemme* in der Osthalle! Täglich rund um die Uhr geöffnet. Ich frag mich, wie man so was heute nennen würde. ›Nonstop beer service‹?

»Und?«

»Vorbestraft, vor ein paar Tagen erst aus der Mannertstraße entlassen, mit Einbruchswerkzeug in der Tasche. Mehr weiß ich auch noch nicht. Die Beschreibung soll jedenfalls eins a zutreffen.«

Ich musste zugeben, dass ich die Beschreibung gar nicht kannte.

»Der Assistent von unserem Sheriff hat den Zeugen gestern gleich zum Präsidium mitgenommen.«

»Wie lang bist du jetzt schon bei uns dabei?« Der Hofbeck hat mir einen Zettel hingeschoben, auf dem stand: »Ca. 40 Jahre, dunkle, etwas schüttere Haare, heller Trenchcoat, leicht hinkender Gang.«

Meine erste Reaktion war: »Der Egon?«

»Einbruchswerkzeug? Vor ein paar Tagen aus dem Knast rausgekommen?«, fragte Hofbeck zurück.

Aber er hat selber gewusst, dass man noch abwarten muss. Vorher hat man sich auch schon ein paarmal zu oft zu früh gefreut, wenn man einen an der Angel hatte, der's dann doch nicht war. Ein paar Stunden später haben wir Bescheid gewusst. Der Mann hatte ein Alibi. Das Problem für den armen Teufel aus der *Schwemme* war nur, dass er damit einen Einbruchsversuch in einer Sportgaststätte zugeben musste, den er zufälligerweise am Vortag um die Mittagszeit unternommen hatte und bei dem die unvermutet auftauchende Putzfrau ihn gestört hatte. Gegenüberstellung positiv, Fingerabdrücke positiv, und so ist er gleich wieder zurück in die Mannertstraße gewandert.

Pech für den Mann. Pech für uns.

Egon blieb vorerst verschwunden.

Als wir ein paar Tage später im Krematorium vom Westfriedhof standen, waren wir uns nicht mehr so sicher, von wem genau wir Freitagnacht in der Redaktion Abschied genommen hatten und jetzt zum zweiten Mal offiziell Abschied nahmen.

II

Der Sheriff hatte den Hofbeck am Sonntag in der Redaktion angerufen und ihn dringlich gebeten, er solle vorbeikommen. Möglichst sofort. Und als der Hofbeck nach einer Stunde zurückkam, war ihm seine nassforsche Art erst einmal gründlich vergangen. Hat bloß dauernd gesagt: »Das ist ein dicker Hund. Ein ganz dicker Hund!«, mich ins Büro vom Ruckriegel bugsiert, der an dem Tag nicht da war, hat die Tür geschlossen und gemeint, dass ihm der Sheriff gerade den Oberhammer serviert hat. »Unser Martin ist zwei Tage, bevor er niedergeballert wurde, bei der Polizei vorgeladen gewesen. Darauf sag ich zum Sheriff, dass das ja wohl nichts Besonderes war bei ihm. Aber jetzt kommt's. Die haben dem Martin auf den Kopf zugesagt, er soll letztes Jahr 'ne P38, 9 Millimeter verkauft haben, und sie hätten Zeugen. Dabei war das nur ein Verdacht. Laut dem Sheriff ist er schlagartig nervös geworden und hat ihnen plötzlich ein Geschäft vorgeschlagen. Er könne ihnen einen ganz heißen Tipp geben, aber da müsse er sich zuerst einmal mit seinem Anwalt besprechen. Ob er bis nächste Woche Aufschub bekommen könnte – und die sind drauf eingegangen. Tja, und einen Tag, bevor er wieder im Präsidium hätte antanzen sollen, war er tot.«

Noch während Hofbeck sprach, hatte ich schon mein Notizbuch aus der Tasche gezogen und zum November zurückgeblättert. Eine P38, klar. Das war die Tatwaffe von Neuhaus.

»Und wissen die schon, mit was für einer Waffe der Martin getötet wurde?«

»Soweit sich das bei dem ganzen Durcheinander von Geschosshülsen bis jetzt feststellen ließ, könnten es zwei Waffen gewesen sein. Eine 7,65er PPK und eine P38, 9 Millimeter. Vielleicht hat der Kerl ja beidhändig geballert.«

Wir haben an dem Sonntag noch irgendwie Dienst nach Vorschrift gemacht und geschaut, dass wir so früh wie möglich rauskommen aus dem Büro. In seinen Artikel für Montag hat der Hofbeck reingeschrieben, über ein Tatmotiv sei nichts bekannt. Der Sheriff hatte ihm größte Diskretion verordnet.

Dann haben wir uns in den hintersten Winkel der nächsten Kneipe verzogen und den ganzen Abend über nichts anderes mehr geredet als über den Martin und seinen Mörder, den er aller Wahrscheinlichkeit nach kannte und dem er genau die Waffe verkauft hatte, mit der er getötet worden war. Wir haben uns natürlich überlegt, wer von unseren »guten Bekannten« darüber Bescheid wissen könnte. Hofbeck hat in den Tagen danach auch noch ein paar seiner Quellen angezapft, ist aber lediglich in einem Sumpf von Gerüchten stecken geblieben.

Als wir aus der Kneipe rauskamen, war es genau genommen schon Montagmorgen, zwei Uhr oder halb drei. Eine Zeitungsbotin ist mit ihrem Handwagen an uns vorbeigeeilt. Und der Hofbeck, schwer angeschlagen, hat sich an eine Litfaßsäule gestellt und gepisst. Plötzlich bemerkt er, dass er genau vor dem Fahndungsplakat steht, das nach dem Überfall von Neuhaus in Nürnberg und Umland ausgehängt wurde, starrt das Phantombild an und sagt in seinem Suff, völlig fassungslos: »Da – schau mal – das ist doch der Martin! Der schaut doch genauso aus wie der Martin!«

Irgendwie hat das schon gestimmt. So vom Ausdruck her. Aber irgendwie auch wieder nicht. Das Phantom war eindeutig schmaler geschnitten. Das Bild war roh. Unglaublich roh. Wenn ich es jetzt noch einmal anschaue, hätte dieses Phantombild tatsächlich jeden zweiten Mann unter dreißig darstellen können. Mich genauso wie den Martin oder den Götze oder die Hälfte der Mitarbeiter in der Sportredaktion. Wahrscheinlich auch den Täter. Das Bild zeigt einfach nur das Gesicht eines durchschnittlichen jungen Mannes, wie es sie Anfang der Sechzigerjahre zuhauf gegeben hat. Dieses Phantombild war so allgemeingültig, so stromlinienförmig, dass ihm wahrscheinlich sogar eine sechzigjährige Frau ähnlich gesehen hätte – bei entsprechender Beleuchtung selbstverständlich.

Das hab ich dem Hofbeck damals auch gesagt – mit Sicherheit hab ich es eher gelallt als gesagt –, das mit der Allgemeingültigkeit. Da hat der nur gemeint: »Gib es endlich zu. Du bist es gewesen. Du hast den ganzen Mist auf dem Kerbholz, Bleimann!«

Dabei hat er sich in Positur geworfen, ist ein paar Schritte durch die Gegend getorkelt, über einen Hydranten geflogen und mit dem Kinn auf dem Pflaster aufgeschlagen. Dieses Bild werde ich mein Lebtag nicht vergessen. Er hat geblutet wie eine angestochene Sau, und ich konnte nicht aufhören zu lachen. Obwohl mir eigentlich schlecht war.

Trotz, oder vielleicht gerade wegen unseres Zustands haben wir aber nicht mal auf dem Heimweg aufgehört, wilde Theorien aufzustellen. Wenn Martin den Mittagsmörder gekannt hat, hat er ihn womöglich erpresst? Oder gingen gar nicht alle Banküberfälle auf das Konto des Mittagsmörders, sondern auch einer auf das von Martin? Immerhin hat er von Fall zu Fall als Fahrer jobben müssen, weil der Waffenladen allein die Familie nicht ernährt hat. Irgendeine Verbindung musste es gegeben haben, und die hatte Martin sorgfältig vor uns geheim gehalten.

Bei der Trauerfeier am Westfriedhof zwei Tage später haben wir beide die Urne angestarrt, als könnten wir dadurch mit Martins Asche telepathische Verbindung aufnehmen. Wir haben versucht, uns zu erinnern. An Merkwürdigkeiten, Auffälligkeiten in Martins Verhalten, wenn wir vom Mittagsmörder sprachen. Aber offenbar gab's da nichts zu erinnern. Martin hatte bei dem Thema, so schien es uns im Rückblick, immer nur den völlig Ahnungslosen gespielt, der interessiert unseren Theorien und Erkenntnissen lauscht. Nur, war das wirklich typisch Martin gewesen? Er hatte doch normalerweise zu jedem Thema seinen Senf dazugegeben – oder nicht? Hatten wir nicht oft Mühe gehabt, Martin zu bremsen? Hatte er nicht die Angewohnheit gehabt, brüsk ein anderes Thema anzuschneiden, wenn er nichts zu sagen wusste, anstatt auch einmal zuzuhören?

Der Berger hatte den Hofbeck an jenem Sonntag im Übrigen nicht zu sich zitiert, um ihm die neuesten Informationen zur Abwechslung einmal von Angesicht zu Angesicht zu übermitteln. In erster Linie hatte er ein Anliegen. Ich bin nicht dabei gewesen, aber nach dem, was mir der Hofbeck danach erzählt hat, könnte es ungefähr folgendermaßen gelautet haben: »Halt deine Augen und Ohren offen. Wir nehmen uns alle vor, von denen wir wissen. Die Kunden aus der Kartei, die Arbeitskollegen von seinem Fahrerjob und alle Bekannten, die uns seine Frau nennt. Also alle, die wir irgendwie rauskriegen können. Aber da wird ein Bodensatz zurückbleiben, an den wir nicht rankommen. Du bist doch ständig auf Achse und kennst Gott und die Welt. Du weißt doch garantiert, in welchen Lokalen der Hochholzer sich rumgetrieben hat. Kennst vielleicht sogar die Bräute, die er nebenbei hatte. Trau ich dir jedenfalls zu. Und wenn du's nicht weißt, kennst du garantiert jemanden, der jemanden kennt, der's weiß. Vielleicht kommt da noch ein Tipp dabei raus, den du uns weitergeben kannst.«

Das hat dazu geführt, dass der Hofbeck nach seinem Besuch beim Sheriff deutliche Detektivallüren entwickelt und mich damit angesteckt hat. Es wundert mich im Nachhinein, dass wir überhaupt nicht auf die Idee kamen, ebenfalls zum »Bodensatz« zu gehören, also zu dem Kundenkreis, der nicht offiziell in Martins Kartei auftauchte. Aber wir wussten ja, dass wir nichts mit den Morden zu tun hatten. Wir waren bei den Guten.

Bei der Kripo hatte sich allmählich Verzweiflung breitgemacht. Die groß angelegte Aktion, die beim Tuchergartenmord begonnen worden war, lief ja immer noch. Über die durfte kein Wort in der Zeitung verloren werden. Die stand auch polizeiintern unter größter Geheimhaltung. Die Aktion bestand in nichts weniger als der akribischen Überprüfung von über fünfzigtausend Männern zwischen zwanzig und dreißig Jahren, die in Nürnberg lebten oder zur Tatzeit des Tuchergartenüberfalls in Nürnberg gelebt hatten. Eine Arbeit von Jahren mit dem Personal, das dafür zur Verfügung stand. Dabei gingen natürlich immer wieder mal ein paar kleine Fische ins Netz. Aber der, auf dessen Konto die bisherigen Raubmorde gingen, war nicht dabei.

Ich weiß noch, einer von den unteren Chargen hatte ganz am Anfang mal gesagt: »Was die Engländer können, können wir schon lang.« Ich wusste nicht, was er meinte, und hab noch mal nachgehakt. »Ist schon eine ganze Weile her«, hat er geantwortet. »In England gab's kurz nach dem Krieg einen aufsehenerregenden Mordfall. Opfer war ein kleines Mädchen, erst drei Jahre alt. Aus dem Krankenhaus entführt, vergewaltigt und brutal erschlagen. Die einzige brauchbare Spur waren Fingerabdrücke auf einer Glasflasche. Daraufhin wurde beschlossen, von sämtlichen Männern der Stadt Fingerabdrücke zu nehmen. Obwohl natürlich das Risiko bestand, dass der Täter irgendwohin abgetaucht war, haben die das durchgezogen. Die mussten von über vierzigtausend Männern die Fingerabdrücke abnehmen, bis sie endlich den Richtigen hatten. Es hat den ganzen Sommer gedauert, aber schließlich haben sie ihn gefunden, den Kindsmörder von Blackburn, und genauso werden wir unseren Burschen auch noch finden.« Aber inzwischen war der Optimismus längst dahin.

Beim Tuchergartenmord ging man immer noch davon aus, dass der Täter nur aus Nürnberg stammen konnte. Beim Hochholzermord dagegen war klar: Der Täter konnte in alle Richtungen abgehauen sein. Vom Hinterausgang des Waffengeschäfts war man in maximal zwei Minuten bei den Bahngleisen. Gut möglich also, dass dem Mittagsmörder der Boden unter den Füßen endgültig zu heiß geworden war, dass er mit einem Expresszug über die Grenze abgehauen war und jetzt an einem Strand an der Côte d' Azur saß, oder an der italienischen Adria, während die Nürnberger Kripo hier immer noch von Adresse zu Adresse ging und junge Männer überprüfte, Waffenbesitzer, Kunden aus der Kartei und so weiter.

Damals konnte noch keiner wissen, dass der Flüchtling Golke niemals mehr im Leben wirklich geflohen ist. Dass er an seiner zweiten Heimat Hersbruck hing und stundenlang die Wälder und Höhen im Umland durchstreifte. Immer allein.

I'm looking at the river but I'm thinking of the sea … wo kommt das her? Da-daa da-daa da-daa da-daa … das war so eine schwermütige Melodie … *In Germany before the war there was a man who owned a store in nineteenhundredthirtyfour in Düsseldorf* … der Song über diesen Massenmörder … um wen ging's da gleich wieder – um den Haarmann? Düsseldorf … irgendeiner wurde *der Vampir von Düsseldorf* genannt. War das wirklich der Haarmann? Oder doch ein anderer? Na ja, das kann ich später immer noch nachschauen, darf mich jetzt nicht verzetteln. Jedenfalls, ein paar Tage später wurde von der Kripo eine andere Parole ausgegeben. Ganz offiziell. Im Artikel vom 5. April ist von der Tuchergartenstraße keine Rede mehr. Oder hatte ich mir da bei meinem ersten Bericht wirklich etwas zusammenfantasiert? Ich weiß es nicht mehr. Doch, natürlich, jetzt weiß ich wieder. Die von der Spurensicherung haben ziemlich lang gebraucht, bis sie in dem Chaos beim Hochholzer die Projektile der Tatwaffen absolut zweifelsfrei herausgefiltert hatten, und daraus ergab sich eine Übereinstimmung mit Neuhaus, Ochenbruck und auch Leinburg, sofern die Aussage des bedrohten Kassierers stimmte. Aber eben nicht mit der Tuchergartenstraße. Der Doppelmord in der Nordstadt hing tatsächlich lange Zeit im Raum, schien ein perfektes Verbrechen zu sein.

Konnte man wirklich davon ausgehen »andere Waffe, anderer Täter«? Wenn ja, bedeutete das, dass da draußen zwei von der Sorte herumliefen, die skrupellos herumballerten. Bedeutete aber auch, dass der Täter von 1960 seither nicht mehr zugeschlagen hatte. Oder schon längst über alle Berge war. Andererseits steckte in den Täterbeschreibungen die Möglichkeit, dass es sich doch um ein und denselben handelte. Die Überlegungen drehten sich im Kreis. Der Hofbeck und ich, wir haben uns genauso den Kopf zerbrochen wie der Berger und seine Leute.

Von unserer Archivwühlmaus Neubert ließen wir uns in einer ruhigen Minute noch mal alle Berichte raussuchen. Wir haben unsere Notizen durchforstet und miteinander abgeglichen in der Hoffnung, irgendwas zu finden, was vielleicht auch der Polizei bislang durch die Lappen gegangen war.

Notizbücher wirft man genauso wenig weg wie Bleistifte. Ein gut geführtes Notizbuch ist wie ein Archiv. Wir haben die Fakten noch einmal Stück für Stück zusammengetragen, alles, was wir uns notiert hatten, und eine Tabelle aufgestellt. Die müsste ich eigentlich wiederfinden. Ich hab kein einziges Notizbuch weggeworfen. Auch dann nicht, als Schluss war mit dem Zeitungsleben. Da erst recht nicht. Hab mir immer gedacht, man weiß nie, ob man die nicht noch mal brauchen kann. Diese Metzner kann froh sein, dass sie an einen vom alten Schlag geraten ist. Wegwerfgeneration. Und dann brauchen sie doch wieder das Material, das die Alten angesammelt haben. Die Notizbücher hab ich alle in dem alten Rollschrank. Chronologisch geordnet. Ein Griff, und ... hat da jemand umgeräumt? Das da gehört doch gar nicht ins oberste Fach ... so, jetzt. Das ist es.

Diese alten Herlitz waren die besten. Mit Register und nummerierten Seiten. Irgendwann waren die nicht mehr aufzutreiben. So, jetzt hab ich's. Was ist das für eine Reihenfolge? Da haben wir uns wohl rückwärts durch die Zeit gearbeitet. 29. März 1963, Hochholzer. Er getroffen in Kopf, Bauch, sie Kopf, Brust, Hand, Bauch. Waffen: P38, Walther PPK 7,65. P38 gestohlen 29.8.62 in Garmisch? Ah ja, das hab ich später noch nachgetragen. Ist ja auch ein anderer Bleistiftstrich. PPK gestohlen 2.2.1960 in Amberg. Hm, da hat doch tatsächlich jede Waffe einen »Gestohlen«-Vermerk ... unten hab ich den Brenninkmeyer noch nachgetragen, 1. Juni 1965, Opfer Anton Riedel, Hausmeister. Da hat man bei der Festnahme gleich drei Waffen beim Golke gefunden. Eine PPK, eine tschechische Duo Z und eine Parabellum. Hochholzer war P38 und PPK, Sparkasse Neuhaus P38, Sparkasse Ochenbruck PPK, Sparkasse Leinburg PPK, Tuchergartenstraße FN 6,35.

Damals, kurz nach unserem Tuchergarteneinsatz, hab ich den Hofbeck noch fragen müssen, was das heißen soll, FN. Kannte ich vorher nur als *Fürther Nachrichten*. Da hat er seinen typischen Dem-muss-man-doch-wirklich-jede-Kleinigkeit-erklären-Blick aufgesetzt. »FN ist 'ne belgische. Fabrique Nationale.«

So haben wir uns also noch mal Überblick verschafft nach dem Hochholzer-Doppelmord. Für die Psychotante bringt die Tabelle natürlich nix. Datum, Tatort, Namen der Zeugen, Namen der Opfer, wo getroffen, mit welcher Waffe. Aber uns hat die Tabelle was gebracht. Haben wir jedenfalls geglaubt in diesem Augenblick der Erleuchtung, den der Hofbeck hatte.

»Tuchergartenstraße Zeugin Babette Hambach? Das war doch die Eheinstitutstante ... warum hat er denn die nicht auch ... natürlich, die Ladehemmung! Die Ladehemmung! Dann kann es *doch* derselbe gewesen sein!« Die Geschichte mit dem *klick*. Wir haben die Hambach wieder vor uns gesehen mit ihrem totenbleichen Gesicht, hatten wieder ihre Worte im Ohr: »Der hat direkt auf mich gezielt und abgedrückt, aber die Pistole hat nur *klick* gemacht. Da hat er sich umgedreht und ist weggerannt.« Genau das war der Punkt, wo es beim Hofbeck *klick* machte. Die Heiratsvermittlerin, die so knapp davongekommen war und ausgesehen hatte wie der Tod von Forchheim.

»Verstehst du? Der hat ab dem Zeitpunkt das Vertrauen in die FN verloren und hat sie nie wieder verwendet. Das Ding hat ihn im Stich gelassen, und das durfte nicht noch einmal passieren.«

»Kann man doch reparieren lassen«, hab ich gemeint.

»Reparieren lassen, reparieren lassen! Klar kann man das. Aber es gibt genug Leute, für die ist eine Waffe nicht einfach eine Waffe. Wenn der so ein richtig Besessener ist, dann ist der verknallt in seine Knarre!«

Verknallt in seine Knarre! Das hat er wörtlich so gesagt und im Eifer des Gefechts gar nicht gemerkt, wie komisch das klingt. Ich hab sofort weiterspekuliert.

»Stell dir doch mal vor, er hat sie dem Martin gebracht. Damit er sie repariert und weiterverkauft. Und ihm dafür Nachlass gibt auf eine neue – eine P38?«

Für einen ganz kurzen Augenblick hatte ich mir tatsächlich eingebildet, das Puzzleteilchen gefunden zu haben. Dass die Kripo jetzt nur noch in den Büchern vom Martin nachprüfen müsste, ob und wann und von wem er nach dem 22. April 1960 eine FN in Zahlung genommen hat.

»Vergiss es«, hat der Hofbeck abgewunken und gemeint, dass mir doch klar sein müsste, wie »sauber« Martins Buchführung war.

Natürlich hatte er recht. Dass wir trotzdem den Berger verständigten, zeigt, wie wenig wir uns damit abfinden konnten, dass da wirklich kein einziges brauchbares Indiz zurückgeblieben sein sollte. Der hat uns bloß mitleidig betrachtet. »Ihr glaubt doch wohl selber nicht, dass wir bei einem wie dem Hochholzer, der uns x-mal mit seinen Schwarzgeschäftchen aufgefallen ist, einen ordentlichen Buchungsvermerk finden werden: ›FN in Zahlung genommen von Peter Meierhuber, Nürnberg, Pirckheimerstraße 75‹? Ad eins. Ad zwei: Ihr habt doch wohl nicht geglaubt, dass wir uns noch keinen einzigen Blick in die Buchführung erlaubt haben?«

Wir haben auf der Idee mit der Ladehemmung bei der FN beharrt. Falls in den Büchern doch noch eine FN auftauchen sollte, die er gekauft, repariert oder umgetauscht hat, dann musste das eine Spur sein, die zum Mittagsmörder führt.

Er hat sich eine Notiz gemacht, hat uns versprochen, dass unser Hinweis berücksichtigt wird, und uns hinauskomplimentiert. Das war's dann vorläufig gewesen mit unserer privaten Fahndung.

Merkwürdig, wenn ich jetzt an diese Zeit zurückdenke, Frühjahr 63, dann merk ich erst, dass da für mich eine vollig neue Epoche angefangen hat. Epoche – ! Das klingt so … doch, es gibt auch ganz persönliche Epochen. Das war, als hätte seit Martins Tod alles angefangen, sich aufzulösen. Als wäre Martin eine Anlegestelle gewesen in unserem Leben, und mit einem Mal trieben wir auseinander in die offene See, jeder in eine andere Richtung, nur wegen ihm. Als ob ein Mensch, sobald er tot ist, noch einmal eine ganz neue Bedeutung bekommt. Als ob erst dann, wenn er tot ist, etwas Neues beginnen kann.

Unsere Treffen in der *Wacht* sind ziemlich schnell nicht mehr dieselben gewesen wie vorher. Martins Tod und Egons Abwesenheit hatten eine fatale Wirkung. Es war durchgesickert, dass Egon tatsächlich hopsgenommen worden war und eine Nacht hinter Gittern verbringen musste. Die Stimmung in der ganzen Kneipe war mies. Keiner hat dem anderen mehr richtig über den Weg getraut. Mal ist der eine nicht gekommen, mal der andere nicht, bis schließlich keiner von den Stammgästen mehr ins Lokal gegangen ist.

Ich hatte auch keine Lust mehr. Hatte weder Lust, ständig die alten Kriegsgeschichten anzuhören, noch, über Waffen zu fachsimpeln. Vor Waffen hat es mich geradezu geekelt. Hofbeck hielt mich daraufhin für ein Weichei, aber das war mir egal.

Mir ist einiges egal geworden in dieser Zeit. Ich wollte weg, wollte nach vorne. Wahrscheinlich bin ich deshalb auch aus der Südstadt weggezogen, wollte als frischgebackener Redakteur endlich in meinen eigenen vier Wänden leben. War froh, alles hinter mir lassen zu können, den Waffenladen, an dem ich jeden Tag vorbeimusste, die Brettschneider mit ihrer Sülze, den rußenden Kanonenofen, einfach alles.

Aber als ich dann in meinem Ein-Zimmer-Appartement jeden Abend massenhaft Damenbesuch hätte haben können, sind urplötzlich die Damen ausgeblieben. Das heißt, ganz ausgeblieben auch wieder nicht. Mit Ingrid hatte ich was. Nichts Ernstes, aber ... Mein Gott, war die ... also wenn es da noch eine Brettschneider gegeben hätte, die hätte das Überfallkommando gerufen, wenn wir's gemacht haben, so laut ist die geworden.

Wenn sie bloß nicht so schnell von Verlobung und gemeinsamer Wohnung geredet hätte, dann wäre das wohl noch ewig so weitergegangen. Es war bequem. Aber sie hatte eben andere Vorstellungen. Mit einer Wohnfibel ist sie mal gekommen und hat mir gezeigt, wie sie sich unsere Einrichtung vorstellt. Das ist mir zu eng geworden. Hab mich abgeseilt. *Ich hab dich ja wirklich ganz gern, aber von Verlobung und Heiraten und Familie will ich nix wissen.*

Natürlich war die Ingrid erst mal beleidigt, und natürlich hab ich geglaubt, das war es für mich mit den Frauen.

Bin dann auch eine ganze Weile nicht mehr auf die Piste, damit ich nicht gleich die nächste auf dem Hals hab, die mir nach ein paar Wochen schon mit Verlobung kommt. Die Spätdienste kamen mir da ganz gelegen.

Da gab's einmal ein paar Wochen, in denen hab ich Spätdienste geschoben ohne Ende. Dauernd war was anderes, ein Kollege krank, ein anderer im Urlaub – Italien, wenn du gefragt hast, war es immer Italien. Dann Stadtratssitzungen, Empfänge, Einweihungen.

Und der Krieg hat mich eingeholt. Der Krieg, von dem ich als Kind so gut wie nichts mitbekommen hatte. Jetzt lebte ich plötzlich in seinen Hinterlassenschaften. Wenn ich aus dem Fenster meines neuen Domizils gesehen hab, lagen sie vor mir in all ihrer scheußlichen Pracht.

Ich hatte von der Mummenhoffstraße aus einen grandiosen Ausblick auf die ehemalige *Sebalder Wüste*, so haben die Leute damals den alten Kern von Nürnberg genannt, an dem der Aufbau jahrelang mehr oder weniger vorbeigegangen war. Im Lorenzer Teil, da, wo die Banken und die wichtigen Firmen, die Hotels und die besseren Gastwirtschaften lagen, sah es dagegen relativ schnell schon wieder zivilisiert aus. Aber der Sebalder Teil war tatsächlich noch lange Jahre nach dem Krieg Wüste, so, als hätten die Bombenangriffe gestern erst stattgefunden.

Bis in die Fünfzigerjahre hinein bestand dieser Teil der Altstadt immer noch aus Brachland, Ruinen und Schuttbergen, so weit man sehen konnte, und überall wucherten Gras und Gestrüpp. Lediglich hier und da ragten ein paar neue Häuserblocks aus den Trümmerbergen heraus, die einmal das Herz von Nürnberg gewesen waren. Diese Dinger wirkten völlig deplatziert, haben mich irgendwie an einen Mund erinnert, in dem nur noch zwei oder drei Zähne stehen.

Als Knirps von zwölf oder dreizehn Jahren bin ich oft in der Sebalder Wüste gewesen. Hab mich in Fürth aufs Fahrrad meiner

Mutter geschwungen und bin mit ein paar Schulkameraden nach Nürnberg geradelt. Manchmal haben wir auch die Straßenbahn genommen – schwarz, versteht sich. Für uns war Sankt Sebald ein Abenteuer, ein gigantischer Abenteuerspielplatz, in dem man sich besser austoben konnte als im ordentlichen Fürther Stadtpark oder im Wiesengrund. Zwischen den Trümmern gab es für uns immer was zu entdecken, genauso wie für die Nürnberger Kinder, die ihr Revier natürlich verteidigt haben, sobald sie uns entdeckten. Dann sind die Fetzen geflogen. Später hab ich oft gedacht: Gott sei Dank, dass da nicht ganz andere Fetzen geflogen sind. Irgendwann, ich war vielleicht achtzehn, neunzehn, und die Zeit in der Sebalder Wüste war für mich längst passé, da haben ein paar Kinder in der Stadtmauer ein geheimes Wehrmachtsmunitionslager entdeckt und ausgeplündert. Beim Tiergärtnertor war das. Wer weiß, was da passiert wäre, wenn nicht zufällig ein Spaziergänger alles beobachtet hätte. Die Polizei hat sie aufgespürt und aus den Kinderzimmern Handgranaten rausgetragen. Sogar Tellerminen sollen dabei gewesen sein.

Eigentlich haben wir nichts anderes gemacht, als mitten in der Trümmerwüste Krieg nachzuspielen. Es gab einen Keller, in den kamen immer die Gefangenen rein. Gefesselt, nach allen Regeln der Kunst. Dann folgten Friedensverhandlungen, und hinterher wurde Verbrüderung gefeiert.

Meine Mutter durfte davon natürlich nichts wissen, sie hatte streng verboten, dass ich mich dort herumtrieb. Immer wieder wurden ja Blindgänger gefunden. Die Sprengmeister, die sie entschärften, waren *die* Helden der Nachkriegszeit. Ohne die Sprengmeister wären so einige frisch hochgezogene Mietshäuser gleich wieder perdu gewesen.

Über deren Einsätze haben die Zeitungen oft berichtet. Einmal hat's einen ganzen Dreimanntrupp erwischt, das weiß ich noch. Muss Anfang der Fünfziger gewesen sein. Die Bombe ist hochgegangen und hat ein Dutzend Häuser im Umkreis verwüstet. Meine Mutter hat mir den Zeitungsartikel unter die Nase gehalten und mir Hausarrest angedroht, falls sie jemals wieder mitkriegen sollte, dass ich mich in den Nürnberger Ruinen herumtreibe.

Das war, als ob der Krieg ein dämonisches Eigenleben hätte, das sich noch Jahre danach Bahn brechen wollte. Eigentlich bis heute. Ist doch noch gar nicht so lang her, dass die halbe Südstadt evakuiert wurde, rund um die Siemensbaustelle ...

Auf so einem Pulverfass haben wir Räuber und Gendarm gespielt und uns eingebildet, wir hätten die Sebalder Wüste für uns erobert, mitsamt der Pegnitz, die gleichmütig dahinfloss wie eh und je. Was haben wir uns für abenteuerliche Flöße gebaut ... wenn das die Eltern mitgekriegt hätten, wie wir als Piraten auf Benzinkanistern und Waschtrögen über die Pegnitz schipperten ... immer kurz vorm Kentern ...

Zwölf Jahre später bin ich also genau dorthin gezogen. Im Sommer 63. Es gab immer noch jede Menge Baulücken und Brachflecken, die sich vom Hauptmarkt aus Richtung Nordwesten und Nordosten wie sandsteinfarbene Pockennarben durch die Sebalder Altstadt zogen.

In dem Jahr hatten wir einen grauenhaft heißen Sommer. Die Hitzewelle kam Anfang Juni angerollt, wenn nicht schon Anfang Mai, und dauerte bis in den August hinein. Natürlich war das auch bei uns in der Zeitung *das* Thema. Auf den Weiden vertrocknete das Gras, die Ernten waren in Gefahr, und das Trinkwasser wurde knapp. Nicht nur hier, sondern in ganz Europa. Von meinem Fenster aus konnte man die Luft über den Hausdächern und auf dem Pflaster flirren sehen. Es hätten nur noch ein paar magere Esel und Banden von verlausten Straßenkötern in den Gassen herumstreunen müssen, dann hätte man geglaubt, irgendwo in Nordafrika zu sein.

Aber wir waren mitten in Deutschland, mitten im Aufbauwunder, und statt dösender Esel standen überall Zementmischer herum. Anstelle von Hunden kläfften Presslufthämmer, Kreissägen heulten, und die heiseren Stimmen von Bauarbeitern zerschnitten die hitzestarrende Luft. Es gab in diesem Sommer mehr als einen Moment, in dem ich mich nach der beschaulichen Ruhe meines Zimmers bei der Brettschneiderin gesehnt habe.

Damals hab ich mir einen gebrauchten Ventilator und meinen ersten Fernseher gekauft. Auf Pump. Damit ich ab und zu was anderes hör als Lärm und was anderes seh als Bauarbeiten. Und dann hab ich mich eines Samstagnachmittags tatsächlich dabei ertappt, wie ich mir genau denselben Schmus im Fernsehen anschau wie die alte Brettschneider. Als ob ich in die alte abgestoßene Hülle zurückschlüpfen wollte. Vor Wut bin ich ins *aki* und hab mir einen Western angesehen. Bei der Wochenschau hat's mich gerissen. Da wurde ein U-Boot vorgestellt, in das genau eine Person hineinpasste. *Das Volks-U-Boot für jedermann* oder so ähnlich. Ich bin völlig belämmert im Kino gesessen und hab mir gedacht, *das lässt der Vorführer jetzt extra für dich laufen. Der kann deine Gedanken lesen und hat sie in einen dämlichen Witz verwandelt. Du willst abtauchen, Hirschmann, nichts mehr sehen von der Welt, nichts mehr hören. Da haben wir das Richtige für dich – das Ein-Mann-U-Boot!* Ich hab nie wieder was von diesem Blödsinn gehört. Hätte ein Aprilscherz sein können. Aber spätestens, als ich wieder vorm Bahnhof stand, in dieser elenden Hitze, war mir klar, dass ich mich nicht im April, sondern mitten im hitzebrodelnden Juni befand.

Wie ein Fieberkranker bin ich vom Bahnhof zur Frauentormauer gelaufen. Bin zum ersten Mal in meinem Leben an die Mauer gegangen und hab mir eine Frau gekauft. Wirklich zum ersten Mal im Leben. Hatte immer Angst davor gehabt. Doch als ich da rauskam auf den Bahnhofsvorplatz, unter die Menschen, hat mich ein tierisches Gefühl gepackt. Nein, zwei. Ein Fluchtimpuls: bloß weg von hier. Mit dieser Meute hast du nichts zu tun. Und: Du musst dich jetzt sofort abreagieren. An einer Frau abreagieren. Dieses ganze angestaute innere Chaos in eine Frau hineinspritzen, dann bist du es los.

In diesem Sommer hab ich auch geschaut, dass ich meinen DKW wieder loswerde. Hab ihn irgendeinem Idioten angedreht, bin zum Ford Greissinger marschiert und hab mir für fast sechseinhalbtausend Mark einen Taunus 17 M bestellt. Rot mit weißem Dach. Genauso auf Pump wie den Fernseher. *Bist doch jetzt Redakteur. Kannst dir doch jetzt was leisten.* Von wegen. Die Kiste hab ich jahrelang abstottern müssen.

Als ich beim Greissinger raus bin, ist gerade ein Karmann Ghia die Peter-Henlein-Straße entlanggefahren, darin so ein Schnösel mit seiner Braut. Sie am Steuer. Mit Kopftuch. Ich habe den beiden sofort angesehen, dass sie rausfahren aus der Stadt, irgendeinen Waldweg ansteuern, den Wagen abstellen und es an einem Plätzchen, wo sie ungestört sind, miteinander treiben. *Warum hab ich mir einen 17 M bestellt? Warum keinen Karmann Ghia?*, hab ich sofort gedacht. *Warum hab ich Idiot keinen Karmann Ghia gekauft?* Aber zu spät, alles war unterschrieben, die Anzahlung war geleistet, und drei Wochen später hatte ich den 17 M, mit dem ich die nächsten Jahre rumgegurkt bin.

Da gab es so einen Werbefilm mit einem eleganten Herrn, der mit seinem Taunus über eine alpine Passstraße fuhr. Ganz allein in seinem Wagen, sichtlich glücklich und zufrieden, ohne Frau neben sich, ohne Kinder auf dem Rücksitz. Darin hatte ich mich offenbar wiedergefunden. Mich selbst gesehen, wie ich in meinem zweiwöchigen Jahresurlaub nach Italien aufbreche. Frei, abenteuerlustig, ungebunden. Für Mitte Juli hatte ich ihn geplant. Aber es kam dann ja alles anders. Der Sommer 63 war eine einzige Katastrophe.

Ein paar Tage vor meinem Urlaubsbeginn rief mich meine Mutter in der Redaktion an. Die Großmutter in Hersbruck war gestorben. Meine einzige Großmutter, meine Hanna-Oma. Johanna Kreß, Jahrgang 1885. Zwei Weltkriege hatte sie überlebt, aber diese Temperaturen hatten sie geschafft. Kreislaufversagen, plötzlicher Herztod. Der Sommer, der dem Jahrhundertwinter folgte, wirkte sich genauso verheerend aus und forderte nach Kälteopfern nun Hitzeopfer. Und mein 17 M fuhr nicht wie in der Kinoreklame über Passstraßen in den Süden, sondern transportierte brauchbaren Hausrat meiner Großmutter nach Fürth in die Jakobinenstraße oder zu irgendwelchen Verwandten und Bekannten, von denen ich manche seit meiner Kindheit nicht mehr gesehen hatte. Man hat nicht einfach wie heute eine Fuhre zu einem Recyclinghof gekarrt und Schluss gemacht mit dem alten Kram. Es wurde sortiert, abgewogen, was von Bedeutung war und was nicht, und dann erst wurde weggeschmissen.

Das heißt, wenn ich es mir richtig überlege, stimmte das nur in Bezug auf meine Eltern. Einige von den Leuten, die ich abgeklappert hab – *was, du bist der Peter, dich kenn ich noch als kleinen Knirps!* –, haben nur einen Blick auf das alte Zeug geworfen und dankend abgelehnt. Von der guten alten Zeit hatte man die Nase voll. Gerade auf dem Land türmte sich die *gute alte Zeit* ja auch immer noch in Schuppen und Scheunen. Man war ihrer überdrüssig, man wollte was Neues.

Bevor das alte Leben sich auflöst, bäumt es sich aber noch einmal auf und nimmt einen in den Schwitzkasten. Im Sommer 1963 wortwörtlich. Das Haus meiner Großmutter in Altensittenbach verwandelte sich in den zwei Juliwochen in einen Schwitzkasten der Vergangenheit. Meine Eltern konnten nicht so lang freimachen, und ich hatte ja »sowieso Urlaub«. Also hielt ich statt eines italienischen Reiseführers nun plötzlich das Leben meiner Großmutter und meine eigene Kindheit in den schweißnassen Händen. Zeit, die zu Dingen geronnen war. Dinge, von denen ich gar nicht mehr wusste, dass sie jemals existiert hatten und Fenster in die Vergangenheit aufstießen. Der *Struwwelpeter*. Ein Holzpferd. Ein roter Blechtraktor zum Aufziehen. Ein Karton mit einem Kaufladen darin. *Für den kleinen Kaufmann*. Das Holzpferd hatte der Onkel Hannes geschnitzt, extra für mich. War gar kein Onkel, war einer von Großmutters Nachbarn. »Warum hat der Onkel Hannes nur noch ein Bein, Oma?« – »Weil er das andere im Krieg verloren hat.«

Meine Kindheit erlebte eine Wiederauferstehung zu einer Zeit, in der ich mir nichts sehnlicher wünschte, als das Vergangene zu vergessen. Aber alles passte zusammen.

1963 war der Zusammenbruch meines alten Lebens, im Kleinen wie im Großen. Mir kam es so vor, als hätte Martins Tod eine Kerbe in mein Leben geschlagen, die sich ständig weiter ausdehnte. In mir klaffte ein Spalt, der nicht nur mich betraf und instabil werden ließ, sondern der sich auf alles um mich herum ausdehnte. Alles war fragwürdig und wackelig geworden. Beim Tod meiner Großmutter war es mir dann, als würde ein Stück von mir wegbrechen.

Mein Vater war damals Ende vierzig, hatte seine Stelle beim *Schaschlik-Wolf* hingeschmissen und war schon mehrmals fertig mit der Welt gewesen. War es wirklich das, nur das, was wir gemeinsam hatten?

Ausgerechnet um die Mittagszeit hat es mich in diesen Juliwochen einmal aus dem Großmutterhaus getrieben. Nur weg von den alten Dingen, weg von mir selbst. In die Stadt gehen, irgendwo eine Kleinigkeit essen und ein kühles Bier trinken, im *Roten Ochsen* oder im *Deutschen Haus,* und statt längst verstorbener Menschen auf sepiagetönten Fotografien echte Menschen sehen. Vielleicht einen alten Bekannten treffen.

Also bin ich die ganze Nürnberger Straße von Altensittenbach nach Hersbruck reingelaufen. Die Stadt lag in einem erschöpften Mittagsschlaf. Nicht einmal Schulkinder waren unterwegs. Hitzefrei. Plötzlich haben mich die alten Wege wieder angesprungen. Die Wege, die meine Großmutter mit mir gegangen war, wenn sie ihre Besorgungen machte. Die Martin-Luther-Straße entlang bis zur Bäckerei am Wassertor, die Prager Straße wieder zuruck zur Drogerie Kleindienst und um die Ecke zur Metzgerei Schaller. Und ich bin weitergegangen in die Richtung, in die meine Großmutter nie mit mir gegangen ist, raus aus der Stadt, Richtung Osten, die Amberger Straße lang, am Gymnasium und an der Landwirtschaftsschule und am Finanzamt vorbei und noch weiter, bis ich plötzlich in der Flüchtlingssiedlung stand. *Bei denen da draußen.* Die da draußen, die es eigentlich gar nicht gab. Die angeblich gar keine richtigen Deutschen waren.

Ich hatte mir diese Häuser noch nie angesehen. Nur drei kleine Straßen, zwei quer zur Amberger Straße, eine parallel, mit zweigeschossigen, lang gestreckten, gesichtslosen Wohnblöcken. In anderen Orten heißen solche Straßen Breslauer Straße, Oppelner Straße, Gleiwitzer Straße. In Hersbruck nannte man sie Wiesenstraße, Flurstraße und Erlenstraße. Wie man eben Straßen benennt, wenn einem nichts Besseres einfällt.

Da stand ich dann unter der prallen Mittagssonne in der hitzegelähmten Siedlung, und aus irgendeinem Fenster plärrte ein Radio. Vielleicht hatte auch jemand eine Schallplatte aufgelegt. *Schuld war nur der Bossa nova.* Nein, das war's nicht. Irgendwas anderes mit Bossa nova. Da war eine Kinderstimme dabei, die immer reinquakt. Irgendwas mit Baby ... *Der Baby-Babbel-Bossa-Nova hält mich jung, macht mich froh, bringt mir Schwung,* ... ja, das war's. Da war der größte Schwachsinn noch gut genug für einen Schlagertext. Obwohl ... später ging's noch schlimmer. Da gab's doch diese Mädels, die immer gesungen haben *Verpiss dich* und *ich find dich scheiße.* Weiß gar nicht mehr, wie die geheißen haben. Die Beatles wären garantiert nicht berühmt geworden, wenn sie so was über Mädels gesungen hätten. Na ja. So ändern sich die Zeiten. Der *Baby-Babbel-Bossa-Nova* aus einem offenen Fenster und ich mitten in der Siedlung, die ich zum ersten Mal sah. Bloß weg von hier, hab ich gedacht und hab gar nicht gewusst, wie weg. Konnte keinen Schritt mehr gehen in der Hitze und stand da wie ein Fremder in der Welt. *Was willst du denn?*, hab ich mich gefragt. *Du flüchtest vor dem Vertrauten, weil du darin erstickst, und wenn du im Fremden landest, dann passt es dir auch wieder nicht. Was willst du eigentlich?*

Dabei ist das die falsche Frage. Es geht immer nur darum, wie sehr man sich selbst fremd ist. In diesem Augenblick, in der Hersbrucker Flüchtlingssiedlung, kulminierte meine Fremdheit vor mir selbst, bis ich nicht einmal mehr die Sprache der Schlager verstand, die aus dem Radio gekräht wurden. Natürlich war es Deutsch, aber meine eigene Muttersprache zerfiel mir plötzlich in sinnlose Silben.

Auf der Straße sah ich eine kleine Ölpfütze, darin steckte ein Schmetterling fest. Ein Pfauenauge. Es war bis zu den Flügelansätzen in das klebrige Zeug eingesunken und flatterte vergeblich mit dem Rest seiner Flügel, um sich zu befreien. Es sah aus, als wäre der Falter im heißen Asphalt stecken geblieben. Ich hätte beinahe losgeheult.

Du bist Redakteur, hab ich mir laut vorgesagt, um mich an irgendetwas festzuhalten. Du bist Redakteur einer namhaften Zeitung. Du wirst nächste Woche wieder im Büro in Nürnberg sitzen und Artikel schreiben. Auf Deutsch.

Ich weiß nicht mehr, wie ich wieder aus der Flüchtlingssiedlung herausgekommen bin. Ich weiß nicht mehr, wie dieser Tag geendet hat. Irgendwie werde ich wohl mit meinem roten Badewannentaunus am Abend aus Altensittenbach herausgekommen und in meiner Nürnberger Dampfsauna zwischen all den Baustellen angekommen sein. Doch es hat sich über den ganzen Sommer 1963 hingezogen, dass ich mich in meinem Leben bewegt hab wie einer, der versucht, aus einer Zwangsjacke freizukommen, sich aus einem ganzen Zwangsanzug freizustrampeln, und dabei den anderen vormachen muss, er wäre ein ganz normaler Mensch.

Der Sommer war irgendwann genauso zu Ende wie meine zwei Wochen Urlaub, aber der Sommer endete weitaus spektakulärer, mit einem regelrechten Knalleffekt. Ich kann mich noch ganz genau an das Datum erinnern: Es war der 8. August 1963, als es nach langen Wochen zum ersten Mal wieder regnete und die Temperaturen schlagartig nach unten gingen. Ich weiß es deshalb noch so genau, weil am selben Tag in England ein Postzug überfallen wurde und die Räuber über zweieinhalb Millionen Pfund erbeuteten. Eine unvorstellbare Summe. Das müssen heute um die fünfzig Millionen Euro sein. *Der Millionenpostraub, The Great Train Robbery,* so stand es nicht nur auf unserer Titelseite, sondern in unzähligen Zeitungen rund um die Welt. Das war *die* Sensation, und wahrscheinlich hat sich jeder im Stillen gedacht, dass er gerne dabei gewesen wäre, um sich von diesem Riesenkuchen ein dickes Stück abzuschneiden. Später wurde die Geschichte sogar verfilmt – *Die Gentlemen bitten zur Kasse*. Das lief im Fernsehen, hatte ich mir natürlich auch angeschaut. Und natürlich war dieser Jahrhundertüberfall nicht nur das Thema dieses Tages, sondern beflügelte unsere Fantasie noch für lange Zeit.

Mit Hofbeck hatte ich seit Wochen nicht mehr viel zu schaffen. Ich weiß nicht, wer von uns beiden wem aus dem Weg ging und ob es bewusst geschah oder sich einfach nur so ergeben hatte. Wir sahen uns in der Redaktion und bei den Redaktionskonferenzen, wir sprachen natürlich auch miteinander, gingen gelegentlich gemeinsam auf Termine. Aber es war nicht mehr so wie früher. Regelmäßig rief einer von uns im Präsidium an, ob sich neue Spuren im Fall Hochholzer ergeben hätten, wir rückten dem Berger und seinem engsten Mitarbeiter, dem Kilian Decker, manchmal sogar ziemlich auf den Pelz. Wir wollten endlich etwas in der Hand haben. Es half nichts. Alle Hinweise führten ins Nirwana. Alle traten auf der Stelle.

Vielleicht war es diese Ohnmacht, die sich zwischen mich und den Hofbeck geschoben hat. Vielleicht die Sache selbst. Seit Martins Tod hatte sich unser freundschaftliches Verhältnis jedenfalls abgekühlt, war distanzierter geworden, als hätte jemand eine Glaswand zwischen uns gestellt. Und diese Glaswand hatte so oder so mit dem Mittagsmörder zu tun.

Er war und blieb ein Phantom. Dieses Phantom hatte seit dem Doppelmord im Waffengeschäft der Hochholzers einen Namen und sogar ein Gesicht, das einem überall in der Stadt begegnete. Die Plakate hingen an Litfaßsäulen, in Postämtern, in Bankfilialen und in allen Polizeidienststellen – nicht nur hier in der Gegend, sondern im gesamten Bundesgebiet.

Da die Ballistiker in der Kriminaltechnik aufgrund der Projektile zweifelsfrei nachweisen konnten, dass es bei dem Überfall auf das Waffengeschäft und denen auf die Sparkassenfilialen in Ochenbruck und Neuhaus Überschneidungen bei den Tatwaffen gab, stand jetzt auch fest, dass es sich um einen Täter handeln musste, der mindestens zwei verschiedene Waffen besitzt. Auf Martin und seine Mutter hatte er sowohl mit einer Walther PPK als auch mit einer P38 geschossen. Eine Walther PPK war auch die Tatwaffe in Ochenbruck gewesen. Die tödlichen Kugeln in der Sparkasse Neuhaus waren wiederum aus der P38 abgefeuert worden.

Die Belohnung, die für die Ergreifung des Mehrfachtäters ausgesetzt war, hatte sich entsprechend addiert und war seit dem Spätsommer 1963 exorbitant hoch. Trotzdem konnte der Kerl nicht geschnappt werden. Genau, hier steht es: 17000 Mark für Hinweise, die zur Ergreifung führen. Das war verdammt viel Holz seinerzeit, wenn auch nur ein Klacks im Vergleich zu zweieinhalb Millionen englischen Pfund.

Vielleicht hatte uns die Geschichte mit dem Postzugüberfall in England irgendwie euphorisiert und das nervtötende Auf-der-Stelle-Treten im Fall des Mittagsmörders abgemildert. Vielleicht war es auch einfach nur die Tatsache, dass dieser verdammte Sommer endlich wieder erträglicher wurde. Jedenfalls kann ich mich erinnern, dass der Hofbeck und ich an diesem Tag zum ersten Mal seit einer Ewigkeit mal wieder in die *Wacht am Rhein* gegangen sind. Wir hätten genauso gut schwimmen können. Es hat wie aus Kübeln geschüttet.

Später war er dann zum ersten Mal in meiner neuen Bude. Weiß der Teufel, wie und wo dieser Lump noch die Flasche Whiskey aufgetrieben hatte, die plötzlich auf meinem Couchtisch stand. Einen auf die guten alten Zeiten. Einen auf Martin und darauf, dass sie seinen Mörder schnappen. Und einen auf die – wir haben tatsächlich einen auf die alte Brettschneider getrunken. Mein Gott, wie konnte ich bloß die Brettschneider vergessen? Die hatte sich doch in dem Jahr umgebracht. Gashahn auf und Kopf in die Backröhre. Man hat sie so gefunden, wie man viele Frauen gefunden hat, die sich mit Gas umgebracht haben. So richtig aufgetakelt, geschminkt, im Sonntagsstaat. Das war wie eine Welle. Gab ja praktisch in jeder Wohnung einen Gashahn, und wenn man sein Leben nicht mehr ausgehalten hat, musste man nur aufdrehen. *Leuchtgas-Selbstmord*, sagte man damals. Zu diesem Mittel haben nicht nur Kriegswitwen gegriffen, die ihrem trostlosen Lebensabend entfliehen wollten. Überhaupt gab's eine Menge Selbstmorde in den Sechzigern, viel mehr als heute. In manchen Abschiedsbriefen hieß es, dass diesen Menschen nicht mehr zu helfen sei, weil sie mit ihren Erinnerungen nicht fertigwürden oder weil sie in diese neue Zeit nicht hineingehörten. Einen Fall gab's in der Südstadt, da hat sich eine mit dem Gas nicht vergiftet, sondern sich im Badezimmer in die Luft gesprengt.

Die Brettschneider hat keinen Abschiedsbrief hinterlassen. Für wen auch? Die einzige Verwandte, von der sie immer geredet hatte, war eine Cousine gewesen, irgendwo im Ruhrgebiet. Doch, die Sache mit der Brettschneider ging mir eine ganze Weile nach. *So eine arme alte einsame Frau, und du hast sie alleingelassen.* An meiner neu gewonnenen Freiheit schien Schuld zu kleben, und als ich mit dem Hofbeck in der Nacht in meiner Bude saß, kam mir alles so windig, so provisorisch vor, als bewohnte ich wie er ein Pensionszimmer. *Das gehört alles gar nicht dir. Gleich morgen kannst du deinen Koffer packen und dir ein neues Quartier suchen.* Und dann bin ich doch drei Jahre dringeblieben.

Der Hofbeck bewohnte tatsächlich, so lang ich ihn kannte, ein Zimmer in der *Pension Capri*. In der Nähe vom Kirchenweg war die. Zwei-, dreimal bin ich zu einer Fete dort gewesen. Eine Fete im Pensionszimmer! Kann man sich heute nicht mehr vorstellen. Na ja, nicht direkt Fete. Gestrandet nach einer Sauftour. Es gab Momente, da hab ich den Hofbeck um sein Zimmer 15 beneidet. Oder vielmehr um die Welt, in der er da lebte, weniger um das Zimmer. Bei mir im Haus lebten Leute, die in einen Hafen eingelaufen waren, die nach Jahren in Ruinenkellern oder überbelegten Wohnungen endlich ihre eigenen vier Wände hatten, in denen sie ihre Ruhe haben wollten. In der *Pension Capri* dagegen hausten die abenteuerlichsten Gestalten. Ein Opernsänger, ein Astrologe, ein Zuhälter und immer wieder ein paar Gastarbeiter, hauptsächlich

Italiener, aber auch Jugos. Einen Waffenschieber haben sie dort mal erwischt. Ist nicht nur einmal passiert, dass der Hofbeck zum Dienst kam und die Hälfte der *Meldungen aus dem Polizeibericht* schon aus seiner Pension kannte. Und was hatte ich? Gestalten wie den Hausmeister Habermann, der lüstern meinen Mädels hinterhergestarrt hat. Hat sich gern im Hausflur so postiert, dass er ihnen unter den Rock schauen konnte, wenn sie die Treppe zu meiner Bude hochgingen.

In die hatte ich ein bisschen investieren müssen. Vorher hatte ich ja im Brettschneider-Mobiliar gewohnt. Also losgezogen und die kleine Erbschaft von der Kreß-Oma in ein paar Möbelstücke investiert. Nichts Besonderes. Eine Regalschrankwand mit ausklappbarem Bett und Schreibtisch, ein kleiner runder Tisch und ein paar Safaristühle, ein roter Teppich. Weiße Kunststoffküche.

Es ist schon merkwürdig, wie das Gehirn funktioniert. Es scheint wie eine Art Kommode gebaut zu sein, mit einer unendlich großen Anzahl von Schubladen und Unterfächern, in denen die Erinnerungen gesammelt werden. Einige dieser Schubladen sind einem so vertraut, dass man sie nicht einmal öffnen muss, um zu wissen, was sich darin befindet. Das sind wahrscheinlich die, die man häufig benutzt. Andere sind beschriftet, und man weiß zumindest ungefähr, was drinnen steckt. Wenn man die Aufschrift sieht, klickert es im Oberstübchen, man liest *8. August 1963: Überfall auf den Postzug in England* und weiß, dass es an diesem Tag geregnet hat und dass man mit den Kollegen ganz fürchterlich versumpft ist.

Im nächsten großen Unterfach sieht man sich auf den Fernseher in der Redaktion starren. Alle haben gestarrt, alle waren entsetzt, und die Niese hat geheult wie ein Schlosshund. Man weiß sofort, dass es ein Montag und Martinstag war, und dass es deswegen in der Kantine Gänsebraten gegeben hat. Draußen hat es genieselt, Schneegraupel. Diesen ganzen Müll hat man unwillkürlich mit in die Schublade vom 11. November 1963 gesteckt, und es fällt einem wieder ein, wenn man die Aufschrift liest: *Kennedy in Dallas erschossen.*

Dann kramt man noch eine Weile in dieser Hirnschublade herum, findet die Eröffnung vom Parkhaus am Sterntor und sieht sich schlagartig in seiner roten Karre ums Karree kreisen, weil es schon wieder mal keinen Parkplatz gibt. Ich hätte gewettet, dass es 1963 noch nicht so schlimm war mit dem Verkehr in Nürnberg, aber es steckt in der Schublade, also muss es stimmen. Wirklich erstaunlich, wenn ich es mir überlege. Schon in den frühen Sechzigern gab es so viele Autos in der Stadt, dass sie aus allen Nähten platzte. Über eine U-Bahn wurde zwar immer wieder geredet, aber gebaut wurde sie erst Jahre später.

U-Bahn, auch so eine Schubladenbeschriftung. Was war das doch für ein endloses Hickhack mit der U-Bahn! Stadtratssitzungen, Verkehrsausschuss, Tiefbauamt, Bürgermeisteramt. Da sieht man sich dann urplötzlich wieder in der Redaktion sitzen und einen kleinen Faltprospekt in den Händen halten, in dem der damalige Oberbürgermeister Urschlechter von einer »reinrassigen Untergrundbahn« schwärmt. Es stand tatsächlich *reinrassig* da. Das hatte seinen Grund, natürlich. Lange Zeit war man sich uneins darüber, ob man eine Unterpflasterstraßenbahn oder eben eine *reinrassige* U-Bahn bauen wollte. Reinrassig – würde man so was heute schreiben? Nein, so was wäre heutzutage vollkommen undenkbar, aber auch damals ist es mir komisch aufgestoßen. »Was würde der Bloch wohl sagen, wenn er das lesen würde?«, hab ich mich gefragt. Ja, es war tatsächlich der Bloch, der mir unwillkürlich durch den Kopf geschossen ist – der Bloch, *das schlechte Gewissen auf Streichholzbeinen*, wie Hofbeck ihn immer nannte. Deshalb weiß ich auch, dass dieses Faltblatt über die *reinrassige Untergrundbahn* frühestens 1967 auf meinen Schreibtisch geflattert sein kann. Der Bloch hatte jedenfalls schon gekündigt und war nach Frankfurt zur *FAZ* gegangen. Waren wir der Grund – seine ewigen Spannungen mit dem Hofbeck?

Vorbei ist vorbei. Der Bloch ist tot und der Hofbeck auch. Und die Schublade 1967 braucht keine Beschriftung, ich weiß, dass es das Jahr war, in dem Horst Golke verurteilt wurde. 1967 wanderte der

Mittagsmörder für alle Zeiten in den Bau. Wäre schön, wenn ich schon so weit wäre mit dem Ordner, aber wenn ich mir das Ding so anschaue – Christine hat gesammelt wie eine Wahnsinnige. Für sie war es tatsächlich *unser* Fall. Trotzdem gibt es keinen einzigen Artikel über unseren Fall, der aus dem folgenden Jahr stammt. 1964 ist eine Schublade, in der ich sicherlich allerhand Krusch finden könnte, aber keinen Mittagsmörder. Hatten wir es denn schon abgeschrieben, den Kerl jemals zu fassen? Ich kann mich nicht mehr erinnern, muss wohl so gewesen sein.

Ja, das Gehirn ist wie eine Kommode aufgebaut, wie eine sperrige alte Kommode, die gelegentlich geölt werden muss. Und deshalb mach ich mir jetzt erst mal ein Fläschchen auf. *Peter, mach uns doch mal ein Fläschchen auf.* Ja, Christine, das werd ich jetzt machen – und danach werde ich dir noch einmal begegnen.

1965 – zu diesem Jahr hast du viel abgeheftet. Ist auch kein Wunder. In diesem Jahr ging es rund bei Hofbeck und mir, nachdem die Bombe Anfang Juni geplatzt war und sie den Kerl geschnappt hatten. Vorher hatte der Hofbeck allerdings noch einen ganz persönlichen Knaller geliefert, als er sturzbetrunken mit seinem Karmann durch die neue Fußgängerzone gebrettert und ins Schaufenster eines Schuhgeschäfts geknallt ist. Er hatte es nur seinen guten Beziehungen zur Polizei zu verdanken, dass er seinen Führerschein lediglich für einen Monat abgeben musste, jeder andere hätte ihn wahrscheinlich gar nicht mehr wieder bekommen. Den Schaden musste er natürlich berappen, und das allein hat ihm schon ganz schön wehgetan. Was hat er geflucht über die Verkehrspolitiker in der Stadt, die jede blöde Mode mitmachen mussten.

Hofbeck konnte die Fußgängerzone von Anfang an nicht leiden, fühlte sich in seiner persönlichen Freiheit beschnitten, und er hatte das Durchfahrverbot nicht zum ersten Mal ignoriert. Es war auch nicht das erste Mal, dass er betrunken hinterm Lenkrad saß. Da war er aber keine Ausnahme. Damals hat sich kaum einer was dabei gedacht, sich frühmorgens nach einer feucht-fröhlichen Feier hinters Steuer zu setzen. Ein heiße Bouillon oder ein starker Kaffee, und man war wieder fit für den Heimweg. In den Sechzigern ging es schon deutlich lockerer zu. In jeder Beziehung. Ich war auch lockerer. Heute würde ich mich so was nicht mehr trauen. Aber das muss ich ja auch nicht. Also dann: auf dich, Christine, auf unsere erste Begegnung am 1. Juni 1965!

Es war ein ganz normaler Dienstag, und wir schoben bis zum Nachmittag auch unseren ganz normalen Dienst. Ich war nach dem Mittagessen auf einem Termin gewesen, ich glaube, es war die Einweihung irgendeiner Behörde. Nein, es war die Schule in der Holzgartenstraße, hier auf Seite zwei steht's ja. Au weia! Genau – die Turnhalle mit all den Honoratioren darin. Die Reden waren nicht enden wollend, und zwischendrin haben kleine Jungs auf großen Xylofonen herumgeklimpert. Ich hab ständig auf die Uhr gesehen und gehofft, dass die Chose endlich vorbei ist und ich noch trocken in die Redaktion komme. Draußen braute sich wieder was zusammen, das konnte man sogar durch die Glasbausteine der Turnhalle sehen. Wenn ich es richtig in Erinnerung habe, hatte schon Mitte Mai eine Regenperiode begonnen, und die zog sich letztendlich durch den ganzen Sommer. Da ist der Spruch vom krewatschlichen Wetter, den der Pförtner-Josef immer drauf hatte, zur stehenden Rede geworden bei uns.

Ich hab es nicht rechtzeitig geschafft. Als ich in der Redaktion ankam, war ich bis auf die Knochen durchnässt. Während meiner Zeit im Feuilleton hatte ich es mir glücklicherweise angewöhnt, immer ein paar bessere Klamotten im Büro zu deponieren. Also hab ich die nassen Sachen ausgezogen und bin in meinen »kleinen Schwarzen« gehüpft. Jedes Mal, wenn er mich darin gesehen hat, hat der Hofbeck gefragt, ob gerade wer gestorben ist. Nein, anders hat er's gesagt. »Na, Bleimann, wer ist denn Schönes gestorben heute?« Ich mochte den Anzug, er stand mir, ließ mich beinahe hip aussehen, als wäre ich einer von den Beatles oder wenigstens von einer anderen dieser englischen Bands, die Mitte 60 so angesagt waren.

Als der Anruf kam, war ich gerade fertig mit dem Bericht über die Schuleinweihung und wollte mir einen Kaffee holen. Hofbeck war ans Telefon gegangen. Es war ein extrem kurzes Gespräch. Er hatte den Hörer noch nicht mal aufgelegt, da brüllte er zu mir rüber, dass ich mir sofort einen Fotografen schnappen und zum Brenninkmeyer mitkommen soll.

»Da ist grad eine Schießerei, mitten auf der Straße!«

Als wir ankamen, war die Schießerei natürlich schon längst vorbei, aber überall standen und liefen Polizeibeamte herum. Wir haben gerade noch die Absperrungen fotografiert und die kleinen Schilder auf dem Gehsteig in der Breiten Gasse. Damit hatte man Blutspuren und Geschosshülsen markiert, um den Fluchtweg des verletzten Täters zu rekonstruieren. Die Beamten hatten mit den Schaulustigen alle Hände voll zu tun und waren ziemlich angefressen, denn eifrige Sammler waren hinter diesen Hülsen her wie der Teufel hinter der armen Sünderseele, und ordentliche Hausfrauen hatten einige der Blutspuren schon weggeschrubbt. Die Jungs von der Spurensicherung sind im Quadrat gesprungen. Sensationsgier und Putzwut – das bringt den Geist dieser Zeit ziemlich gut auf den Punkt, aber eigentlich hat sich daran bis heute nichts geändert.

Hofbeck ist rein ins Geschäft, um den Einsatzleiter zu suchen, und ich bin mit dem Fotografen den Fluchtweg abgegangen bis hin zu der Stelle, wo sie den Kerl überwältigt hatten. An der Ecke von der Breiten Gasse zur Färberstraße war das, dort, wo heute dieses Schuhgeschäft drin ist. Das ist keine weite Strecke, hundert, vielleicht zweihundert Meter, es war aber trotzdem eine reife Leistung, wenn man sich überlegt, dass er sich durch einen ganzen Pulk von Menschen hindurchkämpfen musste. Er muss es eiskalt getan haben, ohne Rücksicht auf Verluste, das bewiesen die Patronenhülsen. Ein Passant, der versucht hatte, den wild um sich

Schießenden aufzuhalten, wurde von einer Kugel in den Unterleib getroffen. Durch Schreie waren zwei Verkehrspolizisten auf das Geschehen aufmerksam geworden und hatten die Verfolgung aufgenommen. Einer von ihnen sprang dem Flüchtenden schließlich in den Rücken, um ihn von den Füßen zu reißen, zwei Passanten kamen zu Hilfe, einer von ihnen schlug mit dem Regenschirm zu. Dann hatten sie ihn.

All das hat mir noch am Tatort der Decker von der Mordkommission erzählt. Hofbeck hatte sich gleich den Sheriff geschnappt und war in der Zwischenzeit mit ihm zum Präsidium vorgegangen, um noch mehr Einzelheiten zu erfahren. Den Fotografen hatte er im Schlepptau. Ich bin zusammen mit Decker durch den Brenninkmeyer gelaufen, um vielleicht noch ein paar Gesprächsfetzen von Tatzeugen aufzuschnappen und von dieser Seite noch ein bisschen Fleisch für die Suppe einzusammeln. Komisch, heute sagen nur noch die Alten »Brenninkmeyer«, für alle anderen ist es der C&A – Hirschmann, damit gehörst du wohl definitiv zum alten Eisen.

Ich hab die Blutlache am Eingang gesehen, dort, wo der Hausmeister tot zusammengebrochen war, ich hab mir auch die Stelle angesehen, an der ein Kunde, der sich dem Mann in den Weg stellen wollte, angeschossen wurde. Kunden waren zu diesem Zeitpunkt nicht mehr in den Verkaufsräumen, das Personal hatte die Anweisung erhalten, alle hinauszukomplimentieren. Das Geschäft sollte vorübergehend geschlossen werden, und es hat auch nicht lange gedauert, bis der Decker mich ebenfalls zum Gehen aufforderte, war ja sowieso nur Goodwill von ihm, dass er mich überhaupt reingelassen hatte. Und dann, kurz vor dem Ausgang, hab ich sie gesehen – hab ich dich gesehen, Christine. Du hattest dein rotes Kostüm an, das ich auch später so gern an dir mochte, und du warst bleich wie eine frisch gekalkte Wand. Man konnte sehen, dass du geweint hattest, deine Augenschminke war völlig zerlaufen. Du hattest Ähnlichkeit mit einem traurigen Waschbären in diesem Augenblick. Trotzdem fand ich dich umwerfend schön und hab sofort gewusst, dass ich dich wiedersehen will. *Egal, wie ich es anstelle, ich muss dieses Mädel wiedersehen,* hab ich gedacht. Dann bin ich rüber ins Präsidium.

Wir waren natürlich nicht die einzigen Presseleute, die sich auf diese Geschichte stürzten. Als ich beim Präsidium ankam, stand der Hofbeck gerade mit zwei Kollegen vom *8-Uhr-Blatt* vor dem Eingang und rauchte. Der Fotograf war offenbar schon zurück in die Redaktion gegangen, um seine Bilder zu entwickeln. Ich hab ziemlich schnell spitzgekriegt, dass es eine gemäßigte Informationssperre gab, das heißt, der Täter durfte nicht fotografiert werden, und auch sonst hielt sich der Sheriff ziemlich zurück. Nicht mal der Hofbeck brachte nähere Einzelheiten aus ihm heraus, und ich hab ihm angesehen, wie er deswegen innerlich vor Wut geschäumt hat. Nach außen war er natürlich der harte Hund, als den ihn alle kannten.

Wir wussten zu diesem Zeitpunkt nur, dass der Täter versucht hatte, eine Handtasche zu stehlen, vermutlich Mitte zwanzig war und auf seiner Flucht einen Mann getötet und zwei weitere schwer verletzt hatte. Außerdem war klar, dass er in Fürth einen VW gestohlen hatte und sich beharrlich weigerte, seinen Namen zu nennen.

Und dann geisterte noch etwas anderes durch die Gerüchteküche: Ein Zeuge hatte Stein und Bein geschworen, er habe *zwei* Männer vom Tatort flüchten sehen. Man musste also davon ausgehen, dass sich einer immer noch auf freiem Fuß befand. Mehr Informationen waren uns erst für den nächsten Tag versprochen worden, und in der Redaktion herrschte am frühen Abend eine entsprechend nervöse Stimmung. Wenn wir an diesem Tag schon gewusst hätten, wer da hinter Gittern sitzt und dass der lang gesuchte Mittagsmörder, das unfassbare Phantom, durch einen dämlichen Handtaschendiebstahl auffliegen würde ... Heimatland, wir wären wahrscheinlich ins Präsidium eingebrochen und hätten den Kerl nach Strich und Faden ausgequetscht.

Wir hatten mit Ruckriegel ausgemacht, am Mittwochmorgen gar nicht erst in die Redaktion zu kommen, sondern uns zusammen mit dem Fotografen gleich bei der Polizei zu treffen. Genau das taten wir auch und saßen um kurz vor halb neun in Bergers Vorzimmer. Wir saßen ziemlich lange, und selbst von Ingrid, mit der ich zwischenzeitlich eine *lockere Lösung* ausgehandelt hatte, kam nicht der kleinste Kommentar zur gestrigen Tat. Im Gegenteil, es schien ihr zu gefallen, mir ab und zu einen Blick zuzuwerfen, mit dem sie zu sagen schien: »Geschieht dir recht, wenn du auch mal schmoren musst.«

Sie hatte recht, ich war ihr zwei Kinoabende schuldig geblieben, und in dem Moment hätte ich mich deswegen in den Hintern beißen können. Aber selbst wenn sie nicht sauer auf mich gewesen wäre, hätte sie nichts gesagt, weil niemand etwas sagen durfte. Die hatten einen ziemlich dicken Deckel auf den Topf gelegt, und als sie ihn endlich hochhoben, blieb uns die Spucke weg.

Es war nicht der Sheriff, der die Bombe platzen ließ und uns die Sensation präsentierte, es war sein Chef.

Um kurz vor zehn bat Ingrid uns in den großen Besprechungsraum, in dem Dr. Heinz Gollwitzer, Kriminaldirektor und ehemaliger Landgerichtsrat, zusammen mit Berger und Decker bereits wartete. Gollwitzer war ein reservierter Typ, der immer gefasst, beinahe unterkühlt wirkte. In dem Augenblick aber schien er wie ausgewechselt. Tatsächlich hab ich ihn niemals zuvor und auch danach nie mehr derartig erregt, geradezu aufgedreht erlebt wie an diesem Vormittag, als er uns die vorläufigen Ergebnisse ihrer Untersuchungen präsentierte. Der Mordschütze im Brenninkmeyer, der »Studententyp«, wie Berger ihn am Vortag noch genannt hatte, war nach Ansicht der Ermittler mit großer Wahrscheinlichkeit derselbe Mann, der die Sparkassenmorde in Ochenbruck und Neuhaus sowie den Doppelmord an den Hochholzers auf dem Gewissen hatte. Hofbeck und ich haben uns angestarrt, als hätten wir eine Marienerscheinung, und in dem Moment hat er in meinen Augen wahrscheinlich dieselbe Schlagzeile gelesen wie ich in seinen: »Der Mittagsmörder ist endlich gefasst« – das war ein Knüller. Nein: Das war *der* Knüller überhaupt.

Der *Studententyp* hieß Horst Golke, war erst vierundzwanzig Jahre alt und studierte schon eine Weile nicht mehr. Stattdessen hatte er sich freiwillig zur Bundeswehr gemeldet, war aber vom Unteroffizierslehrgang getürmt und wurde bereits seit April wegen Fahnenflucht gesucht. Als Gollwitzer dann erklärte, dass Golke ursprünglich aus Hersbruck stammte, aus der Wiesenstraße in Hersbruck, hätte es mich beinahe vom Stuhl gehauen. Die Wiesenstraße in Hersbruck – die Siedlung an der Amberger Straße! Werner hatte mit seinem Verdacht damals also recht gehabt, und ich hätte ihn ernst nehmen müssen. Mein Gott, war ich in diesem Moment wütend. Ich hätte meinen Kopf gegen die Wand schlagen und schreien mögen. Verdammt, warum hab ich nicht auf Werner gehört? Warum war ich nicht an der Sache drangeblieben? Warum? Warum? Warum?

In dem Augenblick konnte ich es nicht mehr erwarten, den Typen zu sehen. Ich hörte kaum noch zu, was Gollwitzer sagte, ich wollte endlich ein Foto in die Hand bekommen, wollte wissen, ob ich dem Golke schon einmal begegnet war. Wenn die Geschichte mit dem Job als Autoverkäufer stimmte – ist es womöglich der Golke gewesen, dieses schmächtige Bürschchen beim Ford Greissinger, bei dem ich meinen roten Taunus gekauft hatte? Oder ist der Golke derjenige gewesen, der sich einmal ziemlich rasch vom Martin verabschiedet hatte, als ich in den Laden kam, so rasch, dass er seine Aktentasche liegen ließ, ein kräftiger dunkler Typ, einen halben Kopf größer als ich? Martin hatte mir die Tasche in die Hand gedrückt, und ich war ihm hinterhergerannt. Noch ein paar Dutzend Situationen fielen mir ein, wo wir einander schon einmal begegnet sein konnten. Ich war ja oft genug draußen in Hersbruck gewesen in meinen jungen Jahren. Aber dann, als wir das Foto hatten, musste ich mir sagen: Nein, noch nie gesehen. Hersbruck ist klein, aber so klein eben doch wieder nicht.

Er war im Osten, in der Flüchtlingssiedlung, und ich im Westen, in Altensittenbach. Der glühende Mittag vor zwei Jahren fiel mir ein, an dem ich zum ersten Mal in der Siedlung gestanden war, und ich dachte: Vielleicht war ich da ganz nah an ihm dran. Er war zu Hause und hat gerade diesen bescheuerten Schlager gehört, während ich auf den Schmetterling in der Ölpfütze starrte. Nur, falls ich überhaupt jemals an ihn rankäme – wie würde der mich anschauen, wenn ich ihn fragte: »Haben Sie im Juli vor zwei Jahren um die Mittagszeit zufällig den *Baby-Babbel-Bossa-Nova* im Radio gehört? Oder haben Sie die Schallplatte?«

Im Aufmacher am nächsten Tag haben wir tatsächlich die vollständige Hersbrucker Adresse und den Namen von Golke veröffentlicht. Dazu die Fotografie von ihm, neben der wir die Phantomzeichnung platziert hatten. Das wäre heute vollkommen undenkbar. Heute darf man nicht einmal mehr die Nationalität nennen, um ja keine Ressentiments zu schüren. Was haben wir uns dabei gedacht? Zwar war der Gollwitzer zu dem Zeitpunkt – wie haben wir ihn zitiert? – *zuversichtlich wegen der objektiv vorhandenen Beweise*, aber Golke hatte bis dahin lediglich die Tat im Brenninkmeyer zugegeben. Was blieb ihm auch anderes übrig, man hatte ihn schließlich dabei erwischt. Trotzdem haben wir seinen Namen und die Adresse veröffentlicht und damit sein ganzes Umfeld zum Abschuss freigegeben.

Stimmt, genau deswegen kam es auch wieder mal zum Streit mit dem Bloch, jetzt weiß ich es wieder. Bloch kommt mit hochrotem Kopf in unser Büro, knallt dem Hofbeck die Donnerstagsausgabe vor die Nase und brüllt, was uns einfiele, einen Mann zum Mittagsmörder zu erklären und seine komplette Identität preiszugeben, bevor seine Schuld vor Gericht erwiesen sei, bevor er überhaupt einen Gerichtstermin habe! Ob wir schon mal was davon gehört hätten, dass ein Angeklagter so lange unschuldig sei, bis man ihm seine Schuld bewiesen habe.

Aber damit ist der Bloch gegen eine Wand gelaufen. Wir hatten das Okay vom Ruckriegel und außerdem ein fettes Lob von ganz oben bekommen. Herr Dr. Bloch, das menschgewordene schlechte Gewissen, hat uns mit seinem moralischen Gekläffe also nicht weiter jucken können.

Was steht da ganz oben auf dem Titel? *Nürnberg wird ab 1. Juli »Weißer Kreis«*. Ach du lieber Gott, ja. Die Weißen Kreise und die Schwarzen Kreise, daran erinnern sich heute auch nur noch die Alten. Zum Stichwort »Weißer Kreis« hat der Hofbeck noch blöde Sprüche geklopft, von wegen: »Jetzt können wir uns so richtig einüben in Sachen Mordberichterstattung, weil, ab dem nächsten Ersten wird in Nürnberg eine ganze Mordwelle auf uns zurollen.«

Erst ein paar Monate vorher war aus Fürth ein *Weißer Kreis* geworden. Damit war die Aufhebung der Mietpreisbindung gemeint, die nach dem Krieg eingeführt wurde. Jeder abgebrannte Flüchtling oder Heimkehrer sollte die Möglichkeit haben, auf dem Markt eine bezahlbare Wohnung zu finden. Wenn sich die Lage normalisiert hatte, was Jahrzehnte dauern konnte, wurde ein Gebiet dann zum Weißen Kreis erklärt, und die Vermieter konnten wieder verlangen, was sie wollten. In Fürth hatte der Wandel vom Schwarzen zum Weißen Kreis prompt zu einem Mordfall geführt. Ein Vermieterehepaar, das seinen Rachen nicht vollkriegen konnte, hatte mit allen Mitteln versucht, ein altes Mütterlein aus seiner Wohnung rauszuekeln, um von neuen Mietern mehr Geld zu kassieren, und als keine Maßnahme fruchtete, haben sie die Frau einfach um die Ecke gebracht und den Mord als Gasunfall inszeniert. Der Gag an der Sache war, dass denen ein pfiffiger junger Streifenpolizist auf die Schliche gekommen ist und auf eigene Faust ermittelt hat, entgegen ausdrücklicher Weisung von oben. Die Kripo Fürth hatte also in dem Fall völlig versagt. Die Jungs von der Nürnberger Mordkommission haben die Fürther noch jahrelang mit ihren *Meisterermittlern* aufgezogen. *Der Stalingrad-Hörlein und der Pomaden-Bratsch*. Die *Fürther Nachrichten* haben die Affäre weidlich ausgeschlachtet.

Aber wir hatten jetzt nicht irgendein raffgieriges Spießerehepaar, wir hatten *den Mittagsmörder.* Wenn einem als Journalist so ein Ding in die Finger kommt, dann ist das wie ein Sechser im Lotto. Die wenigsten Kollegen erleben so etwas während ihrer Laufbahn. Normalerweise hangelt man sich von Termin zu Termin, die meisten davon wiederholen sich im Laufe der Jahre oder folgen demselben Schema F. Das Berichterstatten wird zur Routine, die Wörter werden zu Hülsen, und irgendwann ertappt man sich dabei, wie man sich immer öfter selbst zitiert, immer wieder dieselben Formulierungen verwendet. Man stumpft ab.

Wie sehr man abstumpft, ist mir erst in den letzten Jahren aufgefallen. Ich glaube, das hat mit den Todesanzeigen zu tun. Jetzt sind die meisten, die drinstehen, jünger als ich. Ich bin immer noch da, und mir ist nichts von all den fatalen Dingen passiert, die anderen Menschen passiert sind und über die wir berichtet haben. All diese Unfallmeldungen. *Lagerarbeiter von Gabelstapler zerquetscht. Rentnerin von Straßenbahn erfasst. Maurer von Gerüst in den Tod gestürzt. Großvater überfährt Enkel mit Traktor.* Die Unfallbilanz der Wochenenden. *Trauriger Unfallrekord auf Bayerns Straßen.* Das ist irgendwann Alltag gewesen, über Tote und Verletzte zu berichten.

Ich habe alles gemacht, was die anderen auch gemacht haben. Urlaubsreisen mit dem Auto, mit der Bahn, mit dem Flugzeug. Ich habe niemals bei überhöhter Geschwindigkeit die Kontrolle über das Fahrzeug verloren, die Lokführer der Züge, in denen ich fuhr, haben niemals »menschlich versagt«, und die Flugzeuge, die uns nach Mallorca oder nach Gran Canaria brachten, sind ohne Zwischenfälle gestartet, geflogen und gelandet. Ich glaube, mir kam nicht mal der Gedanke, dass ich selbst als Opfer in der Zeitung stehen könnte. Als ob ich mir eingebildet hätte, gegen das, worüber ich schreibe, immun zu sein.

So etwas wie einen leichten Schauer hab ich bloß noch bei den ganz besonders spektakulären Fällen gespürt. *Der Unglücksfahrer vom Königssee,* das ist so eine Schlagzeile gewesen, ungefähr aus der Zeit. Der ist nachts über den zugefrorenen See gefahren, hat die Orientierung verloren, ist auf zu dünnes Eis geraten und eingebrochen. Liegt heute noch da unten, hundert Meter tief. Das muss ein grausiger Moment sein, wenn der Boden unter einem nachgibt, und man versinkt auf Nimmerwiedersehen in den eisigen Fluten.

Das hat man natürlich nur gedacht, gesagt hat man, *was ist der auch so blöd und fährt nachts über den See.* Und dann kamen auch schon die nächsten Meldungen reingetickert, und es ging weiter mit der Tagesordnung.

Man wird zu einer Schreibmaschine im Anzug und kann sich entscheiden, ob man ewig deprimiert oder zynisch werden will. Obwohl ich mit Mitte zwanzig im Vergleich zu vielen meiner Kollegen noch nicht so lang dabei war, hab ich das damals schon spüren können.

Am Anfang – ja, da ist alles aufregend. Man lernt wichtige Leute kennen, kommt an Orte, an die man sonst nicht käme, man ist dabei, wenn schwerwiegende Entscheidungen getroffen werden. Das ist faszinierend, man ist plötzlich wer. Die Welt dreht sich, weil man selbst am Motor kurbelt – meint man. Mit der Zeit findet man aber heraus, dass die meisten wichtigen Leute gar nicht so wichtig sind, wie sie vorgeben, dass die schillernde Welt meistens nur deshalb schillert, weil sie aus Seifenschaum besteht, der die dreckige Brühe darunter verdeckt. Die exklusiven Orte verlieren ihren Zauber, beginnen einen zu langweilen, weil sie sich alle auf fatale Weise gleichen und letztlich nur Kulissen sind, aus Fassaden bestehen. Und die wirklich schwerwiegenden Entscheidungen? Die werden hinter verschlossenen Türen getroffen, in Mauschelstuben, zu denen *die Damen und Herren von der Presse* keinen Zutritt haben.

Beim Fall Golke sah das anders aus. Da waren wir plötzlich diejenigen, die zum echten inneren Kern gehörten, weil wir auf direkte Weise involviert waren. Schon wegen Martin und seiner Mutter, aber auch wegen meiner Verbindungen nach Hersbruck. Hofbeck wusste das, und ich wusste es auch. Dieses Mal würden wir in der ersten Reihe stehen, *in vorderster Front*, wie Hofbeck meinte.

Und deswegen haben wir auch mit voller Überzeugung getitelt: *Endlich gefasst: der Mittagsmörder. Er hat fünf Menschenleben auf dem Gewissen.* Und eine Chronik der Morde haben wir gleich mit veröffentlicht. Dabei lag der Handtaschendiebstahl im Brenninkmeyer noch keine achtundvierzig Stunden zurück, aber die Polizei gab sich sicher, also waren wir es auch. Ich glaube nicht, dass sich irgendjemand von uns überlegt hat, was passiert wäre, wenn Golke tatsächlich nichts mit den Sparkassenüberfällen zu tun gehabt hätte, wenn er nicht der Mittagsmörder gewesen wäre. Bloch hat es sich mit Sicherheit überlegt, aber auf Bloch hat niemand mehr gehört, dafür war die Geschichte viel zu heiß.

Im Laufe dieses Tages, an dem wir an den ersten beiden großen Artikeln über die Festnahme des Mittagsmörders gesessen haben, sickerten immer mehr Details durch. Die Telefonhörer müssen geglüht haben, so oft haben wir im Präsidium angerufen. Es war wie ein Countdown. Mit jedem Anruf steigerte sich die Gewissheit, dass er es sein muss. Wir starteten bei 80 Prozent Wahrscheinlichkeit und haben uns dann häppchenweise auf 99,9 Prozent hochgehangelt, und mit jedem Prozentpunkt kamen wir mehr ins Rotieren. Nicht nur der Hofbeck und ich, sondern das gesamte Blatt. Alle waren von diesem Fieber gepackt und interessierten sich nur noch für diese eine Geschichte. Bei uns klingelte das Telefon im Minutentakt – es waren Kollegen aus anderen Redaktionen, vom Sport, vom Feuilleton, aus der Wirtschaft.

Natürlich war die Sensation auch nach draußen durchgesickert, einen derartigen Klops kann man nicht unter Verschluss halten, irgendjemand quatscht immer. Auf diese Weise schlug die Nachricht von der Verhaftung des jahrelang vergeblich gesuchten und jetzt endlich geschnappten Mittagsmörders auch schon in der Bevölkerung Wellen. Etliche Stunden, bevor die Zeitung überhaupt gedruckt war. Alle schießlang brachte uns der Redaktionsbote Notizen aus der Telefonzentrale ins Büro. Leute hatten angerufen, wollten herausfinden, was an dem Gerücht dran sei oder hatten irgendwelche Details, die wir unbedingt noch wissen müssten.

Auch im Präsidium muss es rundgegangen sein. Die arme Ingrid war schon am frühen Nachmittag vollkommen am Ende und stöhnte bei einem unserer Telefonate nur noch in den Hörer, dass bald ein sechstes Opfer, nämlich sie, auf das Konto des Mittagsmörders geht, wenn dieses ewige Gebimmel nicht bald aufhört. Aber aufgekratzt, geradezu euphorisiert war sie trotzdem, sonst hätte sie mir vielleicht nicht gesteckt, dass eine ganze Reihe von Zeugen den Golke mittlerweile zweifelsfrei identifiziert hätten.

Und dann haben Hofbeck und ich gegen Ende des zweiten Artikels in der Donnerstagsausgabe diesen Artikel geschrieben, in dem die Polizei um die Mithilfe der Bevölkerung bittet. Das hier ist wirklich der Hammer: *Man sucht nach Hinweisen, ob Horst Golke in weiteren verdächtigen Situationen gesehen worden ist.*

Verdächtige Situationen, was soll das sein? Das ist alles und nichts. Mein Gott, das war der pure Wahnsinn. Vor allem bei einer Belohnung von 17000 Mark und der geladenen Stimmung in der Bevölkerung, die der Polizei schon seit Jahren Unfähigkeit vorwarf, weil sie den Mittagsmörder nicht fassen konnte. Hatte der Bloch im Nachhinein doch recht? Haben wir Golke und sein nächstes Umfeld damit zum Abschuss freigegeben?

Es hat mich genau einen Anruf nach Hersbruck gekostet, um herauszubekommen, dass Golke eine Mutter und einen älteren Bruder hat. Der Bruder arbeitete dort in der Gegend als Lehrer. Das haben wir auch geschrieben, haben uns keine Gedanken darüber gemacht, was das für Konsequenzen für den Mann hat – als Lehrer auf dem Land.

Wir waren auf der Jagd, es war ein unglaublich gutes Gefühl. Wir haben gesammelt, als ginge es um unseren Kopf, haben nach allem geschnappt, was uns unter die Finger kam. So war das eben. So ist der Job.

Wir sind an diesem Abend nicht mehr in die *Wacht* gegangen, auch nicht in irgendeinen anderen Schuppen. Wir haben zusammen mit einer ganzen Reihe von Kollegen aus den unterschiedlichsten Ressorts bis zur Druckfreigabe gewartet und dann die Korken knallen lassen. Sogar der Hofbeck hat ausnahmsweise mal mit Sekt angestoßen, ist dann aber natürlich wieder auf was Härteres umgestiegen. Die Niese war vollkommen überdreht, ist um uns herumscharwenzelt und wollte andauernd mit uns anstoßen – *auf dön Middöchsmördr!* Später hat der Ruckriegel noch eine Flasche Weinbrand spendiert, und irgendwann kurz nach Mitternacht ist die arme Niese zum Klo gerannt, um sich zu übergeben, hat es aber nur noch bis in den Flur geschafft. Menschenskinder, war das ein Tag!

Ich konnte nicht einschlafen, als ich endlich im Bett lag. Das war nach langer Zeit wieder mal die erste Nacht, in der ich nicht sofort weg war. In den nächsten Wochen sollten noch einige unruhige Nächte kommen, aber das konnte ich damals natürlich nicht wissen.

Ich war einfach so dagelegen und hab dem Regen zugehört. Dabei sind mir die Bilder des Tages wie verrückt durch den Kopf gerattert, das weiß ich noch, als wäre es gestern erst gewesen. Alles hat sich gedreht in meinem Kopf. Und zwischendrin immer wieder dieses blasse Gesicht von Horst Golke und das große weiße Pflaster zwischen seinen struppigen Haaren. Er kam mir vollkommen teilnahmslos vor, nicht apathisch, sondern einfach nur kalt. So kalt wie ein Fisch. Das haben auch die anderen so ähnlich empfunden. *Ein Aischgrundkarpfen ist ein Schmusetier gegen den,* hat der Berger gemeint.

Golke wirkte so, als hätte er mit dem ganzen Trubel um ihn herum überhaupt nichts zu tun. Er hockte da wie einer aus einem anderen Universum, den unsere unbedeutende, kleine Welt in keiner Weise interessiert. Das war unglaublich. Wir hatten ja schon genug andere Täter zu Gesicht bekommen, aber kaum einer ist so gewesen wie er. Die meisten wurden von einem Gefühl getrieben, das sie unkontrollierbar beherrschte. Die Mutter zum Beispiel, die ihrem Sohn die Kehle durchschnitt, weil sie ihn behalten wollte, weil sie nicht damit leben konnte, dass er ausziehen und heiraten und sie zurücklassen würde. Solche Täter hatten etwas Menschliches, Begreifbares, wenn sie im Gerichtssaal bittere Tränen weinten über den Verlust, den sie sich selbst beigebracht hatten. Manche konnten einem direkt leidtun. Der Golke dagegen schien weit abgerückt von dem, was er getan hatte.

Und dann hab ich noch ein anderes Gesicht gesehen, auch sehr bleich, unter einer leicht zerzausten dunklen Bubikopffrisur. Das warst du, Christine, und ich war mir sicher, dass ich in der nächsten Mittagspause zum Brenninkmeyer gehen und schauen würde, ob du vielleicht zufällig immer noch an der Tür stehst. Aber das musste ich dann ja gar nicht mehr.

Den Wecker hab ich am anderen Morgen nicht gebraucht. Lang bevor der klingeln konnte, hatte mich die Türglocke nämlich aus dem Bett geschmissen. Der Habermann war's, der gehbehinderte Berufsschullehrer von gegenüber, der sich seit seiner Pensionierung selbst zu einer Art Hausmeister ernannt hatte. Nicht, dass er ein einziges Mal eine kaputte Glühbirne im Treppenhaus ausgewechselt oder sich um klemmende Schlösser gekümmert hätte. Beileibe nicht. Das lag ganz offensichtlich unter seiner Würde, er hatte schließlich seine Pflicht und Schuldigkeit getan – *ich habe meine Pflicht und Schuldigkeit getan, mein lieber Hirschmann, und das mehr als nur einmal, jawohl!* Mein lieber Scholli, wenn der Habermann mal ins Salbadern kam, konnte man nur noch die Flucht ergreifen. Stichwort: *damals in den Ardennen.* In meinem Zustand war an Flucht aber nicht zu denken.

Wie ein Vollstreckungsbeamter stand er im Morgenmantel vor meiner Tür und hielt mir die Zeitung unter die Nase. Ich hab mich innerlich schon weggeduckt, weil ich mir dachte, dass gleich wieder ein ganzer Sermon auf mich niederprasseln würde, wegen irgendeiner falschen Grammatik oder sonst einer Schludrigkeit, und dass dann wie jedes Mal kommen würde, wie undiszipliniert wir jungen Leute heutzutage mit der Sprache umgehen, und Stil sei vollkommen ausgestorben, und sowieso sei diese Zeit verlottert und verlaust, und früher hätte es das nicht gegeben. Und wenn ich gedient hätte und nicht zu diesen befreiten Jahrgängen gehören würde, wüsste ich, was Disziplin heißt. Und so weiter und so fort. Aber nichts von alledem. Stattdessen schlägt mir der Habermann mit der flachen Hand auf die Schulter und sagt: »Alle Achtung, Hirschmann. Gratulation, dass ihr diesem Schwein endlich den Garaus macht. Weiter so. Bloß nicht zu sachte.« Dann ist er wieder zurück zu seiner Wohnungstür gehumpelt. Ich glaube, bevor er rein ist, hat er sogar noch die Absätze seiner Hausschuhe zusammengeknallt. Ich war vollkommen perplex und hab nach Luft geschnappt wie eine gestrandete Flunder.

In der Redaktion war natürlich der Teufel los. Ruckriegel hatte Hofbeck und mich ausschließlich für diese Geschichte abgestellt und uns vorübergehend vom Alltag in der Lokalredaktion befreit. Es wäre auch gar nicht anders zu schaffen gewesen, und die vielen freien Mitarbeiter haben sich über die Zusatzarbeit sicher nicht beschwert.

Gertrud Niese wurde von einer jungen Büroangestellten unterstützt, die normalerweise im Feuilleton beschäftig war. »Kultur bringt keine Auflage«, hatte der Chef geblafft, als der Kulturressortleiter es wagte, sich darüber zu beschweren. Die Kleine aus der Kultur war ein richtig scharfer Käfer – Typ Gina Lollobrigida, wir haben sie von Anfang an nur *die Lollo* genannt. Wie hieß die Lollo eigentlich richtig? Ich glaub, Renate. Na ja, nicht so wichtig. Sie war die Lollo, und wir waren froh, dass sie uns den ganzen Papierkram sortiert und die Anrufe notiert hat, die pausenlos eingingen. Dass sie dabei auch noch zum Anbeißen aussah und sich in ihrer neuen Rolle im Herzen des Orkans offensichtlich wohlfühlte, konnte uns nur recht sein. Die Niese war natürlich wieder mal verschnupft, aber der ging es sowieso reichlich wackelig nach der Sause vom Vorabend.

Wenn ich mir den Artikel ansehe, den wir am Freitag rausgebracht haben, frag ich mich jetzt allerdings, was wir den ganzen Donnerstag über getrieben haben vor lauter Hektik. Großartig neue Informationen stehen nicht drin. Ah ja, hier wird die Mutter erwähnt, aber zu der war keiner von uns rausgefahren. Zu dem Zeitpunkt noch nicht. Die Informationen über sie und den abgestellten Wagen hatten wir aus dem Präsidium. Frau Golke hatte den Wagen ihres Sohnes identifiziert, den der Bursche offenbar schon vor über einem Monat in Bamberg geparkt hatte, wohl, um seine Fahnenflucht zu vertuschen. Woher waren die eigentlich so sicher, dass er anschließend einen Wagen in Fürth geklaut hatte? Wie waren die so schnell darauf gekommen? Na ja, das wird schon seine Richtigkeit gehabt haben.

Und dann natürlich die Studenten, herrje, war das ein Tanz! Die haben gleich einen Vertreter vorbeigeschickt, weil wir von Golke als einem *Studententyp* geschrieben hatten. Der Kerl hat sich partout nicht abweisen lassen, und als er im Büro stand, hat er sich aufgemandelt wie ein Truthahn im Balzkampf. Ob wir der Meinung seien, alle Studenten seien automatisch Verbrecher oder alle Verbrecher kämen aus dem studentischen Umfeld! Bevor wir den in seinem Schwall stoppen konnten, hatte er uns schon als reaktionäre Schmierenschreiber, konservative Neofaschisten und was weiß ich noch alles tituliert.

Der Hofbeck wär dem Typen beinahe an die Kehle gesprungen, aber ich bin erstaunlicherweise ziemlich cool geblieben – lag wahrscheinlich am Kater oder an der Lollo – und hab ihn darauf hingewiesen, dass wir lediglich eine Äußerung aus Ermittlerkreisen übernommen hätten. Damit habe ich mir zwar einen bewundernden Blick von Gertrud und Lollo eingeheimst, aber der Berger – und schlimmer noch, auch der Gollwitzer – war deswegen stocksauer auf mich.

Am frühen Nachmittag rief Berger an. Was mir einfiele, ihnen diesen überkandidelten Wichtigtuer auf den Hals zu hetzen. Der Studentenvertreter hatte im Präsidium offenbar noch einmal eine ähnliche Show abgezogen wie bei uns in der Redaktion. Ich bin dann gleich rüber, eine Flasche Jack Daniels unterm Arm, den Hofbeck gebunkert hatte, *für schlechte Zeiten*. Damit und mit der Zusicherung, keine Namen zu nennen, die Rückschlüsse auf den Urheber des Schmähwortes zuließen, und stattdessen eine Richtigstellung zu schreiben, konnte ich die miese Stimmung fürs Erste aus der Welt schaffen.

Als ich wieder aus dem Präsidium raus bin, gingst du gerade rein. Ich hab gedacht, mich trifft der Schlag, und mir ist eingefallen, dass ich vor lauter Studentenvertretungsärger nicht mehr an den Brenninkmeyer gedacht hatte. Als ich dich dann so unvermittelt gesehen hab, sind mir die Knie weich geworden. Ich hab dich gleich wiedererkannt, auch ohne das rote Kostüm. Nachdem du an mir vorbei warst, bin ich noch mal rein und hab den Diensthabenden an der Pforte angehauen. Wir kannten uns natürlich. Von ihm hab ich zum ersten Mal deinen Namen gehört: Christine. Christine Frahm.

Komisch ist das mit dem Verlieben. Man weiß gar nicht so genau, was passiert, wenn's einen richtig erwischt. Das sind so merkwürdige Kleinigkeiten, die man anziehend findet, aus denen man versucht, sich ein Bild zu basteln, sich den ganzen Menschen zusammenzureimen. Eine Geste, einen Blick, eine Art zu lächeln wird man plötzlich nicht mehr los und will den Menschen kennenlernen, der sich hinter der Geste, dem Blick, dem Lächeln befindet. Die einen fallen dabei herein, die anderen haben Glück. Die einen haben sich den Menschen dahinter schon vorgestellt, haben sich ein Bild gemacht und werden enttäuscht, wenn der andere nicht ihrem Bild entspricht. Die anderen sind die, die neugierig sind, den anderen entdecken wollen.

Es gab bei dir viel zu entdecken.

Nur wusste ich erst einmal nicht, wie ich dich entdecken sollte, Christine Frahm. Oder besser: wann. Das »wie« war dann doch kein Problem. Ich musste ja nur ins Archiv rübermarschieren und das Einwohnerverzeichnis in die Hand nehmen. Hab ich auch am selben Tag noch gemacht. Aber wann sollte ich dir ganz zufällig in der Humboldtstraße über den Weg laufen? Wir sind ja rotiert in der Redaktion. Wir mussten nachlegen. Die Leute haben den Verkäufern die Zeitungen förmlich aus der Hand gerissen, und es brachte uns zur Verzweiflung, dass aus dem Präsidium nichts Neues kam. *Vernehmungsstop – Ruhepause für den Mörder.* Und das kurz vor der Wochenendausgabe – katastrophal.

5. bis 7. Juni? Drei Tage? Ah ja, dann war das die Pfingstausgabe. Noch schlimmer. Außer der Beerdigung des Brenninkmeyer-Opfers stand an dem Freitag zuvor nichts an. Also haben wir uns gleich nach der Beisetzung auf dem Südfriedhof kurz entschlossen abgemeldet, der Hofbeck und ich, für einen Recherchenachmittag in Hersbruck.

Der Hofbeck war noch nicht wieder neu motorisiert, seit er seinen Karmann Ghia geschrottet hatte. Ich hab's doch tatsächlich mein ganzes Leben lang nicht geschafft, mal in einem Karmann mitzufahren. Immer, wenn ich jemanden kannte, der einen hatte, kam irgendwas dazwischen. Allerdings hat der Hofbeck in dem Jahr noch *den* Coup gelandet und einem Fürther GI einen 57er Thunderbird abgekauft. In Pink mit weißen Zierstreifen. Der war die Schau.

An einem Samstag hat er mich mal mitgenommen. Den Wagen so richtig ausfahren. Auf die Münchner Autobahn und los. In der Holledau hat er auf über zweihundert beschleunigt. Ein Wahnsinn. Wenn ich dran denke, dass man da ohne Gurt im Auto gesessen ist, wird mir heute noch schlecht. Selbst wenn man auf die Idee gekommen wäre, sich anschnallen zu wollen, wäre das gar nicht gegangen. Die ersten Autos mit Gurt kamen in den Sechzigern, aber außer ein paar überängstlichen Sicherheitsspießern hat sich keiner angeschnallt. Dabei waren einige von denen, die ohne Gurt gefahren sind, selber Memmen. Hatten einen Horror davor, bei einem Unfall im brennenden Auto gefesselt zu sein. Oder mit dem Auto unter Wasser zu geraten und nicht mehr rauszukommen. Die irrwitzigsten Szenarien haben die konstruiert. Na ja. Heute unvorstellbar, ohne Gurt mit zweihundert Sachen über die Autobahn zu brettern.

Jedenfalls, nach der Beerdigung des Hausmeisters haben wir uns in meinen Badewannentaunus geschwungen und sind durch regelrechtes Novemberwetter nach Hersbruck rausgefahren. Ein Schauer nach dem anderen. Der Sommer 65 war so ziemlich das Gegenteil vom Sommer 63. Hat man da schon von Klimakatastrophe geredet? Nein, ich glaube nicht, dafür hatten wir keine Zeit. Die Sache mit dem *ökologischen Bewusstsein* kam erst mit den Grünen.

Spätestens in Altensittenbach hab ich innerlich geflucht, dass der Hofbeck neben mir sitzt. Als mir klar wurde, dass ich ziemlich genau zwei Jahre nicht mehr in Hersbruck gewesen war und zum ersten Mal in Altensittenbach nicht links abbiege zum Großmutterhaus, sondern geradeaus weiterfahre in die Hersbrucker Innenstadt. *Keine Zeit für Sentimentalitäten, wir sind auf Recherche, morgen muss der Mittagsmörder wieder im Blatt sein.*

Wie ich den Wagen am Oberen Markt abgestellt hab, hat der Hofbeck gemeint, na, dann lass mal deine alten Verbindungen spielen. War aber gar nicht nötig. Egal, wo wir reingegangen sind, ins *Café Strunk*, zum Schreibwaren-Rösner, zum Metzger Schaller, überall nur ein Thema. Die Leute haben uns ihre Geschichten geradezu aufgedrängt. Jedem war im Nachhinein etwas Merkwürdiges am Golke aufgefallen, jeder wusste was. Die Verkäuferin beim Metzger Schaller hat gemeint, dass er sein Auto immer in der Nebenstraße geparkt hat. »Und dann ist er bis zur Fußgängerampel vorgelaufen, hat den Knopf gedrückt und gewartet, bis er Grün bekommt. Vorher ist er nicht rübergegangen. So was macht doch sonst keiner, oder?«

Einer hat uns seine Hand vor die Nase gehalten. »Sehen Sie die Narbe?« Die lange Narbe quer durch den Handteller war nicht zu übersehen. »Die hab ich vom Golke. Noch aus der Schulzeit. Mir ist schon vor ein paar Jahren klar geworden, dass er der Mittagsmörder ist.« Der Golke soll sich auf ihn gestürzt haben, mit einer abgebrochenen Bierflasche in der Hand. »Die wollte er mir übers Gesicht ziehen.« Was ihn dazu gebracht hat? Schulterzucken. »Was weiß ich. Ausgerastet. Der hat halt gesponnen.«

Beim Kohlenhändler Vitzthum soll der Golke gewesen sein. »Hat sich alle Sorten und Preise sagen lassen, hat alles auf einen Zettel notiert und ist wieder gegangen.« Zwei Tage später ist beim Vitzthum eingebrochen worden. Gesagt hat er's nicht, der Kohlenhändler, aber es sprang ihm förmlich aus dem Gesicht: Natürlich ging dieser Einbruch auch auf das Konto von Golke. Wer hätte es sonst gewesen sein sollen?

In ganz Hersbruck herrschte so was wie Gewitterstimmung, und jeder Blitz, der runterging, zielte auf Golke. Es war unglaublich, fast so, als hätte alles Übel, das sich über Jahre in der sauberen Idylle angestaut hatte, auf einmal einen Blitzableiter gefunden.

Im Gymnasium soll er vor der ganzen Klasse mal einen Lehrer krankenhausreif geprügelt haben. Überhaupt die Prügeleien, es schien so, als wäre jeder zweite Hersbrucker schon einmal von Golke vertrimmt worden. Es hätte nur noch gefehlt, dass ihm der Dürresommer 63 und das Sauwetter in diesem Jahr auch noch in die Schuhe geschoben worden wären.

Sind bloß wenige gewesen, die gemauert haben. Die junge Apothekenhelferin in der Markt-Apotheke hatten wir schon fast um den Finger gewickelt, da ist der Inhaber auf der Bildfläche erschienen. »Den Teufel werd ich tun und Ihnen erzählen, was für Tabletten meine Kunden schlucken.« Zu ihr: »Und wenn du mit denen noch ein Wort redest, dann fliegst raus.«

Zum Foto-Biegel sind wir nach entsprechenden Hinweisen auch gegangen. *Der Golke, der war ein ganz Perverser. Der ist oft mit seinem Fotoapparat beim Strudelbad rumgeschlichen. Sie wissen schon.* Das Lehrmädchen ist auch prompt rot geworden, wie wir nachgefragt haben, ob der Golke zum Kundenkreis gehört hat und sie für ihn schon mal schlüpfrige Fotos entwickeln musste. Aber ebenso prompt hat ihr Chef reagiert und uns verklickert, dass der Golke nicht zu seinen Kunden gehöre. »Und wenn er bei uns Kunde wäre, dann wären die Fotos seine Privatangelegenheit. Genau wie bei unseren anderen Kunden auch.«

Dann der Direktor. Natürlich wollten wir wissen, ob in der Schule noch mehr vorgefallen war. Er hat uns in sein Büro gebeten und uns als Erstes gefragt, ob uns klar sei, was wir mit der Mutter vom Golke angerichtet haben. »Die Frau hat sich zu Verwandten geflüchtet. In Hersbruck kann die sich momentan nirgends blicken lassen.« Wir haben entgegengehalten, dass der Golke das wohl doch eher selber angerichtet hat. Und dass das über kurz oder lang ja sowieso nach Hersbruck durchgesickert wäre, ob mit oder ohne Zeitung. »Mag sein. Ich jedenfalls kann Ihnen zu dieser traurigen Sache nur zwei Dinge sagen: Wenn Sie mit Sensationsgeschichten über angebliche Zwischenfälle im Unterricht meine Schule in Verruf bringen, dann werde ich alle, aber auch wirklich alle rechtlichen Mittel ausschöpfen, um Ihnen beizubringen, was seriöser Journalismus ist. Das andere ist: Der Golke hat es nicht leicht gehabt. Das haben Sie wahrscheinlich noch von keinem gehört. Sein Vater ist in Russland gefallen. Die Mutter ist mit ihm und seinem Bruder im Januar 45 aus dem Osten geflüchtet, da war er gerade mal vier, fünf Jahre alt. Was der da alles erlebt haben mag, können Sie sich ja vorstellen, oder nicht? Und leider muss ich sagen, dass sich durchaus nicht alle Mitschüler ihm gegenüber so verhalten haben, wie man es eigentlich erwarten sollte. Er ist immer ein Fremder geblieben, und ich glaube nicht, dass daran einzig und allein er selbst schuld ist.«

In der Siedlung sind wir natürlich auch gewesen. Da mussten schon welche von der *Bild* und vom *8-Uhr-Blatt* gewütet haben. Auch die Illustrierten sind dagewesen, die *Quick*, die *Neue*, die *Bunte*, und wie sie alle hießen. Wir hatten kaum geparkt, da kam schon einer auf uns zugerannt und hat uns angeschrien, dass wir uns gefälligst vom Acker machen sollen, *die Leute hier wollen ihre Ruhe haben, alle halbe Stunde kommt ein anderer daher, dauernd Golke rauf und runter, das hält doch keiner mehr aus*. So ging das an jeder Ecke, aber am schlimmsten natürlich in der Wiesenstraße, da rottete sich nach und nach eine ganze Meute zusammen, um uns zu beschimpfen.

Und dann kam noch diese Frau dahergelaufen. Sie wohne im selben Haus wie die Frau Golke, hat sie gesagt, und sie müsse uns unbedingt was vom Horst erzählen. Der Horst sei so ein guter Mensch, er könne einfach nicht der Mittagsmörder sein. Wie ihre Sabine noch klein gewesen sei, da habe so oft der Horst auf sie aufgepasst. Allein oder mit seinem Bruder zusammen. Wir könnten uns gar nicht vorstellen, wie behutsam, wie liebevoll er mit ihrer Tochter umgegangen sei. Als ob es seine eigene kleine Schwester gewesen wäre. So schön habe er mit ihr gespielt. Fahrradfahren habe er ihr beigebracht. Auf den Horst habe sie sich einfach verlassen können, und ihre Sabine habe ihn so gern gehabt.

»So einer wie der Horst kann doch kein Mörder sein! Das müssen Sie unbedingt in Ihrer Zeitung schreiben! Das ist nicht der Horst gewesen! Ich hab das schon so vielen gesagt – warum glaubt mir das keiner? Warum schreibt das niemand?«

Der Hofbeck hat nicht mal hochgeschaut von seinem Block, auf den er sowieso nur Männchen gekritzelt hat, und geknurrt, dass so was niemand schreibt, weil es niemand lesen will. Weder die Hersbrucker noch der Rest der Welt. Damit hatte er den Nagel auf den Kopf getroffen. Die Welt, nicht nur die fränkische, war reif für den Mittagsmörder, hatte ja weiß Gott auch lange genug auf ihn gewartet. Golke *musste* der Mittagsmörder sein, und da er es war, wollte auch niemand außer dieser Frau ein gutes Haar an ihm lassen, es hätte ja ein schlechtes Bild auf einen selbst werfen können. Man kannte ihn zwar, aber man rückte ihn ganz weit weg von sich. Deshalb war der Golke für die Welt auch ein Nürnberger, für die Nürnberger kam er aus Hersbruck und für die Hersbrucker war er *einer aus der Siedlung*, das wurde uns überall und immer wieder aufs Butterbrot geschmiert.

Aber der absolute Abschuss kam dann im *Roten Ochsen,* als wir beim Kaffee saßen und alles noch einmal Revue passieren ließen.

Plötzlich ist ein Kerl wie ein Baumstamm neben unserem Tisch gestanden und hat in breitestem Hersbruckerisch nachgefragt, ob wir *döi zwaa Kaschber* von der Zeitung seien. Und dann hat er uns lautstark einen Vortrag darüber gehalten, dass der Golke kein echter Hersbrucker ist. Freilich, gewohnt hat er hier, da draußen in der Amberger Straße. Aber geboren ist der irgendwo ganz anders, im Osten, und wir sollten uns bloß nicht mehr trauen zu schreiben, dass der Golke ein Hersbrucker ist. »Weil, ein Hersbrucker«, hat er gebrüllt und dabei seine Ärmel hochgekrempelt, »der bringt keinen um! Der fotzt höchstens amol an Kahlfresser g'scheit her!«

Die Kahlfresser. So heißen die Nürnberger bis heute im Pegnitztal zwischen Hersbruck und Neuhaus. Weiß gar nicht, seit wann – ist das noch von der Nachkriegszeit? Die Hamsterer aus der Stadt? Oder kam das erst später mit den Wochenendausflüglern, die wie Heuschrecken in die Gasthöfe und Biergärten einfallen? Egal.

Jedenfalls ist der Ausbruch dieses Eingeborenen der Auftakt zu der Leserbriefflut gewesen, die es nach Pfingsten zu uns reingespült hat. Alles der gleiche Tenor. Als ob die Hersbrucker an diesem verregneten Pfingstwochenende in ihren Wirtshäusern zusammengehockt wären und ein paar Musterbriefe entworfen hätten, die dann dutzendweise abgeschrieben wurden wie Hausaufgaben. *Wie können Sie unser schönes Hersbruck so in den Dreck ziehen ... Golke ist ein Flüchtling ... mit den Flüchtlingen sind doch alle möglichen Gauner nach Deutschland gekommen ... wir Hersbrucker sind immer anständige Menschen gewesen ...*

Ein paar haben wir abgedruckt. Sollte schließlich keiner sagen können, wir würden Meinungen unterdrücken. Da ist es sogar dem Gemütsmenschen Josef zu arg geworden. Jeden von uns, der an ihm vorbei ist, hat er aufgehalten und gefragt: »Waar bin iech?« Auf die Antwort, dass er der Josef sei, wer sonst, folgte ein langer Vortrag. In der Tschechei ist er ein Deutscher gewesen, und hier sei er für manche ein halber Tscheche. Hat von der guten alten Zeit in seiner Heimat geredet. »Bei mir eim Darfe, do sein die Tschechen und die Deitschen immer Kameraden gewest!« – bis man sie gegeneinander aufgehetzt habe. Und wenn er jetzt solche Briefe lese – »ech denk, do verreck ich, asuwoas zo häärn!«

Oh Gott, da muss ich wieder an die Kaffeepausen denken, in denen wir uns die schönsten Hersbrucker Briefe von der Gertrud haben vorlesen lassen. »Lies, o Niese!« hab ich sie immer feierlich aufgefordert und ihr einen Brief in die Hand gedrückt, und kurz darauf haben wir uns fast bepinkelt vor Lachen, wenn sie deklamiert hat: »Värährde Rödaggziön! Gäächn Ihre Berichderschdöddung im Föll Gölgää höbsch als Härsbruggr Birgr ääne Bäschwärde vörzubringn.« Mein Gott, wenn das jemals ein Leser spitzgekriegt hätte ...

Die Rückfahrt von Hersbruck war nicht lustig. Spätestens ab dem *Roten Ochsen,* wo wir durch ein Machtwort des Wirts noch einmal davongekommen waren, war die Stimmung dahin. Der Hofbeck auf dem Beifahrersitz hat sich überhaupt nicht mehr halten können. Hat sich vor allem über den Direktor aufgeregt. Wenn jeder, der einen Krieg mitgemacht habe, gleich zum Kriminellen werde, dann könnte man die ganze Welt hinter Gitter sperren. Für ihn sei der Krieg schließlich auch kein Zuckerschlecken gewesen, zum Mörder sei er deswegen aber trotzdem nicht geworden.

»Tatsächlich?«, hab ich ihn gefragt. »Ich denk, du bist bei der Flak gewesen?«

Weiß nicht, was mich da geritten hat. Vielleicht hatte es mir zugesetzt, dass mein altes Kindheits-Hersbruck an dem Tag zusammengebrochen ist. Hersbruck war endgültig nicht mehr die idyllische kleine Welt, in der man an der Hand der Großmutter die Läden abklappert und auf die Frage »wem gehörst denn du?« nur sagen muss: »der Kreß-Oma!«, und schon ist man ein Hersbrucker.

Hofbeck hat mir einen spöttischen Blick zugeworfen, so was wie *du hast doch von Tuten und Blasen keine Ahnung* geknurrt und sich eine Zigarette angezündet. Wir sind ab da ziemlich schweigsam unter den grauen Wolken die B14 langgefahren. Die Strecke hat sich ab Rückersdorf endlos gezogen. In der Redaktion den Artikel noch schnell runtergefetzt, und dann nix wie raus aus dem Büro.

Wenn ich mir den Beitrag heute so anschaue ... genauso sieht er auch aus. Kaum Fakten, viele Gerüchte, aber eine fetzige Überschrift: *Mittagsmörder hat noch mehr auf dem Kerbholz.*

Wegen dieser Überschrift kam es dann ja auch zwei Tage später zum Krach bei meinen Eltern. Wobei – »Krach« ist eigentlich nicht das richtige Wort. Es war mehr eine moralische Kopfwäsche, die sich nach dem obligatorischen Lammbraten über mich ergoss. Damals hab ich mir überlegt, wie lange es wohl dauert, bis man aufhört, irgendjemandes Kind zu sein. Heute weiß ich, dass es erst dann aufhört, wenn man sich nichts sehnlicher wünscht, als irgendjemandes Kind zu sein. Aber an dem Nachmittag hab ich meine Eltern zum Teufel gewünscht.

Lammbraten, so lange ich mich erinnern kann, gab es bei uns zu Hause am Pfingstsonntag Lammbraten. Das war schon Tradition bei meiner Großmutter in Hersbruck gewesen, sogar in den mageren Nachkriegsjahren stand bei uns immer ein Lammbraten auf dem Tisch, und meine Mutter hat auch nach Großmutters Tod an dieser Sitte festgehalten. Bei anderen Familien gab es zu Ostern Lamm, bei uns zu Pfingsten. Ich hab nie hinterfragt, warum das so war. Im Gegenteil, als ich später mit Christine verheiratet war, haben wir diese Tradition einfach übernommen.

An diesem Pfingstsonntag hatte ich aber keine Lust auf Lammbraten. Ich hatte auch keine Lust auf meine Eltern. Ich glaube, aus diesem Grund bin ich damals auch zu Fuß nach Fürth gelaufen, um nicht so schnell dort anzukommen wie mit dem Auto oder der Straßenbahn. Vielleicht hat mich auch das einigermaßen schöne Wetter gelockt. Außer einem leichten Nieselregen war es im Vergleich zu den Vortagen verhältnismäßig trocken. Ich bin quer durch Sankt Johannis bis zur Bärenschanze gelaufen und dann die

Fürther Straße entlang Richtung Stadtgrenze. Den ganzen Weg hatte ich nur zwei Namen im Kopf: Horst Golke und Christine Frahm.

Du hattest vollkommen recht, Christine, als du den Mittagsmörder zu *unserem Fall* erklärt hast. Auf eine groteske Weise hatte ich euch beide miteinander verstrickt. Beim Pfingstspaziergang zu meinen Eltern konnte ich allerdings noch nicht wissen, wie kompliziert sich *unser Fall* gestalten würde. Weder in Hinblick auf den Mittagsmörder noch in Bezug auf dich.

Ich glaube, in den zwei Jahren nach dem Tod meiner Großmutter habe ich meine Eltern höchstens drei- oder viermal gesehen. Das hatte keinen konkreten Grund, hat sich einfach so ergeben. Früher, während meines Volontariats, haben die beiden mich noch ab und zu beim Sonntagsdienst in der Redaktion besucht. Gelegentlich kam meine Mutter auch alleine.

Einmal, das muss im Frühjahr oder Sommer 61 gewesen sein, ist sie in die Redaktion gestürzt, vollkommen aus dem Häuschen. Sie kam vom Hauptmarkt, wo Willy Brandt eine flammende Rede gegen den Bau der Berliner Mauer gehalten hatte. Ich war auch dort gewesen und hatte schon vermutet, sie zu treffen, konnte sie aber in der Menschenmenge nirgendwo entdecken. Und dann schneit sie plötzlich rein, aufgekratzt wie ein Backfisch nach einem Rock 'n' Roll-Konzert, und bittet mich um einen Fotoabzug von Brandt neben dem Schönen Brunnen. Sie hat geredet wie ein Wasserfall, wie faszinierend dieser Mann sei, wie ergreifend seine Rede, seine Gestik, seine Mimik. Was für ein Glück dieser Mann für die Partei sei, wie perfekt sein Anzug sitze – sie war hin und weg.

Ich hab zu Hofbeck rübergeschielt, der sich das Lachen offen sichtlich nur schwer verkneifen konnte, und wäre am liebsten im Boden versunken, so hab ich mich geschämt. Ich hab ihr das Foto natürlich organisiert und zusammen mit einer knappen Notiz in die Jakobinenstraße geschickt: *Bitte besucht mich nicht mehr in der Redaktion. Gruß, Peter.*

Wir haben nie mehr darüber gesprochen, aber ich glaube, dass ich sie damit sehr gekränkt haben muss. Wir haben so gut wie nie über die Vergangenheit geredet und kaum über Politik, weil das meistens mit einem Streit endete.

Natürlich kannte ich die Nürnberger Schraubenfabrik, in der sie vor, während und auch nach dem Krieg noch einige Jahre gearbeitet hat, und ich wusste, was es mit dem Betrieb in der Nazizeit für eine Bewandtnis gehabt hatte. Der Inhaber war so eine Art Schindler gewesen, obwohl dieser Vergleich hinkt, denn er hat weder Juden gerettet noch sich mit irgendwelchen Lagerleitern in krumme Geschäfte verstrickt. Aber er hatte als überzeugter Gegner der Nationalsozialisten viele ehemalige SPD- und KPD-Leute in die Belegschaft aufgenommen und sie damit vor Kriegsdienst, Fronteinsatz oder Konzentrationslager bewahrt. Die N.S.F. war ein wichtiger Zulieferbetrieb für die Rüstung gewesen. Und natürlich wusste ich auch, dass meine Mutter die rote Gretel genannt wurde, weil sie schon seit ihrer Jugend bei den Falken eine aktive Genossin war. Aber ich hab mich nie sonderlich dafür interessiert. Es war mir sogar peinlich.

Sicher, Nürnberg war eine Arbeiterstadt und, solange ich es bewusst erlebt habe, mit wenigen Einschnitten eine rote Hochburg. Deshalb sind auch immer wieder namhafte SPD-Größen nach Nürnberg gekommen. Der Brandt, der Grass, der Ehmke – alle waren sie da. Wir waren also links. Dieses *Links* war im Großen und Ganzen, also für den Otto Normalverbraucher, aber ziemlich bürgerlich. Genau genommen sogar spießig, wenn man es aus heutiger Sicht betrachtet, und die Normalsterblichen dachten sowieso nicht sonderlich politisch, ich auch nicht. Den meisten war schon das linksintellektuelle Geschwurbel eines Günther Grass suspekt – *wenn es dir hier nicht passt, dann geh doch rüber in die Zone!* Das war ein sehr beliebter Satz damals. Allerdings nicht nur in Nürnberg, sondern überall. Hauptsache war, dass es voranging mit dem Aufbau und dem Ausbau, mit der Industrie und den Exporten. Und wenn unser Bürgermeister ein Sozi war, dann war er es eben. Solange es linksherum immer schön vorwärts ging, ging man eben ein bisschen linksherum.

Richtig links, das waren die anderen. Die, die sich mit ihrer Sozialistischen Einheitspartei hinter dem Eisernen Vorhang verschanzt hatten, mit ihrer Planwirtschaft, ihren Gehirnwaschmaschinen fürs Volk und ihren ewigen Hetztiraden gegen den Westen.

Ich glaube, dass ich meine Mutter in genau diese Schublade gesteckt habe, woran meine Großmutter sicher nicht unschuldig war. Meine Großmutter! Die hat nicht mal in einem Konsum eingekauft, weil sie mit so einem Soziladen nichts zu tun haben wollte, ist immer nur zum Backdie, wenn sie mal in Nürnberg war, der Backdie war wenigstens neutral. Und dann geht ihre eigene Tochter in die SPD. Wie oft hatte ich als Kind gehört, dass meine Mutter für ihren *roten Haufen* Kopf und Kragen riskiert. Wie oft hatte es deswegen lautstarke Auseinandersetzungen gegeben, die ich noch bis nach oben in mein Zimmer unter dem Dach hören konnte. Es hat lange gedauert, bis ich kapiert habe, wer von den beiden den Knick in der Optik hatte.

Als ich an diesem Pfingstsonntag nach Fürth marschiert bin, hab ich geahnt, dass was in der Luft liegt. Die Lollo hatte mir noch am Freitag eine Notiz auf den Schreibtisch gelegt. Meine Mutter hatte angerufen und um Rückruf gebeten. Sie ging also nicht mehr mit Selbstverständlichkeit davon aus, dass ich nach alter Gewohnheit und Tradition zu Pfingsten wie zu Ostern und Weihnachten erscheinen würde. Hätte sie nicht angerufen, so hätte ich mich vielleicht wirklich stillschweigend vor dem gemeinsamen Essen gedrückt. Ich weiß es nicht. Als ich am Samstag mit ihr telefonierte und ihre angespannte Stimme hörte, hab ich den Braten schon gerochen. Hab geahnt, dass ihr etwas an meinem Artikel nicht passt, dachte mir aber alle möglichen Gründe aus, die es noch geben könnte. Vielleicht hing wegen meinem Alten der Haussegen schief, weil er wieder einmal Geld für eine seiner »unschlagbaren Geschäftsideen« verpulvert hatte, vielleicht hatte es Krach mit Nachbarn oder der Hausfrau gegeben, dachte ich und wusste gleichzeitig, dass ich mir damit etwas vormachte.

Als ich dann nach einer guten Stunde durch den Nieselregen bei meinen Eltern ankam und kurz danach mit meiner leicht zerknautschten Pralinenschachtel unterm Arm im Esszimmer stand, sah ich, dass meine böse Vorahnung sogar noch überboten wurde. Am Fenster, mit dem Rücken zur Tür, stand ein Mann neben meinem Vater und war gerade dabei, sich eine Pfeife zu stopfen. Auch von hinten erkannte ich ihn sofort. Es war der Bloch. Am liebsten hätte ich auf dem Absatz kehrtgemacht.

Schon als kleiner Knirps von zehn Jahren hab ich die Dreizimmerwohnung meiner Eltern als beklemmend empfunden. Das lag nicht nur an dem Ehepaar aus dem Osten, das bei uns einquartiert worden war. Das hatte auch mit den vielen Büchern zu tun, die sich überall stapelten, und mit den Möbeln, die zusammengepfercht wirkten, weil plötzlich vier statt zwei Erwachsene mit Kind auf knapp siebzig Quadratmetern Platz finden mussten.

Dieses Gefühl hat aber auch später nicht nachgelassen, als wir unsere Wohnung wieder für uns allein hatten und ich ein eigenes Zimmer bekam wie bei meiner Großmutter in Hersbruck und nicht mehr auf dem Sofa im Wohnzimmer schlafen musste. Vielleicht waren es wirklich nur die vielen Bücher, die in irgendeiner Weise bedrohlich auf mich wirkten. All das Wissen, all die Geschichte und Geschichten, die mich aus jeder Ecke anzustarren schienen, als wollten sie mich festnageln und daran hindern, nach vorne zu sehen. Nein, es war mehr als das. Die meisten Menschen hatten nach dem Krieg vieles von ihrem Hab und Gut verschachern müssen, um einigermaßen über die Runden zu kommen. Sie waren gezwungen, das wenige, was ihnen geblieben war, gegen das Lebensnotwendigste einzutauschen. Wir nicht. Wir hatten unsere Hersbrucker Großmutter mit ihrem Gemüsegarten, ihren Hühnern und ihrem Hausschwein. Und wir hatten eine vollkommen unzerstörte Wohnung, die nach dem Krieg nicht viel anders aussah als vorher. Es war, als wäre bei uns die Zeit stehen geblieben. Und als ob die konservierte Vergangenheit in der Wohnung meiner Eltern nicht genügte, stand jetzt also auch noch der Bloch darin!

Während des Essens hab ich kein Wort rausgebracht. Ich fand die Situation erdrückend und geriet immer mehr in Wut darüber, dass ich sie erdrückend fand. Herrgott, ich fühlte mich, als säße ich vor Gericht und nicht im Esszimmer meiner Eltern. Ich wünschte mich zurück in die Zeit, in der mein Leben unbefangener gewesen war, unbefangener, weil unbeobachtet. Das Gefühl der Freiheit, als ich noch den Job in der Expedition hatte und die Zeitung ausfuhr, anstatt in der Redaktion auf die Schreibmaschine einzuhacken. In den frühen Morgenstunden mit dem VW-Bus über Land zu fahren, wie allein auf der Welt, und den Sonnenaufgang erleben. Hätte ich doch nur die Vorstellungskraft besessen, mir auszumalen, was passieren kann, wenn man von der eigenen Familie, von den eigenen Eltern gelesen wird, dachte ich, während sie mit dem Bloch über allerlei Belanglosigkeiten plauderten.

Wahrscheinlich ging es um das Dauerregenwetter und die Frage, ob so viel Regen auf die Gesundheit schlägt. Es kann auch etwas anderes gewesen sein, ich weiß es nicht mehr. Ich weiß nur, dass ich die ganze Zeit darauf gewartet hab, dass der Bloch aufhört, um den heißen Brei herumzureden, das Thema wechselt und unser Esszimmer zum Redaktionsbüro macht, mitsamt allen Querelen.

Nach dem Nachtisch – Apfelküchle natürlich, weil mein Vater und ich Apfelküchle immer geliebt haben – hat mir meine Mutter ein Päckchen in die Hand gedrückt, in Geschenkpapier eingewickelt. Am Gewicht konnte man erahnen, dass sich Bücher darin befanden. Ausgerechnet Bücher! Ich packte aus. Tucholsky, gesammelte Werke in drei Bänden. Was sollte das für eine Botschaft sein? Der Bloch hat sich zielsicher einen Band geschnappt, aufgeschlagen und ein paar Zeilen rezitiert über Mörder, die vor Gericht stehen. Dass auch ein Mörder immer noch ein Mensch ist, so in die Richtung.

Ich weiß nicht mehr genau. Müsste ich nachsehen. Hab die Ausgabe ja noch. Aber ob ich diesen Essay wiederfinde? Ist alles schon ewig her.

Im Groben lief es jedenfalls darauf hinaus, dass auch Mörder Menschen sind. Und damit meinten sie natürlich Golke. Dreh- und Angelpunkt war der Artikel, der plötzlich wie ein Corpus Delicti auf dem Kaffeetisch lag. *Mittagsmörder hat noch mehr auf dem Kerbholz.* »Und?«, hat der Bloch immer wieder gefragt, »und? Was hat er denn noch alles ausgefressen, euer Mittagsmörder?«, und hat mir genüsslich die eigenen Sätze vorgelesen: »›Soll‹ – wohlgemerkt: soll! – ›noch weitere Verbrechen begangen haben.‹ Oder hier: ›Die Möglichkeit, dass Golke noch mit weiteren schweren Verbrechen in Verbindung zu bringen ist ...‹ Die Möglichkeit! Offenbar weiß also noch keiner was Genaues. Aber der kann sich ja nicht wehren! Und er hat ja wirklich Dreck am Stecken! Also kann man ihm in der Überschrift ruhig einen ganzen Misthaufen am Stecken andichten! Oder das da: ›Neulich wurde hier in Wochenendhäusern eingebrochen, aber niemand kam darauf, dass es der Mittagsmörder sein könnte.‹ Was soll das heißen? War er's? Oder wird neuerdings jeder Blödsinn, den die Leute von sich geben, völlig unreflektiert mitstenografiert und veröffentlicht? Aber den größten Knüller habt ihr euch hier geleistet.«

Ich seh ihn direkt wieder vor mir, wie er mit der Zeitung in der Hand im Esszimmer auf- und abgegangen ist mit einem Schritt, dass in der Wohnung darunter alles gewackelt haben muss.

»›Die blonde Verkäuferin‹ – blonde Verkäuferin! – noch ein bisschen geflirtet bei der Recherche, wie? – ›blonde Verkäuferin Monika P.: Wenn er zu uns zum Einkaufen kam, parkte er seinen Wagen in der Nebenstraße. Dann ging er hundert Meter weit bis zur Ampel für die Fußgänger und schaltete auf Rotlicht, bevor er die Straße überquerte. Das tut sonst kein noch so gesetzestreuer Deutscher!‹ Das ist großartig. Wenn er bei Rot gegangen wäre, hätte es geheißen, typischer Gesetzesbrecher, im Kleinen wie im Großen. Und wenn er bei Grün geht, dreht man ihm genauso einen Strick daraus. Und ihr helft dabei fleißig mit! Bravo! Ich würde sagen, ihr seid todsichere Anwärter auf den nächsten Pulitzer-Preis!«

Da fällt mir auch wieder ein, was das Thema beim Tucholsky war. *Wie man sich als Mörder richtig benimmt* hieß dieser Essay. Oder so ähnlich. Hab ich auch gelesen. Nicht gleich, irgendwann später, als die ganze Sache vorbei war. Such ich mir dann noch raus.

Dieser Nachmittag schien sich endlos auszudehnen. Der Tag in Grau gehüllt, sodass man gar nicht mehr wusste, ob die Mittagszeit gerade erst vorbei ist oder ob es doch schon bald dunkel wird. Der Bloch hat sich im Prinzip an jeder Formulierung festgebissen. Auch in »einer der erregendsten und spannendsten Mordaffäre in der Kriminalgeschichte Nachkriegsdeutschlands«, was er übersetzte als »klasse, endlich ist mal so richtig was los! Fehlt bloß noch, dass ihr ihn dafür angeheuert habt, ballernd durch die Gegend zu ziehen, damit ihr euch so richtig austoben könnt.«

Ja, mein Gott ... jetzt, aus über vierzig Jahren Entfernung betrachtet, sieht da wirklich manches komisch aus. Aber damals? Da kamen wir ziemlich spät aus dem verregneten Hersbruck zurück, hatten diesen Bauerntrampel auf dem Hals gehabt, haben uns dann noch darüber gezofft, was wir in den Artikel reinnehmen und was nicht, und ... da passiert so was eben. Wir haben doch nicht jeden Tag kompletten Mist geschrieben. Gibt ja auch andere Artikel.

Es blieb natürlich nicht bei Tucholsky und unserem Mittagsmörderartikel. Der Bloch und vor allem meine Mutter haben auch ziemlich viel über den ersten Auschwitzprozess geredet. Der näherte sich seinem Ende und hatte einen ziemlichen Wirbel verursacht.

»Da schlagen ja manche in eine ganz andere Kerbe. Diese KZ-Aufseher, die vor Auschwitz und nach Auschwitz allesamt so anständige Menschen waren, können doch gar nicht solche Bestien gewesen sein«, hat meine Mutter süffisant gemeint. »Oder? Hört man doch immer wieder. Die mussten Befehle ausführen. Stichwort ›Befehlsnotstand‹, das Modewort des Jahres. Wenn sie es nicht gemacht hätten, hätten sie selber dran glauben müssen, und ihre Opfer wären von anderen gefoltert und hingerichtet worden. Und außerdem will man von dieser ganzen unseligen Zeit ja sowieso nichts mehr hören und sehen. Ist doch alles gewesen, ist doch aus und vorbei. Aber wenn diese SS-Schweine in Frankfurt in den Verhandlungssaal kommen, dann knallt die Polizei immer noch die Hacken zusammen, genau wie vor zwanzig Jahren.«

Und dann kam selbstverständlich das, was früher oder später immer kam: die Nazidiktatur. Beim Bloch und bei meiner Mutter drehte es sich immer wieder um die Nazis. Als ob man diese Geschichte nicht wirklich endlich mal ruhen lassen könnte. Als ob man sich nicht freuen dürfte, dass es in Deutschland immer besser lief. Deshalb haben sich viele Leute auch maßlos darüber aufgeregt, dass der Glaser – war der 1965 eigentlich schon Kulturreferent? Wenn, dann auf jeden Fall noch nicht lange – ist aber auch wurscht. Der Hermann Glaser hat jedenfalls wieder den Finger in die Wunde legen müssen, und das hat einer ganzen Reihe von Leuten überhaupt nicht gepasst.

Ich war bei der großen Podiumsdebatte im April in der Meistersingerhalle nicht dabei. Das war nicht mein Ressort, und mir ging dieser ganze Aufarbeitungsmist sowieso auf die Nerven. Das war was für Leute, die einfach nicht abschließen konnten, die immer noch mal nachbohren mussten und die offenbar zu viel Zeit hatten. Ich hatte andere Sachen zu tun.

Aber der Bloch war natürlich da gewesen und meine Mutter anscheinend auch. Es muss hoch hergegangen sein. War auch kein Wunder, denn Glaser hatte *den* Mann eingeladen, der die Meinung in der Bevölkerung Anfang der Sechziger so gespalten hat, wie kaum ein anderer: Fritz Bauer. Um *Haltungen und Fehlhaltungen* ging es. Das weiß ich deswegen noch so genau, weil der Hofbeck es sich nicht verkneifen konnte, den Bloch zu fragen, ob das was mit Gymnastik zu tun hat. Hatte es natürlich nicht, und Hofbeck wusste das auch ganz genau. Es hatte unter anderem mit eben diesem ersten Auschwitzprozess zu tun, für dessen Durchführung Fritz Bauer als Generalstaatsanwalt maßgeblich mitverantwortlich war. Bauer war schon vorher ein ziemlich bekannter Mann, weil er dem israelischen Geheimdienst den Aufenthaltsort von Adolf Eichmann in Argentinien gesteckt hatte.

Um Eichmann und die Angeklagten im Auschwitzprozess ging es natürlich auch in Blochs Tirade im Esszimmer meiner Eltern und darum, dass sogar diese Massenmörder einen Prozess bekommen haben, in dem Fakten und Indizien und natürlich Zeugenaussagen in jahrelangen Verhandlungen gegeneinander abgewogen wurden.

»Sogar diese Schlächter haben ein Recht auf faire Behandlung«, hat der Bloch fast schon gebrüllt, »aber dieses Würstchen aus Hersbruck ist bei euch schon ein Mehrfachmörder, bevor er überhaupt auf der Anklagebank sitzt.«

Und natürlich hab ich mir dann noch einmal den halben Lebenslauf vom Bloch anhören müssen. Jahrelang auf der Flucht, im Untergrund. Immer wieder von Neuem alles zurücklassen, alle Brücken abbrechen, Unterschlupf suchen. Die Bombenangriffe der Deutschen in London miterlebt. Später das kaputte Deutschland.

»Und warum das alles?«, hat meine Mutter ziemlich bitter gefragt und die Antwort gleich hinterhergeschoben, »weil sich die Menschen lieber aufhetzen lassen, als zu denken. Weil denken nämlich anstrengend ist. Und hinterher muss sich auch niemand verantwortlich fühlen. Es hat eben Befehlsnotstand geherrscht, und der befreit ja bekanntlich auf so angenehme Weise vom Denken.«

Mir ist irgendwann der Kragen geplatzt. »Wir sind hier nicht vor Gericht«, hab ich geschrien, »und ich bin schon gar nicht der Angeklagte hier.« Dass der Golke immerhin einen Freund umgebracht hat, einen guten Freund von einem Kollegen und von mir, und dass wir das auch mit eigenen Nachforschungen untermauern könnten, uns beileibe nicht nur auf das verließen, was uns von der Polizei oder Nachbarn oder sonst wem serviert wird.

»Das sieht man an eurem Artikel«, hat meine Mutter nur gemeint und die Zeitung wütend vom Tisch gefegt.

Was soll man da sagen? Ich hab mich wie in einer Zange gefühlt oder wie ein Stück Metall unter zwei Dampfhämmern. Wollte mich aber nicht plattmachen lassen. Hab meinen Mantel geschnappt und bin gegangen. An dem Pfingstsonntag 1965 haben wir wohl alle begriffen, dass wir in völlig unterschiedlichen Welten leben.

Merkwürdig, wenn ich jetzt noch einmal an diese Szene zurückdenke. Eigentlich fand unsere Diskussion mit vertauschten Rollen statt. *Ich bin immer gegen den Strom geschwommen, und du schwimmst mit dem Strom.* Wortwörtlich meine Mutter. Das kommt mir heute so vor, als wäre ich als Etablierter mit dem Sturm und Drang einer jungen Generation konfrontiert gewesen. Wahrscheinlich wäre alles ganz anders verlaufen, wenn meine Eltern stramme Nazis gewesen wären. Oder zumindest diese Zeit abgehakt und totgeschwiegen hätten. Dann wäre ich vermutlich genau im anderen Lager gewesen. Wer ist schon auf derselben Seite wie die Eltern?

Sogar mein Vater ist mir damals in den Rücken gefallen. Gerade der! Von der Diktatur der Mehrheit hat er geredet, für die die Zeitung geschrieben wird, und von der Jagd nach Auflagensteigerung. Klar, er als erfolgreicher Geschäftsmann, der sich gerade die neueste Schnapsidee vom eigenen Fuhrunternehmen in den Kopf gesetzt und aus einer Versteigerung ein paar alte Opel Blitz erworben hatte, musste es ja wissen.

Mein Vater, der Hallodri. Mein Vater, der Tausendsassa. Mein Vater, die Stimmungskanone. Mein Vater, der Versager. Mein Vater, der mir immer fremd geblieben ist, auch wenn ich ihn mochte und er mir in vielerlei Hinsicht näher stand als meine Mutter.

Meinen ersten Rausch hatte ich mit meinem Vater, und zwar dort, wo sich mit Sicherheit jeder zweite Fürther seinen ersten

Rausch abholt – auf der Kärwa. Ich war noch ein richtiger Dreikäsehoch, zehn oder elf Jahre alt vielleicht. Das darf man heute gar keinem mehr erzählen, wie früh wir schon Bier getrunken haben, aber für uns war das ganz normal. Heute werden die Kinder ja in Watte gepackt, werden vor sich und der Welt geschützt, als wären sie irgendwie behindert. Wenn das so weitergeht, werden die schon als Säuglinge in eine Ganzkörperrüstung gesteckt, nur dass sie sich beim Zappeln im Kinderbettchen keine blauen Flecken holen. Eine verrückte Welt ist das! Und der Rotwein geht auch schon wieder zur Neige. Na, für ein Gläschen reicht es noch.

Die Kärwa war bald nach dem Krieg wieder in die Innenstadt zurückgezogen, und das war gut so. Vom Lindenhain bis in die Jakobinenstraße hätte ich es in meinem Zustand bestimmt nicht geschafft. Aber auch so musste mein Vater mich immer wieder auf die Schultern nehmen. »Voll wie eine Haubitze, der Rotzbengel«, hat er mich später immer mal wieder damit aufgezogen. Es klang, als sei er stolz auf mich – und ich war auch stolz auf mich.

Ich habe viele schöne Erinnerungen an meinen Vater, und ich konnte ihm stundenlang zuhören, wenn er über den Krieg erzählt hat. Bei ihm klang das immer so wie ein aufregendes Spiel. Der Krieg. Ich hab mir als Bub vorgestellt, dass mein Vater und seine Kameraden an der Front genauso einen Spaß gehabt hatten wie ich mit meinen Kumpels aus Nürnberg in der Sebalder Wüste.

Trotzdem gab es zwischen uns nie ein normales Vater-Sohn-Verhältnis. Er war wie ein Onkel für mich, ein netter, manchmal etwas seltsamer Onkel, aber eben ein Onkel und kein Vater. Aber vor allem: kein Vorbild.

Wenn ich bloß an seine komischen Jobs denke. Wie ein ewiger Student. Ein paar Wochen lang ist er mal mit so einem Reklameauto durch die Straßen gefahren. Ein Tempo Matador mit einem bonbonfarbenen Aufbau, der eine Hutschachtel darstellen sollte, und darauf ein gereimter Werbespruch – *Flott behütet stehst Du da mit dem Hut von Trallala* – irgend so ein Blödsinn stand da drauf. Ich weiß noch, das war genau die Zeit, in der ich gerade meinen Führerschein gemacht hatte. Da hat er mich gefragt, ob ich nicht mal für einen Tag ans Steuer will. So zum Üben. Natürlich wollte ich. Hat Riesenspaß gemacht, mit meinem Vater durch die Gegend zu kreuzen, in einem Auto, das fast schon ein richtiger LKW war. Bin auch ein paarmal ziemlich ins Schwitzen gekommen. Der Wagen sollte ja überall gesehen werden, und so haben wir durch jede Siedlung und jeden Vorort unsere Schleifen gedreht. Gartenstadt, Eibach, Stein ... in Gebersdorf hätte ich an einem Hauseck beinah die Dachrinne mitgenommen. Aber nach dem Tag konnte ich Auto fahren und bin in den Semesterferien ohne viel Mühe als Fahrer untergekommen.

Bei solchen Sachen ist er ein richtiger Kumpel gewesen. Umso weniger hab ich verstanden, dass er zusammen mit meiner Mutter und dem Bloch gegen mich Partei ergreift. *Diktat der Mehrheit*. Klar haben wir unsere Zeitung nicht für einen einzigen Herrn namens Golke geschrieben, sondern für die Allgemeinheit. Und?

Zurück nach Hause bin ich mit der Straßenbahn gefahren, die drei Bücher auf den Knien wie ein Hausaufgabenpensum. Ich weiß gar nicht mehr, wann. Dunkel war es noch nicht. Den Justizpalast in der Fürther Straße hab ich in seiner ganzen Pracht gesehen. Ausgerechnet dieser Klotz, nicht zu vermeiden, wenn man zwischen Nürnberg und Fürth mit der Straßenbahn unterwegs war. Meine Mutter hatte mich zum Abschied noch an mein abgebrochenes Jurastudium erinnert und an meine jugendlichen Worte von Gerechtigkeit, mit denen ich es begonnen hatte. Darüber könne man in Tucholskys Essays über Justiz und Rechtsprechung einiges finden, was noch heute – gerade heute! – Gültigkeit habe. Was erwarteten die eigentlich von mir? Dass ich mir Justizkritik aus der Weimarer Zeit zu Gemüte führe und daraus als geläuterter Mensch hervorgehe?

Diese Metzner morgen kommt mir hoffentlich nicht auch mit so 'nem Kram. Vierzig Jahre danach. Fast schon fünfzig eigentlich. Kann ich absolut nicht gebrauchen. Apropos Metzner. Wenn ich mich jetzt nicht am Riemen reiße, brauche ich noch eine ganze Woche, bis ich mich da durchgewühlt hab.

Golke: »Alles nicht wahr!« Klar, die typische Reaktion. So hat man als Kind ganz automatisch reagiert, wenn man Scheiß gebaut hat. Und der Golke hat sowieso auf alles reagiert wie ein kleiner Bub. »Ich war's nicht!« oder »Ich wollte mich nur verteidigen, weil ich mich bedroht gefühlt hab!«

Ein paar Tage liegen da schon wieder dazwischen. Mittwoch, 9. Juni. Quatsch, ein Tag. Montag war ja Feiertag. Trotzdem, ein Tag ganz ohne?

Die Stimmung war ziemlich angespannt. Den Leuten ging es einfach zu langsam. Viele haben sich eingebildet, jetzt, wo er geschnappt ist, steht er nächste Woche vorm Richter und kriegt lebenslänglich Zuchthaus bei Wasser und Brot. Einzelhaft, Dunkelzelle für den Rest seines Lebens, wenn es die Todesstrafe schon nicht mehr gibt. Die haben in der Redaktion angerufen. »Dieser Verbrecher wird doch wohl nicht wieder freikommen?« Oder: »Warum macht man da nicht einfach kurzen Prozess?« Was hinter den Kulissen lief, konnte ja niemand wissen.

Der Sheriff und seine Leute haben sich in den Tagen durch Berge von Papier gewühlt, die sie in Golkes Ein-Zimmer-Appartement in Mühlhof sichergestellt hatten. Notizen, Tankstellenquittungen, Mietwagenbelege. »Wir haben ihn, so gut wie. Der weiß noch nicht, dass Leugnen völlig sinnlos ist. Du glaubst ja nicht, was die alles bei dem gefunden haben! Landkarten und Stadtpläne mit eingezeichneten Sparkassen, und die günstigsten Fluchtwege dazu. Und außerdem ...«, das hat Ingrid durch den Telefonhörer geflüstert, »... Tagebücher!«

Ingrid. Immer noch Ingrid. Oder wieder Ingrid, je nachdem. Sie hatte einfach kein Glück mit den Typen, und immer, wenn was in die Brüche ging, kam sie zu mir. Dann bin ich wieder schwach geworden. Komisch, eigentlich war sie wirklich nicht mein Typ.

Sie hat mir Gefälligkeiten erwiesen, und ich hab mich dafür revanchiert. So war das für mich. Und dann sind wir doch wieder im Bett gelandet, und sie hat sich wer weiß was eingebildet.

Am Pfingstwochenende war ich noch einmal davongekommen. Sie musste nach Kassel, zu einem runden Geburtstag. Hätte mich natürlich gern dabeigehabt. Wahrscheinlich hätte sie mich dann der gesamten Verwandtschaft als ihren Verlobten vorgestellt. Gott sei Dank konnte ich mich in unsere Familientradition flüchten. Ganz ehrlich, da war mir sogar im Nachhinein die dämliche Moralpredigt bei meinen Eltern noch lieber, als bei Ingrids Verwandtschaft auf Familienplanung zu machen.

Am Dienstag kam natürlich auch die unvermeidliche Frage, wann wir uns wiedersehen. Mir war mittlerweile schon lange klar geworden, was mir an den Mädels so auf den Wecker ging. Nicht nur an Ingrid, sondern an unglaublich vielen. Es war der Einheitslook. Die Einförmigkeit im Denken und im Aussehen. Irgendwie kamen sie mir alle gleich vor, eine wie die andere. Austauschbar. Zu der Zeit war es besonders offensichtlich, denn alle machten auf Doris Day. Ausgerechnet Doris Day, die Urmutter aller amerikanischen Hausfrauen – bieder bis zum Abwinken. Ich konnte Doris Day nicht ausstehen, und plötzlich liefen überall Kopien von ihr herum. Das war eine richtige Welle. Sogar die Lollo-Renate sah plötzlich so aus wie die gefühlte Hälfte der weiblichen Menschheit um mich herum. Ein Horror war das mit den Frauen damals. Sie trugen die Frisur wie Doris Day, hatten die Haarfarbe wie Doris Day, und wenn sie sich oft genug die Filme mit Doris Day angesehen hatten, dann hatten sie ihr ganzes Gehabe auch noch drauf. Wohin man geschaut hat – die Welt war voller hysterisch kichernder Amihausfrauchen mit sommersprossigen Stupsnäschen und einem treudoofen Blick. Christine war ganz anders. Schon äußerlich ein ganz anderer Typ. Was ganz Eigenes hatte sie.

Am Montagabend war ich mit dem Auto durch die Südstadt gekreuzt. Ich hatte ja ihre Adresse. Mal das Haus in Augenschein nehmen, in dem sie wohnt. Humboldtstraße war das, im oberen Teil, der komplett intakt geblieben war, gleich beim Humboldtplatz. Mal sehen, vielleicht kommt sie zufällig aus dem Haus, wenn ich vorbeifahre. War natürlich nicht so. Und wenn, dann hätte ich mir womöglich mit ansehen müssen, wie sie mit irgendeinem Typen das Haus verlässt. Welches Mädel geht am Abend schon allein weg?

Genau dasselbe Chaos im Kopf wie damals. Meine Güte, war ich neben der Kappe – immer die Humboldtstraße rauf und wieder runter. Hilft nix, ich werd mir noch einen Kaffee machen. Früher, in den Spätdiensten, hab ich noch nach Mitternacht 'ne Tasse getrunken. Oder zwei. Bis der durchgelaufen ist, bin ich hoffentlich ein paar Artikel weiter. Dass dieses alte Ding immer noch funktioniert! Die Maschine hatten sie mir als Souvenir mitgegeben, damit ich auch daheim richtigen Zeitungskaffee trinken kann. Ich hab sie nicht mehr oft benutzt, aber heute muss sie noch mal ordentlich ran.

Die Sache mit der Tuchergartenstraße war noch offen. Das Problem war, dass es außer der Hambach keine Zeugen gab. Und die hatte bei der Gegenüberstellung, als man ihr den Golke in einer Reihe mit anderen jungen Männern zeigte, prompt auf den Falschen gedeutet. Kein Wunder. Die Tat lag schon über fünf Jahre zurück, und in der Zwischenzeit hatte man ihr dutzendweise Tatverdächtige vorgeführt, die sich alle ähnelten. *Kann es der gewesen sein? Erkennen Sie ihn wieder?* Sie hätten mich auch in so eine Reihe stellen können, vielleicht hätte sie dann auf mich gedeutet. Jedenfalls hatte man nichts gegen ihn in der Hand, das mit dem Doppelmord von 1960 zu tun hatte. Was natürlich so nicht in der Zeitung stand. *Golke unschuldig – Tuchergartenmörder noch auf freiem Fuß!* – das hätte man unmöglich titeln können.

Da hat's Leute gegeben, die haben nachgefragt, ob sie nicht höchstpersönlich ins Präsidium kommen und die Vernehmung vom Golke übernehmen könnten. Haben natürlich nicht »Golke«

gesagt. *Ich knöpf mir die Drecksau eine Viertelstunde ordentlich vor, und dann liegt das Geständnis unterschrieben auf dem Tisch!* Das hat Ingrid jedenfalls erzählt. Und dass der Sheriff immer noch grantig ist wegen der Schlagzeile von der Vorwoche. *Ruhepause für den Mörder.* Der Kriminaldirektor Gollwitzer, ebenfalls ziemlich verschnupft, hat uns wissen lassen, dass er nicht nur bei unserer Leserschaft einen gewissen Aufklärungsbedarf über die Ermittlungsarbeit der Polizei sehe.

Der Hofbeck hat sofort die Gelegenheit ergriffen, zwei Fliegen mit einer Klappe zu schlagen, hat sich von Gollwitzers Sekretärin kurzfristig einen Termin geben lassen und ist am Nachmittag zum Präsidium rübergefahren, um einerseits wieder für gut Wetter zu sorgen und andererseits mit einem Interview das Thema heiß zu halten. *Beim Verhör in Watte gepackt,* hat er getitelt. Kann den Gollwitzer auch nicht wirklich erfreut haben. Und prompt natürlich wieder »der 24-jährige Hersbrucker«.

Es war durchaus nicht so, dass wir das Problem völlig ignoriert hätten, obwohl nach Ansicht vom Chef kein Handlungsbedarf bestand. Die Drohungen, dass die Leser in Hersbruck ihre Abonnements kündigen würden, brauche man nicht ernst zu nehmen. »Was sollen die sonst lesen da draußen? Haben ja nix anderes.« Aber es gab in diesem Fall einfach keine andere Lösung. Natürlich kannten wir nach einer Woche seinen Steckbrief. Geboren am Soundsovielten in ... in ... ja, Herrgott, wo noch mal? Ein Kaff im Osten ... na ja, das dürfte für diese Metzner wohl kaum eine Rolle spielen. Ist das wichtig, wo ein Mörder herkommt? Kann von überall kommen. Aber wenn ich schon für den Kaffee in die Küche muss ... kann ich auch am Rollschrank vorbeigehen und mir das Notizbuch 65 schnappen.

Oh ja, es gehen viele Schubladen auf, wenn man seine Notizen so durchblättert. Diese Reportage-Serie hatte ich schon vollkommen vergessen. Über Zonenflüchtlinge, die in Nürnberg neu angefangen haben. *Unser neues Leben in Freiheit.* Und immer wieder Gastarbeiter, Gastarbeiter, meine Herrn. Viele Italiener hatten wir damals. Türken noch gar nicht so viele. Prügeleien, Messerstechereien. Hier hab ich die Taxerer mal interviewt. Eine Zeit lang haben sich die Taxiüberfälle gehäuft. Viele haben gesagt, dass sie schon einmal mit Amis Ärger hatten. Da ist schon eine irre Mischung zusammengekommen. Erst die amerikanischen Besatzer, dann die Flüchtlinge aus dem Osten, dann die Gastarbeiter aus dem Süden.

Aber wo haben wir den Golke? Ah, da ist der Bursche. »Golke, Horst, geboren am 1.9.1940 in Frankfurt/Oder, aufgewachsen in Meseritz/Brandenburg (heute poln.).«

Genau, Meseritz war es, und genau das war auch das Problem. Meseritz – was schreibt man da? Wir haben tatsächlich eine Weile darüber beratschlagt. »Der Frankfurter« ging schon mal nicht, da hätte jeder an Frankfurt am Main gedacht, und aus dem Mittagsmörder wäre ein Frankfurter Würstchen geworden. Und »der Meseritzer« ging erst recht nicht. Aus mehreren Gründen. Unter einem Meseritzer hätte sich keiner was vorstellen können. Wer kennt Meseritz? Außer ein paar Flüchtlingen vielleicht, die selber aus der Ecke stammen. Und dann die weiteren Umständlichkeiten, die da drankleben. Wer den Ort nicht kennt, denkt natürlich, dass der irgendwo in Deutschland ist. Also *Horst Golke aus dem ehemals deutschen, heute unter polnischer Verwaltung stehenden Meseritz in Ostbrandenburg, das jetzt übrigens nicht mehr Meseritz, sondern irgendwie anders heißt?*

In der Hinsicht konnte man sowieso nur Fehler begehen. Hat man von Breslau, Stettin oder Kattowitz geschrieben, war man ein Nationalist, hat man Wrocław, Szczecin oder Katowice geschrieben, ist man von den Heimatvertriebenen als Sozi beschimpft worden. Abgesehen davon, dass der Normalsterbliche keine Ahnung hatte, wie er die polnischen Namen aussprechen sollte. Wenn's nicht unbedingt nötig war, hat man sich also nicht darum gerissen, einen schlesischen oder ostpreußischen oder überhaupt einen Ortsnamen aus den ehemaligen deutschen Ostgebieten zu erwähnen. Die Leserbriefe waren vorhersehbar. Böse Briefe zum Thema Golke werden wir sowieso kriegen, egal, wie wir's machen, haben wir uns gesagt, und deshalb ist der Golke ein Hersbrucker geblieben.

War selbstverständlich im Titel angekündigt, das Interview mit dem Dezernatsleiter. *Zehn Fragen zum Mittagsmörder – die Polizei antwortet.* Oder so ähnlich. Der Hofbeck musste sich im Prinzip nur an der Leserpost und an den Anrufen orientieren, die dauernd bei unserer Niese eingingen. *Warum verhört ihn die Polizei nicht pausenlos? Wie wird Horst Golke bei den Verhören angepackt?* Das waren die Themen, die die Öffentlichkeit bewegten.

Die Antworten sind natürlich nicht so ausgefallen, wie man es da draußen gern gehabt hätte. Gollwitzer verwies darauf, dass der Ablauf von Vernehmungen durch entsprechende Paragraphen der Strafprozessordnung geregelt sei, und an die halte man sich, egal, ob es sich um einen Ladendieb handle oder um den Mittagsmörder. Insbesondere vom Paragraphen 136a war die Rede. *Die Freiheit der Willensentschließung und der Willensbetätigung des Beschuldigten darf nicht beeinträchtigt werden durch Misshandlung, Ermüdung, Quälerei.* Daher: Nein, es gibt keine verschärften Vernehmungen. Nein, es steht dem Beschuldigten frei, die Vernehmung abzulehnen. Nein, der Beschuldigte wird wie jeder andere Staatsbürger mit »Herr« angeredet. Das hat der Hofbeck in den Untertitel reingezogen: *Man redet Golke immer noch mit »Herr« an.* Da fragt man sich, wie man ihn sonst beim Verhör hätte anreden sollen. »Schütze Arsch« vielleicht oder einfach nur »Mistkerl«? Da fragt man sich wirklich. Frage ich mich jetzt gerade.

Damals hab ich mir ganz andere Fragen gestellt. Das Abenteuer Mittagsmörder drohte allzu schnell wieder der Routine Platz zu machen. Während der Hofbeck beim Gollwitzer war, hatte ich die Berichterstattung über die Hauptversammlung des Deutschen Städtetags abgedient. Ich hab mit halbem Ohr den Vorträgen über die Stadtentwicklung der Zukunft zugehört, mechanisch meine Notizen gemacht und dabei gedacht: Das ist dein Leben. Willst du das? Du wirst noch viele Tagungen besuchen, wirst noch vielen

Rednern zuhören, die nicht reden können, noch oft versuchen, rhetorischen Leerlauf zu interessanten Schlaglichtern zu verdichten, und dabei immer älter und älter werden. Das ist dein Leben. Die wilden Zeiten sind vorbei.

War natürlich nicht so. Es kamen andere wilde Zeiten. Aber weiß man ja nie. Genau in diesen Momenten, wo man festgebacken sitzt zwischen langweiligen Menschen auf langweiligen Veranstaltungen, kriegt man diese Paranoia, dass das Hier und Jetzt zum Dauerzustand gerinnt. Und jeder kommende Tag nur noch eine Variante des heutigen Tages ist. Und jede Frau sieht aus wie Doris Day.

Dazu kam noch der Wetterkoller. Ich konnte mich nicht erinnern, jemals so einen nassen, kühlen Sommer erlebt zu haben. Ach ja, genau – deshalb hatten sich die Dreharbeiten für *Die Gentlemen bitten zur Kasse* auch ewig lang rausgezogen. Der Film hätte schon viel früher in der Flimmerkiste kommen sollen, war ja 'ne deutsche Fernsehproduktion, die mit großem Tamtam angekündigt worden war und auf die alle neugierig waren. Und dann war man natürlich umso enttäuschter, als die Gentlemen wegen des Dauerregens auf sich warten ließen. Das war auch ein Thema zu der Zeit. Allen ging das Wetter auf den Wecker, jeder war irgendwie muffig. Ich auch.

Umso mehr biss ich mich an Christine fest. Vielleicht gibt es ja ein Schicksal, das dafür sorgt, dass Menschen zusammenkommen. In diesem Fall hatte das Schicksal mit dem Mittagsmörder zweifellos einen merkwürdigen Gehilfen eingespannt.

Das mit der Humboldtstraße war natürlich von vornherein eine Schnapsidee. Das wusste ich. Trotzdem hab ich mich noch ein paarmal dort herumgetrieben, weil ich an den unglaublichen Zufall glauben wollte, dich einfach so auf der Straße zu treffen.

Einmal ist mir dabei der Egon Bauer über den Weg gelaufen. Ich ruf ihm noch zu: »Grüß dich Egon, alter Freund und Kupferstecher!«, und streck ihm schon die Hand aus, aber er hat so getan, als würde er mich nicht kennen, und ist auf die andere Straßenseite rüber. Für den war ich nicht mehr der alte Kumpel, für den war ich jetzt einer von denen, die auf der anderen Seite stehen. Das wollte er mir damit sagen, aber es war mir egal. Mit Egon und dem Götze und der ganzen alten Bagage hatte ich sowieso nichts mehr zu schaffen und hab ihnen auch keine Träne nachgeweint. Das war eine andere Zeit, und die war jetzt eben vorbei. Strich drunter. Bloß keine Sentimentalitäten.

Nur das mit Christine hat mich wirklich gewurmt. Das heißt, eigentlich hab ich mich über mich selbst geärgert, weil ich mich gefühlt hab wie ein dummer Rotzbengel, der zu feige ist, Nägel mit Köpfen zu machen, und stattdessen wie ein verliebter Kater durch die Südstadt streunt.

Es hatte mich ganze zwei Bier im *Bamberger Hof* gekostet, um aus dem Sheriff *so ganz unter uns* alle Informationen herauszukitzeln, die ich haben wollte. Ich wusste also, dass du wegen einer Zeugenaussage im Präsidium gewesen bist, dass du zweimal in der Woche beim Brenninkmeyer aushilfst, dienstags und donnerstags, und dass du eine Halbtagsstelle als Bürokauffrau bei Lyra hast. Als der Berger das mit der Stelle bei Lyra gesagt hat, wusste ich, dass die Sache mit uns kein Zufall sein konnte. Lyra! Bleistifte, ausgerechnet Bleistifte! Das ist kein Zufall, das ist Bestimmung, hab ich gedacht.

Der Berger war natürlich auch nicht auf den Kopf gefallen und hat mir sofort angemerkt, was Sache ist. Gegrinst hat er und gemeint, dass ich aussehe wie ein verliebter Dackel, und dass er schon einen Mord aus Eifersucht auf sich zukommen sieht. Damit hat er natürlich auf die Ingrid angespielt. »Eins sag ich dir, Hirschmann, wenn ich wegen deiner Weibergeschichten meine Sekretärin hinter Gitter stecken muss, dann steck ich dich in Rock und Bluse und setz dich auf ihren Platz!«

Aber Informationen zu haben ist die eine Sache, mit ihnen umzugehen eine andere. Der Plan, einfach beim Brenninkmeyer reinzuschauen und dich anzusprechen, war mir am Anfang noch ganz einfach vorgekommen, aber je länger ich gewartet hab, umso schwieriger erschien es mir. Das war vollkommen verrückt. Ich war ja weiß Gott kein Kind von Traurigkeit und schon gar kein Kostverächter. Und dann bekomm ich plötzlich einen Kloß im Hals, Herzrasen und feuchte Hände, wenn ich nur an eine Frau denke. Ich hab mich regelrecht krank gefühlt, richtig elend, als hätte ich mir die Grippe eingefangen. Wenn der Sheriff mir nicht mit einem breiten Grinsen den Tipp mit dem Polizeitanzkurs gegeben hätte – ich weiß nicht, wie sich die Geschichte entwickelt hätte. Au weia, der Tanzkurs. Ich und Tanzkurs – und auch noch der *Hoppel-Poppel!* Wenn der Hofbeck davon Wind bekommen hätte, wäre das die nächste Schlagzeile geworden: *Irre gewordener Redakteur tanzt den Hoppel-Poppel im Präsidium!* Das waren aber auch wirklich bekloppte Tänze.

Jetzt hab ich immer noch den Artikel mit dem Interview vor mir. Wie lang starre ich den schon wieder an, ohne was zu finden? Der Kaffee ist jedenfalls nur noch lauwarm. Halt, da unten ist was, das könnte diese Dings interessieren. Ob Golke ein Mann sei, an dem man auf den ersten Blick nach landläufigen Vorstellungen einen Mörder erkennen könne.

Eine noch blödere Frage hätte sich der Hofbeck auch nicht ausdenken können. Wie sieht ein Mörder aus? Verflixt, das war doch auch so eine Sache, über die der Tucholsky sich ausgelassen hat. Den Essay such ich mir garantiert noch raus. Wollte ich vorhin doch schon. Diese junge Dame kennt ihn bestimmt nicht. Ist ja nicht mehr in Mode, der Tucholsky. Und was sagt der Gollwitzer darauf? »Alle gängigen Vorstellungen von eindeutig erkennbaren Mörder-Typen sind falsch.«

Gut, aber dann war's das doch im Großen und Ganzen. Der Golke saß in der U-Haft, und der Sheriff hat mit seinem Team die Indizien zusammengetragen. Ich weiß gar nicht, warum da noch so ein Rattenschwanz von Artikeln von 65 kommt. Hm. Nein, da kam tagelang nichts Neues rein, und wir haben verzweifelt olle

Kamellen aufgewärmt. Einen Artikel aus dem *SPIEGEL* zu den Mittagsmorden, der schon ein Jahr alt war.

Die letzte Rettung hieß immer Neubert im Archiv. »Suchen Sie uns doch bitte mal raus, was die anderen geschrieben haben!«

Steht gar kein Kürzel darunter. Wollte wohl keiner dafür zuständig sein. Kann aber nur vom Hofbeck stammen oder von mir – im letzten Absatz haben wir unsere Notizbuchtabelle geplündert und zusammengestellt, zu was für »verblüffenden Ergebnissen« man kommt, wenn man vergleicht, in welche Körperpartien die Opfer getroffen wurden. Herz. Kopf und Brust. Kopf und Brust. Kopf, Herz, Bauch. Kopf und Bauch. Kopf, Brust, Bauch und Hand. Das war bei Martins Mutter, die hatte wohl noch eine Hand hochgerissen, um sich zu schützen. Und dann der Hausmeister: ein aufgesetzter Schuss ins Herz. Sofort tödlich. Dieser Schuss wurde noch sehr wichtig später bei der Verhandlung.

Das ist ja ein dicker Hund! Kurz vor Schluss legen wir dem *SPIEGEL* noch einen Vorschlag vor: Man könne den Artikel jetzt mit einigen treffenden Zutaten bereichern, heißt es hier. Und die Zutaten waren natürlich die beiden Toten in der Tuchergartenstraße, Isabella Röder und Alfonso Dorsch.

Es stimmt schon, da schwebte ein Gerücht im Raum, es war nicht mehr nur unsere Vermutung, aber es war eben auch nicht mehr als ein Gerücht. Im Gegenteil, die Staatsanwaltschaft tappte hier vollkommen im Dunkeln und hat gemauert, wenn wir sie festnageln wollten. Wie konnten wir so sicher sein? Oder wollten wir es? Wollten wir die Tuchergartenstraße auch endlich geklärt wissen, genau wie alle anderen da draußen?

Unsere »handfesten Beweise« bestanden lediglich aus Zahlenspielereien. In allen Fällen kamen die tödlichen Schüsse aus Pistolen mit drei Kalibern, und es waren drei Waffen, die Golke bei sich trug, als er geschnappt wurde. Drei und drei. Klar, so einfach geht das. Und dann schreiben wir hier, und das genau ist der »heiße Tipp«, den wir dem *SPIEGEL* in Richtung Tuchergartenstraße gegeben haben, dass dort mit einer Waffe des Kalibers 6,35 geschossen wurde – mit demselben Kaliber hatte Golke auch bei seiner Flucht durch die Breite Gasse um sich geballert und einen Passanten getroffen. Aber hier steht überhaupt nicht, aus was für einer Waffe geschossen wurde.

Wo hab ich es? Das muss in den Notizen stehen. Wir haben doch diese Tabelle extra wegen solcher Feinheiten angelegt. Hier ist es: wurde überwältigt mit einer Duo Z 6,35 in der Hand. Walther PPK, 7,65 (leergeschossen) steckte im Schulterhalfter, Parabellum, 7,65 in Aktentasche.

Eine Duo Z Kaliber 6,35 – mit genau so einem Ding hatte ich schießen gelernt, hatte es zerlegt und wieder zusammengesetzt, kannte das Gerät in- und auswendig. Und eins weiß ich jetzt wieder ganz genau: Bei den Tuchergartenmorden war zwar ebenfalls aus einer 6,35er gefeuert worden, aber nicht aus einer tschechischen Duo Z, sondern aus einer belgischen FN – Fabrique Nationale.

Das haben wir doch beide gewusst, warum haben wir es also nicht geschrieben, sondern uns lediglich auf das Kaliber gestützt? Drei und drei ergibt bei uns sieben Morde. Genau so stand es am nächsten Tag in der Zeitung. Für jedermann zu lesen. Und das genau zehn Tage nach dem Überfall auf den Brenninkmeyer. Nach nur zehn Tagen hatten wir den Golke schon zu einem siebenfachen Mörder erklärt. Das war mir gar nicht mehr so bewusst. Aber es liegen ja auch so viele Jahre dazwischen. Da kann man schon mal was vergessen. Wenn man sich alles merken wollte, was einem im Leben so durch den Kopf gegangen ist, kommt man zu gar nichts anderem mehr. So, und jetzt hängt mir der Magen in der Kniekehle. Im Eisfach müsste eigentlich noch ein Fertigflammkuchen sein. Den schieb ich mir jetzt in die Backröhre.

Flammkuchen. Weißt du noch? Das ist auch so etwas, was wir beide gern gemocht haben. Wir waren ein paarmal im Elsass, du und ich. Wir haben uns Straßburg und Colmar angesehen, haben Wanderungen gemacht, sind abends in kleine Restaurants eingekehrt, haben Flammkuchen gegessen und Rosé dazu getrunken. Und einmal diese Choucroute-Platte ... mit einem Berg Räucherwürsten, Rippchen und Speck obendrauf ... An die Schnapsorgie danach will ich lieber nicht mehr denken. Aber ich glaube, wir haben dann doch noch einen zweiten Versuch gestartet.

Unser erstes langes Wochenende haben wir in Obernai verbracht, in einer hübschen kleinen Pension, die von zwei älteren Damen geleitet wurde. Aber wann war das? Es war Frühjahr ... also muss es im Frühjahr 1966 gewesen sein. Wir hatten den ganzen Winter gebraucht, um einander näherzukommen. Was haben wir uns angestellt – ein Schritt vor, zwei Schritte zurück, wieder drei Schritte nach vorn ... Von unseren realen Tanzversuchen einmal ganz zu schweigen – du meine Güte! Es lagen einige Hürden zwischen unserer ersten Verabredung und dem Wochenende im Elsass.

Diese kleine Pension in Obernai hatte es uns beiden sofort angetan. Sogar ich mochte das Haus, obwohl es etwas ungeheuer Antiquiertes ausstrahlte. Die Möbel waren alt, die Teppiche waren alt, sogar die Geräusche in dem Haus klangen irgendwie altmodisch. Die Dielen haben bei jedem Schritt geknarzt, und die Standuhr im Speisesaal hat alle Viertelstunde einen dumpfen Schlag von sich gegeben. Ab und zu hat man vom Bahnhof gegenüber einen Zug hören können, ansonsten klang alles nach Stillstand wie bei meinen Eltern, aber hier war es eben was anderes.

Christine mochte Züge. Sie mochte auch Autos und Flugzeuge – alles, womit man sich schnell fortbewegen, womit man weg konnte. An dem Wochenende hätte alles so wunderbar laufen können, die Voraussetzungen waren perfekt. Das Wetter war wunderbar, die Unterkunft großartig, und Christine war ausgelassen wie ein Kind, weil sie endlich wieder mal draußen war, fort von allem. Und trotzdem hat es dann doch noch geknallt.

Der Tag hatte sehr romantisch angefangen. Wir waren verhältnismäßig früh aufgestanden, es war warm, sonnig. Wir hatten auf der Veranda der beiden Damen vor dem Haus gefrühstückt und den Plan gefasst, einen Ausflug zu dem Töpfermarkt in einem der benachbarten Orte zu machen. Ich hab vergessen, wie der hieß. Aber ich weiß noch, dass er uns beide irgendwie an Hersbruck erinnert hat. Sicher, die Häuser sahen anders aus, die Leute sahen anders aus – es war halt alles französisch, aber trotzdem hat es uns an Hersbruck erinnert. Vielleicht lag das an der beschaulichen Atmosphäre, an dieser Heile-Welt-Idylle.

Für mich war das ja ganz normal, ich bin durch die engen Gassen gegangen und hab die Leute mit meinen zwei, drei Brocken Französisch gegrüßt, ein *Bonjour Monsieur* hier, ein *Merci Madame* dort – ich war einfach gut gelaunt, ein bisschen aufgekratzt vielleicht, und vor allem unglaublich verliebt. Ich glaub, in dem Moment war ich verliebt in die ganze Welt, weil ich in Christine verliebt war und sie in mich. Aber Christine war nicht in die Welt verliebt, jedenfalls nicht in diese Welt.

Später, als ich sie besser kannte, wusste ich, dass sie sich in solchen sauberen kleinen Städtchen immer an das dreckige magere Mädchen erinnerte, das sie einmal gewesen war. Ein kleines Mädchen, das mit seiner Mutter von Haustür zu Haustür zieht und um ein Stück Brot, ein paar Kartoffeln oder irgendetwas anderes zu essen bettelt. Ein kleines Mädchen mit einer angekohlten kopflosen Puppe in der Hand, die es in einem Trümmerhaufen gefunden hatte und die es nicht mal im Schlaf loslassen wollte. Menschen in blitzsauberen Städtchen wie diesem oder wie Hersbruck hatten ihr die Tür vor der Nase zugeschlagen, manchmal sogar Steine hinterhergeworfen. Das konnte ich damals aber nicht wissen, es hat lange gedauert, bis Christine darüber geredet hat.

Ihr Ausbruch kam für mich wie aus heiterem Himmel, im wahrsten Sinne des Wortes. Ich weiß nicht mehr, ob es irgendeine dumme Bemerkung von mir war oder diese Hauswand mit den vielen Geranienkästen auf den Fensterbrettern, vor der wir standen. Sie wollte jedenfalls plötzlich weg. Nur noch weg. *Bring mich hier weg, ich gehör hier nicht hin!*

Ich hab das nicht verstanden, warum auch, es war doch alles so schön. Sie hat mich angeschrien, dass sie sich eben ein Taxi nimmt, wenn ich sie nicht fahre, und dann ist sie losgerannt. Ich hinterher. Ich dachte, was ist denn jetzt los mit der? Ich hab geglaubt, sie hat einen Sonnenstich oder vielleicht irgendetwas gesehen, was ich nicht gesehen hab. Ich konnte sie nicht nachvollziehen – wie hätte ich das auch können?

Im Auto auf der Fahrt zurück in unsere Pension hat sie kein Wort gesprochen und sich im Zimmer eingeschlossen, nachdem wir dort angekommen waren. Den ganzen Nachmittag ist sie dort geblieben und hat nicht auf mein Klopfen reagiert. Ich bin im Garten herumgelaufen, hab mich auf die Veranda gesetzt, hab den Zügen nachgestarrt und mich immer wieder gefragt, was in diesem blöden Töpferkaff eigentlich passiert war. Sogar die beiden Damen waren sehr besorgt, und das, obwohl wir *Allemands* waren.

Zum Abendessen ist Christine runtergekommen. Sie hatte ziemlich verquollene Augen. Irgendwann hat sie angefangen zu erzählen, und ich hab angefangen, ein bisschen zu verstehen. Eine der Damen hatte auch verstanden, ein Wort auf jeden Fall: Hamburg. »Sie kommen aus Hambourg? *Mon Dieux! Pauvre petite!*«, hat sie gesagt. Dann hat sie uns zwei doppelte Calvados auf den Tisch gestellt.

Wenn ich an diesem Tag eines kapiert hab, wenn auch nur ansatzweise, dann war es, dass es Dinge gibt, die man nicht kapieren kann, wenn man sie nicht erlebt hat.

Ja, so war das mit unserem ersten Flammkuchen. Ich muss daran denken, neuen zu besorgen. Vielleicht sollte ich die Metzner morgen – nein, heute früh noch anrufen, damit sie mir ein paar Packungen mitbringt. Ohne Flammkuchen keine Informationen. So läuft das doch. Das ist die Regel. Wer gut schmiert, der gut fährt. Das ist heute mit Sicherheit nicht anders als zu meiner Zeit. Rosé ist noch da. Sehr gut. Dann auf zur nächsten Runde.

In den ersten zwei Wochen nach der Festnahme von Golke haben wir auch versucht, alle möglichen Leute zu schmieren, aber es kam nichts dabei heraus. Es war zum Verrücktwerden. Die Leser wollten Futter, aber wir konnten ihnen nur Krümel hinstreuen. Brauchte Golke seine Brille oder nicht? Wird er verlegt? Bekommt er Tageslicht, einen Tisch und einen Stuhl? Hat er noch weitere

Delikte auf dem Kerbholz? Lauter Fragezeichen waren das, die wir da draußen verteilt haben.

Ach ja, genau. Es gab weitere Gegenüberstellungen. Da hat die Staatsanwaltschaft bei allen möglichen ungeklärten Raubdelikten geprüft, ob es der Golke gewesen sein könnte. Solnhofen, 83.000 Mark Beute – na, wenn er das gewesen wäre, dann hätte er wohl kaum beim Brenninkmeyer nach einer Handtasche gegriffen ... weiter. Nein, noch nicht. Von wem ist der Artikel? Auch vom Hofbeck. Da hat er den Hersbruckern am Schluss noch eine Ohrfeige verpasst und zitiert einen Leserbrief als »unangebrachten Lokalpatriotismus«. Alle Achtung, da scheint diese Kiste sogar Hofbeck, dem alten Haudegen, mal zu heiß geworden zu sein.

War auch eine heiße Geschichte, der neue Lokalpatriotismus, der eigentlich ein verkappter und leider auch ungesunder Nationalpatriotismus war. Die alten »Braunen« haben sich überall im Gewand von Demokraten als Rattenfänger und Brandstifter betätigt. Ihre Parolen sind auf überaus fruchtbaren Boden gefallen. Vielerorts regte sich der Unmut, man wollte endlich einen Schlussstrich ziehen und nach vorne blicken, sich nicht länger mit gesenktem Haupt durch die Zeit bewegen. Das Motto hieß: *Wir haben es satt, am Pranger der Welt zu stehen.* Schließlich haben wir auch Opfer gebracht, haben selber genug Tote zu beklagen. Wir haben bezahlt, jetzt muss es auch mal vorbei sein. So ungefähr war das.

Wann war das noch mal, als die NPD dann in den Nürnberger Stadtrat eingezogen ist? 1965, 66, 67? Na ja, sie ist es jedenfalls. Mit ihren Sprüchen vom *Ungeist der Unterwerfung* und dem *Unding der Kollektivschuld* ist sie – wie sagt man heute – voll im Trend gelegen. Voll im Trend – kann man nicht anders sagen: *Wir haben hier all derer gedacht, die aus Willkür und Machtgier unschuldig durch Gewalt ihr Leben verloren. Während an solche Opfer in Dachau und Bergen-Belsen alle Welt denkt, besucht diese Gräber hier niemand. Wir tun das.*

Meine Güte, wer hat denn das hier abgeheftet? Das muss raus, sonst kommt die Metzner noch auf falsche Gedanken.

Jetzt sind wir schon bei Mitte Juni ... 20. Juni ... das hat sich vielleicht hingezogen. Von wegen, die meisten Fälle werden innerhalb von vierundzwanzig Stunden aufgeklärt. Auf diesen Fall konnte man die Faustregel jedenfalls nicht anwenden. Wir haben auf den Paukenschlag gewartet, aber der kam nicht. Nix von wegen *Golke gesteht alles – ich war der Mittagsmörder, und die Tuchergartenopfer hab ich auch auf dem Gewissen!*

Stattdessen wurde offenbar mit angezogener Handbremse gefahren. Der Ton hat sich auf jeden Fall ziemlich gemäßigt. *Der mutmaßliche Mittagsmörder,* heißt es ab jetzt in den Artikeln. Entweder *der Todesschütze* – was er ja beim Brenninkmeyer zweifellos war – oder *der mutmaßliche Mittagsmörder.* Was war denn da noch mal los?

Au weia, war das die Redaktionskonferenz, wo uns der Chef vor versammelter Mannschaft mehr als deutlich darauf hingewiesen hat, dass ab sofort jegliche Gleichsetzung Golkes mit dem Mittagsmörder tunlichst zu vermeiden sei? Regelrecht zusammengebürstet hat uns der Ruckriegel. Und auf die Frage, ob denn Golkes Rechtsanwalt interveniert habe, hieß es: »Nicht nur der.« Was nur bedeuten konnte, dass auch die Staatsanwaltschaft dem Chef auf die Füße getreten war.

Für den Bloch war das natürlich ein innerer Reichsparteitag. Hat zwar ein betont gleichgültiges Gesicht gemacht, aber an den Rauchwölkchen aus seiner Pfeife konnte man seinen stillen Triumph ablesen. Hat ausgesehen wie eine Dampflokomotive, wenn sie Fahrt aufnimmt. Innerer Reichsparteitag! Sagt das heute noch jemand? Für den Bloch ein innerer Reichsparteitag – ist ja zum Brüllen komisch. Ich glaub, das hat der Hofbeck nach der Konferenz auch wirklich so zu mir gesagt. Na, darauf einen Schluck Rosé.

Und ansonsten herrschte bei Staatsanwalt und Polizei das große Schweigen, das nur gebrochen wurde, wenn sie um Hinweise aus der Bevölkerung baten. Auch an den Sheriff war nicht ranzukommen. »Ich kann euch nur eins sagen: Wir basteln gerade mit Hochdruck Golkes Lebenslauf zusammen. Und erst, wenn wir alles wissen, was er in den letzten Jahren getrieben hat, knöpfen wir ihn uns wieder vor.«

Golke hatte gewissermaßen mehrere Leben geführt, hatte Ausweise gefälscht und unter vier verschiedenen Aliasnamen in Nürnberg und Fürth, möglicherweise auch noch anderswo, als Untermieter wechselnde Quartiere bezogen. Wer hat ihm wann ein Zimmer vermietet? Wer hat von ihm wann eine Triumph-Reiseschreibmaschine gekauft? So sah die staubtrockene Ermittlungsarbeit aus. *Man will Golke mit hieb- und stichfesten Beweisen konfrontieren,* haben wir geschrieben. Und dann konnten wir nichts Neues mehr nachlegen.

Jeden Tag gab's Briefe. Und Anrufe. Warum heute wieder kein Artikel über den Mittagsmörder im Blatt sei. Warum der Mittagsmörder immer noch nicht vor Gericht stehe. Was ist denn das? *Er bekommt Papier und Bleistift und darf auch schreiben.* Na großartig. Als ob die ihm auch Schreibzeug in die Hand drücken könnten mit dem Kommentar »Da haben Sie was zum Männchenmalen, Herr Golke. Aber dass Sie uns bloß nichts aufschreiben!«

Der Artikel ist auch noch von mir. Könnte von niemand anderem sein, weil ich noch genau weiß, dass mir um ein Haar die Frage rausgerutscht wäre, was für einen Bleistift der Golke denn bekommen hat. Hab ich natürlich nicht gefragt, aber ich bin mir sicher, es war garantiert ein Faber Castell 9000 HB. Für mich der Beamte unter den Bleistiften. Von dem bin ich schnell abgekommen, obwohl viele Kollegen auf den geschworen haben. Klar, für andere war der 9000er der Mercedes unter den Bleistiften, wenn nicht gar der König der Bleistifte. Hat ja auch wirklich einen gleichmäßigen Strich und extrem wenig Abrieb. Mit dem schreibt man ewig. Aber genau das macht den 9000er für mich so langweilig. Ich will fühlen, wie sich ein Bleistift verändert. Ein frisch gekaufter Bleistift ist ja erst einmal zu lang, man muss ihn ein Stück auf die Ideallänge runterschreiben. Beim 9000er hat mir das immer zu lang gedauert. Und dann noch dieses Grün.

Viele haben das geliebt. Für mich sah das immer nach Jägerkluft aus. In irgendeinem Buch vom Erich Kästner kommt ein paarmal ein grüner Bleistift vor. Obwohl das nicht unbedingt ein Faber Castell 9000 gewesen sein muss. Kann auch ein Staedtler Luna 349 gewesen sein. Aber da gibt's eindeutig schönere. Den blauen Staedtler Lumograph. Und dann natürlich den Lyra Osiris, ganz in Schwarz. Die Lyra-Bleistifte sahen richtig edel aus. Hatten auch einen guten Strich. Von denen hat mir Christine immer wieder mal einen Schwung mitgebracht, in B und HB. Frag mich bloß, wo die hingekommen sind. Da war doch noch mindestens eine Schachtel übrig, wie ich bei der Zeitung aufgehört hab.

Na ja. Jedenfalls, die Niese war mit den Nerven völlig fertig. Ob es denn rein gar nichts gibt, was wir schreiben können, hat sie händeringend gefragt, damit die Leute wenigstens einen Tag lang Ruhe geben. Also hab ich in der Redaktionskonferenz vorgeschlagen, dass ich wieder mal meine alten Heimatverbindungen aktivieren könnte, damit für die Wochenendausgabe eine Story rausschaut.

Daraus ist dann gleich was Größeres geworden. Gleich Nägel mit Köpfen machen, hat der Hofbeck gesagt, und mit allen quatschen, die mit dem Golke in der letzten Zeit zu tun hatten. Vermieter, Kommilitonen und so weiter, vielleicht auch Mädels. Der Chef hat seinen Segen erteilt. Bloß sollten wir um Gottes willen niemanden wiedergeben, der uns irgendeinen Schmus erzählt von wegen »ich habe mir gleich gedacht, dass das die Augen eines Mörders sind, wie er mich zum ersten Mal angesehen hat.« Der Bloch hat dazu mit funkelnden Äuglein seine Rauchsignale ausgestoßen.

Zwei, drei Tage sind wir auf Achse gewesen. Ich hauptsächlich in Hersbruck, der Hofbeck hat die anderen Stationen abgeklappert. Golkes Quartiere in Fürth und Mühlhof und die WiSo-Fakultät.

Ich hab den Ziegler und noch ein paar andere aus meiner Volksschulzeit um die Adressen von ein paar Gymnasiallehrern angehauen und hab die direkt zu Hause aufgesucht. Aber offenbar waren die schon vom Schulleiter auf Zurückhaltung eingeschworen worden. »Ein stiller, introvertierter Typ.« »Hat sich immer ein wenig abseits gehalten.« Mehr war aus ihnen nicht rauszubekommen. Einer von ihnen empfahl mir, ich solle zum Religionslehrer gehen, zu Dr. Schindler in der Gartenstraße, der sei mit Golke näher in Kontakt gewesen. Aber zuerst bin ich noch mal in die Siedlung.

Der Illustriertenrummel war Gott sei Dank wieder abgeflaut, und ich traf einige Nachbarn an, die sich als ganz zugänglich erwiesen, vielleicht sogar über Abwechslung froh waren an diesem trüben Nachmittag Ende Juni. Jeder von ihnen kannte die Zeitungsberichte, die bisher erschienen waren. Oder doch die meisten. Bei seiner Mutter hab ich allerdings auf Granit gebissen, die hat mich nicht mal reingelassen und nur gefaucht, dass ich gefälligst verschwinden soll. Das war auch kein Wunder, denn es war bekannt, dass sie die Verwertungsrechte an eine Zeitschrift verkauft hatte – an die *Neue Illustrierte*, glaub ich. Aber ich wollte nichts unversucht lassen.

Ich muss das Notizbuch noch mal hernehmen, da muss viel mehr drinstehen als das, was letztendlich im Artikel gelandet ist. »Der Horst hätte das richtige Mädchen kennenlernen müssen, dann wäre das alles nicht passiert.« Ein älterer Herr war das, der hat das immer wieder gesagt. »Der Horst hätte die Richtige kennenlernen müssen. Aber er war eben zu ... zu ...« Das richtige Wort ist nie gefallen. Dann eine Frau, auch aus dem Osten, aus – was hab ich da notiert – Landsberg/Warthe. Nicht allzu weit von Mescritz entfernt, hat sie mir gesagt, vielleicht fünfzig Kilometer. »Ich hab mich immer gut verstanden mit Frau Golke. Wir waren ja fast aus einer Gegend. Was hat die Frau auf der Flucht nicht alles mitgemacht. Und jetzt das. Aber die Geschichten von früher, wie wir wegmussten vor den Russen, die kann ich Ihnen nicht erzählen. Die Leute von hier verstehen das nicht. Schreiben Sie, dass sie eine gute Frau ist, die das nicht verdient hat.« Dann hat sie mich ziemlich schnell aus der Wohnung gedrängt.

Ich wusste nicht, was ich von all dem halten sollte. *Ein stilles Kind, ein freundliches Kind,* haben einige gesagt. *Lang nicht so frech wie die anderen Buben in dem Alter.* Als ob alle, mit denen ich sprach, überfüttert gewesen wären von den Mittagsmörderberichten. Auch in den Läden, in die ich gegangen bin. Der Gemüsehändler am Unteren Markt sagte, der Golke habe regelmäßig bei ihm eingekauft und er kenne ihn als einen höflichen Menschen. Ein wenig zu zurückhaltend vielleicht. Scheu. Aber gewiss nicht unsympathisch. »Es ist furchtbar, was er gemacht hat, ganz furchtbar. Man kann es nicht verstehen.« Plötzlich in der ganzen Stadt kein Wort mehr von *Ich habe es schon immer geahnt, dass der nicht richtig tickt.* Die Stimmung hatte sich vollkommen verändert, bis auf wenige Ausnahmen war kaum mehr was von der Hexenjagdatmosphäre unseres ersten Recherchenachmittags zu spüren.

Das heißt, doch. Der von der Tankstelle hat mir lang und breit von Golkes Autofimmel erzählt. Alle paar Monate sei der Golke mit einem anderen Auto vorgefahren. Immer die neuesten Typen. »Da fragt man sich schon, oder? Ich mein, da fragt man sich doch, ob da was nicht stimmt, oder?« Dann hat er noch breit gegrinst. »Zuletzt hat er genau so einen Taunus gehabt wie Sie. Andere Farbe halt. Und mit Schiebedach. Aber sonst, der allergleiche.« Das war mir allerdings nicht neu, das hatte mir der Werner schließlich auch schon erzählt.

Ich konnte mich also recht bald wieder auf die Socken machen. Aber vorher bin ich noch bei diesem Religionslehrer gewesen, dem Dr. Schindler. Der hat kurz gemauert. »Nach all diesen Artikeln, die da erschienen sind ...« Dann hat er mich aber doch hereingebeten. Mir sogar einen Kaffee angeboten. Wir sind in der Bibliothek gesessen, und er hat mir von Golkes Besuch erzählt. Natürlich sprach er immer von Horst, nicht von Golke.

Neun Jahre lang war er sein Religionslehrer. »Letztes Jahr, im November, hat mich der Horst besucht. Er wollte einen Rat haben. Er wollte wissen, ob ich glaube, dass er zum Geistlichen geeignet sei. Er hat mich über mein Studium und meinen Beruf ausgefragt.«

Ich hab, glaub ich, damals nicht jedes Wort mitbekommen. In mir sind die Bilder aufgestiegen, während der Schindler erzählt hat.

Meine ersten Toten in der Tuchergartenstraße vor fünf Jahren. Der Anblick der Kreidezeichnungen auf dem Boden, da, wo Martin und seine Mutter im Waffenladen gelegen waren, und das ganze Blut. Der verstörte kleine Bub, der sie gefunden hatte. Martins Sohn, wie er schrie bei der Beerdigung. Und gleichzeitig erzählte mir der Religionslehrer, der Golke habe sich überlegt, Pfarrer zu werden, seinen Bundeswehrdienst zu quittieren, um Griechisch und Hebräisch zu lernen. Das war doch vollkommen schizophren und passte überhaupt nicht zur Kaltblütigkeit, zur Skrupellosigkeit seiner Taten.

Bei dem Satz »und der Horst saß in eben dem Sessel, in dem Sie jetzt sitzen« bin ich wieder hochgeschreckt. Jetzt erst hatten sich unsere Wege offenbar wirklich und anfassbar berührt.

Vielleicht war ich ihm aber auch schon früher mal begegnet, ohne zu ahnen, wer er war. Beim Ford Greissinger zum Beispiel. Vielleicht hatte Golke sich am selben Tag seinen Taunus abgeholt wie ich mir meinen.

»Aber es waren keine eigenen Entschlüsse, weder der, eine Laufbahn bei der Bundeswehr zu beginnen, noch, sie derartig abrupt zu beenden, um Theologie zu studieren«, hat Dr. Schindler irgendwann mehr zu sich selbst als zu mir gesagt. Er vermutete, dass Golke nur deshalb zur Truppe wollte, weil sein verstorbener Vater Offizier gewesen war. »Ein Reiter wollt er sein, ganz wie sein Vater einer war«, hat Schindler mit so einem komischen Singsang in der Stimme sinniert. Das hab ich noch mitstenografiert. *Ein Reiter wollt er sein, ganz wie sein Vater einer war.* Als ich das später in der Redaktionskonferenz vorgelesen hab, hat der Ruckriegel die Hände überm Kopf zusammengeschlagen und gestöhnt, dass dieser Pfaffe uns den Mittagsmörder doch wohl nicht wirklich als zweiten Kaspar Hauser verkaufen will.

Der andere Grund für Golkes Berufswünsche, vor allem der für das Theologiestudium, klang deutlich vielversprechender. Dabei ging es nämlich um ein Mädchen.

»Aber zu diesem Mädchen«, hat der Schindler gesagt, »hatte er kein normales Verhältnis. Das war nicht so wie bei den anderen Burschen und ihren Tanzstundenliebschaften. Dieses Mädchen war ... also, warum musste es ausgerechnet die sein? – sie war mehr als das, was man ›religiös‹ nennt.«

Oh Gott, ja, dieses Mädchen. Hinter der sind wir natürlich auch her gewesen, aber da war nix zu machen. Die hatte sich mit ihrer Story schon an eine Illustrierte verkauft, genau wie die Mutter, und im Herbst wurde das zu einer ganzen Serie ausgewalzt: *Ich war die Freundin des Mittagsmörders.* So viel zur Religiosität.

»Und Horst, der Horst ... der hat so eine romantische, schwärmerische Ader. Der wollte ihr gefallen, ihr beweisen, dass er der Richtige ist. Aber wenn er wirklich der Mittagsmörder war, dann hatte er zu dem Zeitpunkt, also in der Zeit, als er versucht hat, ihr den Hof zu machen, ja schon ein paar Menschenleben auf dem Gewissen. Wissen Sie, mich beschäftigt der Kontrast in seinem Wesen. Er war ein unsicherer Mensch. Und auf der anderen Seite die Morde, so skrupellos begangen – das kann nur ein zutiefst in sich gespaltener Mensch sein.«

Ich weiß nicht mehr, ob es genau diese Worte waren, mit denen das Gespräch endete. Aber es waren die Worte, die ich auf der Fahrt nach Nürnberg wiederkäute. *Ein zutiefst in sich gespaltener Mensch.* Es würde immer schwieriger werden, über den Mittagsmörder zu schreiben. Wer will schon von einem zutiefst in sich gespaltenen Menschen lesen? Das waren viele zu der Zeit.

Mein Mathelehrer am Hardenberg-Gymnasium zum Beispiel. Der war normalerweise ein vollkommen trockener Mensch, der schien nur aus Zahlen und Sachlichkeit zu bestehen. Die Ruhe in Person. Und zwischendurch hat er immer wieder regelrechte Ausraster bekommen, wegen Kleinigkeiten. Wenn ihm ein Stück Kreide abbrach oder wenn jemandem was runtergefallen ist. Es waren immer Nebensächlichkeiten, aber er ist vollkommen durchgedreht. Hat geschrien, hat mit Büchern um sich geworfen oder mit irgendwas anderem, was ihm zufällig in die Hände gekommen ist. Das hat nie lange gedauert, aber es ist immer wieder passiert. Vom Jekyll zum Hyde im Bruchteil einer Sekunde. Da hat sich niemand drüber aufgeregt. Das war normal. Es gab viele Lehrer, die einen Tick hatten, und nicht nur Lehrer. Das ist eben der Krieg gewesen, hieß es dann.

Oh ja, es gab viele »zutiefst gespaltene Menschen«, damit hätte man keinen Hund hinter dem Ofen hervorlocken können.

Ich kann mich beim besten Willen nicht daran erinnern, mich gefragt zu haben, warum der Religionslehrer diesen und keinen anderen Schluss gezogen hat. Einen Schluss, der jetzt, wo ich das alles noch einmal vor mir liegen sehe, viel naheliegender gewesen wäre. Golke hätte schließlich auch ganz einfach unschuldig an den Sparkassenüberfällen, an den Hochholzer- und Tuchergartenmorden sein können. Aber das war er offenbar nicht mal mehr für seinen Pauker von der heiligen Geistlichkeit.

Aus dem Gespräch mit dem Schindler haben wir einen dreispaltigen Kasten für die Stadtseite gebastelt – mit einem Foto von Golkes früherem Domizil in der Wiesenstraße. Überschrift: *Der Mittagsmörder wollte Pfarrer werden.* Insgesamt haben wir ihm in der Ausgabe vom letzten Juniwochenende aber zwei ganze Seiten gewidmet. Wir müssen wirklich ziemlich unter Druck gestanden sein. Ist aber auch kein Wunder, wenn man schreibt, dass es sich um den mutmaßlich größten Mörder in der Nachkriegsgeschichte Deutschlands handelt, für den jetzt nur noch ein lückenloses Indiziennetz geknüpft werden muss. Kam das mit dem »größten Mörder« von der Kripo oder von uns?

Hofbeck war bei seiner Recherche genauso wie ich auf alles andere als einen *großen Mördertypen* gestoßen.

Golkes Nachbarn in seinen verschiedenen Unterkünften hatten ihn als höflich bis unscheinbar beschrieben. Sein ehemaliger Ausbilder bei der Bundeswehr bezeichnete ihn schlichtweg als Weichling, und bei der Polizei hielt man ihn für einen Infantilen mit Superman-Komplex. *Den müsste man nur härter anpacken, damit er endlich das Maul aufmacht.*

Genau das war nämlich das Problem – Golke weigerte sich zu sprechen. Sein Anwalt, den wir für die Wochenendausgabe auch noch interviewt haben – genau, hier ist er: Dr. Klaus Bender –, meinte, dass sich sein Klient durchaus darüber im Klaren sei, sich durch dieses Schweigen Probleme einzuhandeln. Auf der anderen Seite sei er sich aber sicher, dass ihm sowieso niemand glauben würde, ganz egal, was er sagt.

Das war vollkommener Blödsinn, wir haben uns auf diesen zwei Seiten wirklich um Objektivität bemüht, haben nicht nur den Anwalt zu Wort kommen lassen, sondern auch noch diesen Nervenarzt einen Beitrag über die Frage schreiben lassen, was einen Menschen zu einem Verbrechen treibt. Wir haben uns absolut korrekt verhalten, auch wenn Dr. Bender das nicht so gesehen hat. Der hat sich sogar noch darüber beschwert, dass so viele Einzelheiten über den Golke und die Straftaten, die ihm zur Last gelegt wurden, an die Öffentlichkeit gedrungen sind. Hat befürchtet, dass – wie hat er das noch mal ausgedrückt? – *die Schwurgerichtsverhandlung zu einer Farce geraten könnte,* wenn alle Beteiligten inklusive der Geschworenen noch vor Beginn der Verhandlung von Golkes Schuld überzeugt seien.

Das war im Prinzip nichts anderes als das, was der Bloch immer befürchtet hat, aber ich glaube nicht, dass eine Handvoll Artikel, und mehr waren es doch gar nicht, so etwas bewirken kann. Das ist doch wohl etwas übertrieben. Vielleicht waren wir mit den ersten tatsächlich ein bisschen schnell vorangeprescht – das kann ja mal passieren im Eifer des Gefechts, aber danach …? Nein, ich bin mir wirklich keiner Schuld bewusst. Wir haben nur unsere Pflicht getan.

Fast einen Monat lang ist in Sachen Mittagsmörder dann ja auch erst einmal gar nichts passiert, Golke hüllte sich weiter in Schweigen, Polizei und Staatsanwaltschaft haben an ihrem Indiziennetz geknüpft, und wir haben wieder unseren ganz normalen Dienst geschoben.

Für mich war allerdings nichts mehr ganz normal. Mein lieber Scholli! Ich hab die Welt und alles, was darin passiert ist, wie durch eine Watteschicht wahrgenommen. Bin selbst wie auf Wattewolken gelaufen. Das heißt, eigentlich bin ich nicht auf Wolken gelaufen, sondern hab auf Eiern getanzt.

Der Polizeitanzkurs, der kostbare Tipp vom Berger, um endlich »ganz zufällig« an Christine ranzukommen, war eine einzige Katastrophe.

Ich bin an diesem Tag relativ früh raus aus der Redaktion, um meinen »kleinen Schwarzen« von der Reinigung abzuholen und mich zu Hause noch ein wenig salonfähig zu machen. Die neuen Schuhe hatte ich, genau wie von der Verkäuferin empfohlen, in meiner Bude jeden Tag ein paar Stunden eingelaufen und danach auch nicht vergessen, den Schuhspanner reinzuschieben. Ausreichend Brisk hatte ich auch besorgt. Ich war also gut vorbereitet.

Ich war sowieso gut vorbereitet. Unter dem Siegel der absoluten Verschwiegenheit hatte ich die Niese gebeten, mir diesen Letkiss beizubringen. Ich hatte den vorher schon ein paarmal mitbekommen, war ziemlich angesagt damals. Als ich mit der Ingrid im *Trocadero* war, hab ich mich aber noch standhaft geweigert, diesen Quatsch mitzumachen – *ich mach mich doch nicht freiwillig zum Affen!* Mit diesem Tanzkurs hatte ich natürlich nicht gerechnet.

Die Gertrud hat nicht lange gefragt und ist mit mir los zum Üben. Die Melodie hatte sie im Kopf, war ja auch nicht weiter kompliziert zu singen. Gertrud und ich sind also rüber ins Archiv, damit ich den verdammten Letkiss lern. Erst mal Trockenübungen, hat sie gemeint. Das ging auch noch einigermaßen glatt: Hacke-Spitze-Hacke-ran, Hacke-Spitze-Hacke-ran und dann hopp-hopp, hopp-hopp-hopp. So weit, so gut, das hatte ich einigermaßen schnell gefressen. Dann hat die Niese die Melodie gesungen – auf »döff«, weil es eigentlich ein Bläserstück war, was Finnisches, wie sie gemeint hat, mich hat es aber eher an einen russischen Gassenhauer erinnert. Ich musste der Gertrud also die Hände von hinten auf die Schultern legen und mit Hacke-Spitze-Hopp-Hopp-Hopp hinter ihr hereiern, während sie die ganze Zeit döff-dödö-döff-dödö-döffdöffdöff gesungen hat. Oh mein Gott! Das kann ich heute noch vor mir sehen! Wir wie die Bekloppten immer rum um die Aktenordnerregale, und Gertrud macht die ganze Zeit döff-döff-döff. Dass die Archivmaus irgendwann mit runtergefallenem Gesicht dastehen musste, war eigentlich logisch. Genauso logisch, wie die sich ihren Teil über die Niese und mich gedacht hat.

Diese Aktion hat mich eine Pralinenschachtel und eine Flasche Sekt gekostet. Und indirekt auch meine erste öffentliche Ohrfeige.

Vermeintlich gut vorbereitet wie ich war, bin ich an diesem Abend also rein in die Höhle des Löwen. Zum Tanzkurs der Nürnberger Jungpolizei. Ich hatte sie sofort entdeckt. Sie trug nicht das rote Kostüm, sondern ein »kleines Schwarzes«, ganz genauso wie ich. Ich weiß nicht, welcher Teufel mich geritten hat oder warum ich plötzlich so selbstbewusst war, jedenfalls bin ich nach der Aufforderung, sich eine Tanzpartnerin zu suchen, schnurstracks auf Christine zumarschiert und hab sie aufgefordert. Das ganze Herumscharwenzeln in der Humboldtstraße, die ganze Herumfragerei – *wie mach ich es richtig, wenn sie vor mir steht* – war wie weggeblasen.

Ich geh also mit ihr auf die Tanzfläche, hab mich vorher natürlich noch vorgestellt, und will ihr gerade die Hände auf die Schultern legen, da sagt der Kerl am Mikrofon was von Hoppel-Poppel, und ich hab gemerkt, wie der Boden unter mir nachgibt. Aber wie kommt man da raus? Wenn man drinsteckt, muss man durch.

Den Hoppel-Poppel kannte ich natürlich auch – vom Zusehen, war ebenfalls so ein Partytanz in den Sechzigern. War genauso Mode wie der Letkiss, aber viel schwieriger. Man musste sich an den Händen fassen und im Kreis rumhüpfen. Die ganzen Polizeianwärter und ihre Holden haben sich also an den Händen gefasst und mit dem Rücken zum Kreis angefangen zu Hoppelpoppeln.

Ich mittendrin. Ich, der Lokalberichterstatter. Ich, der Mittagsmörderjäger. Ich, der Mann, der neben dieser Wahnsinnsfrau vollkommen blödsinnig im Kreis rumhoppelt.

Christine hatte das Ding drauf – das hab ich gleich gemerkt und gebetet, dass es mich auf den neuen Schuhen mit den glatten Sohlen nicht auf die Fresse haut. Es kam aber viel schlimmer. Beim zweiten oder dritten Kommando »Kreiswenden« bin ich derartig mit meinem Kopf an ihren Kopf geknallt, dass alles zu spät war. Dann hat es gleich noch mal geknallt, als sie mir vor versammelter Mannschaft eine Drümmerschelln verpasst hat.

Das war also meine erste nähere Begegnung mit Christine – und meine erste öffentliche Ohrfeige. Und es hat mich viel mehr als eine Flasche Sekt oder eine Pralinenschachtel gekostet, um dieses Ding wieder glattzubügeln.

Warum sie dann doch noch mit mir in den *Bamberger Hof* gegangen ist, ist mir bis heute schleierhaft. Ich hatte mich beim Tanzen angestellt wie ein »Volltrottel« – so hast du es doch gesagt, Christine, oder? – außerdem hatte ich zu viel Brillantine im Haar und mein Anzug war »gnadenlos out!« Du hast tatsächlich *gnadenlos out* gesagt. Du hast immer wieder englische Wörter ganz locker ins Gespräch einfließen lassen und mir damals schon erzählt, dass du in England auf der Sprachenschule warst – hat mir Landei ganz schön imponiert. Ich saß da wie ein begossener Pudel mit einer Riesenbeule auf der Stirn und hab mich wie ein Würstchen gefühlt. Das hab ich dir nie gesagt, aber neben dir hab ich mich immer ein bisschen wie ein ... ist ja auch egal.

Andererseits war ich Peter Hirschmann – *der* Peter Hirschmann, der für die Zeitung arbeitet und ganz nah am Mittagsmörder dran war. »Sie sind dieser *P. H.?* Dann waren Sie am 1. Juni also beruflich im Brenninkmeyer. Haben Sie nur diesen einen Anzug, oder haben Sie sich dieses Modell gleich mehrfach angeschafft?«

Mein lieber Mann, du hattest einen scharfen Blick und eine ganz schön spitze Zunge. Aber immerhin – ich war dir im Brenninkmeyer also auch aufgefallen, wenn auch nur wegen des Anzugs. Du warst vollkommen anders als die Frauen, mit denen ich sonst so zusammen war. Hat mir gefallen. Hat mir sogar sehr gefallen. Und irgendwie muss ich dir ja auch gefallen haben, sonst hättest du dich schließlich nicht noch einmal mit mir verabredet – nur nicht mehr zum Tanzkurs. Den sollte ich ohne dich durchziehen, mir wenigstens die gängigen Sachen draufschaffen, dann könnte ich mich wieder melden. Beim Kauf eines passenden Anzugs würdest du mir natürlich behilflich sein – »du weißt ja, wo du mich findest!«

Du hast dich verdammt teuer verkauft, Christinchen. Aber ich war nach unserem ersten Abend noch mehr in dich verknallt als vorher. Vor deiner Haustür in der Humboldtstraße hast du mir einen Kuss auf die Wange gegeben – *damit ich dich nicht vergesse.*

Damit ich dich nicht vergesse! Wie könnte ich?

Du hast ganz genau gewusst, was du mit diesem Kuss bewirkst. Du warst ein echter *Devil in Disguise.*

Der andere *Devil in Disguise,* der Studententyp, der James-Dean-Knabe, der Mittagsmörder, wie auch immer man ihn nennen wollte, ließ uns genauso schmoren. Fast den ganzen Juli hindurch haben wir täglich mehrmals im Präsidium oder gleich bei der Staatsanwaltschaft angerufen, ob es irgendetwas Neues im Fall Golke gäbe. Es gab nichts. Ein paarmal ist der Hofbeck sogar rüber, um zu schauen, ob er dem Sheriff oder dem Decker nicht doch noch was aus der Nase ziehen kann – aber Pustekuchen. Nachrichtensperre und die Ankündigung, dass diese auch noch mindestens bis Ende des Monats aufrechterhalten würde. Die Leser haben uns mit ihren Anrufen die Hölle heißgemacht, die Niese war am Durchdrehen, und sogar der Ruckriegel, den sonst nichts so leicht aus der Ruhe bringen konnte, wurde immer gereizter.

Irgendwer kam dann auf die Idee, Golkes Rechtsanwalt noch einmal auf den Zahn zu fühlen, vielleicht würden wir von dieser Seite weiterkommen. Ich war dann auch tatsächlich noch mal bei

Dr. Bender, aber vorher gab es einen Haufen Diskussionen darüber, ob wir die Leserschaft nicht verprellen, wenn wir schon wieder mit Golkes Anwalt sprechen. Das könnte so aussehen, als würden wir versuchen, diesen Kerl in Schutz zu nehmen. Vor allem Hofbeck hielt einen weiteren Besuch bei Bender für vollkommenen Blödsinn – *ist doch klar, dass der Stimmung für den macht, verdient schließlich seine Brötchen damit. Und wir sind am Ende die Gelackmeierten.* Daraufhin hat der Bloch nur ganz trocken gemeint, dass eine neutrale Berichterstattung, die alle Seiten berücksichtigt, ja wohl im Interesse aller liegen sollte. Und – geschrieben werden musste etwas, so oder so. Also bin ich zum Bender.

Besonders gut war der nicht auf uns zu sprechen. Er warf uns einseitige Berichterstattung vor und war der sicheren Überzeugung, wir würden mit voller Absicht zum Halali auf seinen Mandanten blasen. *Sie heizen die Stimmung da draußen doch mit Freude an, anstatt die Wogen zu glätten!* Was der sich eingebildet hat. Als ob eine Zeitung dazu da wäre, Wogen zu glätten. Und schließlich war ich ja zu ihm gekommen. Was für eine Art der ausgewogenen Berichterstattung hätte er denn noch gewollt?

Unser Gespräch war knapp und unerfreulich, kein Wunder bei der Ausgangslage. Kein Wunder auch, dass der Artikel nicht sehr lang geworden ist. *Golke geht es gut. Golke hat immer noch Kopfschmerzen. Golke wird fair behandelt. Golke rückt noch immer nichts raus.* Wie eine Gebetsmühle, immer der gleiche Sermon, der mich nicht sonderlich interessierte.

Ich wollte natürlich wissen, ob Bender seinem Mandanten nicht doch ein paar Details entlockt hatte und ob die Vollzugsbeamten in der Untersuchungshaft nicht vielleicht *ein bisschen nachhelfen* könnten. Au weh, da hatte ich aber eine Sau angestochen! Ob ich mich noch an den Fall Rudorff erinnern könne oder ob das zu weit zurückliege für einen Milchbart wie mich, hat der Bender mich angepflaumt. Man müsse mit Umsicht vorgehen, sonst gebe es wieder ein Unglück.

Natürlich konnte ich mich an den Fall Rudorff erinnern, auch wenn diese Geschichte noch vor meiner Zeit bei der Zeitung passiert war. In dem legendären *Mordjahr 1958*, in dem es hier so rund gegangen war. *Rudorff, der Würger aus Feucht* war schließlich *der* große Nachkriegsfall, der nicht nur die Region in Atem gehalten hatte. Drei Menschenleben hatte der Kerl auf dem Gewissen, wurde aber nie verdonnert, weil er sich vorher mit einer Zyankalikapsel selber die Lampen ausgeknipst hatte. Er konnte das Ding schlucken, weil er mit dem eigenen Wagen zur Vernehmung fahren durfte, nachdem sie ihn geschnappt hatten. Die Beamten sind hinter ihm hergefahren – das muss man sich mal vorstellen! Die fahren hinter ihm her, und er schmeißt in aller Ruhe seine Pille ein. Und dann – peng, aus!

Dabei hätten ihn alle gern vor dem Kadi gesehen. Ich auch. Ich war wütend über diese verdammte Schlamperei – wieso haben die ihn mit dem eigenen Wagen fahren lassen? Wieso haben die ihm keine Handschellen angelegt und von mir aus im Kofferraum in den Knast kutschiert? Damals haben sich eine Menge Leute gefühlt wie ein Kind, dem man ein großes, wunderschön verpacktes Weihnachtsgeschenk hinhält, und in dem Augenblick, wo es danach greifen will, löst sich das Ding in Luft auf.

Das hab ich dem Bender natürlich nicht gesagt. War aber auch nicht nötig. Er konnte es mir wohl ansehen. Hat sich geräuspert, kurz die Augenbrauen hochgezogen und dann mit der Hand durch die Luft gewischt. Rudorff war gestern, jetzt ist Golke.

Bender war auch enttäuscht, und zwar über Dr. Rothenberger, den ermittelnden Staatsanwalt, der noch nicht einmal versucht hatte, mit Golke zu sprechen. Das war für Bender vollkommen unverständlich. Selbst wenn Golke sich standhaft weigerte, sich zu den Taten zu äußern, die ihm zur Last gelegt wurden, hätte Rothenberger es seiner Meinung nach wenigstens versuchen müssen.

Überhaupt liefen die Ansätze von Staatsanwaltschaft und Strafverteidigung in entgegengesetzte Richtungen. Die Ermittler wollten Zeit gewinnen, um eine wasserdichte Indizienkette knüpfen zu können, mit der sie dem Golke auch die Sparkassenüberfälle und die beiden Doppelmorde nachweisen konnten. Dr. Bender hingegen wollte für seinen Mandanten so bald wie möglich eine Anklage, in der es ausschließlich um den Überfall vom 1. Juni ging.

»Ist doch sonnenklar, dass der das will«, hat Hofbeck über seinen Schreibtisch geknurrt, als ich ihm diese einzige handfeste Information nach meinem Termin bei Bender gegeben hab, »der weiß doch, wie ihm die Felle davonschwimmen werden, wenn die dem Golke nachweisen, dass er der Mittagsmörder ist.«

»Und wenn er dafür nicht verantwortlich gemacht werden kann, weil er einen Sprung in der Schüssel hat?«, hab ich geantwortet, »Bender will ihn jedenfalls zu einem Psychiater und zu einem Psychotherapeuten schleifen.«

Das stimmte. Bender hatte mir gesagt, dass er auf jeden Fall von sich aus ein bis zwei Gutachten einholen wolle, wenn die Staatsanwaltschaft das nicht tue.

Das hab ich dann auch geschrieben. Und deswegen stand am nächsten Morgen auch der Habermann mal wieder vor meiner Tür – puterrot im Gesicht. Seine Frau hatte er im Schlepptau. Sie hatte noch Lockenwickler im Haar und sah aus wie ein Geier, der durch Klettengestrüpp gelaufen ist. An Flucht war nicht zu denken. Er hielt mich mit der Zeitung in Schach, einige Passagen in meinem Artikel waren mit Rotstift angestrichen.

»Einen guten Psychologen braucht dieser Gangster also. Und weil er Kopfweh hat, wird dem Sauhund Zucker in den Arsch geblasen. Sollten wir nicht gleich eine Sammlung veranstalten für Ihren sauberen Herrn Massenmörder, damit er sich in Rimini auf die faule Haut legen kann und keine Leute mehr kaltmachen muss? Also los, Hirschmann, wie erklären Sie mir das!«

Während er die Sätze auf mich abfeuerte wie aus einem Maschinengewehr, schaute mich Frau Habermann so vorwurfsvoll an, als hätte ich ihrer Geierkükenschar soeben vor ihren Augen den

Hals umgedreht. Ich hatte keine Chance und wusste in diesem Augenblick, was mich in der Redaktion erwarten würde, wusste, dass die Habermanns erst der Anfang waren. Trotzdem versuchte ich noch dagegenzuhalten von wegen Strafprozessordnung und Grundgesetz, biss aber auf Granit. Die beiden ließen mich nicht einmal richtig zu Wort kommen. Ich saß jetzt mit einem Mörder und einem *gewissenlosen Winkeladvokaten* in einem Boot.

Bevor die Habermanns abgezogen sind, hat er sich noch mal umgedreht und wütend gezischt: »Hirschmann, Sie wissen doch noch, was ich Ihnen mal über den Unterschied von charakterschwach und charakterlos beigebracht habe, oder? Dann halten Sie sich gefälligst dran!« Dann ist die Tür zugeflogen. Ich stand in meinem Schlafanzug da wie ein dämlicher, begossener Pudel. Wie ein Schüler, der sich von seinem Klassenleiter runterputzen lassen muss – Donnerwetter, das hatte gesessen.

Natürlich wusste ich, wie für Habermann der Unterschied zwischen charakterschwach und charakterlos aussah. Ich wusste sogar, wie er hieß: Rolfi. Rolfi war der echte deutsche Schäferhund, den die Habermanns vor dem Krieg hatten, und Rolfi *hatte Seele.* Deshalb standen auf dem Vertiko bei den Habermanns auch jede Menge Rolfi-Bilder. Frau Habermann mit dem Welpen Rolfi. Herr Habermann in Uniform mit einem zähnebleckenden Rolfi an der Seite. Sohn Habermann als Pimpf im Schnee mit kurzer Hose und nackten Beinen – Rolfi hechelt Dampfschwaden. *Zäh wie Leder, hart wie Kruppstahl. Was uns nicht umbringt, macht uns nur härter!* Und der Rolfi muss ein ganz harter gewesen sein, eben einer mit Seele. Der hat nicht nur Schuhe zusammengekaut.

Schuhe kauen ist in Ordnung, hat der Habermann gesagt, das ist eine Charakterschwäche, die man verzeihen kann, solange er ansonsten ein sauberer Kerl ist.

Nach dem Krieg hatten sie wieder einen Rolfi. Rolfi 2, weil der erste verbrannt war. Wieder einen echten deutschen Schäferhund, sogar mit Stammbaum. Von Rolfi 2 gab es aber keine Bilder auf dem Vertiko, weil der nicht mal einen Reichsdeutschen von einem

Jugo unterscheiden konnte. Charakterlos. Habermann hat ihn erschossen.

In der Redaktion war an diesem Tag tatsächlich der Teufel los, mein Habermann-Stimmungsbarometer hatte mich nicht getäuscht.

Wir haben anscheinend zwischen dem 20. Juli und dem 25. August überhaupt nichts mehr über den Fall Golke gebracht. Christine war sorgfältig, die hätte was abgeheftet, wenn es was gegeben hätte zwischen dem Bender-Artikel und dem zweiten Knüller in diesem Sommer: *Mittagsmörder: sein Geständnis*. Endlich.

Das war für alle eine Erlösung. Das war wie ein Sommergewitter nach einer langen, drückenden Schwüle. Das war *die* Sensation, auf die wir gewartet hatten. Und das ging nicht nur uns in Nürnberg so, das hat in ganz Deutschland für Aufsehen gesorgt. Wir haben die Story über vier Seiten verteilt. Den Aufmacher hatte der Mittagsmörder natürlich auch. *Der Exstudent, der Bundeswehrdeserteur* – ein Versager eben. Er hatte aufgegeben, war endlich unter dem Druck der Beweise zusammengebrochen. Jetzt hatten wir ihn, den gefährlichsten Massenmörder seit dem Ende des Krieges.

Außer dem Mittagsmörder ist fast nichts auf der Titelseite. Sieht schwer nach Sommerloch aus. Was haben wir noch? *Die Zone setzt Infrarotgeräte ein*. Ja, die Zone, die gab auch immer was her, wenn sonst nix los war. Am besten waren natürlich die spektakulären Fluchtgeschichten. Richtig nahegegangen sind sie nur unserer Gertrud. Vor allem dann, wenn eine Flucht gescheitert ist, hat sie immer Angst gehabt, es könnte sich rausstellen, dass sie die Leute kennt. Nachbarn oder auch bloß Bekannte von Bekannten. War aber nie so. Wäre bei siebzehn Millionen Zonenbewohnern auch ein irrer Zufall gewesen. Aber hat sie nicht gerade im Golke-Sommer darüber lamentiert, dass die wahren Mörder niemand schnappt, weil sie ganz woanders sind, ganz oben, in der Politik? Gab's in dem Jahr eine größere Fluchtwelle, die die Ulbrichtbande zur Grenzaufrüstung veranlasst hat? Hmm ... da hat sich die Gertrud doch mal in einer Kaffeepause so echauffiert ... jetzt hab ich's wieder. Mann, hat das Wellen geschlagen. Da hat sich jeder aufgeregt. Nicht nur die Gertrud. War eine völlig andere Geschichte, ging gar nicht um Flucht aus der Zone.

Ein Westberliner Pärchen hatte mit seinem Motorboot einen Ausflug gemacht auf dem Wannsee und ist auf irgendeinen Kanal abgebogen, wo die Grenze mittendurch ging. Sind auf Sperranlagen zugefahren und wussten nicht, dass sie die Grenze schon überschritten hatten. Ein Wachtposten hat auf die beiden geschossen und ihn umgebracht, sie schwer verletzt. Das war ein Hammer. An die erschossenen Flüchtlinge hatte man sich ja schon gewöhnt, quasi. Aber das hatte noch mal eine ganz andere Dimension. Kaltblütiger Mord, hat der Willy Brandt damals gesagt.

Die Gertrud ist eine Weile jeden Tag mit der *Bildzeitung* unterm Arm in die Redaktion gekommen und hat uns die Schlagzeilen unter die Nase gehalten vom *Pankower Mörderregime,* und was da alles getitelt wurde. Wir sind nach ihrem Geschmack nicht genug in die Vollen gegangen. Weiß gar nicht mehr, wie unsere Schlagzeilen waren. Auf jeden Fall seriöser, wir waren ja kein Boulevardblatt.

Den Aufmacher über den Mittagsmörder hat der Hofbeck geschrieben, er war der Dienstältere. Ich hab ihn selten so aufgekratzt gesehen wie an diesem Nachmittag, als er mit seiner Zweifingertechnik das Ding in die Maschine gehackt hat. Konnte sich überhaupt nicht mehr einkriegen, stellte Golke in eine Reihe mit Harmann, Kürten und Denke. Wahrscheinlich um dem Bloch eins auszuwischen, hat er dann auch noch Rudolf Pleil, den *Totmacher aus dem Harz,* und Heinrich Pommerenke, das *Ungeheuer vom Schwarzwald,* mit in die Reihe der legendären Serienkiller aufgenommen. Es ist ein Wunder, dass Jack the Ripper nicht vorkommt.

Im Vergleich zu Pleil und Pommerenke, die beide Triebtäter waren, wirkte unser Mittagsmörder allerdings recht farblos, eigentlich sogar fad. Vor allem der Pommerenke mit seinem beinahe religiösen Frauenhass hatte neben diesem Würstchen von Golke geradezu etwas Schillerndes. Aber mit etwas gutem Willen lässt sich jedes Würstchen zu einem Schweinebraten aufblasen. Also hat Hofbeck ihn zu einem skrupellosen und unbarmherzigen Mörder mit einem geschickten Doppelleben gemacht. Auf der einen Seite der kreuzbrave junge Mann, der scheinbar kein Wässerchen trüben kann. Auf der anderen Seite der eiskalte Meuchler, dem es immer nur ums Geld ging. Das dämonisch schillernde Böse an unserem Mittagsmörder war also seine Janusköpfigkeit.

Allerdings frage ich mich jetzt, wie Golke sich eigentlich hätte verhalten sollen – mit einem Schild um den Hals, auf dem steht: »Ich war es. Bitte um Verhaftung!« wird ja wohl niemand herumlaufen, der was auf dem Kerbholz hat. Das haben wir aber offenbar nicht so eng gesehen.

Heute kann man sich natürlich überlegen: Wenn er ein Doppelleben geführt hat, wer von diesen beiden war der Golke wirklich? War seine wahre Persönlichkeit der »skrupellose Gangster«, der sich als unauffälliger Student getarnt hat? Oder war er tatsächlich ein im Grunde harmloser Bursche, der sich alle paar Monate anfallsweise in einen Mr. Hyde verwandelte? Damit wären wir wieder bei der gespaltenen Persönlichkeit. Nur kann ich mich beim besten Willen nicht daran erinnern, dass davon jemals vonseiten der Psychiater die Rede gewesen wäre. Im Gegenteil, die haben ihm durch die Bank attestiert, dass er voll schuldfähig sei – und gerade das machte diesen Menschen so unbegreiflich.

Die Ermittler hatten zwar dem Golke auch endlich einiges über die Tathintergründe aus der Nase ziehen können. Man wusste jetzt, dass er ein Autonarr war, der Geld brauchte, um sein teures Hobby bezahlen zu können. Man wusste nun auch, dass er noch zur Schule gegangen war, in die Abschlussklasse, als er seine ersten beiden Opfer umgelegt hatte, und man kannte sein Motiv. Der arme Bursche fuhr leider nur ein Moped, das war ihm zu lahm, er wollte ein Motorrad. Aber das wollen viele, ohne dass sie gleich kriminell werden. Die verdienen sich dann eben was dazu. Was den

Golke letztendlich zu seiner ersten Tat getrieben hatte, konnte man immer noch nicht restlos erklären. Da muss einfach eine Hemmschwelle gefallen sein. Hat sich einfach jemanden aus dem Telefonbuch rausgesucht, der höchstwahrscheinlich gut betucht war, und sich auf den Weg gemacht. Nicht in Hersbruck, das war zu klein, da hätte ihn ja jemand erkennen können, sondern in Nürnberg wollte er sich das Geld besorgen. Bei Babette Hambach, laut Telefonbuch Bankdirektorswitwe, wollte er es versuchen, die musste Geld haben.

Oh ja, die haben ihn zum Reden gebracht. Haben ihn geknackt wie eine Nuss. Ab einem bestimmten Zeitpunkt hat er sogar von sich aus geredet – mehr, als ihm guttun konnte. Die wären ihm nämlich gar nicht so leicht draufgekommen, dass die Tuchergartenmorde auch auf seine Kappe gingen, wenn er nicht einen auf dicken Max gemacht und plötzlich wie eine Kaffeetante geplaudert hätte. »Ihr wollt wohl gar nichts über die Tuchergartenstraße wissen?«, soll er gefragt haben. Menschenskinder, wie kann man nur so blöd sein!

Sie hatten zwar schon Anfang Juni die Tatwaffe bei ihm gefunden, eben genau die 6,35er FN, über die Hofbeck und ich auch schon einmal bei unseren Recherchen gestolpert waren und wilde Theorien entwickelt hatten. Aber das hieß eben noch lange nicht, dass Golke sie schon besessen hat, als die zwei Leute in der Wohnung der Hambach erschossen wurden. Warum hat er also nicht einfach seine Klappe gehalten, anstatt sich detailliert über den Doppelmord vom April 1960 auszulassen? Die Hambach hatte ihn bei der Gegenüberstellung nicht erkannt, er wäre aus dem Schneider gewesen. Vielleicht hat er auf einmal einen ähnlichen Größenwahn bekommen wie Rudolf Pleil. Der hat sich bei seiner Verhandlung mit vierzig Opfern gebrüstet, obwohl er sich für weitaus weniger Morde verantworten musste. Der Pleil hatte angeblich sogar ein Büchlein geschrieben, in dem er seine Mordtaten in allen Einzelheiten geschildert hat.

Damals war ich noch in der Schule, und die Sache mit dem Mordheft war *das* Gesprächsthema auf dem Pausenhof. Ein paar

Oberschlaue wollten es sogar gelesen haben, wollten sich wichtigmachen, die Mädchen beeindrucken. Ich hab keine Ahnung, ob es das Heft je gegeben hat – hieß das Ding wirklich *Mein Kampf*, oder bilde ich mir das nur ein? Der Mistkerl hat wohl darauf spekuliert, für verrückt erklärt zu werden. Da hatte er sich aber geschnitten.

Stimmt ja, da war doch auch bei Golke noch die Sache mit dem Notizbuch, das sie in seiner Bude in Mühlhof gefunden hatten, oder war es in Hersbruck bei seiner Mutter? Davon steht hier noch nichts, das muss erst später bekannt geworden sein. Die Staatsanwaltschaft hat die Einzelheiten nur kleckerlesweise herausgerückt, aber ich weiß es ganz genau. Als die Sache mit dem Notizbuch rauskam, in dem er seine »Mädels« gesammelt hatte, konnte Hofbeck jubilieren, denn damit war seine Spekulation über die FN bestätigt. Die Geschichte mit dem *klick*. Die Ladehemmung, wegen der die Hambach nicht auch dran glauben musste wie ihre Untermieterin und deren Verlobter.

Ha, das ist gut. War uns das eigentlich aufgefallen auf dem Foto von seinen gestohlenen Autokennzeichen? GUN – S 915. Hatte er das Schild mit Absicht geklaut – *guns*, Waffen? Also, wenn nicht, dann wäre das ja ein irrer Zufall. Ausgerechnet der Golke, der Waffenfetischist, fährt mit einem *guns*-Kennzeichen herum.

Über jede seiner Waffen hatte er sich Notizen gemacht. Sehr sorgfältig, beinahe liebevoll, so, als wären sie Freundinnen von ihm gewesen. Namen hat er ihnen auch gegeben. Mädchennamen. Neben die FN hatte er nur das Wort *anrüchig* geschrieben, die hatte ihn im Stich gelassen, mit der wollte er nichts mehr zu tun haben. Deshalb hat er sie auch nie wieder benutzt. Und deshalb gab es auch keinerlei Verbindung zwischen dem Doppelmord in der Tuchergartenstraße und den fünf anderen. Meine Güte, warum hat der Kerl das bloß erzählt – der muss wirklich einen Sprung in der Schüssel gehabt haben.

Und dann auch noch dieser Verfolgungswahn, ob echt oder gespielt. Überall hat er Gespenster gesehen, fühlte sich ständig bedroht. Sogar wenn er einfach nur spazieren gegangen ist, durch die Wälder bei Hersbruck. Er hat immer eine Waffe dabeigehabt. Auf einem dieser Spaziergänge zusammen mit seiner Freundin muss er mal eine Knarre verloren haben. Die Frau hebt sie auf und hält sie ihm unter die Nase. Der Golke soll daraufhin vollkommen ausgerastet sein. Da hat er wohl gemerkt, wie sich das anfühlt, wenn jemand anderes den Finger am Abzug hat und man zur Abwechslung mal selbst in die Mündung schaut. Im Handschuhfach seines Wagens soll er grundsätzlich auch immer mindestens eine Waffe aufbewahrt haben. Aus Sicherheitsgründen. Es hätte ihm ja einer was tun wollen können.

Diese ominöse Angst war auch seine Begründung dafür, all die Leute erschossen zu haben. Immer wieder die gleiche Leier. Bei der Hambach hat er sich durch den plötzlich auftauchenden Untermieter bedroht gefühlt, in Ochenbruck hat der Sparkassenangestellte eine falsche Bewegung gemacht, in Neuhaus war es der schwerhörige Kunde, der unerhörterweise in seine Sakkotasche gegriffen hat – *hätte ja eine Pistole sein können*. Bei den Hochholzers war es zu einem Streit gekommen, angeblich hatte Martins Mutter zu einer Waffe gegriffen, und er musste sich natürlich wieder *nur* verteidigen.

Moment mal, was steht hier? Golke behauptet, es war zu dem Streit gekommen, weil Hochholzer ihm eine Waffe nicht wiedergeben wollte. Aber was konnte das bedeuten? Da hätte man natürlich wissen müssen, um was für eine Waffe es dabei ging. Sollte das am Ende heißen, dass er dem Martin die FN zur Reparatur gegeben hatte, und der wollte sie nicht rausrücken? Ist aber auch egal. Der Golke hat ja eine Weile auf alle möglichen Touren versucht, sich irgendwie rauszuwinden.

Ah ja, der Artikel auf der Lokalseite ist von mir. Da hab ich die Rudorff-Geschichte noch mal aufleben lassen, die mir der Bender wieder in Erinnerung gerufen hatte. Hab ein paar Parallelen gezogen zu Golke. Bin auch auf das Doppelleben eingegangen. Aber sonst immer nur Rudorff, hab mich wahrscheinlich gefreut, auch mal über den schreiben zu können, wo ich damals doch noch nicht mit von der Partie war. Tatsächlich, zwei Spalten nur über den Fall Rudorff. Nur hier unten geht es noch einmal zurück zu Golke: Vor oder nach Rudorff habe es in Nürnberg keinen so kaltblütigen Meuchler gegeben wie ihn. *Das »Publikum« kann's immer noch nicht fassen!*

Hm, da hab ich aber ganz schön dick aufgetragen – meine Herrn. Ich tu ja gerade so, als wären die Nazis ausgerechnet in Nürnberg Sängerknaben gewesen.

Aber so war das eben. Für uns waren der Streicher und der Holz und wie die von der braunen Bagage alle hießen Schnee von gestern, die ließ man ruhen. Das hätte sowieso nur Ärger gebracht. Sah man ja auch an den Auschwitzprozessen.

Die ersten Urteile wurden genau in der Zeit verkündet, als es bei uns mit dem Mittagsmörder rundging. Man hatte mit einer Monsterwelle gerechnet, aber es war dann doch mehr ein Sturm im Wasserglas. Es gab zwar einige Proteste, weil die Urteile angeblich viel zu mild ausgefallen waren, im Großen und Ganzen waren sie aber überschaubar. Der Bloch ist im Quadrat gesprungen. Eine Sauerei sei das, man tue gerade so, als wäre es ein Kavaliersdelikt, Tausende von Menschen umzubringen, nur weil man als Mörder eine Uniform getragen habe. Ein paar dieser nachweislichen Massenmörder kämen sogar nur mit der Untersuchungshaft davon. Hier werde immer noch mit zweierlei Maß gemessen. Eine gottverdammte Schande sei das.

So ging das die ganze Zeit. Der Bloch war wochenlang auf der Palme, und alle haben einen großen Bogen um ihn gemacht. Aber wie gesagt, es waren nur einige der Meinung, die Auschwitzleute seien viel zu sanft angefasst worden.

Ist das ein Zufall, dass wir auf einer Seite sowohl von Rudorff als auch vom »Jungen Lebemann« geschrieben haben? Oben ein Artikel über den *Würger*, den *Biedermann von Feucht*, an den sich dank Golke jetzt alle Welt wieder erinnert fühlte. Und gleich darunter die Geschichte von diesem Bürschlein, das seinem Nennonkel

29000 Mark stibitzt hat, um sich mal richtig zu amüsieren. Achtzehn Jahre war der erst alt, konnte grad einmal geradeaus pinkeln, machte aber auf Graf Koks. An den kann ich mich auch noch sehr gut erinnern. Alle Achtung, der hat Nerven gehabt, dieser Möchtegern-Rockefeller. Ganze sechs Wochen hat er gebraucht, um das Geld zu verjubeln. Immer in Nachtlokalen, ist quer durch die ganze Bundesrepublik gegondelt – im Taxi, versteht sich. Über den hat sich ganz Nürnberg amüsiert. Der wusste genau, wo es langging. Der wäre sogar für den Habermann noch tragbar gewesen – war eben ein Sauhund, ein ganz gewitzter. Ein gewitzter Sauhund mit einer Charakterschwäche, die von jedermann nachvollzogen werden konnte. Viel Geld wollte doch jeder haben. Und mit Geld um sich zu werfen, gehörte beinahe zum guten Ton – wir waren schließlich wieder wer. Da hieß es klotzen, nicht kleckern. Es ist zwar nicht in Ordnung, wenn man dafür seinen Onkel beklaut, aber es ist eine Charakterschwäche, die man verzeihen kann.

Typen wie diesem Rudorff kann man nicht verzeihen. Der ist ein charakterloses Schwein. Golke genauso. Nein, ich glaube nicht, dass wir diese beiden Extreme rein zufällig auf einer Seite platziert haben. Ich denke, das hatte was mit all den Habermanns da draußen zu tun.

Es gab allerdings nicht nur so schlichte Gemüter wie den Habermann, sondern auch Leute, denen der Fall Lettenbauer in den Sinn kam, wenn es um Golkes Geständnis ging. Das waren dann aber meist Juristen oder Ermittler. Für die hatte der Fall Golke sogar sehr viel mit der Lettenbauer-Geschichte zu tun, und wenn ich es mir jetzt noch einmal vor Augen halte – der Bender hatte seinem Mandanten sogar ein wortwörtliches Lettenbauer-Argument in den Mund gelegt. Wie war noch mal seine Begründung für das hartnäckige Schweigen von Golke in den ersten Wochen nach dessen Verhaftung? *Er schweigt, weil er sich sicher ist, dass ihm sowieso niemand glauben würde.* Ja sicher, das ist eindeutig Lettenbauer. Vielleicht kannte Golke den Fall, vielleicht auch nicht. Sein Anwalt muss ihn gekannt haben, es gab zu der Zeit keinen Anwalt in Bayern, wahrscheinlich nicht einmal in der gesamten Bundesrepublik, der ihn nicht kannte.

Lettenbauer war ein klassischer Justizirrtum, der seit Frühjahr 65 durch die Presse geisterte und jede Menge Staub aufwirbelte. Wir haben auch mehrfach darüber berichtet. Der Mann hatte fast zwanzig Jahre wegen zweifachen Mordes im Zuchthaus gesessen. Er saß wegen zweier Morde, die er nachweislich nicht begangen hatte, und nun musste er dafür von den Justizbehörden entschädigt werden. Die Sache kam erst auf, als sich der wahre Täter stellte. Für die Polizei, die den Lettenbauer bei den Leichen seiner Tochter und seines Enkelsohns vorgefunden hatte, war er von Anfang an der Täter gewesen. Er war unter Schock gestanden und hatte sich völlig teilnahmslos verhalten. Damit hatte er sich verdächtig gemacht, und weil ihm sowieso niemand seine Unschuld glaubte, hatte er schließlich in dieser völligen Ausweglosigkeit ein Geständnis abgelegt.

Natürlich wurde zwanzig Jahre später die Frage aufgeworfen, wie er sich denn hätte benehmen sollen. Hätte er schreien, toben müssen, um wie ein Unschuldiger zu wirken? Jeder Mensch reagiert anders. Wie benimmt man sich korrekt als Verdächtiger? Ja, gibt's das? Ich glaub's nicht – hier hab ich mir doch tatsächlich den Tucholsky ins Notizbuch gekritzelt. *Wie benehme ich mich als Mörder?* Stimmt, so hieß dieser kleine Essay. Aber hatte ich mir den auch wirklich rausgesucht? Oder hat bloß der *SPIEGEL* in seinem Artikel darauf angespielt? Wenn's vom Bloch gekommen wäre, hätte ich mir das garantiert nicht aufgeschrieben.

Der gehörte natürlich auch zu denen, die immer wieder darauf pochten, Golke so lange nicht schuldig zu sprechen, wie seine Schuld nicht zweifelsfrei feststand. Das wäre aber gar nicht nötig gewesen, weil sämtliche Vertreter der Staatsanwaltschaft schon von sich aus ein verständliches Interesse daran hatten, das Geständnis mit Fakten zu untermauern. Noch so eine Pleite wie bei Lettenbauer konnte man sich nicht leisten.

Und dann hatten wir hier in Nürnberg ja auch noch die Geschichte mit dem Niemeyer, der genauso bereitwillig wie Lettenbauer gestanden hatte, einen Mann erschossen und dessen Ehefrau schwer verletzt zu haben. Bei ihm stellte sich aber ziemlich bald raus, dass er gelogen hatte. Wenn es um Einzelheiten des Tathergangs ging, war er vollkommen blank. Niemeyer hatte die Tat nur zugegeben, weil auch er den Eindruck hatte, dass ihm sowieso niemand glauben würde. Er hatte den Polizeibeamten einfach alles nachgeplappert. Ein Glück für ihn, dass er geistig nicht der Hellste war.

Staatsanwalt Rothenberger kannte diese Geschichte nur zu gut, war schließlich selbst in den Fall involviert gewesen und konnte sich schon aus diesem Grund nicht noch so einen Schnitzer erlauben. Und Bender wird diese peinliche Geschichte sicher dazu hergenommen haben, um sie in Golkes Sinne zu verwenden. Ja, so in der Art waren die Spekulationen, die wir immer wieder angestellt haben. Sehr viel mehr konnten wir ja auch nicht tun.

In der Redaktion herrschte erst einmal Leerlauf, nachdem wir Golkes Geständnis mit viel Tamtam präsentiert hatten. Das kam mir aber recht gelegen, denn ich hatte ja noch meinen *zweiten Fall*. Um Christine wiedersehen zu können, musste ich wenigstens ein paar der gängigen Tänze draufhaben, und ich weiß nicht, was mir mehr gegen den Strich ging: mir ellenlange Vorträge vom Bloch über Justizirrtümer anzuhören oder stundenlang mit der Niese im Archiv tanzen zu lernen. Ich hab es ein ums andere Mal verflucht, den Tanzkurs, den mir meine Mutter während der Schulzeit aufs Auge gedrückt hatte, geschmissen zu haben. Jetzt noch einmal einen richtigen Kurs zu beginnen, kam für mich nicht infrage. Die Erinnerungen an all die pickeligen Jungs und Mädchen, die sich in der Tanzschule Streng beim Cha-Cha-Cha oder Wiener Walzer gegenseitig auf die Füße stiegen, waren mir noch zu lebhaft im Gedächtnis. Also musste die arme Niese wieder ran. Damit sie aber nicht ständig döff-döff machen musste, hatte ich mir ein paar

Platten mit Tanzmusik und einen gebrauchten Kofferplattenspieler angeschafft. Einen Telefunken Musikus. Das Ding hab ich der Niese später mitsamt Zubehör als Dankeschön für die Mühen mit mir vermacht – die war total gerührt. *Wär doch nisch nödch gewösn, Pöterschen!*

Als ich mich fit genug gefühlt hab, bin ich zum Brenninkmeyer. Ich hatte Christine schnell gefunden, und sie hat mir einen kleinen schnippischen Blick zugeworfen, so, als wollte sie sagen: »Du hast dir aber ganz schön Zeit gelassen, mein Lieber!« Der Anzug, den sie mir dann ausgesucht hat, war nicht von schlechten Eltern – mein lieber Herr Gesangsverein. Ich wusste bis zu diesem Zeitpunkt gar nicht, dass man für so ein Ding derartig viel Geld auf den Tisch legen kann, und das sogar bei einem Anzug von der Stange und von C&A Brenninkmeyer. Aber Christine hat nur gemeint, dass Kleider Leute machen und dass man lieber ein paarmal öfter Tütensuppe essen kann, als in billigen Klamotten rumzulaufen. Da gab es bei mir dann eben einige Wochen lang Tütensuppen.

Natürlich nicht nur wegen des Anzugs, sondern überhaupt wegen Christine. Der brauchte man gar nicht erst mit dem *Trocadero* zu kommen oder mit dem *Reichelsdorfer Keller*, Gott bewahre. Es musste schon mindestens der *Bamberger Hof* sein oder der *Wintergarten* oder das *Bijou* am Spittlertorgraben. Im *Bijou* hab ich meine erste Modenschau gesehen, mit Christine selbstverständlich – als verliebter Mann ist man schon enorm leidensfähig. Christine war es weniger. Nach unserer ersten größeren gemeinsamen Tanzveranstaltung hat sie es aufgegeben.

Sie wollte unbedingt zum ADAC-Ball, »Das verrückte Steuer« hieß der, und ich konnte Pressekarten besorgen. Oder war das erst später beim Faschingsball im *Carlton-Hotel*, wo wir beide der Länge nach über die Tanzfläche geschlittert sind? Die arme Gertrud Niese hatte direkt ein schlechtes Gewissen, als ich ihr davon erzählt hab. Wollte mir sogar den Plattenspieler wieder zurückgeben. Aber es lag nicht an ihren pädagogischen Fähigkeiten, es lag daran, dass ich nun mal mit zwei linken Beinen auf die Welt gekommen bin.

Apropos Beine – wird Zeit, dass ich mir mal die Beine vertrete. Keine Ahnung, wie lange ich schon hier hocke und in der Vergangenheit wühle. Ist wohl auch besser, nicht auf die Uhr zu schauen. Ob ich mal kurz um den Block geh, ein bisschen auslüften? Was sagt denn das Thermometer? Minus achtzehn! Die haben zwar gemeldet, dass es immer kälter werden soll – aber so kalt? Sieht ganz so aus, als würde sich der flaue Winter doch noch zu einem Jahrhundertwinter aufraffen. Nein, da geh ich nicht mehr raus. Aber die Bleistifte könnte ich suchen. Ob Christine noch ein paar Schachteln von den schwarzen Lyra in ihrem Kleiderschrank gebunkert hat? Da mag ich jetzt nicht hineinsehen. Ah – hier, in der Küche ist einer. Unter den Toaster gerollt. Ich hab doch gewusst, dass da noch einer liegt. Also dann, auf zum Endspurt, *Herr* Golke.

Immer wenn es zwölf Uhr schlug, schlug auch er zu! Was für ein Quark. Der war nicht auf die Uhrzeit fixiert, der hat seinen Arsch nur nie rechtzeitig aus dem Bett gekriegt, das war es auch schon. Von wegen Mittagsmörder. Ein fauler Hund war der, sonst nichts. Wenn er noch länger gepennt hätte, wäre er eben der Kaffeekränzchenmörder oder der Blaue-Stunde-Mörder geworden. Irgendeinen Namen hätte er auf jeden Fall verpasst bekommen. Das ist wichtig. Man braucht einen Namen, irgendeinen Begriff, eine Marke, unter der die Leute sich was vorstellen können. Das ist im Prinzip nicht anders als im Showbusiness. Ja, ein bisschen Showbiz gehört schon zum Schreiben dazu.

Oh Mann, das ist das richtige Stichwort. Dabei war das natürlich nicht als Show geplant, was die im September veranstaltet haben, als sie mit dem Golke jeden Tatort aufgesucht haben. Die Staatsanwaltschaft wollte absolut auf Nummer sicher gehen. Im Beisein der Zeugen musste Golke alles nachstellen, musste sagen, wer wo gestanden war, was er selbst gemacht hat, wie er sich bewegt hat und so weiter. *Tatortbegehung – ein Jux für Golke.* Das ist unsere Überschrift gewesen, und die entsprach den Tatsachen. Der Golke hat gewirkt wie ein amüsierter kleiner Junge am Schauplatz eines dummen Streichs, den er jemandem gespielt hat. Der Spengler, der Polizeifotograf, hat's noch mal anders gesagt. »Schau ihn dir an, wie ein Bub auf dem Volksfest.« Vor der Wohnungstür von der Hambach hat er aus Versehen den Lichtschalter anstelle der Klingel gedrückt, und als das Licht im Treppenhaus anging, fand er das irre komisch.

Mir war an dem Morgen ganz und gar nicht zum Lachen zumute. Das lag an dir. Am Abend vorher sind wir im Opernhaus gewesen. *My Fair Lady*. Der Hut, den du getragen hast, war die Schau. Anschließend noch zum Ausklang ein Wein im *Bamberger Hof*. Und dann? Was genau ist dann eigentlich passiert? Ich hab den Fehler begangen, mein Programm für die nächsten zwei Tage zu erwähnen. »Morgen und übermorgen werde ich ihn sehen, von Angesicht zu Angesicht« – oder so ähnlich. »Wen?«, hast du gefragt, und ich: »Unseren gemeinsamen Freund, den Herrn Mittagsmörder.« Danach haben wir dem Personal und den Gästen eine hübsche Vorstellung geliefert, und ich hab mich für eine Weile nicht mehr im *Bamberger Hof* blicken lassen. »Du ruinierst mir den ganzen Abend mit deinem verfluchten Mittagsmörder! Du bist ja nicht danebengestanden, wie er losgeballert hat! Aber ich!« Als du dann noch erfahren hast, dass der Reihe nach alle Tatorte aufgesucht werden, war's ganz aus und vorbei. Zuerst war ein doppelter Cognac fällig, bei dem du mir klargemacht hast, bloß rechtzeitig Bescheid zu sagen, wenn der Kerl zum Brenninkmeyer geführt wird, damit du dich vorher krankmelden kannst, und schließlich bist du rausgerannt.

Meine Laune am nächsten Tag war dementsprechend. Dass der Termin in der Tuchergartenstraße auf acht Uhr morgens festgesetzt war, ist dann auch schon egal gewesen. In meiner Bude in der Mummenhoffstraße hatte ich mir einen kleinen Gute-Nacht-Whiskey genehmigt, danach noch einen Nachdenk-Whiskey und ... ich weiß nicht mehr, wie sie alle hießen. Ich weiß auch nicht mehr, wie viele es letztendlich wurden und wann ich endlich ins Bett gekommen bin. Aber an die Katerstimmung am nächsten Tag erinnere ich mich nur allzu genau. Wie ich den Golke angestarrt hab und mir gedacht hab, du hast ja keine Ahnung, Bürschchen, was du noch alles angerichtet hast. Und wie ich plötzlich der Ingrid gegenübergestanden bin.

Der Golke hat nach seinem kleinen Irrtum mit dem Lichtschalter an der Tür in der Tuchergartenstraße 3 geklingelt, die Hambach öffnet, Golke fragt: »Sind Sie Frau Hambach?«, sie spielen ihren Dialog komplett durch, Golke dirigiert sie wie ein Regisseur noch ein wenig herum, dann öffnet die Hambach die Tür zum Nebenzimmer, zwei Kripobeamte kommen raus, Golke mimt Erschießen, kurzum, es war wie ein gespenstisches Räuber-und-Gendarm-Spiel. Und dann eben Ingrids Auftritt als Putzfrau, die sich zur Tatzeit ebenfalls in der Wohnung aufgehalten hatte. Wir sehen uns entgeistert an, und im selben Augenblick spielt sich blitzschnell eine Kette von »ich weiß, dass du weißt, dass ich weiß« ab. Schließlich kannten wir uns ja gut genug. Sie hat ausgesehen wie »mit dem letzten hat's wieder nicht hingehauen«, und ich hab genau gemerkt, dass sie aus meinem verquollenen Gesicht rausgelesen hat: »Hab 'ne Neue, aber einfach ist sie nicht gerade.« Wäre die Situation anders gewesen, wären wir einander womöglich in die Arme gefallen, und das Spiel wäre wieder von vorn losgegangen. Aber um uns herum lief das Räuber-und-Gendarm-Spiel, und im nächsten Moment war ich wieder der Reporter und sie die Putzfraustatistin.

Nach dem Lokaltermin konnte man sicher sein, dass hier kein zweiter Fall Lettenbauer vorlag. Der Golke hatte es beinahe schon übertrieben mit seiner Detailfuchserei, als wollte er verkünden: »Ich war's wirklich! Kein anderer als ich ist hier gewesen und hat die beiden abgeknallt!« Allein wie er die Hambach durch die Gegend gescheucht hat. »Sie sind weiter vorne gestanden, als ich die Waffe auf Sie gerichtet hab. Nein, noch weiter vorne. Und jetzt noch ein Stück nach links.« *Man begegnet sich immer zweimal im Leben.* Da ist der Spruch wirklich wahr geworden.

Dann ist die komplette Mannschaft mit dem Golke nach Ochenbruck weitergefahren. Den Ausflug habe ich mir geschenkt. Was sollte da schon groß stattfinden? Der einzige Zeuge wäre der Sparkassenangestellte gewesen, und der war tot. Hab stattdessen mit der Hambach noch ein paar Worte gewechselt. Die war völlig aufgelöst. Fünfeinhalb Jahre lag die Sache zurück, und sie ist die fünfeinhalb Jahre in der Zeit zurückgestürzt und hat alles wieder vor sich gesehen – »als ob es erst vor fünf Minuten passiert wäre!« –, während mein verkaterter Kopf zu Christine abgeschweift ist. Für sie lag die Schießerei im Kaufhaus gerade mal drei Monate zurück, und auch sie hatte den Golke nicht als einen herumalbernden Jüngling erlebt, sondern als einen, der Angst und Schrecken um sich verbreiten kann.

Was ich in Ochenbruck verpasst hab, hab ich am nächsten Morgen in Neuhaus erlebt. Von wegen »was sollte da schon groß stattfinden.« In erstaunlich kurzer Zeit hatte sich die Sache herumgesprochen, am Schaufenster der Sparkasse klebte eine ganze Traube von Menschen, und der Spengler hat gestöhnt: »Genau dieselbe Gaudi wie gestern in Ochenbruck.« Was gestern in Ochenbruck los gewesen sei, hab ich ihn gefragt, und darauf er: »Wart's ab.«

Drinnen alles wie am Vortag. Der Golke stellt seinen Überfall nach und macht Scherzchen mit den Jungs von der Kripo, die gehen ihrerseits ganz nett und freundlich mit ihm um, und währenddessen kann man spüren, wie sich draußen die Atmosphäre auflädt. Und hören. »Hängt ihn doch auf, den Lumpen!« und »lasst ihn gleich da, wir bringen die Sau um!«, haben die geschrien, und ich weiß nicht mehr, was noch alles.

Sogar den alten Hasen von der Kripo hab ich angemerkt, dass sie allmählich nervös werden, und nicht nur ich hab gedacht, was lacht der Golke ständig so dämlich. Merkt denn der Schwachkopf nicht, dass er damit die Stimmung noch mehr aufheizt.

Am Schluss ist es richtig brenzlig geworden. Der Golke sollte noch seine Flucht demonstrieren. Also musste Verstärkung herbeordert werden, um die Meute auseinanderzutreiben und unter Kontrolle zu halten. Und trotzdem hätte es beinahe einen Zwischenfall gegeben. Einer bekam den Golke an der Jacke zu fassen, der reißt sich los, rennt in Panik zum zivilen Polizei-BMW, die Absperrung bekommt plötzlich ein Loch, und die Menge stürzt dem Golke hinterher, der sich mit knapper Not ins Auto retten kann. Zwei, drei Männer haben schon die Türgriffe in der Hand, als der Fahrer endlich Gas gibt und mit Golke an Bord in letzter Sekunde reifenquietschend abzischt.

War eine absolut filmreife Szene, hab ich später zum Hofbeck gesagt. Aber warum ist der eigentlich nicht dabei gewesen? War das wohl genau zu der Zeit, wo er seinen Thunderbird geschrottet hat? Klar, das muss da gewesen sein. In dem Fall konnte er nicht mal was dafür. Musste einem ausweichen, der sich beim Überholen verschätzt hatte und ihm entgegenkam, hat seinen Schlitten in den Straßengraben gesteuert und ist, Glück im Unglück, noch verhältnismäßig weich gelandet. Drei Rippen gebrochen, eine Platzwunde auf der Stirn und ein paar Prellungen.

Nachdem der Lokaltermin mit Golke ziemlich brüsk geendet hatte, hab ich mich kurzerhand den Leuten angeschlossen, die zum nächsten Lokaltermin geströmt sind – ins *Kaiserbräu,* um ihre Wut runterzuspülen. *Die Todesstrafe muss wieder her, da vergeht solchen Bürschchen das Lachen.* Der Golke hat ein ausgesprochenes Talent dafür bewiesen, die Öffentlichkeit gegen sich aufzubringen. Ich selber hab auch gemerkt, dass der Kerl mich aufregt. Der schien überhaupt kein Gefühl dafür zu haben, was er angerichtet hat. *Wirst sehen, du wird's am Ende noch heißen, der ist unzurechnungsfähig, und dann kommt er in die Hupfla und wird von ein paar Doktoren verhätschelt.* So war die Stimmung an den Biertischen.

Morgen sollte vielleicht besser ich die Fragen stellen, nicht diese Metzner. Vielleicht kann die mir erklären, was in dem Golke vorgegangen ist. In den Kaffeepausen haben wir damals alles Mögliche durchdiskutiert. *Das zeigt nur wieder, wie eiskalt dieser Typ ist,* haben die meisten gemeint. Die Neue im Feuilleton hat auch ihren Senf dazugegeben. Ist erst ganz frisch dabei gewesen und hat sich eingebildet, sie hat die Weisheit mit dem Löffel gefressen, weil sie vor ihrem Volontariat schon ein Studium absolviert hatte. Philosophie und Theaterwissenschaft. Das ist zu der Zeit richtig in Mode gekommen. Der akademische Journalist. Oder, noch schlimmer, die akademische Journalistin. Hatten vom Leben keine Ahnung und bildeten sich ein, sie könnten den alten Hasen zeigen, wo's langgeht.

Wie hieß die gleich wieder? – ich komm nicht mehr auf den Namen. Aber ihr Gesicht seh ich noch vor mir. Mit großer Brille auf der Nase, damit sie noch klüger aussieht. Und die Klamotten, die sie immer angehabt hat – zum Davonlaufen. Bei ein paar von uns war sie nur *die Kröte*. Da war die Gertrud mit ihrem Sächsisch dran schuld. »Fräun Gröööde!« – richtig, Grothe hat sie geheißen. Sabine Grothe. Sie könne das »schon irgendwie« nachvollziehen, hat sie gesagt, denn der Golke habe seine Opfer ja nie gesehen. Geschossen, umgedreht und rausgerannt. »Das waren immer die anderen, die mit den blutigen Schauplätzen konfrontiert waren, nicht er.«

Mag sein. Trotzdem. Es war ja auch schon klar, dass er vor seiner Festnahme fleißig die Zeitungen gelesen hat, um die Berichterstattung über sich zu verfolgen. Da hat er nachlesen können, was er für Wunden gerissen hat. Witwen mit mehreren Kindern zurückgelassen. Aber sein einziger Kommentar dazu war, dass er über die Berichte immer gelacht hat, weil er die Polizei so blöd fand, wenn sie eine falsche Spur verfolgt hat. Wie abgebrüht muss man da sein?

Bis zum nächsten Termin ist eine ganze Weile vergangen. Die Wogen mussten sich erst einmal glätten, und den Golke, erfuhr ich von Ingrid, hätten die Ereignisse in Ochenbruck und Neuhaus ziemlich mitgenommen. Es werde peinlichst alles vermieden, was ihn psychisch unter Druck setzen könnte, nur damit er sich nicht nachträglich auf den Paragraphen 136a berufen könne.

Das war ein merkwürdiges Gespräch. Seit dem Lokaltermin Tuchergartenstraße unterhielten Ingrid und ich uns nur noch im Geschäftston. Wir wurden andere Menschen füreinander.

Wir konnten keinen klaren Schnitt machen, wir konnten nicht beschließen, nichts mehr miteinander zu tun zu haben, denn sie blieb nun mal noch lange Zeit mein direkter Draht zur Kripo. Ob auch ein Lokaltermin für den Brenninkmeyer anberaumt ist, hab ich sie gefragt, und ich hab genau gemerkt, was für eine Rückfrage sie sich verkneift. Sie kannte ja die Zeugenakten. Nein, auf den Tatort Brenninkmeyer werde verzichtet, da gebe es genügend übereinstimmende Zeugenaussagen, tschüs.

Hab ich sofort an Christine geschrieben. Ein kleines Päckchen hab ich ihr gemacht. Lübecker Marzipan und eine kleine Karte dazu. *Mach dir keine Sorgen, er wird nicht in den Brenninkmeyer kommen! Ich vermisse Dich. Peter.* Aber keine Antwort.

Zwischenzeitlich hatte sie überraschend die Möglichkeit bekommen, ihre Halbtagsstelle bei Lyra aufzustocken, und ihren Job im Kaufhaus sofort gekündigt. Wusste ich zu der Zeit natürlich noch nicht. Was ich auch noch nicht wusste, war, dass Lübecker Marzipan nicht gleich Lübecker Marzipan ist. *Das echte kommt nur von Niederegger! Alles andere ist nix als Mandelschändung!* Das war echt Christine. Die müssen da oben so ein ähnliches Verhältnis zu Marzipan haben wie die Franken zu Tucher- und Landbier.

Zwischen den Lokalterminen gab's ein paar Tage Leerlauf. Da hab ich noch mal eine Reihe von Leuten abgeklappert, die mit dem Golke zu tun hatten. Seinen Anwalt, den Ermittlungsrichter, einen Gefängnisbeamten. Wollte rauskriegen, wie der Mann sich gibt, wenn er nicht in der Öffentlichkeit ist.

Alle zwei Wochen dürfe seine Mutter ihn für eine Viertelstunde besuchen, und ihr gegenüber verhalte er sich wie ein Mustersohn. Mache sich große Sorgen um sie, weil sie öffentlich angefeindet werde und Drohbriefe erhalte. Aus der Gefängnisbibliothek hole er sich mit Vorliebe Philosophie, Nietzsche und Schopenhauer. Kaum Kontakt zu den anderen Häftlingen, eher still und in sich gekehrt. Der Dr. Bender hat noch einen Versuch gemacht, das merkwürdige Verhalten seines Mandanten zu erklären. »Er trägt eine Maske zur Schau. Ihm sind die Termine unangenehm, und das will er nicht zeigen. Also spielt er den Überlegenen, den das alles nichts angeht. Aber er ist durchaus nicht so, wie es nach außen wirkt.«

Golkes Leben in U-Haft, so hieß der Artikel für die Wochenendausgabe, in dem alles zusammengetragen ist. Meine eigene Hypothese war: Berechnung. Aus voller Berechnung den Polizisten gegenüber ein freundliches Wesen zur Schau stellen. Allerdings die Berechnung eines unreifen Buben. *Wenn ich einen netten Eindruck mache, dann komme ich vielleicht noch mal glimpflich davon.* So ungefähr. Hat ihm aber nichts genützt.

Die Grothe, unsere Feuilleton-Akademikerin, hat natürlich auch ihren Senf dazugegeben. »Er hat sich vorher womöglich gar nicht als Mörder gesehen. Jetzt erst, wo sie ihn an die Tatorte bringen, begreift er allmählich, was er getan hat, und wird auch für sich selbst zum Mörder. Er lacht sich über sein eigenes Erschrecken hinweg. Könnte doch sein, oder?«

»Klar. Kann auch sein, dass der Golke balla-balla ist und innere Stimmen hört, die ihm befehlen, Leute umzulegen«, hat der Hofbeck pariert. »Aber Sie haben doch bestimmt auch ein paar Semester Psychologie studiert und werden das schon rauskriegen, wenn der Golke zu Ihnen in die Therapie geschickt wird.«

Die wenigsten hatten Lust, sich groß Gedanken über ihn zu machen. Er hat Menschen umgebracht, also muss er eingesperrt werden, und zwar am besten für immer, aus, Äpfel. Was soll das bringen, über Golkes Innenleben und sein Warum und Wieso nachzudenken?

Komisch, da fällt mir gerade eine Aussage von ihm ein – hat er die später vor Gericht gemacht? »Solange man nicht erwischt wird, ist es ja so, als ob man es nicht wirklich gewesen ist.« So ähnlich hat er das bei der Polizei gesagt. Nein, vor Gericht war's, wie ihn der Richter Kastl gefragt hat, ob er denn niemals ein schlechtes Gewissen hatte. Da lag die Feuilletonkröte wohl gar nicht so verkehrt. Na ja, ein blindes Huhn ...

Am 23. September erst der Termin in Martins Laden? Da war Neuhaus schon fast zwei Wochen her ... wieder um acht Uhr. Die frühe Uhrzeit hatte ihren Grund. Es sollte für Golke immer der erste Termin des Tages sein. Er sollte keine Möglichkeit haben zu behaupten, er sei überbeansprucht und somit nicht bei klarem Verstand gewesen. Das hat mir der Sheriff gesagt, wie mir eine Bemerkung rausgerutscht ist – mein Gott, schon wieder so früh raus. Klar, und aus demselben Grund haben sie auch die zwei Wochen gewartet. Damit sich der Golke von Ochenbruck und Neuhaus gründlich erholen kann.

Der Laden lag nur ein paar Hundert Meter von der Redaktion entfernt, und nach dem verregneten Sommer fing der Herbst an, einen sonnigen Tag nach dem anderen hervorzuzaubern. Also eigentlich das ideale Wetter für einen kleinen Spaziergang. Nur wollte der Hofbeck, der noch krankgeschrieben war, unbedingt mit und hat als eingefleischter Straßenbahnverweigerer darauf bestanden, dass wir mit dem Auto fahren. Das hieß im Klartext: noch früher aufstehen, zur *Pension Capri* in Johannis rüberfahren und ihn abholen. Wirklich immer noch die *Pension Capri*, wo der Hofbeck schon zu meinen Volontärszeiten gewohnt hatte. Nur ein einziges Mal ist er noch umgezogen: vom Zimmer 15 ins Zimmer 22. Aus dem wurde er Jahre später rausgetragen. Leber hinüber. Erst Krankenhaus, dann Friedhof.

War klar, dass der Hofbeck beim Termin in Martins Laden einfach dabei sein *musste*. Es war ja schon alles Mögliche zu uns durchgesickert. Der Golke sei bereits seit 1959 bei Martin Kunde gewesen, habe sich bei ihm regelmäßig mit Munition eingedeckt. Martin soll von den Überfällen in Leinburg und Ochenbruck gewusst und von Golke Schweigegeld kassiert haben, einmal 500, einmal 600 Mark. Irgendwann soll er ihm draufgekommen sein, dass er der Doppelmörder von der Tuchergartenstraße war, und das ist ihm dann zum Verhängnis geworden. Vielleicht würde sich jetzt, beim Ortstermin, endlich die Verbindung zwischen Martin und dem Mittagsmörder in ihrer vollen Tragweite aufklären.

Tatsächlich sprach der Golke bei der Vernehmung im Laden mit größter Selbstverständlichkeit nur vom Martin, nie vom Hochholzer. Da hat's uns beide ganz schön gerissen. Plötzlich war uns der Golke unglaublich nah gerückt. Wir haben uns die Aufnahme danach noch einige Male angehört, und nicht nur ich hab dabei jedes Mal eine Gänsehaut bekommen.

Ich hatte mir extra eine Stenorette aus der Redaktion mitgenommen und heimlich in einer Aktentasche mitlaufen lassen. Mein Gott, waren die Dinger damals noch sperrig. Wenn du gewusst hättest, Christine, dass die Stimme des Mittagsmörders gut versteckt bei uns im Haus liegt. Gut versteckt ... hab ich das Band noch irgendwo? Oder hab ich das doch irgendwann mal weggeworfen? Nein, so was wirft man nicht weg. Aber wenn ich es noch hab – wo kann es hingekommen sein? Und könnte ich es überhaupt noch abspielen? Na, erst mal nicht so wichtig.

Für den Artikel haben wir einiges von den Aufnahmen übernommen.

»Ich hab den Laden betreten, aber niemand ist an die Theke gekommen. Ich hab mir eine Weile die Pistolen im Waffenregal angesehen. Dann bin ich zur Bürotür gegangen. Plötzlich ist der Martin erschienen und ist sofort auf mich losgegangen. Da hat sich ein Schuss gelöst.« – »Gab es ein Handgemenge?« – »Ja.« – »Was hat Hochholzer gesagt?« – »Nichts. Kein Wort hat der Martin gesagt.« – »Was ist dann geschehen?« – »Martins Mutter ist hergelaufen und hat mit einer Pistole auf mich gezielt. Also habe ich abgedrückt.« – »Wie oft? Nur einmal?« – »Nein, mehrmals. Ich wusste ja nicht sofort, ob der erste Schuss getroffen hatte.« – »Und dann?« – »Martins Mutter ist zusammengebrochen. Dann habe ich den Martin in den Bauch geschossen.«

Aber für uns war da nichts Neues drin. Wir wussten jetzt nur genauer, wie die beiden gestorben waren und warum welche Verletzungen wo entstanden waren. Vor allem gab es kein Wort der Erklärung, warum Martin angeblich sofort auf Golke losgegangen war.

Wiederholt fiel die Frage, ob ein Wortwechsel stattgefunden habe; die Antwort darauf lautete stets *nein*. Und immer wieder sein Lachen auf dem Band. Auf die Frage, wie Frau Hochholzer am Boden gelegen sei, die lachende Antwort: »Wie halt eine alte Frau so daliegt.« Ob er sich aus der Ladenkasse bedient habe? Wieder Gelächter. »Ein paar Mark, vielleicht aber auch nur ein paar Zehnerla.« Dabei hat er ziemlich mitgenommen ausgesehen an dem Tag.

Ich erinnere mich noch an sein blasses, zum ersten Mal stoppelbärtiges Gesicht, die stumpfen Augen hinter den Brillengläsern, die wirren, sichtlich ungekämmten Haare. Eine Jammergestalt, man kann es nicht anders sagen. Das also ist der Mann, vor dem man jahrelang in Franken gezittert hat.

Hab ich das erst bei diesem Termin gedacht? Oder schon vorher? Ich glaube, die meisten hatten das Problem, dass sie von dem Menschen aus Fleisch und Blut, zu dem sich das Phantom materialisiert hatte, irgendwie enttäuscht waren. Einen finsteren, dämonischen Burschen hatte man sich vorgestellt, einen, der schon im Kindergarten den Beschluss gefasst hat, von Beruf Mörder zu werden, wenn er groß ist. Dagegen den Golke bei den Tatortbegehungen zu beobachten, war geradezu ernüchternd. Ernüchternd und irritierend.

Oh Gott, apropos. Da fällt mir der Hofbeck wieder ein. Auch der ziemlich mitgenommen von seinen noch nicht ganz auskurierten Unfallblessuren. Dem hat der Sheriff, als alles vorüber war, eine Spur zu wuchtig von hinten auf die Schulter geklopft. »Na, Hofbeck, alte Wurschthaut? Wieder alles paletti? Was sagt der Verkehrsrichter?« Unter dem unerwarteten Schlag ist Hofbeck ein paar Schritte vorwärtsgetaumelt und voll gegen die Ladentür gedonnert. Mit sichtlich unterdrücktem Schmerz hat er ein »großartig, Sheriff. Ich wollte schon immer mal 'ne Ladentür küssen«, herausgequetscht.

Genau in dem Moment ist der Golke in der Szenerie erschienen, zwischen zwei Polizisten, die ihn aus dem Laden raus und zum Wagen führen sollten. Gelacht hat er nicht. Dabei hätte es wirklich mal was zu lachen gegeben. Na ja, für uns. Nicht für ihn. Er hat durch die Tür nach draußen gestarrt. Dort war wieder eine

Traube von Menschen versammelt, und die Hassgesichter galten alle ihm. Auch die Rufe. Inzwischen kannte man sie in- und auswendig. *Hängt ihn auf, den Lumpen, hängt ihn auf!* Einen Mantel haben ihm die Polizisten noch schnell über den Kopf gezogen, bevor sie mit ihm auf die Straße raus sind. Vielleicht hat's ihm geholfen. Die Situation hat es nicht gerettet.

Einer aus der Menge hat sich ganz nach vorn gedrängt und gebrüllt: »Gebt ihn mir, ich bring ihn um!« Der ganze Tumult war sogar noch auf dem Band drauf, weil ich erst draußen ausgeschaltet hab. Daran kann ich mich gut erinnern. Wir haben uns das Ding ja oft genug angehört anschließend. Ein paar wenige gab's, die haben sich weggedreht und sind gegangen, weil's ihnen zu viel wurde. Die meisten haben aber nur beifällig gejohlt.

Mein Gott, wenn ich mir das Foto so ansehe ... vor allem diese alten Knacker in vorderster Front ... gruselig. Meine Mutter hätte gesagt: »Ausgerechnet die haben's nötig. Wer weiß, was die selber auf dem Kerbholz haben.« Was heißt hätte. Das *hat* sie gesagt. Hat mir der Bloch ein paar Tage später unter vier Augen mit schönen Grüßen bestellt und die süffisante Bemerkung nachgeschoben, warum ich denn nicht auf die Idee gekommen sei, die älteren Semester im Vordergrund zu interviewen. Jedem Zweiten von denen stünde doch mindestens der ehemalige NSDAP-Ortsgruppenleiter ins Gesicht geschrieben. Vor allem die wahrheitsgemäße Antwort auf die Frage »Was haben Sie vor zwanzig Jahren gemacht?« hätte er ganz außerordentlich interessant gefunden. »Wahrscheinlich hätte die auch ›aufhängen‹ gelautet. ›Im April 45 haben wir noch schnell ein paar Wehrkraftzersetzer aufgehängt‹.« Aber mit investigativem Journalismus, so Bloch, seien wohl einige hier ein wenig überfordert.

Der Bloch ist doch zwanghaft auf sein Thema fixiert. Darüber sind wir uns einig gewesen, der Hofbeck und ich. *Der klammert sich an dieser Epoche fest, als hätte es nie andere Zeiten in Deutschland gegeben.* Und außerdem – diese Leute auf der Straße waren schließlich unsere Leser. Darf man nicht vergessen. Die wollten aktuelle Informationen von ihrer Zeitung, keine Vergangenheitsbewältigung.

Dafür waren andere zuständig. »Wir sind hier nicht beim *Neuen Deutschland,* Herr Doktor«, hat der Hofbeck dem Bloch mal bei passender Gelegenheit reingewürgt.

Nach dem Termin hat er's außerordentlich eilig gehabt. Ob ich ihn noch schnell nach Gostenhof in die Eberhardshofstraße fahren könnte, er hätte was Wichtiges zu erledigen. Bei der Adresse war klar, das konnte nur eine von seinen Spaghetti-Connections aus der *Pension Capri* sein, und so war's dann auch. Ich hatte den Wagen kaum geparkt, da war der Hofbeck schon draußen und ist mit ganz erstaunlichem Tempo zu einem dunkelblauen Alfa Romeo gehumpelt. »Na? Bleimann, was sagst du zu dem Wagen? Ist das nicht ein Prachtstück? Nur noch fünf Minuten, dann gehört er mir!« Der Wagen *war* ein Prachtstück. Ein funkelnagelneuer Giulia Super, in dem Jahr ganz frisch auf den Markt gekommen. Während ich zugesehen hab, wie der Hofbeck um seinen Neuerwerb herumgetänzelt ist und kurz davor war, die glitzernden Stoßstangen zu küssen, hätte ich meinen 17 M am liebsten auf der Stelle abgefackelt. Allein die edle Farbe von dem Alfa ließ meinen roten Badewannentaunus richtig abkacken. Sah plötzlich aus wie ein billiges Spielzeugauto. Gar nicht zu reden davon, dass der Alfa leichter und schnittiger war, aber doppelt so stark motorisiert. Die 112-PS-Maschine hat mir der Hofbeck noch einige Male aufs Butterbrot geschmiert. »Direktimport aus Palermo!«, hat er gejubelt und ist in einem Hausflur verschwunden, um fünf Minuten später mit einer kompletten Gastarbeiterfamilie wieder auf der Straße zu erscheinen, und komplett hieß wirklich komplett. Die Belegschaft aus einem kleinen Lebensmittelladen ein paar Häuser weiter, die wahrscheinlich auch irgendwie verwandt war, gesellte sich dazu, eine Flasche Chianti wurde geöffnet, und nach gefühlten hundert *alla salute!* und *che bellissima macchina!* hielt der Hofbeck endlich die Schlüssel in der Hand. Dem hatte tatsächlich nichts Besseres passieren können als dieser Unfall. An dem Thunderbird hatte er ohnehin schon den Spaß verloren, nicht zuletzt, weil sich bei jeder Reparatur die Ersatzteilbeschaffung ewig lang hinzog, und so war er ihn elegant losgeworden, hatte ein

Sümmchen von der Versicherung bekommen und in den absolut richtigen Wagen investiert. Nur den Pförtner-Josef hat er mit seiner Kiste nicht beeindruckt. Der hat sich an Hofbecks erstem Arbeitstag nach dem Unfall nicht seinen Alfa, sondern sein lädiertes Gesicht angesehen und verkündet: »Du siehst aus, Jingla, oals wenn se of deim Gesechte Arbsa gedroscha hätta!«

Na ja. Was mich betrifft, hätte ich mir am liebsten selber einen Mantel über den Kopf gezogen, wie ich danach in der Eberhardshofstraße zu meinem Taunus zurückgegangen bin, um nicht diese leicht mitleidigen Blicke zu sehen. Hätte aber nichts dagegen geholfen, die Blicke zu fühlen.

»Ist auch schöne Auto«, hat der italienische Krämer noch gemeint. »Bevor ich hab die Laden aufgemacht, bin ich zwei Jahre in Ford-Fabrik an die Fließband gewesen. Vielleicht hab ich deine susammegebaut.« *Ist auch schöne Auto*. Das klang, als wollte er sagen – na ja, lassen wir das. Zurück zum Golke. Der war ab dem Tag von der Bildfläche verschwunden, bis zu seinem Prozess.

Was wohl heute los wäre, wenn sie den wieder freiließen? Ob sich da immer noch eine Menge zusammenrotten würde? Direkt vorm Straubinger Gefängnis? Ich könnt's mir vorstellen. Heute würde das so laufen wie eine von diesen Facebookpartys, wo Hunderte ungebetener Gäste kommen, um bei einer Sauforgie eine Wohnung zu zerlegen. Da müsste nur irgendeiner, der den Golke noch kennt, auf Facebook posten, dass der Mittagsmörder freigelassen wird, dann und dann, und schon wären ein paar Hundert Leute mobilisiert, von denen die meisten wahrscheinlich gar keine Ahnung hätten, wer das sein soll, der Mittagsmörder. Hauptsache Action.

Das wird aber nicht passieren. Die lassen den Kerl nicht mehr raus. Als mehrfacher Mörder wird man nicht so leicht begnadigt.

Der Pommerenke ist auch nie mehr rausgekommen. 1959 eingebuchtet, 2008 im Knastkrankenhaus gestorben. Der hatte noch dazu das Pech, sich als Jugendlicher die Schäuble-Brüder als Spielkameraden rausgesucht zu haben. Der Mörder, mit dem er als Kind Fußball gespielt habe, dürfe nicht wieder aus der Haft kommen, hat der Thomas Schäuble gesagt, als er Justizminister in Baden-Württemberg war.

Komische Begründung. Steht aber so drin in dem Buch über Pommerenke, das mir der Dressler zum Besprechen geschickt hat. Und der Golke? Der hat wahrscheinlich mit Günther Beckstein Fußball gespielt und wer weiß, mit wem sonst noch.

Jahre später hat mir mal ein Arzt, der auch am Hersbrucker Gymnasium war, erzählt, dass es eine Handvoll Leute in einflussreichen Positionen gibt, die alle dafür sorgen, dass der Golke nicht freikommt. Wahrscheinlich alle diejenigen, die von ihm mal Dresche bezogen haben. Kann doch gar nicht anders sein.

Das war's dann im Prinzip. Was danach kommt, ist bloß noch Nachtarocken. *Groß angelegte Spurensuche*. Da haben wir noch mal den kompletten Aufbau der Indizienkette geschildert. Die Polizei hatte den Mittagsmörder schon überführt, ehe er sich zum Geständnis bequemte.

Wenn ich mir das so ansehe, wirkt das wie ein Artikel, mit dem wir allen Fronten da draußen einen Gefallen tun wollten. Der Öffentlichkeit, die immer noch mittagsmörderlüstern war, und der Polizei, denn die hatte sich, nüchtern betrachtet, wahrlich nicht mit Ruhm bekleckert.

Bei der Routineüberprüfung vom Golke im Sommer 1963 hatten sie sich mit der Auskunft der Mutter begnügt, er sei am Tag des Banküberfalls ganz normal in seiner Vorlesung an der Uni gewesen. Die mehrfachen Hinweise auf seine Schießübungen am Michelsberg hatte die Polizei ignoriert. Golkes Fahndungsblatt war wegen seiner diversen Umzüge zwischen Hersbruck und Nürnberg über Jahre hinweg einige Male brav hin- und hergereicht worden, von der Stadtpolizei an die Landpolizei, von der Landpolizei an die Stadtpolizei.

Wenn man sich überlegt, dass der Golke seinen dilettantischen Handtaschenraub ausgerechnet beim Brenninkmeyer begangen hat, gerade mal zweihundert Meter vom Polizeipräsidium entfernt, kommt einem das nachgerade vor wie ein schlechter Witz. Das wirkt wie: Wenn ihr mich nicht kriegt, dann tu ich euch den Gefallen und komm ganz in eure Nähe. Und das war beileibe nicht der einzige Gefallen, den er der Polizei getan hat. Seine Frage beim Verhör passt doch da wie die Faust aufs Auge – »ihr wollt wohl gar nicht wissen, wie ich auf die Tuchergartenstraße gekommen bin?«

An seine Berufskollegen darf man gar nicht denken. Da braucht man nicht einmal bis zu den englischen Posträubergentlemen gehen. Jeder stinknormale Bankräuber, der sich nicht allzu blöd angestellt hat, hat sich irgendwas übers Gesicht gezogen. Nylonstrumpfhosen waren sehr beliebt. Die kamen dafür wie gerufen. Aber der Golke ist das Risiko eingegangen, dass man ihn wiedererkennt. Seine einzige Tarnung bestand darin, vor jedem Überfall seine Brille abzusetzen. Im Grunde ist nicht nur der Handtaschenraub dilettantisch gewesen, sondern seine komplette Verbrecherlaufbahn. In einer der Sparkassen sollen 100 000 Mark in einem offenen Safe gelegen sein, als der Golke seinen Überfall beging. Und was macht er? Schnappt sich die läppischen 3000 aus der Handkasse und zischt wieder ab. Wer so vorgeht, hat keine Nerven. Wer hat das eigentlich aufgebracht, das Gerede vom kaltblütigen Mörder? Kaltblütig ist doch beherrscht, besonnen, unerschütterlich. Das war der Golke nicht, der war nervös, übernervös, und deswegen hat er sofort geschossen.

Die eigentliche Ermittlungsarbeit, für die der Innenminister persönlich seine Belobigungen ausgesprochen hat, ist im Grunde erst hinterher geleistet worden, als das riesige Puzzle aus Kontoauszügen, Tankstellenquittungen, Postkarten, Kalendernotizen, gefälschten Ausweisen, Waffen und Projektilen zusammengesetzt wurde. Vorher suchte man wild in der Gegend herum. Eine Stecknadel im Heuhaufen hätte man eher gefunden als den Mörder von sieben Menschen.

Natürlich haben sie nicht versäumt, darauf hinzuweisen, dass sie »ganz dicht dran« waren, dass sie den Golke »ein paar

Wochen später« sowieso gehabt hätten. Aber letztendlich ist seine Festnahme beim Brenninkmeyer eben doch eher Zufall gewesen. Kurz vor dem Handtaschenraub hatte der Golke einen Geldbeutel geklaut mit vermeintlich nur einem Zehner drin. Die 300 Mark im Seitenfach hatte er übersehen. »Was wäre denn passiert, wenn ihm dieser Fehler nicht unterlaufen wäre?«, haben wir den Sheriff gefragt. An eine Antwort kann ich mich nicht erinnern.

Zum Nachtarocken gehörte dann noch eine ganze Serie von Kleinganovendelikten, die auch alle erst hinterher aufgeklärt wurden. Einbruch im Hersbrucker Fotogeschäft und dort Kameras geklaut, Autos gestohlen, Autos aufgebrochen, Ersatzreifen geklaut, Handtaschen geraubt. Wenn die ihm auch nur ein einziges Mal auf die Spur gekommen wären, hätten sie seine Wohnung durchsucht und die Pistolen gefunden, und alles wäre zu Ende gewesen. Aber eben dies hat nicht stattgefunden. Bei jeder Tat stand die Polizei vor einem Rätsel.

Und sonst noch?

Die Psychogeschichten, natürlich, die haben da angefangen. Drei Gutachter sollten Golke unter die Lupe nehmen. Sein Rechtsanwalt wollte wohl retten, was zu retten ist, und hat deshalb auf mehreren psychiatrischen Untersuchungen bestanden, was den Prozessbeginn ganz erheblich verzögern hat. Genauso wie die fieselige Kleinarbeit bei der Untersuchung all der verschiedenen Delikte, die Golke zur Last gelegt wurden. Das war die Zeit, in der die Feuilletonkröte zu Höchstform aufgelaufen ist. Obwohl die das Thema im Grunde gar nichts anging und sie sich lieber um diese dämlichen Filme hätte kümmern sollen, die damals in Mode kamen, langweiliges, anstrengendes Zeug, wo es immer nur um irgendwelche Innenansichten ging. Ich hab mir mit Christine mal so einen Film angeschaut, ein *Kultfilm* sollte das angeblich sein. Ich kann mich nur noch erinnern, dass die ganze Zeit Billard gespielt und blödsinniges Zeug geschwurbelt wurde. Wir sind rausgegangen. Das war nichts für uns. Aber jetzt wieder zurück zu meinem eigenen Film.

III

1966 war in Bezug auf den Mittagsmörder ein mageres Jahr, da ist nicht viel abgeheftet worden. Golke wurde wochenlang immer mal wieder auf seinen Geisteszustand und vor allem auf seine Schuldfähigkeit untersucht. Wir bekamen davon kaum etwas mit, es hieß warten. Ich weiß allerdings auch nicht, wie mein Leben verlaufen wäre, wenn ich noch genauso in dieser Geschichte dringesteckt hätte wie im Vorjahr. Ich will es mir auch nicht vorstellen. So wie es gelaufen ist, war es gut. Es war das Jahr, das bis dahin den größten Einschnitt in meinem Leben bedeutet hat. Es war das Jahr von Christine und mir – mit dem Höhepunkt am 24. Juni, dem Tag, an dem wir geheiratet haben.

Das Hochzeitsfoto von uns beiden wirkt vollkommen deplatziert zwischen all diesem Golke-Müll – *Mittagsmörder hat Frau schwer verletzt und Fahrerflucht begangen, soll am 18. Januar deswegen vor Gericht kommen.* In der Wochenendausgabe kurz vor diesem Termin dann nur eine kleine Randnotiz, dass Golke jetzt doch noch nicht vorgeführt wird, ich glaube, das hing mit den psychiatrischen Untersuchungen in Erlangen zusammen, die man nicht unterbrechen oder stören wollte. Vielleicht saß er aber auch mal wieder in Untersuchungshaft.

Es war ja ein einziges Hin und Her, wir waren irgendwann alle nur noch genervt davon.

Ach ja, genau: Das war ja die Zeit, in der die Wahlkampfveranstaltungen auf Hochtouren liefen. »Für Nürnberg wieder mit der SPD« versus »Nürnberg braucht die Union« versus »Nürnberger denkt an eure Stadt; sie braucht die Freie Demokratische Partei«. Einen Dreck brauchte Nürnberg die FDP – das ist heute nicht anders als damals.

Tatsächlich hat alle Welt laut darüber nachgedacht, ob es dieses Mal nicht zu einer großen Koalition kommen würde, der Rechtsruck war sowieso schon mehr als deutlich zu spüren. Jetzt bin ich mir auch wieder sicher, dass die NPD 1966 mit drei Kandidaten in den Stadtrat eingezogen ist. Ja genau, das war 1966.

Am 2. März haben wir noch mal was über Golke gebracht, kaum was Wichtiges – dem Mittagsmörder schmeckt das Essen in der Untersuchungshaft und er zeichnet fränkische Dörfer und Mädchen, während er auf die nächsten Untersuchungen an der Uniklinik wartet. »Der Sauhund lebt wie die Made im Speck auf Steuerkosten und zeichnet sich Wichsvorlagen«, hat der Hofbeck wütend gebleckt. Es hätte aber auch jeder andere sein können.

Viele wollten die Todesstrafe wieder einführen, auch Adenauer, gerade der. Hat in seinen Wahlkampfreden zeit seiner Kanzlerschaft regelmäßig mit der Todesstrafe argumentiert. Ich weiß noch, dass der Bloch bei einer Redaktionskonferenz mal einen Artikel aus dem *SPIEGEL* dabei hatte. Darin ging es um genau dieses Thema – muss aber schon eine ganze Weile vor 66 gewesen sein, 63 oder 64 vielleicht, der Golke war zu der Zeit jedenfalls noch nicht an unserem Horizont aufgetaucht. In diesem Artikel stand unter anderem was über einen Verein, der die Todesstrafe wieder einführen wollte – es war tatsächlich ein e.V., und der Vorsitzende, ein Jurist, wenn ich mich richtig erinnere, hatte einen *bombigen Vorschlag* gemacht, wie man die Todesstrafe besonders Steuergelder schonend wieder einführen könnte: Der Mann hatte allen Ernstes vorgeschlagen, die Verbrecher den Angehörigen der Opfer zu überlassen. »Dieser sogenannte Rechtsvertreter fordert damit nicht mehr und nicht weniger als die offizielle Einführung der Lynchjustiz!« – Bloch hätte es in dieser Konferenz beinahe zerrissen.

So was war für uns alle natürlich unvorstellbar, aber die Todesstrafe an sich ... das war gar nicht so unvorstellbar. Die wollte weit mehr als die Hälfte der Bundesbürger. Darüber gab es sogar mal eine recht groß angelegte Umfrage. Wäre interessant zu wissen, wie das heute aussieht.

Ach, schau mal an, hier ist es ja unter den Kurzmeldungen, am selben Tag, als wir das mit Golkes Mädchenzeichnungen gebracht haben: NPD-Vorsitzender Meier-Dorn spricht am 3. März anlässlich einer Großkundgebung der nationaldemokratischen Partei in der Meistersingerhalle und der Heilbronner Spielmannszug musiziert dazu. Sauber! Man muss allerdings auch sagen, dass es Proteste gegen diesen Rückwärtstrend gab. Bei einem Fackelzug der NPD quer durch die Stadt bezogen sie ordentlich Dresche. Trotzdem, der Rechtsruck war deutlich zu spüren.

Golke hatte auch einen deutlichen Schlag in diese Richtung. Wir haben darüber nur sehr zurückhaltend berichtet, warum eigentlich? Dieser Artikel aus der Wochenendausgabe der *Süddeutschen* ist jedenfalls eindeutig, und ich weiß genau, dass nicht nur die Kollegen von der *SZ* von Golkes Herrenmenschenallüren gewusst haben. *Ich bin ein einsamer nordischer Adler* hatte auch bei uns die Runde gemacht, ist aber offenbar unter den Tisch gefallen oder gekehrt worden, oder hat Christine doch nicht alles abgeheftet? Nein, das kann ich mir nicht vorstellen.

Der einsame nordische Adler, da lachen ja die Spatzen – in der Schule in Hersbruck haben sie ihn immer nur *die nordische Niete* genannt. *Ganz im Sinne von Nietzsche hat er sich selbst zur schönen wilden Bestie hochstilisiert*, lächerlich. Wenn man den Kerl kichernd und herumkaspernd erlebt hat wie bei den Tatortbegehungen, hat man glauben können, er wäre noch in der Pubertät. Nein, ganz sauber war der wirklich nicht.

An dieses Gedicht kann ich mich nicht erinnern, hatten wir das auch? Es stammt aus seinem Tagebuch, *Zielpolitik* hatte er das genannt. Ich hab dieses Ding nie in der Hand gehabt, Hofbeck vielleicht? Oh Mann: »Bist du der Rasse nach auch nicht mein Ideal, ein Mädchen mit einer für mich nie gekannten Lebensart, werde ich dennoch nie bereuen meine Wahl.« So ein Gedicht schreibt der für seine Angebetete und gleich dahinter, schreiben die von der *SZ*, kämen Zeichnungen, die man eher an den Wänden eines öffentlichen Pissoirs vermuten würde. Wurmt mich jetzt schon, dass ich das Notizbuch nicht gesehen hab.

Eigentlich sind das ganze Jahr über immer wieder Dinge passiert, die so oder so mit Deutschlands brauner Vergangenheit zu tun hatten, mal im größeren Stil, mal waren es nur Kleinigkeiten. Einmal war ich indirekt sogar selbst an so einem Ereignis beteiligt. Das hatte mit meinen Nachbarn zu tun.

Wie er mich breitschlagen konnte? Ich weiß es nicht mehr. Mein Verhältnis zu den Habermanns war ja alles andere als freundschaftlich. Wahrscheinlich war es die so offen zur Schau getragene Verzweiflung von Frau Habermann, durch die ich mich dann doch hab erweichen lassen. Die hat eine wirklich bühnenreife Nummer aufs Parkett gelegt, ob ich nicht ausnahmsweise, und sie hätten doch sonst keinen Platz, und sie könnten die Bonnie doch unmöglich auf die Beerdigung eines alten Freundes mitnehmen.

So ging das zwei Tage lang. Am Anfang hatte ich mich noch standhaft geweigert, den Hundesitter zu spielen, irgendwann aber doch ja gesagt. War ja schließlich ein Trauerfall im Spiel. Also hab ich auf die Bonnie aufgepasst, eine Fellwurst von Promenadenmischung, die die Habermanns angeblich von einer Verwandten geerbt hatten. Meilenweit entfernt von einem Rolfi I war das Viech, war einfach nur ein vierbeiniger Schnarchzapfen, der ab und zu gekläfft und andauernd gefurzt hat.

Später hab ich durch Zufall erfahren, dass die Habermanns zusammen mit fünftausend anderen Altnazis nach Ludwigsburg gefahren waren, um Joseph Dietrich zu beerdigen, den Kommandanten der SS-Leibstandarte von Hitler. Dietrich war mitverantwortlich für das Massaker an amerikanischen Kriegsgefangenen – *damals in den Ardennen*. Und natürlich konnte man zu einem *Festakt* wie Dietrichs Beisetzung als strammer Deutscher keine furzende Promenadenmischung mitschleppen. Mann, war ich sauer! Den Gestank in meiner Bude hab ich sofort wieder in der Nase, und es hat gedauert, bis ich Christine davon überzeugen konnte, wieder mal bei mir zu übernachten. Aber ehrlich gesagt, hat es mir bei ihr in der Humboldtstraße sowieso immer besser gefallen. Christine hatte Stil. Das kann man nicht anders sagen.

Wir waren uns ja zwischenzeitlich schon recht nahe gekommen, sonst wäre sie auch nie auf meinen Vorschlag mit dem langen Wochenende im Elsass eingegangen. Wir sind regelmäßig ins Kino, nicht in diese Schmonzetten, in die ich mit Ingrid oder einem der anderen Mädels vor Christines Zeit gegangen bin, sondern in richtig gute Filme – *Cleopatra, Doktor Schiwago* –, wir mochten diese Schinken. Wir waren auch immer mal wieder im Varieté oder im Theater. Und natürlich Einkaufen.

Es war erstaunlich, wie schnell Christine einen neuen Mann aus mir gemacht hatte. Die Niese fand das toll, der Hofbeck nur affig. Der kam aber sowieso nicht mit Christine klar und sie nicht mit ihm. Ich fand meinen neuen Stil zwar ganz okay, sonst hätte ich auch nicht mitgespielt, war aber doch etwas beunruhigt in Hinblick auf meinen Kontostand. Nur um Tanzveranstaltungen haben wir seit der Pleite mit der Arschlandung bei diesem einen Ball einen Bogen gemacht. Dafür war ich ihr wirklich dankbar.

Und dann war da natürlich noch die Sache mit der Feier ihrer Arbeitskollegin bei der Lyra. Marianne Ziegler. Die kannte ich, denn ich hatte Christine schon ein paarmal von der Arbeit abgeholt und es genossen, während ich auf sie wartete, all die wunderbaren Bleistifte in den Glasvitrinen anzuschauen – ach ja, diese Vitrinen, ich hätte jeden Stift mitnehmen mögen! »Sie schauen die Stifte an, wie ein Juwelendieb ein Diamantcollier«, hatte Marianne gesagt, und ich hab mich ertappt gefühlt. Hatte sie nicht kommen hören. So hab ich sie kennengelernt.

Marianne war etwas älter als Christine, und ich glaube sogar, dass es ihr Dreißigster war, den wir gefeiert haben. Ihr Mann, Friedhelm, war schon um die vierzig und Prokurist bei einer Bank. Die beiden hatten ein Haus in Erlenstegen. Mein lieber Herr, das war vielleicht eine noble Hütte! Die Marianne hätte nicht arbeiten gehen müssen so wie meine Mutter. Ich glaube, für Marianne war das Arbeitengehen auch mehr so eine Art Hobby, um was Eigenes zu haben. Irgend so ein Quatsch, den die *moderne Frau* plötzlich haben wollte.

Das hab ich damals gedacht, und das denke ich heute noch, und deshalb sind Christine und ich uns mit einem Kopf voller Lufthansacocktails und Pfirsichbowle auf der Taxifahrt zurück auch noch fürchterlich in die Wolle geraten.

Wir haben uns oft gestritten, die ganzen vielen Jahre unserer Ehe hindurch. Nur ganz am Schluss nicht mehr. Wie hab ich diese andauernden Explosionen gehasst. Mal ging es ihr nicht schnell genug – mit uns, mit der Karriere, der Wohnung, dem größeren Auto. Mal war ihr alles zu eng, zu miefig, zu bodenständig. Waren wir im Urlaub in einer dieser Hotelanlagen in Spanien oder Italien, schielte sie zu den Zieglers rüber, die schon Ende der Sechziger eine Finca auf Gran Canaria besaßen. Sicher, schön waren diese Bettenburgen an der Costa del Sol oder bei Rimini wirklich nicht, aber was anderes war am Anfang einfach nicht drin. Und dann war da noch die Sache mit den Kindern. Christine wollte keine, wollte ihre Freiheit nicht aufgeben, wollte unbedingt unabhängig sein. Sie konnte sich überhaupt nicht in der Rolle der Mutter sehen – *ich bin nun mal kein Muttertyp!* Sie hatte auch keine rechte Beziehung zu ihrer Mutter, hat sie so gut wie nie besucht in ihrer Zweizimmerwohnung in Moorenbrunn. Und dann ist die alte Frau Frahm ja recht bald gestorben. Ich hab sie eigentlich gar nicht mehr richtig kennengelernt.

Am Anfang fand ich das mit den Kindern in Ordnung, ich fühlte mich selber noch lange viel zu jung dafür, aber irgendwann ... gerade jetzt? Na ja, nun ist es zu spät. Christine ist tot, und ich lebe noch. Das Komische ist, dass ich jetzt sogar die vielen Kräche zwischen uns vermisse. Ja, sogar die Kräche.

Ich hab sie nach dem Kino gefragt, ob sie mich heiraten will – *Der Flug des Phoenix* mit Hardy Krüger. Das war Anfang Mai. Am 24. Juni 1966 haben wir geheiratet, vormittags, damit wir es am Abend noch nach München zum Beatles-Konzert schaffen. Das war das erste und das letzte Mal, dass ich die Beatles gesehen hab, kurz danach haben sie ihr letztes Konzert gegeben. Die Karten waren unser Hochzeitsgeschenk von der Redaktion, Zugfahrt und eine Hotelübernachtung inklusive. Das war der Hammer. Die Hochzeitsfeier haben wir dann einen Tag später nachgeholt, noch ganz voll mit den Eindrücken vom Auftritt der Pilzköpfe, der leider viel zu kurz, aber absolut unvergesslich war. Und am Sonntag danach ging es ab in die Flitterwochen nach England, das hatte Christine sich gewünscht. Sie kannte Swinging London und vor allem Stafford ja sehr gut von der Fremdsprachenschule her. Für mich war diese eine Woche die längste Zeit, die ich bis dahin außerhalb von Franken verbracht hab, und ich war schwer beeindruckt, wie selbstverständlich Christine sich in dieser für mich so fremden Welt bewegte.

Mein erster Eindruck war, dass alle englischen Frauen eindeutig zu wenig zu essen bekommen oder die englische Küche nicht mochten, was ich verstehen konnte. Richtige Hungerhaken liefen da rum, alle mit schwarzen Ringen um die Augen, grauenhaft. Christine hat sich köstlich darüber amüsiert und gefragt, ob ich wohl noch nie was von Twiggy gehört hätte, dem teuersten Mannequin der Welt. Hatte ich nicht, für so was hab ich mich nicht interessiert. Als dann auch bei uns in Nürnberg lauter Twiggy-Verschnitte rumliefen, war ich erstens informationsmäßig mal der Zeit voraus und wusste zweitens, dass Doris Day offensichtlich out und Fahrradspeichen in Miniröcken in waren.

In der Redaktion war alles beim Alten. Mit Golke hatte sich absolut nichts getan, ganz im Gegenteil. Es deutete sich schon im Juli 66 an, dass es mit großer Wahrscheinlichkeit in diesem Jahr nicht mehr wie ursprünglich geplant zum Prozess kommen würde. Die Story war nicht mal mehr lauwarm, sie war kalt, taugte nicht mal mehr zum Füllen des Sommerlochs. Mir kam das gelegen, auf diese Weise hatte ich mehr Zeit und Nerven für den Umzug in die Rilkestraße – die erste gemeinsame Wohnung mit Christine.

Ein anderer Fall hat damals die Gemüter in der Redaktion ziemlich bewegt, das war der mit den zwei Rentnern, die im Vorjahr ihre Nachbarin mit einer Hundepeitsche und einem Besenstiel totgeprügelt hatten. Das Ganze war in der Barackensiedlung in Schafhof passiert und sollte nun im Spätsommer dieses Jahres verhandelt werden. Den Stein des Anstoßes für die Diskussionen in der Redaktion lieferte unser Pförtner-Josef, der seit Kurzem endlich seine heiß ersehnte Neubauwohnung in der Planetenringsiedlung bezogen hatte.

Es kam so gut wie nie vor, dass der Josef seine Pförtnerloge absperrte und zu uns in die Redaktion kam, nur zu ganz besonderen Anlässen nach Dienstschluss oder in seltenen Notfällen, wenn er wegen dem *krewatschlichen Wattr* die alten Narben oder sein Kreuz spürte und sein Flachmann schneller als geplant leer geworden war. »Guschla, wellste Branntwein saufa – Fißla, musste boarfuß laufa!« Die Botschaft hat jeder verstanden. Für den Josef hat der Hofbeck, wenn's darauf ankam, sogar seinen Amiwhiskeyvorrat geplündert. Wir kannten unseren alten Pförtner als eine Seele von Mensch, der höchstens mal einen kleinen Kommentar zu einem Artikel abgab, der ihm besonders gut oder weniger gefiel. Oder sein Standardspruch zu den Fotomodellen, die immer dünner wurden: »Bei daar konnst de a Hutt oa de Reppa hänga!«

An dem Tag, an dem unser etwas flapsiger Artikel über den Totschlag mit Hundepeitsche und Besenstiel erschienen war, stand er aber plötzlich oben bei uns wie der leibhaftige Geist des Altvatergebirges, von dem er so oft und gern erzählt hat. Er hat nicht viel gesagt, nur, dass wir nicht verstehen, wie es sich anfühlt als Flüchtling, der alles verloren hat und dann noch einmal alles verliert. Und dass wir uns schämen sollten, solche Leute auch noch durch den Kakao zu ziehen. Dann ist er wieder runter und hat uns ziemlich blöd aus der Wäsche gucken lassen. Die Niese war an dem Tag nicht da, sonst hätte es mit Sicherheit eine Tränenorgie obendrein gegeben.

Josef hatte recht, unser Artikel war nicht sonderlich geschmackvoll, nur der Hofbeck hat das natürlich wieder mal nicht einsehen wollen. In der Barackensiedlung zwischen Ziegelstein und Erlenstegen hausten seit einigen Jahren Flüchtlinge aus der Ostzone, Menschen, die nicht nur einmal, sondern jetzt zum zweiten, vielleicht sogar schon zum dritten Mal ihre Heimat verloren hatten und nun in engen Notunterkünften hausten. Klar, das ist keine Entschuldigung, jemanden zu Tode zu prügeln, aber auch kein Anlass für uns, sich über zwei Rentner lustig zu machen, die zu Hundepeitsche und Besenstiel greifen. Auch Christine fand unseren Umgang mit dem Thema ziemlich daneben. Hat wie so oft gemeint, dass man einem von Geburt an Blinden wohl nie erklären kann, was blau ist. Ist eben nicht immer leicht als Schreiberling. Es gibt viele Fettnäpfe, in die man treten kann.

Ja, der Pförtner-Josef, der war schon ein Unikum. Den haben wir noch lang vermisst, als er gestorben ist. Sein Tod war auch so was wie das Ende einer Epoche ... ich hab nie mehr einen Menschen in dem Dialekt sprechen hören, wie er ihn gesprochen hat. Genau in diesem Jahr haben wir ihn beerdigt, im Oktober. Von seiner neuen Wohnung am Planetenring hat er nicht mehr viel gehabt. Vorher hat er jahrelang in einem Mansardenzimmer mit Kanonenofen in Sandreuth gehaust, irgendwo hinter dem Dr.-Luppe-Platz. Was hat der sich nach einer Wohnung mit Zentralheizung gesehnt, der alte Josef, der eigentlich noch gar nicht so alt gewesen ist. Jahrgang 1905, ist mit einundsechzig Jahren gestorben. Jünger, als ich jetzt –! Und damals, als wir uns auf dem Südfriedhof versammelt hatten, war ich neunundzwanzig, kaum halb so alt wie er.

Es war eine der trostlosesten Beerdigungen, auf der ich jemals gewesen bin. So gut wie keine Verwandten, außer der einen Tochter aus Wiesbaden mit Familie und einem entfernten Cousin. Eine Delegation von der Sudetendeutschen Landsmannschaft, Kreis Friesetal, ist dagewesen. Sudetendeutsche Landsmannschaft! Für viele ein Revanchistenverein. Für mich auch. Ich weiß noch, wie ich zusammengezuckt bin. Aber der Josef und Revanchist?

Ich erinnere mich nicht mehr an die Ansprache vom Pfarrer. Ich habe nur noch die Worte *Wir nehmen Abschied von Josef Moser, ehemaliger Landwirt und Bürgermeister in Mährisch Dingsda* im Ohr, die uns wieder ins Gedächtnis gerufen haben, dass unser Pförtner-Josef nicht sein ganzes Leben lang ein Pförtner-Josef gewesen war. Der Krieg mitsamt seinen Auswirkungen hatte Lebensläufe verbogen, entstellt, verzerrt, und es gab Menschen wie den Josef, die still hingenommen haben, was mit ihnen passiert war, die sich nie beklagten. *Josef Moser, der sein Leben lang Halt im katholischen Glauben gefunden hatte,* wie der Pfarrer sagte. Ich kann mich nicht erinnern, dass der Josef jemals eine abfällige Bemerkung über die Tschechen gemacht hätte, die für viele Vertriebene leibhaftige Teufel waren.

Wie ging dieses Lied noch mal? Das war was mit einem blauen Blümchen – nein, es war ein Blümlein blau – »ach, Blümlein blau, verdorre nicht!«, so haben die gesungen, ja genau, so ging das Lied. »Ach Blümlein blau, verdorre nicht! Du stehst auf grüner Heiden. Du bist einmal mein Schatz gewest, jetzt aber muss ich dich meiden.«

Stimmt schon, das Leben ist weiß Gott kein Ponyhof, aber für einige ist es die Hölle. Das ist einfach nur bitter.

Ist spät geworden. Man könnte fast meinen, die Zeit vergeht noch schneller, wenn man darin herumgräbt und hinter den Schatten der Vergangenheit herläuft. Wenn man nur so dasitzt und nichts tut, scheint die Zeit einen nicht zu bemerken, geht einfach an einem vorüber. Oder zieht sie sich absichtlich in die Länge?

»Wenn man nur so dasitzt und nichts tut ...« – wie ist das eigentlich, wenn einer im Gefängnis sitzt? Wie lang ist der Golke schon drin? Moment ... das sind ... vom 1. Juni 1965 ... sind das fast siebenundvierzig Jahre. Hm. Ich frag mich, wie für so jemanden die Zeit vergeht. Gut, der wird nicht gerade nix tun im Knast. Die arbeiten ja irgendwas. Studieren kann man da auch, wenn man will. Aber so richtige Epochen, Lebensepochen ... gibt's für ihn eigentlich nicht. Oder?

Für mich ist immer wieder etwas zu Ende gewesen, etwas Neues hat angefangen ... und das ergibt die Markierungspunkte. Der Josef ist gestorben. Ich habe geheiratet. Wir sind in unsere erste Wohnung gezogen. Der Hofbeck ist gestorben. Ich bin Leiter der Lokalredaktion geworden. Christine und ich sind gereist. England, Frankreich, Spanien, Italien, Griechenland. Es gibt Berge von Fotos. Erinnerungen. Einschnitte. Geburtstagsfeiern, Hochzeiten, Jubiläen, Beerdigungen. Woran erinnert sich einer wie Golke? Was geben sechsundvierzig Jahre Knast her? Gibt's da Epochen im Leben? Wendepunkte? Lebensstationen? Ach, was soll's ... hätte sich der Kerl ja vorher überlegen können. Auf mehrfachen Mord steht lebenslänglich, so einfach ist das.

Also, Hirschmann: keine Müdigkeit vorschützen, frisch ans Werk! Ist ja nicht mehr viel, was wir 1966 über Golke bringen konnten. Da war Anfang Oktober die Meldung, dass die Verhandlung nun definitiv ins kommende Jahr verschoben wird – warum noch mal? – ach ja, richtig. Weil das psychiatrische Gutachten immer noch nicht bei Gericht eingegangen war. Die haben sich ganz schön Zeit gelassen, die Herren Seelenklempner.

Da schau mal an! Zur gleichen Zeit haben sie den Albert Speer und den Baldur von Schirach nach zwanzig Jahren aus der Haft entlassen. Der Speer hat sich mit seinen Memoiren dann ja noch 'ne goldene Nase verdient. Das Buch gurkte auch bei uns in der Redaktion eine Weile rum, ich hab es aber nicht gelesen, war ja auch eher fürs Feuilleton interessant.

Dann kam schon der 1. Dezember. Das war der Tag, an dem sie Kiesinger als neuen Bundeskanzler vereidigt haben – war ja ein sehr kurzes Gastspiel, das der Ludwig Erhard gegeben hat, gerade mal ein Jahr. Dabei sagt man den Fürthern doch immer nach, dass sie sich ewig lang an was klammern können.

Die Ernennung Kiesingers hat einen richtigen Eklat ausgelöst, sogar im Ausland – vielleicht dort sogar noch mehr als in der Bundesrepublik. War aber auch kein Wunder, immerhin war Kiesinger bekanntermaßen früher NSDAP-Mitglied gewesen, und das nicht erst, als es gar nicht mehr anders ging, sondern von Anfang an. Der Krieg war erst ein bisschen mehr als zwei Jahrzehnte vorbei, da hatte Deutschland einen Altnazi als Bundeskanzler. Das war schon ein dicker Hund – quasi die Krönung dieses sowieso schon schwer nach rechts gekippten Jahres.

Und was war jetzt mit Golke? Hm, da hatten sie das Gutachten offenbar dann doch endlich mal fertig – 199 Seiten, eine ganze Menge Holz. Das ist ja eine komische Formulierung, die wir hier hinter dem Namen in Klammern gesetzt haben: *Horst Golke (Mittagsmörder und Untersuchungshäftling)*, klingt ja wie ein Doppelberuf *Mittagsmörder und Untersuchungshäftling* – ach ja, und dann natürlich noch die Sache, dass er sein am Anfang der Vernehmung abgelegtes Geständnis pauschal widerrufen hat. Da sind wir aber gar nicht weiter drauf eingegangen.

Dann kommt hier noch die Wochenendausgabe *Golke schreibt seine Memoiren* – so ein Affenzirkus, schreibt mit sechsundzwanzig seine Memoiren, angeblich, um sich die Prozesskosten zu verdienen. Oder war das die Geschichte mit der Zeitschrift, die ihm das Zeug abkaufen wollte? Er hatte was notiert für die *Quick* oder *Constanze*, irgendein Boulevardblatt jedenfalls. Die haben seine Schmierereien aber nie gekriegt, weil die vorher abgefangen wurden. Und darin hat er meiner Erinnerung nach alle Taten gestanden, wollte sich wohl wieder mal wichtigmachen. Dieses schriftliche Geständnis haben die später ja gegen ihn verwenden können, als er schon alles widerrufen hatte.

Das ist ja auch interessant: Hier hackt er auf der älteren Generation rum, die für ihn kein Vorbild sein kann, weil die im Krieg so schlimme Dinge verbrochen hat. Au weia, Bürschlein, damit hast du dir bestimmt keine Freunde gemacht. Aber in Sachen Menschenkenntnis und klugem Verhalten war der Golke ja sowieso immer eine Niete. Man hätte meinen können, er bringt alle Welt mit voller Absicht gegen sich auf. Warum ist er denn nicht gleich zu den Baader-Meinhofs gegangen? Wenn er das wirklich ernst gemeint hat mit den furchtbaren Dingen, die die Vätergeneration angerichtet hat, dann wäre er doch bei denen gut aufgehoben gewesen. Na ja, aber die *schöne wilde Bestie* wollte wohl allein bleiben.

So, und das war's auch schon mit dem Fall Golke im Jahr 1966. Jetzt kommt nur noch der Prozess, aber vorher gibt's für mich erst mal ein Bier. Wer arbeiten muss, darf auch saufen, gell, Herr Hofbeck!

Christine und ich waren Anfang Oktober 66 endlich in unsere *modern renovierte* Altbauwohnung gezogen. Ich hab gar nicht gewusst, dass es so was gibt. Hab gedacht, alt ist alt und neu ist neu. Gab es aber. Hohe Decken mit Stuckrosetten von anno dunnemals oder alte Dielenböden mussten nur geschickt genug mit modernem Design kombiniert werden.

Christine hatte schon lange vor unserem Einzug alle möglichen Zeitschriften und Bücher angeschleppt – Mamma Mia, hab ich da plötzlich Sachen kennengelernt! Den Unterschied zwischen Zwecklampen und Stimmungsleuchten zum Beispiel oder den zwischen Auslegeware aus Sisalbouclé und Wollvelours oder die großartigen Kombinationsmöglichkeiten von Pop-Art-Möbeln mit einer Op-Art-Tapete. Bei der Tapete hab ich gestreikt, das war nix für meine Augen. Aber sonst … in diesen Dingen war ich damals ja vollkommen unbeleckt, konnte gerade mal ein Klappbett von einem Klappsofa unterscheiden.

Und dann hab ich natürlich noch was anderes kennenlernen müssen: die Metabo. *Metabo braucht der Mann!* Ich hab die blöde Bohrmaschine nicht wirklich gebraucht, genauso wenig wie die Elektrosäge und das ganze andere Werkzeug, das plötzlich hermusste. Ich hab nun mal von Haus aus nicht nur zwei linke Füße, sondern auch zwei linke Hände. Das hat Christine aber überhaupt nicht interessiert. *Ist doch viel schöner, wenn man sich was selber macht* und *wo ein Wille ist, ist auch ein Weg.* Es war ein dornenreicher, und ich hab mir mehr als einmal gewünscht, dass der Golke ausbricht oder wenigstens eine Revolte in der U-Haft anzettelt, damit ich mal wieder Sonderschichten schieben kann und von der Sträflingsarbeit des modernen Renovierens verschont bleibe. Aber als es dann fertig war …

Wir haben unsere offizielle Einzugsparty erst an Silvester gemacht, da aber mit allem Drum und Dran: Bowle, Sekt, Schnaps und natürlich Gabelbissen – *Fingerfood* gab es ja noch nicht, jedenfalls nicht bei uns. Da gab es Gabelbissen oder Häppchen, und Silvester 66 gab es außerdem noch ein Käseplatte, weil Christine ein Fan von Erna Horn war, die gerade ein neues Kochbuch rausgebracht hatte – *Das bunte Käsebuch*. Steht immer noch in unserer Küche und staubt leise vor sich hin. Oh mein Gott, und dann das ganze Konfetti, jeder hatte Konfetti mitgebracht, das Zeug haben wir noch wochenlang aus dem neuen Wollveloursteppich rausgepickt. Das war unser letztes Silvester mit Konfetti und mein erstes mit Christine in der ersten gemeinsamen Wohnung. Auf dich, Christine! Auf 1967!

IV

1967, das Jahr, in dem es endlich zum lang erwarteten Mittagsmörderprozess kam. Allerdings erst im Sommer, die Psychokiste zog sich wie ein Kaugummi in die Länge.

67 – das war schon ein merkwürdiges Jahr, sehr unruhig. Man konnte spüren, dass sich einiges veränderte. Es brodelte, so, als wollte was aufbrechen, so, als würde eine neue Epoche beginnen, das war ein ganz komisches Gefühl. Man konnte es sehen, wenn man durch die Breite Gasse ging oder über den Hauptmarkt. Überall hingen diese Gammlertypen rum. *Gammler.* Genau so haben wir die damals genannt.

Ungepflegt fand Christine die immer. *Lange Haare sind ja schön und gut, aber sie müssen wenigstens gepflegt sein.* Waren sie aber nicht. Die meisten dieser jungen Kerle sahen aus wie pickelige Landstreicher, und sie benahmen sich auch so. Mit dieser Art von Jugend konnte ich überhaupt nichts anfangen, die waren Fremde für mich. Das war eine andere Generation. Ich war noch nicht mal dreißig und gehörte plötzlich zu den Erwachsenen, obwohl ich mich gar nicht so gefühlt hab. Aber der Bruch war nicht zu übersehen.

Bei uns im Blatt sind die Generationen ja auch plötzlich aufeinandergeprallt. Solche Leute wie die Grothe, die nur ein paar Jahre jünger war als ich, hatten einen ganz anderen Blick auf die Welt. Aber es war nicht nur die Grothe, es kamen später immer mehr von diesem Kaliber. Für viele war das nur eine Durchgangsstation, die wollten zu anderen Zeitungen, fühlten sich zu Größerem berufen, wollten die Welt verändern. Als ob man mit dem Schreiben die Welt verändern könnte.

Ach, das ist ja der Ausstand vom Bloch! Dass es dieses Bild noch gibt – Christine ist ganz schön pingelig gewesen beim Sammeln. Von Dezember 66 ist das, das heißt, der Bloch war ab 67 bei der *FAZ*. Kommt das von dem dicken Pullover, oder hatte ich wirklich schon so einen Ranzen? Das kann doch gar nicht sein, muss am Pullover liegen.

Besonders gut sieht aber eigentlich niemand aus auf dem Foto, und jeder scheint in Gedanken ganz woanders zu sein. Beim Bloch kann ich das verstehen, der war froh, endlich wegzukommen, hat sich bei uns ja schon lange nicht mehr wohlgefühlt. Aber die Niese? Wieso sieht die denn schon wieder so verheult aus?

Der Hofbeck, natürlich mal wieder mit Flachmann. Dass der da schon so abgebaut hatte! Eingefallen, regelrecht eingefallen. Ist mir damals gar nicht so aufgefallen wie jetzt. Wahrscheinlich ging es ihm da schon schlecht, aber er hat mit seiner Art ja immer munter drüber weggespielt – *was uns nicht umbringt, macht uns nur härter* – so ein Idiot. Bis er dann zusammengeklappt ist. Das war eine ziemlich haarige Angelegenheit, aber beim ersten Mal hat er ja noch mal die Kurve gekriegt. Gestorben ist er erst 1972, drei Tage nach seinem vierundvierzigsten Geburtstag – den haben wir noch im Krankenhaus gefeiert, war schließlich 'ne Schnapszahl.

Und natürlich die Kröte. Grundgütiger, wie die sich mal wieder zusammengestellt hatte! Wie 'ne Eule auf dem Weg zum Kostümwettbewerb. Mit der haben wir ja noch so einige Male unseren Tanz gehabt und uns gewünscht, sie wäre einfach mit dem Bloch zusammen ab nach Frankfurt oder gleich dahin, wo der Pfeffer wächst. Ist schwer zu beschreiben, was uns an ihr eigentlich so aufgestoßen ist. Die Grothe hat ja zwischendurch auch ganz vernünftige Sachen gesagt, aber es war die Art, *wie* sie es gesagt hat, immer so ein bisschen von oben herab und jeder Satz gespickt mit Fremdwörtern, richtig gestelzt klang die.

Und dann natürlich die Blickwinkel, man müsse *die Dinge auch mal aus einem anderen Blickwinkel sehen*. Das stimmt, klar, man muss die Dinge auch mal aus einem anderen Blickwinkel sehen. Nur hatte ihr *anderer Blickwinkel* grundsätzlich was mit gesellschaftlichen Prozessen und schlauen Sprüchen von irgendwelchen Neunmalklugen und mit ewigen Diskussionen zu tun. Als ob man das Rad in jeder Redaktionskonferenz neu erfinden müsste. Was das für Nerven gekostet hat!

Später ist die Kröte natürlich in eine Kommune gezogen, war ja ziemlich *in* zu der Zeit. Da hat sie sich dann wahrscheinlich jede Nacht den Mund fusselig diskutieren können. Darf gar nicht dran denken, was da morgen auf mich zukommt. Heute sind ja diese jungen Dinger noch hundertmal klüger und emanzipierter als unsere Grothe vom Feuilleton. Wahrscheinlich eine von der Sorte, die am liebsten ›Talisfrau‹ statt ›Talisman‹ schreiben würde. Damals hat man noch gedacht, mit der Grothe ist ein Gipfelpunkt der Entwicklung erreicht. So kann man sich irren.

Na gut. Weiter geht's. Was, fast drei? Na ja, bin ja so gut wie durch. Ab drei Uhr nachts ist es früher oft erst so richtig lustig geworden in der *Wacht*. Oder beim Hofbeck in der Nummer 15. Aber das war eben eine andere Zeit. Und ich war auch ein anderer.

Also, was haben wir? Außer dem Prozess und ein bisschen Vorgeplänkel kann ja jetzt nichts mehr kommen. *Golke des fünffachen Mordes angeklagt.* Eine ganze Seite. Alles noch mal von der Tuchergartenstraße an runtergebetet. Hat sich das der Hofbeck angetan? Steht gar kein Name drunter ... 22. April 67 ... nein, das *kann* er nicht gewesen sein. Da ist er noch im Klinikum gelegen. Das weiß ich noch, weil ich seinetwegen in dem Frühjahr eine Menge Überstunden gemacht hab. Das Notizbuch aus dem Jahr spricht Bände.

Christine fand das nicht lustig. Vor allem, weil wir da schon einen Kurzurlaub geplant hatten. Nichts Großes, nur eine Woche am Lago Maggiore. Die mussten wir wegen Hofbeck verschieben. Wegen Hofbecks Leberhepatitis. Alkohol-Hepatitis, um genau zu sein. Mir hat es Ende April auch noch gefallen am Lago Maggiore. Oder sagen wir, mir hätte es besser gefallen, wenn mir nicht Christine ständig in den Ohren gelegen hätte, dass sie so gern die Kamelienblüte erlebt hätte, *und die haben wir jetzt wegen deinem versoffenen Kollegen verpasst.* Einfach ist es nicht gewesen mit dir, muss ich schon sagen. Trotzdem, wir hatten eine wunderbare Zeit zusammen.

Auf jeden Fall, wenn der Hofbeck das nicht fabriziert hat, muss ich es gewesen sein. Im Fall »Mittagsmörder« waren wir die Spezialisten und haben uns nicht die Butter vom Brot nehmen lassen. Na ja, gut, war kein Rechercheaufwand, so einen Artikel konnte ich auswendig runterhauen. Trotzdem, getippt musste er werden.

Da war noch nix mit *Copy and Paste* am Computer. Am Schluss kommt noch ein bisschen Psychologie, das ist doch bestimmt was für die Metzner. *Die Polizei rekonstruiert den Lebenslauf eines jungen Mannes, der sich als nordischer Herrenmensch gefühlt hat. Diese Haltung hat ihn wohl auch zu seinen Taten getrieben.*

Das ist auch so ein Satz ... bis heute weiß doch keiner, was den Golke zu seinen Taten getrieben hat. Vielleicht nicht einmal er selber. Man hat sich einfach an jede Äußerung geklammert, die er von sich gegeben hat, um daraus irgendwas zu basteln, was halbwegs griffig war. Den hat man damals nicht geknackt, und den wird auch so eine Psychologiestudentin von heute nicht knacken. Die erst recht nicht. An dem Mann haben sich ganz andere die Zähne ausgebissen.

Weiter. *Ich heiße nicht mehr Golke.* Was soll *das* denn bedeuten? Ach, der Bruder vom Golke. Der hatte seinen Namen ändern lassen. *Seit Anfang des Jahres lebt er als Gerhard M. zurückgezogen in Dietfurt bei Treuchtlingen und unterrichtet an der dortigen Volksschule.* Puha. Na, ab da dürfte ihm die Namensänderung nicht mehr viel genützt haben. Wer hat denn das verbrochen? Von uns ist der Artikel nicht. Das war in der wöchentlichen Beilage, im *Stadtmagazin.* Was hat sich denn der bloß dabei gedacht? Nicht zu fassen. Ein wenig übereifrig, der Herr Kollege. Wenn nicht die Frau Kollegin.

So, aber jetzt müsste doch endlich der Prozess ... nein, immer noch nicht. *Franken jagt den Mittagsmörder.* Ach, du guter Gott. Muss ich da wirklich durch? Das ist ja dieses ganze Konvolut, das der Hofbeck im Klinikum ... ja, ich muss da durch. Das war sein Ding. Da seh ich ihn wieder richtig vor mir, zusammengefallen und mit trübgelben Augen in seinem Krankenhausbett liegen. »So schnell schaust du gar nicht, Bleimann, da bin ich wieder draußen, ich schwör's dir!«

Ganz so schnell wurde aber auch ein Hofbeck nicht mit einer Leberentzündung fertig, und ich bin etliche Male im Klinikum aufgekreuzt mit einem Stapel Kopien. Zusätzlich zu dem ganzen Stress, den ich sowieso an der Backe hatte, musste ich ihn mit

Archivmaterial versorgen, Mittagsmörder, was sonst. Und mit Papier und Bleistiften. »Du sitzt doch eh an der Quelle, Bleimann.« Bis dahin hat er, glaub ich, gar nicht gewusst, dass außer dem Faber Castell 9000 noch andere Bleistifte existieren. Hat einen von den Lyras, die ich ihm mitgebracht hab, in die Hand genommen und gefragt, wieso die nicht grün sind und ob man mit denen auch schreiben kann. Das hab ich ihm fast übel genommen. Wie ignorant kann man denn gegenüber Bleistiften sein?

Der Hofbeck ist vor lauter Langeweile auf die Idee verfallen, die komplette Geschichte von A bis Z aufzuschreiben. »Da mach ich einen Krimi draus, einen richtigen Kriminalroman! Hab ja jetzt eine Menge Zeit!« Die Neubert vom Archiv hat in Hofbecks Krankenhauswochen keine ruhige Minute gehabt. Natürlich hat er der Wühlmaus und mir versprochen, dass wir auch ein paar Prozent abkriegen von den Hunderttausenden, die er mit seinen Krimitantiemen verdienen wird. Aber am Ende hat's doch nur für eine dreizehnteilige Serie in der Zeitung gereicht. Man kann eben nicht alles zu einem Roman auswalzen. Na gut, aber für die Einstimmung auf den Prozess kam die Serie gerade richtig. Von Mitte Juni bis Anfang Juli hatten wir die drin, und nach der letzten Folge ging das Gerichtsspektakel endlich los. Das war wie eine überdrehte Adventszeitatmosphäre, in der alle wie die Kinder dem Heiligen Abend und der Bescherung entgegengefiebert haben – nur, dass vor den Fenstern kein Schnee rieselte, sondern eine gnadenlose Hitzewelle heranrollte, die im gesamten Juli und August für ein kollektives Delirium sorgte. Und für die irrwitzigsten Meldungen. Die von den zwei Mädels zum Beispiel, die oben ohne in ihrem Auto rumgefahren sind und damit eine Kette von Auffahrunfällen verursacht haben.

Der Hofbeck hat seine verhinderte Schriftstellerkarriere allerdings nicht aufs Wetter geschoben. Seiner Ansicht nach war die Zwangsabstinenz schuld. Er ist erstaunlich lange Zeit diszipliniert geblieben, und in seinem ehemaligen Whiskeyfach stapelten sich plötzlich Kräuterteepackungen. Witze darüber waren streng verboten. »Ohne Inspirator flutscht's eben nicht«, hat er geknurrt, wenn man sich die Bemerkung erlaubt hat, dass seine Anschlagsgeschwindigkeit seit dem Krankenhaus deutlich abgenommen hat. »Und jetzt lass mich bloß in Frieden!« Ein Jahr später hat er dann wieder angefangen, den Whiskeyumsatz in der PX anzukurbeln. Aus dem Roman ist trotzdem nix mehr geworden, und die *Franken jagt den Mittagsmörder*-Serie ist sein Opus magnum geblieben.

Unser wahrer Bericht ist wie ein Kriminalroman geschrieben und überrascht mit Fakten, die bisher vor der Öffentlichkeit verborgen blieben. Die Namen der ermittelnden Polizisten wurden aus Gründen der Geheimhaltung geändert. Na, bravo. Kann das sein, dass ich das damals gar nicht gelesen hab, was der Hofbeck auf dem Krankenlager entworfen und später in der Redaktion abgetippt hat? Quergelesen wahrscheinlich. Erstens konnte ich mir ja zusammenreimen, was drinsteht, zweitens hat mir der Hofbeck regelmäßig zugeraunt, an welcher Stelle er jetzt gerade ist, und drittens war ich da gar nicht mehr in der Stimmung, die schönen wilden Zeiten heraufzubeschwören. Für die Metzner morgen wird das weniger interessant sein. Psychologie war ja eher nicht die starke Seite vom Hofbeck.

Ja, ich seh schon ... seine Polizeikumpel rauf und runter ... Verdächtige werden festgenommen ... Gegenüberstellungen mit der Hambach ... neue Verdächtige ... *Im Salon von Babette Hambach ist es totenstill. Die Männer der Mordkommission starren angespannt in das Gesicht der Frau. Sie mustert den Verdächtigen. Und gibt nur ein einziges Wort von sich. Ein Wort, das sämtliche Hoffnungen der Polizisten unter sich begräbt. Babette Hambach sagt: »Nein!«* Mensch, Hofbeck, alter Haudegen, was hast du dir denn da geleistet? Jetzt wird mir schon klar, warum das mit dem Kriminalroman nix geworden ist. *Ein spanischer Spiegel ist ein wichtiges Hilfsmittel bei Gegenüberstellungen. Sein Name beruht darauf, dass er auf der Seite des vorgeführten Tatverdächtigen wie ein Spiegel erscheint, von der Seite des Zeugen dagegen durchsichtig ist wie Fensterglas.* Mannomann! Sind das die Medikamente gewesen? Oder war der Hofbeck zu der Zeit tatsächlich schon so weit, dass er nüchtern gar nicht mehr schreiben konnte? Ich weiß nicht. Wir waren schon zu weit entfernt voneinander. Ab Christine gab es kein Versumpfen mehr in Zimmer 15. *Mittagsmörder hatte Entführung von Elke Sommer geplant.* Au weh, an die Redaktionskonferenz erinnere ich mich noch. Ob ihm nicht doch allmählich der Gaul durchgeht mit seinem Mittagsmörder, haben ein paar gemeint, aber der Hofbeck hat Stein und Bein geschworen, dass er die Information aus erster Hand hat. Mir ist die Geschichte völlig neu gewesen. Dabei hatte ich ja auch Zugang zur Quelle. Hab aber nichts dazu gesagt, um ihn nicht bloßzustellen. Das ist die Geschichte mit der Waffe gewesen, in die der Golke *Elke* eingeritzt hatte. Alle seine Pistolen haben ja Mädchennamen gehabt. Also ein Fall von Waffenfetischismus, hat man sich gesagt.

Der Waffenfetischist. Auch wieder so ein Etikett. Der Autonarr, der nordische Herrenmensch, der Waffenfetischist. Warum gerade der Hofbeck sich noch mal so an den Waffenfetischisten hingehängt hat? Fragen kann ich ihn nicht mehr, aber Elke Sommer? Wenn der Golke eine *Doris* gehabt hätte, wär's wahrscheinlich die Doris Day gewesen.

Na, wer sagt's denn – hat sich doch gelohnt, dass ich Hofbecks Krimi nicht überblättert hab. Dreizehnter Teil und Schluss. *Golkes geheimes Innenleben.* Das leg ich mir gleich raus für morgen. Mal sehen, was er da ausgegraben hat. Einen Brief von Golkes Vater! Da muss er sich ja ganz schön an den Sheriff rangeschmissen haben. Schmierstoff PX-Whiskey. Und sonst noch? *Aufgrund der polizeilichen Ermittlungsergebnisse ist Golke zum Mörder geworden, weil er auf immer schönere, schnellere Autos versessen war.* Das also kommt dabei raus, wenn sich der Hofbeck zum Psychologen aufschwingt.

Ha, da fällt mir wieder sein schwarzer Tag in diesem Sommer ein. Mit Schaum vor dem Mund ist er ins Büro gestürmt. »Wenn ich die Drecksau erwische! Die bring ich eigenhändig um!« Ein Geschrei wie in der Ära Bloch. Und was war gewesen? Jemand war beim Ausparken an die hintere Stoßstange vom Alfa geschrammt, und der Hofbeck musste seinen Frust auch noch mit Frankenbrunnen runterspülen. *Waffen und Fahrzeuge – das waren die Dinge, um die sich Horst Golkes Leben drehte.* Klingt irgendwie, als hätte er da über sich selbst geschrieben. Soll ich das wirklich der Metzner … *Dem anderen Geschlecht ist Horst Golke mit zwiespältigen Gefühlen begegnet* – schreibt jemand, der sein halbes Leben in einem Pensionszimmer gehaust hat, auf das er sich regelmäßig ein Callgirl bestellt hat.

Der nordische Mensch kommt noch vor. An dem lässt sich nicht rütteln, das hat der Golke selber wortwörtlich aufgeschrieben. *Ich bin ein Mensch nordischer Prägung und nordischer Wesensart, eine nordische Gestalt voll Wikinger-Drang, überquellender Phantasie und von verschwommener Seelenmystik. Mein Leben ist unerfüllt und macht mich nicht glücklich.* Da haben einige gesagt, der hätte sich beim Adolf wohlgefühlt. Der hätte zu den Nazis gepasst. Nur, auf der anderen Seite: Ein soldatischer Typ war er ja nicht gerade. *Die Träne* bei der Bundeswehr. Hatte vom militärischen Leben die Nase voll, heißt's hier wieder. Na ja, ich bin da irgendwie durchgerutscht … erst ging die Post vom Kreiswehrersatzamt zu meinen Eltern nach Fürth, da war ich aber schon bei der Brettschneider … und als ich endlich umgemeldet war, haben die sich um meinen Jahrgang schon gar nicht mehr richtig gekümmert … aber der Golke wäre ja so oder so gar nicht drumrumgekommen.

Gut, aber ab da ging's nahtlos weiter zum Prozess. Am Wochenende *Golkes geheimes Innenleben*, am Dienstag darauf der erste Verhandlungstag. Wenn ich an den denke, wird mir sogar in meiner Erinnerung noch heiß, ich kann den Schweiß regelrecht an mir runterlaufen spüren. Es war unerträglich. Alles war unerträglich, nicht nur die Temperaturen.

Das lag weniger an dem Prozess selbst. Der zog sich zwar in dreizehn Verhandlungstagen fast durch den ganzen Juli hindurch und hätte nach Meinung vieler deutlich kürzer sein können, aber das eigentlich Unerträgliche waren die ständigen Diskussionen mit der Grothe, die schon losgegangen waren, bevor der Prozess überhaupt begonnen hatte. Was hat die auf Hofbeck und mir rumgehackt! Auftritte hat die geliefert, die waren bühnenreif, da waren die früheren Ausbrüche vom Bloch nichts dagegen. Tatsächlich haben wir uns öfter nach den »guten alten Zeiten« mit dem Bloch zurückgesehnt, da wusste man wenigstens, woran man war. Aber bei der? Die hatte wirklich eine Schraube locker, diese Madame.

Einmal ist sie doch tatsächlich im Gerichtssaal aufgekreuzt. Weiß nicht mehr, an welchem Tag. Hab sie gefragt, ob sie eventuell das Justizgebäude mit dem Schauspielhaus verwechselt hat. War aber ihr freier Tag. Natürlich hatte sie sich wieder mal ganz grauslig ausstaffiert. Großgeblümtes Flower-Power-Kleid und Riesensonnenbrille. Das hat ausgesehen, als ob sie sich mit dem Golke verbrüdern wollte, der einzige andere in dem vollkommen verdunkelten Saal mit Sonnenbrille. Bei ihr hieß das wahrscheinlich verschwestern.

Hinterher hat sie Tiraden abgelassen über den Altherrenstammtisch, der da über Golke zu Gericht sitzt, das war nicht mehr feierlich. Diese alten verklemmten Sabberfressen unter den Geschworenen, die dauernd zu ihr rübergeschielt und ihr in den Ausschnitt reingeguckt hätten, sie hätt's genau gesehen, und lauter so Zeug. Ob wir denn nicht kapierten, der Hofbeck und ich, dass diese sogenannten »gestandenen Männer« mit ihrem »einwandfreien Leumund« kleinkarierte faschistoide Spießer seien, die von ihren kleinkarierten spießigen Dorfstammtischbrüdern zu Geschworenen vorgeschlagen wurden. Und dass die schon allein deswegen, um nicht vor ihren Stammtischbrüdern da draußen auf dem Land das Gesicht zu verlieren, gar nicht anders könnten, als den Golke lebenslänglich einzubuchten. Ein Verein von selbstgerechten Vätern, die so tun, als hätten sie einen missratenen Sohn vor sich, dem sie eine gehörige Lektion erteilen müssten. Richtig hysterisch ist die geworden. Der Hofbeck hat ihr empfohlen, sich in Zukunft doch einfach anständig anzuziehen, wenn sie irgendwohin geht, wo Männer anwesend sind. Die Grothe kann von

Glück reden, dass sie nicht beim Lokalen war – wenn die unsere Prozessberichterstatterin gewesen wäre, hätte sie sich ja glatt ihr eigenes Todesurteil geschrieben.

Angefangen hatte ihre ständige Meckerei aber schon vor dem Prozess mit Hofbecks Krimigeschichte. Hat ihm tatsächlich nahegelegt, er möge sich doch bei Springer bewerben, dort würde man Leute wie ihn mit offenen Armen empfangen. Als ich den Artikel über die Witwen der Opfer geschrieben hab, bekam ich auch mein Fett weg, von wegen ich würde die Meute aufhetzen und lauter so einen Quatsch. Die Kröte war wie der Bloch in Grün, nur deutlich schriller und, nachdem sie Anfang Juni in Berlin diesen Ohnesorg erschossen hatten, erst recht stramm auf Linkskurs.

Natürlich hatte sie auch an der Anti-Schah-Demo teilgenommen, fuhr ja öfter mal für ein Wochenende nach Berlin, um sich da mit ihren Hippie-Freunden zu treffen und dummes Zeug zu schwätzen. Und natürlich wollte sie wie alle dieser neunmalklugen Sonntagsstudenten den Springer enteignen. Hat voller Überzeugung behauptet, dass Benno Ohnesorg in Wahrheit gar nicht von einem Polizisten, sondern von der Springer-Presse erschossen worden ist. Mit Meinungsfreiheit oder gar Pressefreiheit hatte die offenbar nicht viel am Hut – und trotzdem immer mit Demokratie argumentieren. Mir geht jetzt noch das Messer in der Tasche auf, wenn ich nur daran denke! Aber so komm ich nicht weiter, ich muss mich konzentrieren für den Endspurt.

Hofbeck und ich hatten es als Selbstverständlichkeit vorausgesetzt, die Prozessberichterstattung gemeinsam zu machen, das kam für den Chef aber nicht infrage. Sommerloch hin, Sommerloch her, zwei Mann für unbestimmte Zeit komplett vom Tagesgeschehen abzuziehen, sah er überhaupt nicht ein. War zwar ärgerlich, aber vollkommen verständlich. Na ja, ich konnte mir leichttun mit dem Verständnis, denn der Ruckriegel hatte mich und nicht Hofbeck für den Prozess eingeteilt, wohl auch, weil Hofbecks Gesundheitszustand immer noch nicht der beste war. Und dann die Hitze. Hofbeck war aber trotzdem stocksauer und hat sich mit dem Chef darauf verständigt, jedes Mal dabei zu sein, wenn was Besonderes ansteht. So haben wir es dann auch gemacht.

Also, erster Verhandlungstag war der 4. Juli. Da ist nicht viel passiert, außer, dass man seine Leser mal in persona und nicht immer nur in Form von Briefen erlebt hat. Man hätte meinen können, die seien mit Bussen angereist, um den Mittagsmörder endlich mal zu sehen. In Massen haben die das Justizgebäude umlagert, wie bei einer Filmpremiere in Cannes. Die haben Eintrittskarten ausgeben müssen, weil der Saal 600 sonst aus allen Nähten geplatzt wäre. Und dann die Presse, alle waren sie da – der *SPIEGEL*, die *Bild*, die *Quick* und wer sonst noch alles. Dann natürlich die Kollegen von der Lokalpresse, der Rundfunk, das Fernsehen. Das war wirklich ein ganz großer Bahnhof. Für die auswärtigen Kollegen war es natürlich der Hammer, dass der Golke-Prozess im selben Saal stattfand wie zwanzig Jahre zuvor die Prozesse gegen die Nazis. Für uns war das ja vollkommen normal.

Meinen ersten Eindruck von Golke beim Prozess werd ich auch nie vergessen. Wie der sich in seiner braunen Knastkluft mit einer Sonnenbrille auf der Nase in die hinterste Ecke des Fahrstuhls gedrückt hat. Das war jeden Tag das gleiche Bild. Golke wird hochgefahren, alle Augen starren ihn an, und er verdrückt sich in die hinterste Ecke vom Aufzug wie so ein elender Feigling. Das war er ja auch – ein elender Feigling, der irgendwann sogar behauptet hat, für die Überfälle in Ochenbruck und Neuhaus sei nicht er, sondern Martin verantwortlich. Das hat ihm aber nicht mal sein Rechtsanwalt geglaubt. Nur die Kröte wollte den Golke in Watte packen und hat gemeint, dass ein Prozess dazu da ist, über Schuld oder Unschuld zu entscheiden. Dabei haben wir doch alle gewusst, dass er es war. Dazu hat man doch nur die Augen aufmachen müssen.

Wie der schon dagesessen ist. Immer mit vollkommen unbeweglicher Miene, so, als ginge ihn das alles nichts an. Aalglatt war der Kerl. Aalglatt, kalt wie ein Fisch. Und dann diese alberne Anstaltskluft, wollte sich wohl im Büßergewand präsentieren, hat es abgelehnt, sich einen normalen Anzug anzuziehen. Ein Schmierenkomödiant, wie es besser nicht geht.

Ach ja, der süffisante Artikel von diesem *FAZ*-Schreiberling. Diesen Herrn hab ich mir später noch zur Brust genommen. Hab ihn gefragt, ob er rein zufällig mit einem gewissen Dr. Bloch unter einer Decke steckt, der seit diesem Jahr fürs Politikressort der *FAZ* zuständig ist. Diesen Artikel hätte der Bloch wirklich auch selbst verbockt haben können. Der Seitenhieb auf uns stammt mit Sicherheit von ihm: *Die Geschworenen könnten nach der massiven Jagd nach dem Mittagsmörder, die eine fränkische Tageszeitung veranstaltet hat, voreingenommen sein.*

So ein Schwachsinn! Das hatte Richter Kastl doch von Anfang an klargestellt. Hat doch laut und deutlich gesagt, dass er die Geschworenen sogar zwei Mal angeschrieben und darum gebeten hat, sich nicht in der Tagespresse über den Fall zu informieren. Was soll man denn sonst noch machen? Na ja, der Bloch hat es halt nicht lassen können, musste auch von Frankfurt aus noch mit der Moralkeule wedeln. Dabei war das wirklich nicht nötig, der Golke hatte einen fairen Prozess, dafür hat der Dr. Kastl gesorgt. Das war ein großartiger Mann.

Am zweiten Verhandlungstag hat er ja sogar gesagt, dass dies keine Kriminalfestspiele sind. Da hat er wahrscheinlich an Bayreuth gedacht, in irgendeinem Interview hat er dem Hofbeck erzählt, dass er sich schon auf die Festspiele freut – witzig: von Golke zu Wagner, vom Mittagsmörder zum Lohengrin. Warum ist mir das damals nur nicht eingefallen? Bin wahrscheinlich zu sauer gewesen, weil es an dem Tag um Martin Hochholzer ging. Da hat der Golke steif und fest behauptet, dass Martin und nicht er die beiden Leute in den Sparkassen von Ochenbruck und Neuhaus erschossen hat. Und Martin sollte außerdem auch den Doppelmord in der Tuchergartenstraße auf dem Gewissen haben. Die Tuchermorde wurden in diesem Prozess erstens überhaupt nicht verhandelt, weil Golke zur Tatzeit noch minderjährig war und also nach Jugendstrafrecht allerhöchstens zehn Jahre bekommen hätte – da wäre ganz Franken im Karree gesprungen. Und zweitens war das eine derart unverschämte Behauptung über einen Mann, der sich nicht mehr wehren konnte ... Der hat gelogen, dass sich die Balken biegen.

Ich bin vor lauter Wut über diese Unverfrorenheit noch am selben Tag raus zu Martins Witwe und hab sie interviewt. Hab einen kleinen Artikel über sie geschrieben, die Seite musste voll werden, und außerdem hatte ich genug Zeit, weil *Herr* Golke sich ja plötzlich unwohl fühlte und die Verhandlung abgebrochen werden musste. Hab vor allem über die böse Sache mit Martins Sohn geschrieben. Der Kleine war jetzt ja nicht nur Halbwaise, sondern wurde auch noch von seinen Mitschülern gehänselt, weil der Golke Martin mit Dreck beworfen hatte. Sicher wusste ich, dass Martin kein Chorknabe gewesen ist, das wusste auch seine Frau, aber ein Mörder war der nicht. So was hat man im Gefühl.

Dritter Verhandlungstag, das war der Donnerstag, genau. Die Stimmung im Saal war ziemlich explosiv, Dr. Kastl musste die Zuschauer immer wieder ermahnen, wenn sie dazwischengeschrien haben. Denen ging das alles zu langsam, die verstanden nicht, warum das Gericht nicht einfach kurzen Prozess mit dem Golke gemacht hat. In irgendeiner Zeitung stand sogar was von Todesstrafenklima, und das hat auch gestimmt.

Die Leute wollten den Golke einen Kopf kürzer sehen, und es gab mehr als ein Angebot, die Sache eigenhändig zu erledigen. Sogar von Frauen. Manchmal hatte ich den Eindruck, dass die Frauen ihn am liebsten nicht nur geköpft, sondern gleich bei lebendigem Leib in Stücke gerissen hätten. Da wurden die Weiber wirklich zu Hyänen, mein lieber Scholli! Von wegen das sanfte Geschlecht.

Als der Bender den Sparkassenangestellten aus Neuhaus ins Kreuzverhör genommen hat, hätte ich nicht in der Haut des Anwalts stecken mögen. Der Zeuge, wie hieß der noch gleich? – ah ja, Vollmer, Dieter Vollmer – blieb nämlich unerschütterlich bei seiner Aussage. Den kannte ich natürlich, hatte ihn ja interviewt damals direkt nach dem Überfall, bei dem der schwerhörige Kunde getötet worden war. Aber ich hab ihn zuerst gar nicht wiedererkannt, lagen ja auch immerhin schon knappe fünf Jahre dazwischen.

Der Vollmer war der Kronzeuge der Staatsanwaltschaft, das wertvollste Pferd in Biegels Stall sozusagen. Franz Biegel, alias der Beißer, erster Staatsanwalt und bekannt für seinen knallharten Kurs, der ließ sich nicht ins Bockshorn jagen. Alle anderen Augenzeugen waren sich bei den Gegenüberstellungen nicht sicher, ob sie Golke schon einmal gesehen hatten. Die Hambach hatte ihn ja sogar zweimal nicht erkannt. Genauso wie der Sparkassenangestellte aus Leinburg, der ihm zweimal gegenübergestanden hatte, weil Golke die Bank nach dem erfolgreichen ersten Mal zwei Jahre später gleich noch einmal überfallen wollte. Da hatte er sich aber dann offenbar von der schusssicheren Glasscheibe abschrecken lassen, die in der Zwischenzeit eingebaut worden war, und ist getürmt.

Ist schon seltsam, dass sich der Leinburger Bankmensch zwar ganz genau an die Waffe erinnern konnte, die ihm unter die Nase gehalten wurde, nicht aber an das Gesicht des Mannes, der ihn bedroht hat. Na gut, Menschen verändern sich eben, Waffen nicht. Wieso haben die den überhaupt als Zeugen vorgeladen, der Bankraub in Leinburg wurde doch in dem Prozess gar nicht verhandelt?

Auch von den anderen Zeugen war sich keiner sicher. Weder die Frau, die mit ihrem kleinen Kind beim Überfall in Ochenbruck dabei gewesen war, noch die beiden Frauen, die kurz danach einen Mann aus der Bank hatten stürzen sehen. Fehlanzeige auch bei der Anhalterin, die einen *nervösen jungen Mann* am Veldener Bahnhof angesprochen haben will, ob er sie nicht ein Stück mitnehmen könne. Da ging es wieder um den Überfall von Neuhaus. Sie hatte zwar den Wagen erkannt, nicht aber den Mann hinterm Steuer.

Von den Inhabern der Waffengeschäfte, aus denen Golke die Tatwaffen gestohlen hatte, konnte sich bei der Gegenüberstellung nur ein Einziger auf ein *der könnte es gewesen sein* einlassen.

Bei so einer mageren Ausbeute ist es gut zu verstehen, warum dieser Vollmer für die Staatsanwaltschaft so wertvoll war. Vollmer hat die ganze Zeit, in der die Ermittlungen liefen, felsenfest dazu gestanden, den Golke wiederzuerkennen. Als der Kastl ihn dann im Prozess noch einmal gefragt hat, »Herr Vollmer, erkennen Sie diesen Mann?« – dabei hat er auf Golke gedeutet –, da hätte man eine Stecknadel fallen hören, da war es mucksmäuschenstill im Saal. Und als Vollmer dann nur »jawohl« gesagt hat – Menschenskinder, da hätten alle am liebsten applaudiert.

Später hat Golkes Anwalt noch mal versucht, den Vollmer anzusägen, weil der seinem Chef gegenüber geäußert haben soll, dass er sich doch nicht so sicher sei. Aber mit derartigen Winkelzügen ist der Bender ja glücklicherweise nicht durchgekommen. Genauso wenig wie mit der angeblichen Unzurechnungsfähigkeit.

Das war auch so ein Ding. War ja klar, dass der Bender mit dem Jagdschein argumentieren würde. Das war damals sowieso schwer in Mode und ist es heute noch. Jeder, der in seiner Kindheit mal von einem Hund gebissen oder von einer Mücke gestochen worden ist, hat anschließend einen Sprung in der Schüssel und ist nicht mehr verantwortlich für das, was er verbockt hat.

Der Golke hatte ja auch mal eine Tetanusspritze nicht vertragen und als Kind eine Hirnhautentzündung gehabt, außerdem angeblich irgendeinen krankhaft religiösen Fanatiker in der Familie. Was hat der Bender nicht alles aus dem Hut gezaubert, nur, um ihn in die Klapse und nicht in den Knast zu bringen. An einem Tag ging es tatsächlich um eine vermeintliche Fistel unter Golkes Auge, die sich auf sein Gehirn ausgewirkt haben sollte. Und was war es dann? Ein stinknormaler Pickel. Golke hatte nur einen Pickel unter dem Auge, den aber so ein oberschlauer Experte auf einem Zeitungsfoto als Fistel diagnostiziert haben wollte. Einen epileptischen Anfall soll Golke auch mal gehabt haben, das war bei einer seiner psychiatrischen Untersuchungen in Erlangen. War aber keine Epilepsie, der Kerl ist bloß umgekippt, weil er Angst vor einer Punktion hatte. Das hat ein Pfleger aus Erlangen ausgesagt. Nein, Golke war schuldig, und er war auch voll schuldfähig. Den Jagdschein konnte der sich abschminken. Um das zu wissen, hätte es keine Sachverständigen gebraucht, das konnte jeder sehen.

Eins muss man dem Kerl lassen: In gewisser Weise war er sogar cleverer als sein Anwalt. Golke hat nämlich schon sehr früh kapiert, dass es schwierig werden würde mit der verminderten Schuldfähigkeit. Deshalb hat er ja auch immer wieder behauptet, nicht für die Überfälle in Ochenbruck und Neuhaus verantwortlich zu sein. Genauso wenig wie für die Tuchergartenmorde. Das war für ihn immer der Martin gewesen, zu dumm, dass der nicht mehr gelebt hat.

Herrje, wenn man sich das alles noch einmal durchliest ... Martins Witwe hat es weiß Gott nicht leicht gehabt. Das war der Verhandlungstag, an dem die Leumundszeugen aufmarschiert sind. Am Vormittag ging es nur um Martin. Sein eigener Onkel sagte aus, er hätte schon einmal versucht, Martin einweisen zu lassen. Wegen seiner unberechenbaren, krankhaften Jähzornsausbrüche. Vier Jahre vorher, als man Martin und seine Mutter tot aufgefunden hatte, war er anfangs sogar davon überzeugt, es könne sich nur um Mord und Selbstmord gehandelt haben. »Wenn der Martin rotgesehen hat, war er zu allem fähig.« Gut, aber das sprach noch lange nicht für Raubmord. Eine Sparkasse überfällt man nicht aus Jähzorn. Und die Landkarten und Stadtpläne mit den eingezeichneten Sparkassen hatte man bei Golke gefunden, nicht bei Martin.

Das Gericht hat sich den ganzen Quark angehört. Da kann man wieder sehen, was der Golke für einen fairen Prozess bekommen hat. Jede Möglichkeit, und wenn sie noch so absurd war, wurde vor Gericht sorgfältig geprüft und erörtert, selbst dann, wenn es den Opfern und ihren Hinterbliebenen geschadet hat. Martins Sohn musste nach dem Prozess in einer anderen Stadt die Schule besuchen. »Du bist derselbe Lump wie dein Vater«, hat er sich von seinen Kameraden jeden Tag anhören müssen. Schöne Kameraden. Das war ein ganz merkwürdiger Verhandlungstag. Der fünfte oder – Moment mal – doch schon der sechste? Hab ich da was überblättert?

Tatsächlich – ausgerechnet den vierten Prozesstag. Christines schwarzer Freitag. Was hatte sie für einen Bammel davor, dem Kerl noch mal zu begegnen. Sie hatte sich ernsthaft überlegt, sich ein Attest zu besorgen, nur, um nicht vor Gericht erscheinen zu müssen, als die Brenninkmeyer-Zeugen vernommen wurden. Auch da wurden Dinge neu aufgerollt, über die jemand mit gesundem Menschenverstand nur den Kopf schütteln konnte. Es ging darum, ob Golke auf seiner Flucht aus dem Kaufhaus, bevor die Schüsse fielen, möglicherweise so sehr geschlagen worden war, dass er nicht mehr wusste, was er tat. Ob er sozusagen im Delirium geschossen hat. Da hab ich Christine zum ersten Mal so richtig über die Sache reden hören – mir gegenüber hatte sie sich bis dahin ja immer reichlich bedeckt gehalten – und konnte bei jedem Wort spüren, was sie im Brenninkmeyer mitgemacht hat. Kein Wunder, dass sie diesen Ordner erst angelegt hat, nachdem das Urteil gesprochen und sicher war, dass Golke den Rest seiner Tage hinter Gittern verbringen würde.

Die Todesangst, die viele der Zeugen, die sich in unmittelbarer Nähe befanden, ergriffen hatte, muss furchtbar gewesen sein. Trotzdem, sie hatten alle einen erstaunlich kühlen Kopf bewahrt und ganz genau registriert, was im Einzelnen passiert war. Das war bei den Zeugen im Kaufhaus genauso wie bei denen, die Golkes Flucht durch die Breite Gasse erlebt hatten, bevor er schlussendlich von ein paar beherzten Männern zur Strecke gebracht wurde.

Für ihn selbst war das offenbar, als würde er die Schilderung eines Heldenepos anhören, in dem er die Hauptrolle spielt. Köstlich amüsiert hat er sich, als die Zeugen aussagten, er habe eine ganz unglaubliche Kraft entwickelt, selbst zu mehreren seien sie kaum mit ihm fertig geworden. Da hat sogar der Kastl ausnahmsweise in seine Richtung geschossen. »Gell, da haben S' Ihren Spaß gehabt, Herr Golke!« Christine hat das überhaupt nicht lustig gefunden. Es war schon saublöd, dass ich sie nur zu Hause absetzen konnte nach der Verhandlung, ich musste ja gleich weiter in die Redaktion. Wochenendausgabe, die Leser wollten ihr Futter haben. Der Hofbeck hat noch ein Extra beigesteuert. *Golke, ein Kind der heutigen Zeit.* Mit einem Exkurs über Nietzsche und Machiavelli ... soll ich das jetzt wirklich ...? Kann mir eh denken, was dabei rauskommt, wenn Kollege Hofbeck sich zu philosophischen Höhenflügen aufschwingt. Soll sich die Metzner damit befassen.

Am Wochenende haben wir aber einen richtig großen Ausflug gemacht. Wir mussten beide unbedingt raus aus der glühenden Stadt. Nach Wertheim sind wir gefahren, haben den Abend in einem gemütlichen Wirtsgarten verbracht und auf unseren bevorstehenden Sommerurlaub angestoßen. Und natürlich darauf, dass die Sache, *unser Fall,* jetzt ausgestanden ist. Jedenfalls so gut wie. Am Sonntag haben wir dann eine Schiffstour auf dem Main gemacht. Nur noch zwei Wochen, haben wir uns gesagt, und wir sind frei, frei – keine Lyra-Exportabteilung, keine Lokalredaktion.

So – aber jetzt noch mal zu dem Tag, an dem die Leumundszeugen aufmarschiert sind. Vormittag Martin, Nachmittag Golke. Nachbarn, Lehrer, Schulkameraden, Bekannte der Familie. Und dann natürlich noch das Mädchen, mit dem der Golke was gehabt haben will. Der Tag war wirklich merkwürdig. Plötzlich schien alles umgekehrt. Martin war der unberechenbare Wüterich, der seine Frau betrogen und verprügelt hat, und Golke ein netter, höflicher, zuvorkommender, freundlicher junger Mann. »Wir konnten beiden Golke-Brüdern ohne Weiteres unsere kleine Tochter anvertrauen. Da gab's auch genug Burschen, mit denen wäre das nicht möglich gewesen. Vor allem der Horst, der hat sie ganz fürsorglich behandelt.« Ein fürsorglicher, netter, kleiner Mörder also?

Klar, nicht alle Zeugen waren gut auf ihn zu sprechen, die »Freundin« hatte Hofbeck und mich bestätigt – mehr als Händchenhalten war bei den beiden nie drin gewesen, und jetzt wollte sie *diesen Menschen* am liebsten überhaupt nicht mehr kennen.

Aber es hat doch gereicht, selbst den souveränen Richter Kastl um Fassung ringen zu lassen. Das war ein Augenblick im Gerichtssaal, den jede Zeitung aufgegriffen hat. »Herr Golke, wie um Himmels willen können Sie sich denn einen solchen Bruch erklären? Was ist denn da bloß passiert, Mensch?«

Damit hat er den Golke förmlich angestochen. Lang und breit hat er über sich selber referiert. Er sei immer ein empfindsamer, feinfühliger Mensch gewesen. Konnte nur zu wenigen Menschen Vertrauen fassen. Hat sich schnell gekränkt und abgewiesen gefühlt. Fremde Menschen seien für ihn nicht mehr als Sachen gewesen.

Der Saal hat vor Lachen getobt, wenn er sich zu einem seiner saudummen Vergleiche hat hinreißen lassen: *Ich bin wie ein armer kleiner Hund, dem wohl als Welpe mal was Schlimmes passiert ist und der dann das Vertrauen in die Menschheit verloren hat* – herrje, mir kommen die Tränen, wenn ich daran denke. Er hat sich sehr gern als bemitleidenswertes Opfer hingestellt – aber mit den Opfern seiner Taten kannte er kein Erbarmen. Die waren ja nur Sachen, die ihm im Weg standen.

Ganz dicke kam es aber, als er seinen vermeintlichen Nazijoker aus der Tasche gezogen hat. Da hat er sich doch nicht entblödet zu fragen, was denn so schlimm daran sein soll, Menschen umzubringen, wenn man seine Ziele durchsetzen will. Die vorige Generation hätte das schließlich am laufenden Band gemacht und nichts dabei gefunden. Ich glaube, wenn das Gericht und die Wachleute in diesem Moment nicht im Saal gewesen wären, hätten die Zuschauer ihn in Stücke gerissen. Eine Unverschämtheit war das! Ein Mann hat gebrüllt, dass unsere Soldaten in Stalingrad für so eine Wildsau ja wohl nicht gefallen sind, und die Leute haben geklatscht. Da gab es natürlich eine Ermahnung vom Dr. Kastl, aber der Brüller hatte vollkommen recht. Das wusste der Kastl auch.

Nur hat Golke nichts daraus gelernt, ist ganz im Gegenteil immer wieder mit seinem Nazikokolores dahergekommen. In seiner lächerlichen Schlussansprache am letzten Verhandlungstag hat er sich sogar mit Eichmann verglichen, hat gemeint, er hätte genauso wie der töten können, mit einer Unterschrift auf dem Papier. Niemals hätte er zum Beispiel jemanden mit eigenen Händen erwürgen können, beim Schießen sei das was anderes, das gehe ja so schnell. Der Golke hatte schon ein unglaubliches Talent, sich sämtliche Sympathien zu verscherzen.

Außer bei der Kröte natürlich. Ein völliges Missverständnis liege da vor, hat sie uns gepredigt. »Der Typ ist doch alles andere als eiskalt. Wieso fällt das denn niemandem auf? Ein völlig vereinsamter Mensch ist das, der es überhaupt nicht gewohnt ist, sich zu artikulieren. Das merkt man doch bei jedem Wort. Und er hat's doch selber gesagt. ›Wenn ich mich öfter mit Menschen hätte unterhalten können, dann wäre das alles nicht passiert‹.«

Ist schon klar. Wenn man Leuten eine Knarre vorhält, kommt man eben schwer ins Gespräch. Und was man mit so jemandem machen soll, das konnte uns auch die ach so verständnisvolle Frau Grothe nicht verraten – vielleicht hat die Metzner ja eine Idee. »Soll man den vielleicht in ein Pflegeheim für einsame Herzen stecken?«, hat der Hofbeck gefragt. Die Antwort darauf ist die Kröte ihm natürlich schuldig geblieben.

Ein anderes Mal ging's darum, wie schwer es der Golke vor Gericht habe. Man müsse sich doch einmal klarmachen, dass er als Einziger nicht auf seine Rolle vorbereitet sei. »Ich meine, der hat ja keinen Studiengang Mordwissenschaft an der Uni absolviert, um sich auf eine Laufbahn als Diplommörder mitsamt seinen Gerichtsauftritten vorzubereiten. Der muss jeden Tag in einen Saal gehen, in dem alle gegen ihn sind und jedes Wort zerpflücken, das er von sich gibt, und wahrscheinlich fühlt er sich wie ein Stück Dreck vor all diesen ehrenwerten Menschen, die über ihn richten. Und vor sich selber auch. Er ist aus seinem Dasein rausgefallen und wird von Leuten beurteilt, die fest in einem Leben stehen mit ihren Freunden, Berufen und Steckenpferden. So was hat der Golke alles nicht! Wahrscheinlich nie gehabt! Dass die keinen blassen Schimmer davon haben können, wie der tickt, ist doch wohl klar. Und das merkt der auch.« So ging das endlos. Damit hat sie den *anderen Blickwinkel* ziemlich überspannt, und das habe nicht nur ich gefunden. Mit den Angehörigen der Opfer hätte sie sich darüber unterhalten sollen, die hätten ihr ziemlich schnell das Maul gestopft. Na ja, wir hatten damals wochenlang über dreißig Grad, da kann das Hirn schon mal heiß laufen.

Umso erstaunlicher, dass Richter Kastl in dieser Sauna immer die Ruhe und Geduld bewahrt hat. Letztendlich ist die gesamte zweite Prozesswoche mit Zeugen und Gutachtern draufgegangen, die man sich eigentlich hätte schenken können. Eben mit Vollmers Chef, dem Hersbrucker Sparkassendirektor, mit dem Hausarzt von den Golkes, mit dem Leiter der Städtischen Augenklinik und so weiter. Dr. Bender hatte wahrhaftig nichts ausgelassen und dem Publikum das Äußerste abverlangt.

Richtig spannend war erst wieder die dritte Woche. Oh ja, da haben einige ganz bemerkenswerte Auftritte stattgefunden. Am Montag die Mutter. Heiderschbaggen, was für eine Frau! Man hat dem Gerichtsdiener angemerkt, dass er um ein Haar vor der *Frau Offizierswitwe* strammgestanden wäre. Das war überhaupt der Tag der Mütter, denn – wie hätte es anders sein sollen – meine eigene Mutter hatte sich auch mal eine Eintrittskarte für den Gerichtssaal 600 besorgt. Ohne zu wissen, dass an diesem Tag die Golke-Mutter vernommen werden sollte. Die war nämlich schon am Freitag eingeplant gewesen und wegen Krankheit verschoben worden. Und dann sitzt meine eigene Mutter plötzlich zwei Reihen hinter mir im Gerichtssaal, und ich hab das Gefühl, zwischen ihr und der Mutter von Golke im Zeugenstand vor mir buchstäblich eingeklemmt zu sein. Eingeklemmt wie ein Insekt zwischen den zwei Zangen einer Gottesanbeterin. Wohlfühlen ist was anderes. Das Gefühl musste ich aber nicht lange ertragen. In der ersten Pause ist meine Mutter gegangen. Ich wusste, warum.

Wie immer hab ich mitstenografiert, das lief ziemlich automatisch ab. Daneben ratterte es die ganze Zeit in meinem Kopf: Was denkt meine Mutter über mich? Und der ganze schreckliche

Pfingstnachmittag mit dem Bloch bei meinen Eltern ist noch einmal hochgekommen. Und jede Schwarzfahrt in der Straßenbahn. Das hat mich wütend gemacht, aber ich konnte es nicht abstellen.

Es geht mir komischerweise sogar heute noch so, dass ich das Gefühl habe, mich rechtfertigen zu müssen. Muss ich aber nicht, musste ich auch damals nicht. Golke war derjenige, der sich zu rechtfertigen hatte für das, was er verbrochen hat.

Seine Mutter konnte ihm da nur bedingt helfen. Die hatte zwar jede Menge Papier dabei, in dem sie immer mal wieder gegraben und einen angeblichen Beleg für irgendein angebliches Leiden ihres Sohnes hervorgekramt hat, aber geglaubt hat ihr von Anfang an niemand. Auch nicht der Kastl. Der hat ja sogar darauf verzichtet, sie zu vereidigen, weil klar war, dass diese Frau sogar einen Meineid auf sich nehmen würde, um ihrem missratenen Sohn aus der Patsche zu helfen.

Neben den ganzen windigen Belegen, die beweisen sollten, dass er eher ein Fall für die Psychiatrie als für den Knast sei, hatte sie vor allem versucht, ihm ein Alibi für den Zeitpunkt des Überfalls auf die Bank in Neuhaus zu stricken. »Er war zwischen zwölf Uhr Mittag und sechzehn Uhr bei mir. Wir haben zusammen gegessen, da bin ich mir sicher.«

Wie sie sich dann erklärt, dass der Angeklagte selbst eingeräumt hat, gegen halb zwei in Neuhaus gewesen zu sein, um seinen angeblichen Komplizen Hochholzer abzuholen?

Schulterzucken. »Ich habe von eins bis drei viertel zwei Besorgungen gemacht. Als ich wieder nach Hause kam, habe ich Horst von dem Überfall erzählt. Später habe ich mich eine Weile hingelegt, vielleicht war er da kurz weg. Aber zum Zeitpunkt des Überfalls war er in Hersbruck.«

Von dem Überfall wollte sie beim Einkaufen erfahren haben. Zu Hause habe sie dann ihrem Horst davon erzählt. Die Frau hat wirklich wie eine Löwin für ihren Sohn gekämpft, aber es war natürlich alles gelogen. Dem Golke konnte man das direkt anmerken. Der hat sich für die Waffenexperten viel mehr interessiert als für seine eigene Mutter. Wird ihm selber peinlich gewesen sein, was sie da von sich gegeben hat, vor allem deswegen, weil das mit seinen eigenen Lügen kollidiert ist.

In der Redaktion natürlich wieder Krötengewitter, wie beinahe an jedem Tag. *Überstarke Mutterbindung* war dieses Mal ihr Thema, vor allem, als sie mitbekommen hat, wie der Hofbeck und ich uns darüber amüsiert haben, dass der angebliche *Hartmann* mit Mitte zwanzig immer noch Jungfrau ist. Hoch und runter hat sie da ihren Pseudo-Freud gebetet. Ödipus hier, Ödipus da. Und wir ganz ruhig, immer nur gegrinst, haben sie voll auflaufen lassen. Richtig unter die Gürtellinie hat sie geschossen, hat gemeint, dass unsere dummen Sprüche über einen verklemmten Jungen nur auf unsere eigene Verklemmtheit hinweisen. Na, da war sie an die Richtigen geraten. Wir und verklemmt? Nur, weil wir eine Krampfhenne wie sie nicht mal mit der Beißzange anfassen würden?

Der Oberhammer war aber, wie sie von Phallussymbolen geredet hat. »Ist doch in der Psychoanalyse schon lang klar, dass Pistolen und Autos Phallussymbole sind. Das heißt, die Autos waren für den Golke kein Hobby oder so was, sondern …« Weiter ist sie nicht gekommen. Der Hofbeck hat nicht oft geschrien, aber in dem Moment hat er geschrien. Sie soll doch am besten auch ein paar Leute umlegen, sich mit dem Golke in eine Zelle einsperren lassen und sich dann ordentlich durch… Hat nicht viel gefehlt, und er hätte seine Schreibmaschine nach ihr geworfen. Mir waren meine Bleistifte zu schade dafür. Hui, ist es da rundgegangen.

Was haben wir am nächsten Tag? Au weh – ja, das ist Golkes schwarzer Tag gewesen. Und die große Stunde des Gerichtsmediziners, Dr. Lauenburger. Eine Koryphäe. Man hat über das Fachwissen dieses Mannes nur staunen können. Der Lauenburger konnte aufgrund seiner Analysen Golkes Schilderung vom Überfall bei Hochholzers Stück für Stück auseinandernehmen und als erbärmliche Lüge entlarven. Weder habe er Spuren eines Handgemenges erkennen können, noch gäbe es Anhaltspunkte, dass Frau

Hochholzer eine Waffe in der Hand gehalten habe. Golkes Rechtfertigung, bei den Hochholzers nur aus Notwehr geschossen zu haben, war damit vom Tisch. Und falls zu diesem Zeitpunkt noch irgendwer geglaubt haben sollte, Martin habe in einem Anfall von Jähzorn erst seine Mutter und anschließend sich selbst umgebracht, war das spätestens nach dem Auftritt des Gerichtsmediziners vorbei. Ist ja auch ziemlich unwahrscheinlich, dass sich einer umbringt, indem er sich erst mehrfach in den Körper schießt, bevor er sich endlich die tödliche Kugel in den Kopf jagt. Diese beiden tödlichen Kopfschüsse auf Martin und seine Mutter waren überhaupt das Entscheidende bei Lauenburgers Aussage.

Wie viel Zeit zwischen den Schüssen auf die beiden und den Kopfschüssen vergangen sei, hat sich Staatsanwalt Biegel wahrscheinlich mit voller Absicht kurz vor Schluss noch erkundigt. Das war die Frage der Fragen, denn nun würde sich herausstellen, ob es sich um eine Affekttat gehandelt hatte oder eben doch um eiskalten Mord. Lauenburger hat das ganz genau gewusst und sich gebührend Zeit mit der Antwort gelassen, um die Spannung zu steigern. Dann hat er nur ein Wort gesagt, aber dieses eine Wort hat jedem eine Gänsehaut über den Rücken gejagt: »Minuten«. Alle Augen waren auf den Mediziner gerichtet – *was heißt das, »Minuten?«* – aber der Lauenburger hat uns wieder eine Weile zappeln lassen. Dann endlich: »fünf bis sechs Minuten.«

Fünf bis sechs Minuten müssen seine schwer verletzten Opfer leiden, bis Golke ihnen *gnädig* den Fangschuss gibt. Damit war nicht nur Golkes armselige Rechtfertigung weggefegt, beim Schießen gehe immer alles so schnell. Mit diesem *Fangschuss* war er auch eindeutig zum kaltblütigen, berechnenden und zudem sadistischen Doppelmörder im Fall Hochholzer geworden. Da hat sich zwar noch so ein oberschlauer Mediziner aus Erlangen empört, dass man ohne röntgenologische Untersuchung überhaupt nicht feststellen kann, wie viel Zeit zwischen den Schüssen gelegen hat, und dass er an der Fangschusstheorie zweifelt. Da hat ihm aber der Lauenburger die Leviten gelesen und ihn vor allen Leuten gefragt, ob er denn überhaupt die Sektionstechnik beherrsche. Hat ihn ganz schön runtergeputzt, den Herrn Röntgenologen, also blieb es bei den Fangschüssen. Ob das Martins Buben geholfen hat, wage ich allerdings zu bezweifeln. Wenn einer erst mal einen üblen Ruf hat, wird er ihn meist nicht wieder los. Armer, kleiner Kerl.

Den Kasten mit den Prozessstreiflichtern hat der Hofbeck wieder übernommen. *Der sensible Herr Golke,* hat er ihn überschrieben. War mir damals schon zu hämisch. Hätte ich anders gemacht, ich hab immer versucht, sachlich zu bleiben. Aber andererseits – was heißt hämisch? Er hat ja nur Golkes eigene Worte benutzt. Das ist völlig legitim.

Es ging um die Dias von den Opfern, die an die Wand projiziert werden sollten, um die Ausführungen des Mediziners zu untermauern. Sein Anwalt hatte ihm noch geraten, die öffentliche Vorführung der Bilder zu unterbinden, er habe das Recht dazu. Aber dem Golke war es vollkommen egal, und genauso gleichgültig und ungerührt hat er sich die Bilder dann auch angeschaut. Im Gegensatz zum Publikum. Das hat bei jedem neuen Bild geradezu aufgeheult. Ich weiß nicht, ob ich auch Geräusche von mir gegeben hab, wenn ein neues Dia von den blutverschmierten Leichen reingeschoben wurde. Geschockt war ich auf jeden Fall, ich hatte in der Werkstatt ja nur noch das viele Blut und die Kreidelinien, nicht aber die Toten selbst gesehen.

Nach der Pause war es dem Golke offenbar nicht mehr egal, ob die Bilder öffentlich gezeigt wurden oder nicht. Er hat jedenfalls durch den Bender erklären lassen, von weiteren Projektionen solle abgesehen werden. Warum, war logisch. Nicht wegen ihm selbst. Dem hat das nichts ausgemacht. Der hat einfach nur gemerkt, wie das die Leute aufbringt, wenn sie riesengroß in Farbe vor sich sehen, was er angerichtet hat. Manche mussten rausgehen, weil ihnen schlecht geworden ist. Ihm ist nicht schlecht geworden. So viel zum sensiblen Herrn Golke. Nein, das hat der Hofbeck schon richtig gemacht.

Es ging praktisch Schlag auf Schlag in der dritten Prozesswoche. Nach den endlosen Zeugenvernehmungen der Vorwoche hat es richtig gutgetan zu beobachten, wie sich die Schlinge um Golkes Hals immer weiter zuzieht.

Gleich einen Tag nach der Vernehmung von Lauenburger kam der Tag der Psychiater, an dem sich rausstellen sollte, ob Golke sich seinen so sehnlichst erhofften Jagdschein hatte ergaunern können oder nicht. Nachdem ihm ja alle anderen Felle davongeschwommen waren, sah sein Anwalt in den psychiatrischen Gutachtern die letzte Rettung für seinen Mandanten. Aber dem Gefallen haben sie ihm nicht getan. Ich weiß auch nicht, was passiert wäre, wenn einer von denen es versucht hätte – erst recht nach diesen grauenhaften Bildern vom Vortag. Die haben sich mir förmlich ins Gedächtnis eingebrannt, die werde ich mein Lebtag nicht vergessen.

Alle drei Herren waren sich darüber einig, dass bei Golke keinerlei Anzeichen von Epilepsie oder Schizophrenie vorhanden seien, allenfalls eine ungewöhnliche Persönlichkeitsstruktur konnten sie feststellen. Gut, einer von ihnen wollte noch Nachwirkungen der Hirnhautentzündung erkannt haben, aber von »entschuldigt« nach Paragraph 51 konnte keine Rede sein. Damit war ihm dann auch das letzte Fell weggeschwommen.

Übereinstimmend haben alle drei von seinem Übermenschensyndrom gesprochen, das kannten wir ja schon von ihm. Seine Opfer konnten ihm schon deswegen nicht leidtun, weil sie sowieso alle zu einer *abgeschmackten, verlogenen, bürgerlichen Gesellschaft* gehörten. So haben die psychiatrischen Gutachter Golkes eigene Worte wiedergegeben, und ich seh heute noch Hofbecks Grinsen vor mir, wie er mir gegenüber an der Schreibmaschine saß. »Das schreib ich ganz genau so rein, wie die das gesagt haben. Vielleicht hilft das der dummen Flower-Power-Kaulquappe ein bisschen auf die Sprünge.«

Hat natürlich keiner von uns beiden ernsthaft geglaubt. Heute würde wahrscheinlich sogar die Kröte einsehen, dass so einer wie der Golke früher oder später Terrorist geworden wäre. Hat ja nicht mehr lang gedauert, bis es in Berlin an allen Ecken gebrannt hat, und die Brandstifter hatten genau dasselbe Vokabular im Mund. Allerdings war der Golke alles andere als einer dieser linken Verbrecher. In der Psychiatrie hat er mal einen Wärter beschimpft: »Du wärst längst vergast, wenn Hitler noch da wäre!« Das wurde vor Gericht auch zitiert. Aber das war beileibe nicht sein einziger Ausflug in die Vergangenheit, dabei war er in der Nazizeit doch auch nur ein Rotzbengel gewesen, genau wie ich.

Was geht nur im Kopf von so einem vor? Hat der denn überhaupt nicht kapieren können, dass er sich mit diesem Mist nur ins Fettnäpfchen setzen konnte? Wenn er sich eingebildet hat, sich mit dem ganzen Herrenmenschenmist bei den Leuten beliebt zu machen, war er auf dem Holzweg. Die wollten damit nichts mehr zu tun haben – und schon gar nicht von einem Golke daran erinnert werden.

Genau auf diesen Zug ist die Kröte dann selbstverständlich auch wieder aufgesprungen. Wir hatten nichts anderes erwartet. Sie wäre ja gern Mäuschen gewesen bei diesen sogenannten psychiatrischen Begutachtungen, hat sie geblubbert. »Wofür werden denn diese Herren eigentlich bezahlt? Die hatten den Golke wochenlang in Bearbeitung und machen den Eindruck, als wären sie nicht klüger als vorher. Genau denselben Scheiß haben doch alle anderen auch schon über ihn verzapft.«

Dabei müsse man sich doch nur mal reinversetzen: das prägende Vatervorbild in der Kindheit. Der Offizier mit seinen Waffen. Dann plötzlich rausgerissen aus der Welt. Zwei kleine Kinder mit ihrer Mutter auf der Flucht. »Wer weiß, wie lang die durch die Gegend geirrt sind und was da alles passiert ist. Da waren die Frauen doch Freiwild. Mich wundert das nicht, dass einer, der als Kind erlebt, wie seine Mutter vergewaltigt wird, sich später permanent bedroht fühlt und bloß noch mit ’ner Knarre rumrennt.« Und dann kam die Krönung: Sagt die doch glatt, der Golke wäre so etwas wie ein erstklassiger Züchtungserfolg der Nazis, der nur zu blöd sei, sein wahres Gesicht zu verbergen so wie alle anderen und deshalb von der Meute zerfetzt wird.

Das war ein starkes Stück. Das war das erste und einzige Mal in meinem Leben, dass ich meine Hand gegen eine Frau erhoben hab, und es war Hofbeck, der sie mir runtergerissen hat. Ich hab mich nie entschuldigt dafür. Heute würde ich es vielleicht tun. Ja, ich glaube, heute würde ich es tun. Sie hatte gar nicht mal so unrecht, aber sie hatte eben auch eine unmögliche Art.

Mann, das war hart. So was kann ich der Metzner morgen natürlich nicht erzählen. Morgen? Heute, Hirschmann. Es ist schon eine ganze Weile heute. Das merk ich nicht nur im Kreuz.

Zurück zur Sache. 25. Juli, *Golke-Prozess auf der Kippe?* Haben wir nicht wirklich geglaubt, war aber eine gute Schlagzeile für die Stimmung. Der Dr. Bender hat einen weiteren psychiatrischen Gutachter beantragt. Was hat sich der Mann dabei eigentlich gedacht? Dass man die wirre Seele vom Golke noch einmal ein paar Wochen lang unter die Lupe nimmt? Der muss sich eingebildet haben, dass da draußen irgendein Psychofritze herumläuft, der genauso durchgeknallt ist wie die Grothe, und dass rein zufällig genau der auf der Gerichtsbühne erscheint.

In einer Pause hab ich mir den Staatsanwalt geschnappt und ihn gefragt, ob er was über diesen neuen Gutachter wisse, den Dr. Bender jetzt noch aus dem Hut zaubern will. Natürlich wusste er, und ich kannte diesen Gutachter sogar. Der stammte zwar aus Heidelberg, hatte es hier in Franken aber erst ein Jahr zuvor zu recht unrühmlicher Prominenz gebracht. Dem Herrn Professor Rach war es nämlich gelungen, die »Bestie von Bayreuth« vor dem Knast zu bewahren und diesem Kerl, es war ein amerikanischer Armeesoldat, einen entspannenden Aufenthalt in der Psychiatrie zu verschaffen. Den hat er auch bestimmt gebraucht nach all dem Stress mit seiner schwangeren Freundin, der er erst die Kehle durchgeschnitten und die Leiche anschließend zerstückelt hatte, um sie dann in Einzelteilen an der Autobahn zu verteilen.

Dasselbe hätten die Leute am liebsten nicht nur mit dem Amisoldaten, sondern auch mit Professor Rach getan. Der hatte aus dem brutalen Mord nämlich auf eine beginnende Schizophrenie rückgeschlossen und diesem Schlächter damit einen erstklassigen Jagdschein ausgestellt. Der Herr Mörder hat sich anschließend noch beim Gericht bedankt, indem er es als eine Ansammlung von faschistischen Dunkelmännern bezeichnet hat. Bravo, da hatte alle Welt was zu lachen über die Handlungsunfähigkeit deutscher Gerichte.

Was mir der Biegel *ganz unter uns* aber noch gesteckt hat, war, dass ein anderer psychiatrischer Gutachter, der in dem Bayreuther Fall ebenfalls als Gutachter fungiert hatte, zu einem völlig anderen Untersuchungsergebnis gekommen war und höchstens eine verminderte Schuldfähigkeit feststellen konnte – leider ohne Erfolg.

»Und nun raten Sie mal, mein lieber Herr Hirschmann, wer dieser Gutachter war, der in Bayreuth damals klein beigeben musste, weil sich Herr Professor Rach mit seiner Diagnose durchsetzen konnte? Muss doch wehtun, wenn so an der eigenen Reputation gerüttelt wird, oder?«

In dem Moment ist es mir blitzartig wieder eingefallen, weshalb mir der Name von Golkes psychiatrischem Erstgutachter aus Erlangen so bekannt vorgekommen war, der sich in seinem Fall allerhöchstens auf vermindert schuldfähig einlassen wollte. Und ich konnte verstehen, warum Biegel so sicher war, dass dieser Professor Rach aus Heidelberg auf gar keinen Fall gehört werden würde. So eine Blamage wie in Bayreuth konnte und wollte man kein zweites Mal riskieren.

So war es denn auch. Der Antrag der Verteidigung wurde abgeschmettert, und schon am nächsten Tag konnte der Staatsanwalt sein Plädoyer halten. Mehrfach hat er darin erwähnt, dass ihm um das Urteil nicht bange sei. »Dazu kenne ich das hiesige Schwurgericht zu gut«, hat er gesagt. Das klang fast so, als wolle er die Zuschauer beruhigen.

Es ging ja nicht mehr darum zu klären, ob Golke schuldig war oder nicht. Das stand schon lange fest, dazu waren die Gutachter zu eindeutig gewesen. Es ging jetzt aber noch um die entscheidende Frage: Klapse oder Zuchthaus? Auch wenn sich die Psychoheinis in diesem Fall ziemlich zurückgehalten hatten, stand wegen Golkes angeblicher Hirnhautentzündung immer noch die Möglichkeit der verminderten Zurechnungsfähigkeit im Raum, und das hieß Paragraph 51 oder eben Jagdschein. Da kam nicht mal der Staatsanwalt in seinem Plädoyer drum herum, auch wenn er es sehr bedauerte. Musste sich aber nun mal korrekt verhalten, der Mann. Das war ja schließlich kein Hottentottenprozess.

Aber er hat das Gericht inständig beschworen, Golke für den Rest seines Lebens ins Zuchthaus zu stecken. Hat alle Morde, auch die aus der Tuchergartenstraße, die ja gar nicht verhandelt wurden, noch einmal ausgebreitet. Hat immer wieder betont, dass Golke *im schwersten Kriminalfall der Nachkriegszeit* einen *makabren Rekord* erzielt habe – *kein Angeklagter hat so viele Menschen umgebracht wie Golke!*

Na ja, da hat er wohl eine Spur zu dick aufgetragen, der Biegel. Aber wahrscheinlich wollte er auf Nummer sicher gehen, damit das Gericht und vor allem die Schöffen nicht doch noch im letzten Augenblick umkippen und den Golke auf Sommerfrische in die Klapse schicken. Deshalb sah Biegel es eben auch als *einwandfrei erwiesen* an, dass die Tuchergartenmorde genauso wie alle anderen fünf auf Golkes Konto gingen. Das war alles in allem vielleicht nicht die ganz feine Art, aber – mein Gott – war der Golke denn jemals zimperlich? Und schließlich musste man der Witwe Hambach und den Zigtausenden, die direkt oder indirekt mit dem Doppelmord in der Nürnberger Nordstadt in Berührung gekommen waren, ja auch so was wie Satisfaktion geben, wenn Golke deswegen schon nicht offiziell zur Rechenschaft gezogen wurde. Aber mehr als lebenslängliches Zuchthaus war nun mal nicht drin, und lebenslänglich heißt lebenslänglich, egal ob fünf-, sechs- oder siebenmal. Das war den meisten viel zu wenig. Biegel hatte schon recht, als er gemeint hat: »Viele sähen Golke lieber einen Kopf kürzer. Und in der Tat haben Anhänger der Todesstrafe durch diesen Fall neue Argumente bekommen.«

Das war schon ein Strammer, der Biegel, eben ein richtiger Beißer. Das kann man nicht anders sagen. Ich weiß noch wie heute, dass der Golke bei diesem Satz noch bleicher geworden ist, als er es sowieso schon während der ganzen Ansprache des Staatsanwalts war. Damit hatte er nicht gerechnet. Dabei war er doch sogar vor sich selbst schuldig geworden, hatte doch in seinen kruden Memoiren, mit denen er ja angeblich seinen Prozess finanzieren wollte, wortwörtlich geschrieben, »dass ich zu recht angeklagt und von der Öffentlichkeit verdammt werde.« Na also, noch irgendwelche Fragen?

Rechtsanwalt Dr. Bender konnte da nur auf verlorenem Posten stehen. Am Tag darauf hat er sein Plädoyer gehalten. Es ließ sich nichts beschönigen, das wusste er auch. Das Einzige, was er versuchen konnte, war, aus der kaltblütigen Mordbestie irgendwie einen Menschen zu machen, irgendetwas zu finden, was ein normaler Mensch halbwegs nachvollziehen konnte.

Nach dem erfolgreichen Überfall in Leinburg, bei dem ja niemand verletzt wurde, habe sein Mandant geglaubt, es werde immer so weitergehen. Alles werde reibungslos verlaufen, und er werde niemals schießen müssen.

Na ja, wer's glaubt.

Golke habe im Affekt gehandelt. Im Fall Brenninkmeyer aus Angst, geschlagen, erschlagen, gelyncht zu werden.

Golkes Einsamkeit hat Dr. Bender heraufbeschworen, die ihn in eine unheilvolle Distanz zu seiner Umwelt gebracht habe.

Und dann ein Satz, der von unserer Grothe hätte stammen können. Er bedauere es sehr, dass nicht ein weiterer Gutacher habe tiefer in diesen Menschen vordringen können. Nach wie vor könne er nicht verstehen, wie es möglich sei, dass ein junger Mensch zu solchen Taten getrieben werden könne.

Gibt eben solche und solche.

Danach der Auftritt von Golke selbst. So was kann man nicht schildern. Da hätte so eine moderne Psychotante wie die Metzner mit ihren Burnouts und Breakdowns und Traumata hoch und Traumata runter selber dabei sein müssen. Wäre eine gute Gelegenheit für sie gewesen, den Golke ausgiebig zu studieren. Aber zu der Zeit war die ja noch nicht mal angedacht, vielleicht gerade mal flüssig.

Den Artikel über Golkes Schlusswort hat der Hofbeck geschrieben. Ich weiß noch, da haben wir eine Münze geworfen. Der eine macht Gericht und Verteidiger, der andere den Golke. Hofbeck hat den Golke gekriegt.

Ich hätte den Artikel anders geschrieben – glaub ich. Aus heutiger Sicht auf jeden Fall. Aber nachkarteln gilt nicht, die Münze hatte eben entschieden. *Der junge Mann, der sieben Menschenleben auf dem Gewissen hat, sprach nur von sich und seinen Problemen.* So Hofbeck. Stimmt ja auch. Aber eben auch wieder nicht. Oder sagen wir so: Worüber hätte der Golke denn sonst sprechen sollen? Ich meine, immerhin haben die ja drei Psychodoktoren auf ihn angesetzt, die rauskriegen sollten, was beim Golke im Argen liegt. Da wird er wohl geglaubt haben, dass man sich wirklich dafür interessiert, warum er das getan hat, was er getan hat, und wie er zu dem geworden ist, was er war. *Golke gibt zu, dass er Tausende auf dem Papier hätte ausradieren können. Er gab in seinem Bekenntnis, in dem er es wagte, Vergleiche mit Eichmann und Faust zu ziehen, wieder einmal anderen die Schuld.*

Faust, ja. Ich erinnere mich. *Zwei Seelen wohnen, ach, in meiner Brust*, könne er von sich behaupten. Wer kann das nicht? Auf der einen Seite sei er ein weicher, gefühlvoller, empfindsamer Mensch, auf der anderen Seite kalt, hart und gefühllos. Habe ich heute noch im Ohr.

Wenn die Metzner jetzt hier wäre und mich fragen würde, was ich für einen Eindruck von Golke hatte ... was für ein Mensch der für mich war – was würde ich sagen? Wenn ich ihn mir noch mal so vorstelle, damals im Gerichtssaal – auf der einen Seite dieser hohlwangige Milchbart auf der Anklagebank mit seiner wirren, hervorgestammelten Rede, auf der anderen Seite *der eiskalte, kaltblütige Mittagsmörder* mit Hang zum Übermenschen. Das passte wirklich nicht zusammen.

Ich hab im Sommer 67 natürlich schon beide Seiten gesehen, genauso wie heute. Fast einen ganzen Monat lang hab ich ja kaum etwas anderes als diese zwei Seiten von Golke gesehen. Wenn der von sich als *Nordisser Adler* gelispelt hat oder von *Nietsses Philossophie* – man hätte sich bepissen können vor Lachen. Dann war er nichts als ein lächerliches Würstchen. Vielleicht ein bemitleidenswertes lächerliches Würstchen. Aber wirklich nur »vielleicht«. Denn auf der anderen Seite hatte dieser Kerl eiskalt und ohne zu zögern eine ganze Reihe von Leuten abgeknallt, einfach so. Einfach nur, weil er Geld für schicke Autos und Knarren brauchte.

Was ich für einen Eindruck von Golke hatte ... ich könnte es heute immer noch nicht sagen. Es war auf jeden Fall kein »ein-facher«. Aus der Sicht von uns Journalisten musste er aber *einfach* nur ein Killer sein, und ich glaube nicht, dass ich so viel anders über ihn geschrieben hätte als der Hofbeck. Das ging gar nicht, dafür war die Maschine viel zu heiß gelaufen.

Heute, mit all dem, was ich von Christine über ihre Kindheitserlebnisse im Krieg weiß, wäre ich vielleicht doch dafür gewesen, noch einen weiteren Psychologen zu hören. Obwohl, zu der Zeit, was hätte das gebracht? Die Herren Gutachter haben doch sowieso immer nur nach Schizophrenie oder Epilepsie gesucht. Und überhaupt: Was bringt es, ständig in irgendjemandes Psyche herumgraben zu wollen? Wie hat der Hofbeck immer gesagt: »Wenn du was an der Psyche hast, dann geh zum Urologen.«

Nicht einmal die eigene Mutter, die wie eine Löwin für ihn gekämpft hatte, wird von Golke verschont. Ja, klar, die Mutter, die der Hofbeck selber ein paar Tage vorher noch runtergemacht hatte – jetzt braucht er sie, um den Golke runterzumachen. Warum hat er da nicht gleich in der Überschrift geschrieben »Mittagsmörder – jetzt schändet er auch noch die eigene Mutter!«?

Wenn man das so in einem Stück runterliest, fällt einem das erst richtig auf. *Die Mutter!* Das klingt so unantastbar, als ginge es um die heilige Muttergottes. Was soll *ich* denn sagen, wenn diese Metzner mich morgen fragt, wie ich eigentlich zur Zeitung gekommen bin? Mein eigener Berufswunsch war das nicht. Also: »Die Mutter ist schuld«? Und dann wird dieses junge Ding zu mir als gestandenem Mann am Ende noch sagen: »Ach, interessant. Das klingt ja, als hätten Sie einen Mutterkomplex, Herr Hirschmann.« Aber gut, so weit wird es nicht kommen. Es geht hier schließlich nicht um mich, sondern um den Golke, und der hat jetzt, sozusagen als Tüpfelchen auf dem i seiner Verbrecherkarriere, auch noch seine Mutter mit Dreck beworfen. An Hofbecks Stelle hätte ich das weggelassen – wahrscheinlich.

Ich befinde mich in einer grässlichen Zwangslage, die sich kein Mensch vorstellen kann. Wenn andere an meiner Stelle wären, würde es ihnen die Kehle zuschnüren. Das kann man wohl sagen, ich hätte auf keinen Fall an seiner Stelle sein mögen und vor diesen Geschworenen eine Verteidigungsrede halten. Also, wenn ich mir dieses Foto so anschau ... diese grämlichen alten Gesichter ... und ich müsste vor denen stehen, und ... ja, wirklich, es sind durch die Bank alte Männer. Hirschmann, du bist dreiundsiebzig! Deutlich älter als die. Aber damals ... waren es für mich alte Herren gewesen. Väter. Strenge Väter.

Da fällt mir ein ... im Gang vor dem Gerichtssaal ... das war in der Pause, da hab ich zufällig mitgekriegt, wie sich der Dr. Bender mit dem Dings ... mit dem Zajewski von der *Bild* unterhalten hat. »Immer, wenn ich was zu Golkes Gunsten sagen wollte, hab ich gestockt. Das nimmt mir doch sowieso keiner ab, hab ich gedacht. Die halten mich doch alle für völlig verrückt. Ich darf schließlich nicht mein Gesicht verlieren.«

Da hat er recht gehabt. Jeder, der irgendetwas für Golke gesagt hätte, wäre garantiert gelyncht worden, direkt vor dem Justizpalast.

Und dann war es vorbei. Endlich. Am 27. Juli war diese wochenlange Tortur für uns zu Ende. Bevor ich an diesem Morgen ins Gericht bin, hat Christine mir beim Frühstück mit feierlicher Miene ein kleines Tütchen überreicht. So eine Geschenkverpackung, ziemlich bunt, wie das damals Mode war. Es war eine neue Krawatte, die hab ich immer noch, auch wenn ich sie schon lange nicht mehr trage. »Wenn der Kastl diesen Kerl heute nicht für alle Ewigkeit hinter Gitter schickt«, hat sie gesagt, »dann nimmst du diesen Binder und erwürgst ihn.«

Ob sie das nicht lieber eigenhändig machen möchte, hab ich sie im Scherz gefragt, aber sie wollte nicht. Wollte Golke nie wieder vor die Augen bekommen. Der sollte einfach nur noch aus ihrem Leben verschwinden.

Wir haben in der Freitagsausgabe nach dem Tag der Urteilsverkündung relativ wenig Eigenes drin. Haben lieber die komplette Urteilsbegründung abgedruckt, über drei Seiten. Die war ja auch aussagekräftig genug, und außerdem war Dr. Kastl nicht nur ein souveräner Richter, sondern auch ein Mann, der es verstanden hat, sich auszudrücken. Das hätte keiner von uns besser machen können. Da zieh ich heute noch meinen Hut.

So einen Menschenandrang wie an diesem Donnerstag hatte der gute alte Justizpalast wahrscheinlich zuletzt bei den Nürnberger Prozessen erlebt. Am ersten Tag war es ja schon mehr als voll gewesen, und die ganzen drei Wochen hindurch mussten immer wieder Leute abgewiesen werden, weil der Saal 600 trotz seiner Größe eben auch irgendwann mal überfüllt war. Aber an diesem Tag hätte man meinen können, die ganze Stadt wollte dabei sein – was sag ich, die ganze Stadt, alle Welt wollte sehen, wie der Golke verdonnert wird. Ein Gerichtsdiener hat mir erzählt, dass der Zirkus schon gegen sechs Uhr früh angefangen hat, und das, obwohl auch für diesen Tag natürlich wieder Eintrittskarten ausgegeben worden waren. Aber es ging zu wie auf einem Rummelplatz. Ein wahres Hauen und Stechen war das, nur, um später mal sagen zu können »ich war dabei«.

Und dann die vielen Fotografen! Als Golke aus dem Aufzug geführt wurde, ging ein Blitzlichtgewitter los, das sich »von« schreiben konnte. Man hätte meinen können, es ist Krieg. Auf irgendeiner Reise, ich glaube, das war in Jugoslawien, hat mir mal eine alte Frau erzählt, sie mag es nicht, wenn man sie fotografiert, weil sie davon überzeugt ist, dass man ihr mit dem Apparat die Seele raubt. Die ist dann für alle Zeiten in dem Kasten eingesperrt. Wenn da was dran ist, hatte Golke spätestens ab diesem Moment keine Spur von Seele mehr in seinem Leib. Das haben wir ja auch im Kommentar geschrieben: *Golke, ein Mensch ohne Seele.*

Um Golkes Seele ging es öfters in Kastls Urteilsbegründung. *Das Rätsel der Seele dieses jungen Mannes zu lösen, schien ein Hauptanliegen dieses Prozesses.* Ich glaub ehrlich gesagt aber nicht, dass dieses *Rätsel* wirklich jemand anderen interessiert hat als ihn selbst. Ah ja, und dann der kleine Seitenhieb auf all diejenigen, die sich andauernd und lauthals darüber beschwert haben, dass Kastl keinen kurzen Prozess mit dem macht. *Rübe runter, gar nicht lang fackeln.* Der hatte ja ganz schön einstecken müssen und watscht die Schreihälse dafür ganz zum Schluss noch höchst elegant ab: ... *auch, um auf dem Wege der Erkenntnis der menschlichen Seele einen Schritt weiter zu gelangen, letztlich also auch zum Wohle derer, denen meine Langmut im Verfahren ein Ärgernis war.*

Wäre der Urteilsspruch nicht schon gefallen gewesen, hätte man an dieser Stelle in Zweifel geraten können, ob der Kastl nicht vielleicht doch der falsche Mann im Vorsitz dieses Prozesses war. Das klang vielen zu milde gestimmt, zu »menschlich«. Das konnte man spüren, es war auf einmal eine ganz komische Stimmung im Saal, beinahe körperlich fühlbar, fast zum Greifen. Hofbeck ging es überhaupt nicht gut an diesem Tag, hatte wohl wieder Magenschmerzen, hat gezittert und geschwitzt wie ein Ochse. Aber als der Kastl das mit der Erkenntnis der menschlichen Seele gesagt hat, saß er plötzlich aufrecht wie ein Terrier kurz vorm Zuschnappen. Da konnte man den alten Hofbeck noch einmal so richtig aufblitzen sehen. Vor allem, weil es kurz danach auch noch um *die zornigen jungen Männer* ging, die gegen das Althergebrachte auf die Barrikaden gehen. »Verdammtes Studentenpack, verlottertes!«, hat der Hofbeck da nur gekläfft, und der Kollege von der *BILD*, der an dem Tag zufällig neben ihm saß, hat so breit gegrinst, dass man meinte, es zerreißt ihm gleich das Maul.

Aber letztendlich hat Kastl keinen Hehl daraus gemacht, zu welchen Erkenntnissen über Golkes Seelenleben er gekommen war. Und er hat es grandios angestellt:

Golke zeigte uns Gott – seinen Gott – als den großen Marionettenspieler, der die Menschen an den Drähten zappeln lässt, sie nach Laune hebend oder zerschellen lassend. Ein grausiges Welttheater ohne Sinn, ohne Ordnung, der Willkür eines launischen Regisseurs überlassen. Der Mensch, hinausgeschleudert in diesen Alptraum von Welt, alleingelassen, kann nur noch sich selbst verwirklichen, er darf sein Geschick selbst bestimmen, sein eigenes Ich, frei, bindungslos und ungehemmt durch die sogenannte Moral ausleben.

Mein lieber Schwan, da krieg ich jetzt noch eine Gänsehaut, wenn ich das lese. Das war mehr als druckreif, das war ganz großes Theater. Wenn Dr. Kastl nicht Richter geworden wäre, hätte er sich seine Brötchen ohne Zweifel als Dramatiker verdienen können. Natürlich hat dieser Text erst mal Erstaunen bei den Zuschauern ausgelöst, man wusste zunächst überhaupt nicht, worauf der Kastl eigentlich hinauswill. Aber der hat es schon schlau angestellt, baut den Golke erst mal zu einer Art Supermann des Bösen auf:

Das ist meine Überzeugung, mein Nihilismus, oder wie immer ihr das nun nennen wollt, daraus habe ich mein Recht zu Raub und Mord hergeholt. Nun habt ihr mich, führt euren albernen Prozess. Tut so, ihr Heuchler, als ob ihr Recht suchen wolltet. Ich weiß, ihr werdet mich einsperren wie ein wildes Tier. Ich komme ja schon im Habit des Verurteilten.

Und dann lässt er diesen Supermann plötzlich fallen wie eine heiße Kartoffel. Fragt:

Horst Golke also mit Format, wenigstens im Bösen? Nein, fast sagt man es mit Enttäuschung, es bleibt kein Format. Horst Golke ist keiner der großen Bösen.

Dr. Kastl schien wirklich enttäuscht, keinen Bösewicht wie aus einer Wagneroper vor sich sitzen zu haben. Ist ja auch nur zu verständlich. Hätte Golke nach seinem ganzen Auftakt-Trara von wegen *hier stehe ich, ich konnte nicht anders* gleich noch ein sauberes Geständnis hinterhergeschoben, dann wäre die Sache an einem Tag erledigt gewesen. Wir hätten uns nicht volle drei Wochen immer wieder bei brüllender Hitze in einen stickigen verdunkelten Gerichtssaal voller schwitzender Menschen quälen müssen, und alle, die sowieso danach geschrien haben, hätten auf diese Weise ihren kurzen Prozess bekommen. Uns wären die endlos langen Zeugenvernehmungen genauso wie die Expertengutachten und all der andere Mist erspart geblieben, wenn Golke gestanden hätte. Hat er aber nicht, er hat gelogen. Und selbst, nachdem alles andere gebröckelt war und er durch immer erschlagendere Beweise und Zeugenaussagen schließlich mit dem Rücken an der Wand stand, hat er sich geweigert, die Morde in Ochenbruck und Neuhaus begangen zu haben. Der war kein Bösewicht, der war ein Feigling. Das hat der Richter schon sehr klar erkannt.

Vor allem musste er sich doch bei all der angeblichen Intelligenz, die ihm die Gutachter unterstellt haben, sagen können, wie unglaubwürdig es wirkt, wenn ihm erst mitten im Prozess einfällt, dass Martin Hochholzer der wahre Täter war. Wie blöd muss man denn da sein, Menschenskind! Das ist doch ganz genau dasselbe wie beim Bundesgrüßaugust Wulff, dem kann doch auch keiner mehr glauben, wenn er die angeblichen Wahrheiten immer nur scheibchenweise serviert – und auch nur dann, wenn es gar nicht mehr anders geht. Bin neugierig, ob über den heute auch wieder was in der Zeitung steht.

Nein, Golke war weiß Gott kein *großer Böser,* er war nicht nur langweilig, sondern hat sich vor Gericht auch selten dämlich angestellt. Da frag ich mich schon, warum sich die Metzner für so jemanden interessiert? Golke ist so banal und uninteressant wie die meisten von uns.

Davon war nicht nur der Kastl enttäuscht. In manchen Momenten seiner Urteilsbegründung hat man förmlich herausgehört, wie angenervt er während des ganzen Prozesses gewesen sein muss. Ohne sich jemals etwas anmerken zu lassen. Und wie er versucht, wenigstens ein bisschen was Diabolisches an Golke zu finden – genau, hier zum Beispiel:

Haftet seiner Liebe zu Waffen wenigstens noch so etwas wie der Schauer einer pervertierten Leidenschaft an, so ist das zweite Motiv vergleichsweise schmutzig und erbärmlich, denn hier tritt die nackte Gier nach dem Statussymbol unserer Zeit, nach dem Auto, unverhüllt zutage, höchstens etwas gemildert durch die Neigung des Golke zu sportlichem Fahren.

Das war auch genau der Punkt, den ich für die Überschrift hergenommen hab. *Golke tötete wegen eines Hobbys.* Das hat der Kastl noch als ganz besondere Niederträchtigkeit herausgestellt. Wer weiß, ob man das heute noch so simpel sehen würde.

Bei der *Neigung zum sportlichen Fahren* haben der Hofbeck und ich uns angeschaut und beinahe laut rauslachen müssen – hat nicht mehr lange gedauert beim Hofbeck, bis er sich nie mehr hinters Steuer setzen durfte. Das war wirklich schlimm für ihn, den alten Autonarren. Im Grunde kann man sagen, dass wir beide Autonarren waren, ich nicht ganz so wie er, aber ich hab auch immer auf die Kisten gestanden. Ganz am Anfang ja auch mal auf Waffen. Aber wir waren nicht so verrückt danach wie Golke – und er war nicht verrückt genug für den Jagdschein. Das hat Richter Kastl wieder mit Bedauern festgestellt:

Horst Golke ist, fast möchte man sagen »leider«, kein Geistesgestörter. Er wusste, was er tat, er wusste, dass er sich mit seinen Taten für immer aus der menschlichen Gesellschaft ausschließt.

Ob dieses »leider« echt war oder nicht, weiß ich nicht. Nur, dass die Leute im Saal nach diesem Satz mit Sicherheit applaudiert hätten, wenn sie gedurft hätten.

Dann ist der Kastl natürlich auch noch auf den familiären Hintergrund von Golke eingegangen. Auch da nirgendwo ein Grund, der ihn zu dem Menschen hat werden lassen, zu dem er dann geworden ist. Der hat doch wirklich alles gehabt, das haben wir ja miterleben können bei der Aussage der Mutter. Die hat ihrem Horst doch regelrecht Zucker in den Arsch geblasen. Sagt der Richter hier ja auch:

Er war ja nun nicht irgendein armer Teufel, der Elternhaus und Liebe vermissen musste. Alle Voraussetzungen für ein anständiges Leben hatte er mitbekommen ...

Da sagt er was! Wenn ich Anfang der Sechziger von meiner Mutter derart viel zugesteckt bekommen hätte wie der Golke von seiner, wäre ich doch niemals in so ein kaltes Loch gezogen wie bei der Brettschneider.

Vergegenwärtigen wir uns auch das Bemühen der Lehrer, die alten humboldt'schen Erziehungsideale zu verwirklichen.

Wie war er denn da drauf gekommen? Hm, die humboldt'schen Erziehungsideale – die will ich mir lieber nicht vergegenwärtigen, dann kommen mir nämlich die Tränen. Ausgerechnet die hat man ja inzwischen über den Haufen gekippt. Nicht dass ich jemals ein großer Freund von Unis oder von Akademikern war, schon gar nicht von Akademikerinnen. Hab es ja auch nicht lange ausgehalten im Studium. Aber wenn man heute liest, wie es an den Unis abgeht mit all dem Bachelorquark hoch und der Mastersoße runter – nein, man muss nicht alles nachmachen, was aus Amiland kommt. Schon gar nicht von dort. Aber das werde ich mit dieser Frau Metzner sicher nicht diskutieren, die steckt ja mittendrin in dem Hamsterrad und findet es wahrscheinlich auch noch toll. *Sehr geehrter Herr Hirschmann, ich würde Ihnen im Rahmen meiner Diplomarbeit gerne ein paar Fragen zum Themenkomplex Mittagsmörder stellen ...*

Was sollen das denn bloß für Fragen sein? Ist doch schon alles gesagt worden, und den Rest findet man im Internet. Die will wahrscheinlich von mir wissen, ob der Golke mit achtzehn noch ein Bettnässer war oder was anderes Weltbewegendes.

Ach ja, Dr. Kastl hatte sich von einem Lehrer aus Hersbruck die Abiturrede eines Schülers geben lassen. Deshalb war er auch auf die humboldt'schen Erziehungsideale gekommen. So langsam macht mein Kopf nicht mehr mit. In dieser Rede hatte sich ein Schüler trotz aller Querelen, die es ja immer zwischen Schülern und Lehrern gibt, dafür bedankt, so reich beschenkt worden zu sein. Dieses Bild hat der Kastl dann in seiner Rede verwendet:

Versetzen wir uns einmal in eine der höheren Klassen der Oberschule des so freundlichen Städtchens Hersbruck im Jahre 1960 ... aber in der Klasse, in welche wir uns zurückversetzt hatten, war einer, der nicht beschenkt worden war. Einer, der sich gegen solche Geschenke seiner Lehrer innerlich überhaupt gesperrt hatte ...

Das freundliche Städtchen Hersbruck. Klingt wie aus einem Fremdenführer. Irgendwann sind wir noch einmal draußen gewesen, Christine und ich. Jahre danach. Eine kleine Wanderung wollten wir machen, zum Hohenstein. Da gab's immer diese fantastischen Windbeutel in dem Café da oben ... Und als wir am Hersbrucker Bahnhof standen, sagte Christine plötzlich: »Kannst du mir zeigen, wo der Golke gewohnt hat?«

Ich hab erst gedacht, ich hör nicht richtig. Hab dann gesagt, »das ist aber die entgegengesetzte Richtung.« Doch manchmal, wenn sie sich was in den Kopf gesetzt hatte, war einfach nix zu machen. Also sind wir die Amberger Straße rausmarschiert, am Finanzamt vorbei, bis wir in der kleinen Siedlung mit den Wohnblöcken standen. Ich hab auf eines der beige verputzten Häuser gedeutet. »Da, im ersten Stock.« Es war einer der ersten schönen Frühlingstage, die Welt fing gerade an, wieder bunt zu werden, und von irgendwo hörte man einen Buchfink rufen. Eine ganze Weile sind wir da gestanden. Und plötzlich sagt sie nur: »Da wundert mich nichts mehr.« Die Wanderung zum Hohenstein ist an dem Tag ausgefallen. Wir sind nur noch hoch auf den Michelsberg, haben uns auf die Lokalterrasse gesetzt und auf das Hersbruck zu unseren Füßen geblickt.

Das hält man nur von hier oben aus, hat sie gemeint, dieses verdammte idyllische Hersbruck. Das war wieder einer von diesen Tagen, an denen sie sich zugemacht hat wie eine Auster, und in der Schale steckte das ausgebombte Kind aus dem Feuersturm von Hamburg. Das weiß ich jetzt.

Wie war das vorhin mit dem grausigen Welttheater?

Ein grausiges Welttheater ohne Sinn, ohne Ordnung, der Willkür eines launischen Regisseurs überlassen. Der Mensch, hinausgeschleudert in diesen Alptraum von Welt, alleingelassen …

Aber Golke war kein Ausgebombter. Der hatte eine andere Geschichte hinter sich. Januar 45 im letzten Moment vor den Russen geflüchtet. Die Mutter mit ihren zwei kleinen Kindern.

Merkwürdig, wenn man das jetzt noch einmal liest … das klingt ja geradezu, als habe der Kastl das Bild vom vierjährigen Golke zeichnen wollen, der aus seinem behüteten Leben rausgerissen und in das panische Fluchtchaos gestürzt wurde …

Aber diese ganze Aufarbeitung der Flucht- und Vertreibungsgeschichten, die kam ja viel, viel später, Jahrzehnte später. Was man als Deutscher auf der Flucht erlitten hat oder bei den Bombardierungen, bei den Übergriffen der Rotarmisten – das ist zu der Zeit kein Thema gewesen. Opfer waren die anderen, die Deutschen waren die Täter, und das Wort »Trauma« tauchte höchstens in Psychiaterwitzen auf. Wenn überhaupt. Und wenn Christine nicht von ihren immer wiederkehrenden Erinnerungen heimgesucht worden wäre, als sie im Krankenhaus lag, dann hätte ich mich mit so was nie …

So, fast durch mit dem Ordner. Gott sei Dank. Jetzt mach ich mir entweder gleich noch einen Kaffee und hol die Zeitung rein, um zu sehen, was heute wieder mit dem Wulff ist, oder ich hau mich noch ein paar Stündchen aufs Ohr. Noch mal die Sachverständigen, okay, die Ballistiker und der Gutachter im Fall des erschossenen Hausmeisters – und am Schluss der Urteilsbegründung noch einmal der Grund, warum der Prozess so abgelaufen war und nicht anders:

Gerade weil dieser Angeklagte förmlich etikettiert und von der Öffentlichkeit vorverurteilt in die Schranken musste, war er völlig voraussetzungslos zu behandeln.

Etikettiert. Vorverurteilt. Das ging auch an unsere Adresse. Aber wir haben nur getan, was wir tun mussten ... merkwürdig ...

Er hatte alle Voraussetzungen für ein anständiges Leben ...

Voraussetzungslos behandeln ...

Was für Voraussetzungen hatte er denn? Und – musste man auf solche Voraussetzungen vielleicht gar keine Rücksicht nehmen, weil doch sowieso viele einen Hau davongetragen hatten? Der Pförtner-Josef, der Egon Bauer, der Götze – Christine.

Und wenn die Flieger doch kamen, hab ich immer gedacht, warum hat mir der liebe Gott nicht zugehört?

Kurz vor ihrem Tod, da war sie fast schon wieder so leicht wie ein Kind, hat sie mir von einer Frau erzählt, die in der brennenden Stadt über eine Straße rennen wollte, zu ihrem kleinen Jungen auf der anderen Seite. Sie ist mit den Füßen im flüssigen Asphalt stecken geblieben, und als sie versucht hat, sich mit den Händen zu befreien, sind auch die festgeklebt. Dann die Knie und die Schienbeine.

Die Frau hat ausgesehen wie ein Hündchen, das sich nicht bewegen kann. Und dann war sie tot.

Ich musste an den Falter in der Ölpfütze denken, damals, in dem glühend heißen Sommer 63 in der Siedlung in Hersbruck.

Ich hatte so wenig verstanden.

Es geht immer nur um den Prozess, an dessen Ende die Wahrheit steht.

Landgerichtsdirektor Dr. K.

Dieser Roman beruht zwar auf Fakten, doch ist auch reichlich Fiktion mit eingeflossen. Für beides, Fakten wie Fiktion, waren intensive Recherchen nötig. Für wichtige Auskünfte und Recherchehilfen bedanken wir uns herzlich bei Christel Bronnenmeyer, Günther Füssl, Uwe Gardein, Ursula Tannert und Bernd Zachow, verbunden mit dem Hinweis, dass etwaige Fehler allein zu unseren Lasten gehen.

Wertvolle Anregungen fanden wir zudem in diversen Ausgaben der *Nürnberger Nachrichten, Nürnberger Zeitung, Abendzeitung/8-Uhr-Blatt, Bildzeitung, Neuen Illustrierten* und des *SPIEGEL* von den 1950er-Jahren bis heute sowie in folgenden Werken:

d'Addario, Ray: *Nürnberg damals – heute,* Nürnberg 1997.
Arendt, Hannah: *Zur Zeit. Politische Essays*, München 1989.
Arendt, Hannah: *Eichmann in Jerusalem. Ein Bericht von der Banalität des Bösen,* München [6]1986.
Aufsberg, Lala: *Nürnberger Bilder 1927–1961,* Nürnberg 1998.
Bock, Dr. Friedrich: *Nürnberg. Von der Stadt der Reichstage zur Stadt der Reichsparteitage,* Stuttgart 1938.
Bode, Sabine: *Die vergessene Generation,* München 2011.
Bruckner, Dietmar: *Was war los in Nürnberg 1950–2000,* Erfurt 2002.
Burgdorff, Stephan/Habbe, Christian (Hg.): *Als Feuer vom Himmel fiel. Der Bombenkrieg in Deutschland,* München/Hamburg 2003.
Eichhorn, Ernst/Schramm, Georg Wolfgang/Görl, Peter: *3 x Nürnberg. Eine Bilderfolge aus unserem Jahrhundert,* Nürnberg 1988.
Falkenberg, Karin: *Alltag in Nürnberg 1914–1970,* Erfurt 1999.
Falkplan Nürnberg/Fürth, Hamburg 1966.
Fein, Egon: *Nürnberg in den 50ern. Die Stadt in stürmischen Aufbaujahren der Nachkriegszeit. Geschichte, Geschichten, Anekdoten,* Nürnberg 1995.
Friedrich, Jörg: *Der Brand. Deutschland im Bombenkrieg 1940–1945,* München 2002.

Geiger, Rudolf u. a.: *Tausendjähriges Hersbruck,* Hersbruck 1976.
Geschichte Für Alle e. V. (Hg.): *Gostenhof. Geschichte eines Stadtteils,* Nürnberg 2005.
Horn, Erna: *Für liebe Gäste und häusliche Feste,* München 1951.
Kulturstiftung der deutschen Vertriebenen (Hg.): *Vertreibung und Vertreibungsverbrechen 1945–1948,* Bonn 1989.
Mittenhuber, Martina/Schmidt, Alexander/Windsheimer, Bernd: *Der Nürnberger Weg 1945–1995. Eine Stadtgeschichte in Bildern und Texten,* Nürnberg 1995.
Nadler, Fritz: *Ich sah wie Nürnberg unterging,* Nürnberg 1959.
Ich war die Freundin des Mittagsmörders, in: *Neue Illustrierte,* Ausgabe Nr. 45, 20. Jg., Köln 1965.
Ohm, Barbara: *Fürth. Geschichte der Stadt,* Fürth 2007.
Pfeiffer, Eckhardt: *Das Kriegsende 1945 in Hersbruck. Erinnerungen,* online auf der Webseite des Bürgernetzvereins Nürnberger Land e. V.
Schmid, Eva M. J.: *Unsere Wohnung. Einrichten und Gestalten,* Gütersloh 1960.
Schuler, Josef Egon (Hg.): *Mein eigenes Reich,* Stuttgart 1968.
Schwan, Heribert/Steininger, Rolf: *Besiegt, besetzt, geteilt,* Oldenburg 1979.
Syrigos, Rolf (Hg.): *Nürnberger Erinnerungen 6,* Nürnberg 1995.
Thorwald, Jürgen: *Die Stunde der Detektive,* Bd. II: *Spuren im Staub,* München 1969.
Tucholsky, Kurt: *Wie benehme ich mich als Mörder?, Der sympathische Mörder, Ich bin ein Mörder.* In: *Gesammelte Werke,* Bd. 6, Hamburg 1960.